清代小説『鏡花縁』を読む

一九世紀の音韻学者が紡いだ諧謔と遊戯の物語

加部勇一郎 著

北海道大学出版会

はじめに

本書は中国清代(一六四四―一九一二)の嘉慶年間(一七九六―一八二〇)に成立した白話小説『鏡花縁』(全一〇〇回)を取り上げ、その解読と分析を試みたものである。白話とは口語(話しことば)のことで、白話小説は口語体で書かれた小説のこと。作者は李汝珍(一七六三?―一八三〇?)といい、彼にはこの小説のほか、『李氏音鑑』という音韻学に関する著作があり、音韻学者としても知られている。

清という時代を統べたのは、漢民族にとっての異民族である満洲族であった。彼らはまず一六一六年に中国北方で国をつくり、一六四四年に北京に入ると、この地域の新たな覇者となった。とくに康熙・雍正・乾隆の三代は、周辺の異民族との戦いや国内不満分子の平定に力を注ぎ、この王朝の基盤を固め、国力を蓄える時期となった。そして反体制的な意見を取り締まる力も大きく働き、人々は自身の言動をより意識し、注意するようになった。その一方で、学術の面では、多くの優れた学者が集められ、『古今図書集成』や『四庫全書』など、膨大な量の知識と書物をまとめ上げる巨大プロジェクトが、国の主導で執り行われた。全国各地の地理や歴史、人物や名産などを細かく記録した地方志もまた、長年にわたってまとめられた。それは中華文明を集大成する力が大きくはたらいた時期とも言える。

国力の増大にともない、国内の学術や文芸も花開くこととなった。乾隆と嘉慶の二つの時期の学術をまとめて「乾嘉の学」と呼んだりするが、それはその到達度の高さを裏に含んだ謂いである。中国文学の最高峰とも言われる『紅楼夢』が誕生するのも、ちょうどこの頃である。当時の文人は、官吏登用試験である科挙で求められる主要経典はもちろん、自国の歴史や、歴代の文人たちの詩文などを身に備えていた。だから当然、彼らの書くものにも、それらが染みこむことになる。『鏡花縁』を書いた李汝珍はとりわけ、音韻学や日用算術のほか、さまざまな遊戯にも詳しかったから、その種の知識は『鏡花縁』の中にも、各所に織り込まれている。

つまり『鏡花縁』には、乾隆嘉慶に暮らした一文人の備える、世の中のさまざまな事柄が、存分に織り込まれているということなのである。普通それは、頭の中で、ごちゃごちゃになっているのだが、彼はそれをきちんと整理し、架空の物語に載せて、人々の前に提示した。奇抜な展開も、奇抜に見えないよう、上手く理由が捏ね上げられた。その苦労は相当なものだったろうが、彼は長い時間を費やして、一〇〇回分にも及ぶ長大な物語を書き上げた。執筆にかかった時間は、本書が用いた蘇州原刻本（一八一八）の記載に従うならば、三十数年という。

『鏡花縁』は、百人の花の精が仙界から下凡し、武則天の支配する時期に生まれ変わり、彼女の主催する女子才女試験を受けて、そろって合格する、といった物語である。仙女たちのなにげない口げんかから、三十数カ国の異国めぐり、女子のための科挙試験とその合格の宴、末尾には武則天の退位を求める戦いなど、さまざまなストーリーが連なって骨格を成し、その上に書き手の学問知識や遊戯遊芸、社会風俗に対する意見などが、こまごまと肉付けされている。登場人物の関係は、回を追うごとに変化し、名が変わったり、くっついたり離れたりと忙しい。伏線も至るところに敷かれ、端々に細かな目配りも利いていて、なかなかに複雑なつくりとなっている。

この作品は、作者の学問知識が存分に詰め込まれることから、文学史の上で「才学小説」と呼ばれてきた。また、男尊女卑の傾向が強い当時にあって、女子の学問と社会進出を奨励するような筆致が見られることから、ときに「女権小説」といった評価のもと、フェミニズム的に読まれてきた作品でもある。その他、前半部に架空の異域をめぐる場面があり、ときに諷刺的な流れになることから、「諷刺小説」として、スウィフトの『ガリバー旅行記』と比べられたりもした。本書は、そのような小説『鏡花縁』の、過去の評価を検討した上で、それらを根本から覆すのではなく、別の視点から読み直すことを目的としている。そして従来の「才学」や「女権」といったものとは別の、新たな〈圏〉〈縁〉〈半〉といった、物語内部に由来するキーワードを用いることで、この小説を捉え直し、元来の物語世界、それ自身を、より書き手の意図や趣向に沿う形で語り直そうと目論んでいる。

『鏡花縁』という作品には、中国が「近代」に引きずり込まれる以前の、伝統的な価値観にどっぷり漬かった人間の精神活動が、学問から遊戯まで、雅俗の別なく詰め込まれている。しかも、李汝珍がそれらをつなげて、小説として仕立て上げるための、論理や思考は、われらのものと大きく隔たっている。だから、いまの人々が『鏡花縁』を読み、李汝珍の思念を追うとき、しばしば多くの「?」（ハテナ）に立ち止まらざるを得ない。本書はその「?」を、できるだけ取りのぞくべく、筆を費やしている。彼らにとっての日常である文化的事項の解説をしながら、現代の日本人のアタマが、清代文人のアタマと楽につながるよう、彼らが眺め考えた世界を、二一世紀に描きだそうと試みているというわけである。それは、大きく三部に分かれ、七つの章からなる。

第一部「『鏡花縁』とは何か」には、この小説についての過去の研究状況と、筆者のこの小説に対する初歩的な「?」を記した。ここでは『鏡花縁』に関する基本的な事柄と、〈圏〉という、本書において非常に重要な要素の提示が行われている。〈圏〉とはつまり「〇」（まる）のことなのだが、この要素こそが筆者に、この作品を幾度も繰り返しめくらせるきっかけとなった。

第二部「『鏡花縁』が描いたこと」には、作品に特徴的な要素である三つの要素、〈縁〉〈半〉〈女〉について記した。これらはいずれも、作品内で印象的に用いられることばであり、要素である。筆者の『鏡花縁』に対する基本的な読解を示した部分でもある。逆に言えば、この三つの要素を「検討すべきである」と判断し、なぜそう判断できるのかを説明することこそが、筆者のいままでの『鏡花縁』研究の中核を成している。

　第三部「『鏡花縁』のおもしろさを探る」は、それまでの論を前提にしながら、「男の纏足」「続編」「謎々遊び」「日用算術」「音韻遊戯」などについて取り扱った。ここは『鏡花縁』内部の要素が、中国文化といった広い範囲から眺められている箇所でもある。これらは『鏡花縁』のおもしろみの、ほんの一部に過ぎないが、この作品が備え持つ魅力と豊饒さとを、十分に伝え得ているのではないかと考えている。

　各論は、第一章は別として、ほぼ発表した順にしたがって並んでいる。この小説について、初めてきちんとした意見を発表したのが、二〇〇三年の秋であるから、すでに一五年の月日が経ってしまっていることになるわけだが、驚くことに、基本的な部分での解釈は、あまり変わっていない。内容はいずれも、すでに論文や翻訳、訳注や作品解題などのかたちで発表されたものばかりであり、もともと少し堅めの語り口であったのだが、本書が日本で初めての『鏡花縁』の専門書となるだろうことを考え、まとめるにあたって、できるだけ読みやすく仕上げたつもりである。この作品はすでに邦訳も出ているが、あまり読まれてもいないだろうから、なるべく物語を読んだことのない方も把握しやすいように心がけた。巻末にあらすじをつけたので、全体の流れが気になる方は参照されたい。

　作品を読み解くにあたっては、できるだけ小説内部の論理を用いたが、ときおり棲雲野客（せいうんやかく）『七嬉』（しちき）という文言（ぶんげん）小説を参照した。文言は文語（書きことば）のこと。棲雲野客は許桂林（きょけいりん）（一七七八—一八二一）なる人物の号であり、李汝珍と許桂林の二人は、姻戚関係にあったと考えられている。『七嬉』は伝統的文人の成した、極めて私的な風合いを備える短編小説集であるが、これを『鏡花縁』の読解のために参照する理由は二つある。第一に、両者は同時代の同地域で編まれ、趣向が大いに似通っていること。第二に、許桂林もまた音韻学を理解する者であること。これらの共通点が、筆者の『鏡花縁』読解の根幹を成している。『七嬉』もまた、あらすじを載せておいたので、こちらも適宜参照されたい。

表紙に用いた図版は、張玉範・沈乃文主編『清・孫継芳絵鏡花縁』（作家出版社、二〇〇七）からのものである。孫継芳（そんけいほう）は清末の絵師で、作品は一八九三年の成立とされる。『鏡花縁』世界を彩色画により美しく描出した、極めて貴重なものであり、書き手と時代的に近い人物が、どのように『鏡花縁』を読んだのかを知るための材料となるものでもある。各章においても数枚ずつ用いているから、これもまた、その世界を想像する助けとなれば幸いである。

目次

凡例

一、書物のタイトルには『　』（二重鉤括弧）を用い、その他の作品や詩文のタイトルなどには「　」（鉤括弧）を用いた。その書の著者が主に活躍した時代を［　］（大括弧）を用いて示し、書名の書誌情報を（　）（小括弧）を用いて示した。著作者が明らかに民国以降の人物である場合、時代表記は省略した。

二、漢字は基本的に、日本の常用字を用いた。

三、〈　〉（山括弧）は、中国語原文を挿し挟みたいときや、ことばの概念そのもの、もしくは、ある状態そのものを取り扱いたいときなどに用いた。

四、〝　〟（ダブルミニュート）は、訳文中に中国語を差し挟みたいときに用いた。

五、〔　〕（亀甲括弧）は、訳文中に筆者注を挿し挟みたいときに用いた。

六、上記のほか、引用箇所や人物同士の会話、あるいはことばを他から浮き上がらせたいときなどに、適宜「　」（鉤括弧）を用いた。

第一部　『鏡花縁』とは何か

第一章　『鏡花縁』とその周辺——あらすじ・作者・過去の評価

李汝珍の胸像。連雲港板浦の李汝珍記念館にて（筆者撮影）

『鏡花縁』は、清代嘉慶年間（一七九六―一八二〇）に成立した長編白話小説である。書き手は李汝珍（一七六三？―一八三〇？）とされている。本章ではまず、『鏡花縁』物語のあらすじを大まかに述べた後、書き手とされる李汝珍とその周辺にいた人々について、少し細かく見ていきたい。そしてこの物語が、過去にどのような作品と見なされ読まれてきたのか、またどのような版本があるか、といった、後の議論の前提となることがらについて、先行研究を用いながら確認していきたい。

あらすじについて

『鏡花縁』の物語は、大きく五つの部分に分けることができる。

①西王母の宴と一局の過ち（第一回～第六回）

はるか遠い昔のこと、崑崙山には、仙界の神々が、西王母の誕生日を祝うべく集っていた。宴のさなか、嫦娥が百花仙子に、四季のすべての花々を、西王母の眼前で一度に咲かせて、興を添えるよう提案する。花々を統括する百花仙子は、いくら西王母のためとはいえ、時宜に違う命には沿えないと、強く主張した。

時は下って唐のころ、皇帝の位についた武則天は、自らの力量を試すべく、真冬に百花斉放の命を出す。おりしも百花仙子は、持ち場を離れている最中で、主人を欠いた花仙子（花を司る仙女）たちは、みながみな、下界の王の命に従ってしまう。これがきっかけとなり、百花仙子ら百人の花仙子たちは、罪に問われ、罰として下界に降ることになる。

②唐敖の異国巡り（第七回〜第四〇回）

唐の時代、百花仙子は唐家のむすめ唐小山として生まれ変わる。父親の唐敖は、科挙で栄達を図る知識人で、齢五〇にして探花（三位のこと）に及第するも、過去の、武則天を排斥する一派との関わりが取り沙汰され、合格が反故にされてしまう。落胆した唐敖は、栄達を捨てて昇仙を夢見るようになり、海外貿易を生業とする義兄・林之洋や、船の船頭・多九公らとともに海外へ旅立つことになる。一行が巡った国々は、君子国や黒歯国、岐舌国や女児国など、合わせて三十余国、途中で出会った異国人たちは、いずれも風変わりな容貌と習慣を持つ者たちばかりであった。そして最後に到達した小蓬莱なる山で、突如、唐敖は行方をくらます。残された林之洋らは帰国の途につく。

③唐閨臣の異国巡り（第四〇回〜第五四回）

唐敖らが海外を巡っているさなかに、武則天によって才女試験の開催が布告された。唐敖のむすめ、唐小山も試験に備えていた少女の一人だったが、父の失踪を知ると、叔父の林之洋や多九公とともに父親を探すべく出航した。一行は、幾多もの苦難に遭いながら、小蓬莱へたどり着く。唐小山はそこで、一人の樵から唐敖の書いた手紙を渡され、父親の言いつけに従い唐閨臣と改名する。その後、百人の花仙子の名（と彼女らの下界での名）が書かれた玉碑を目にし、内容を芭蕉の葉に書き写す。

④才女試験と合格の宴（第五四回〜第九五回）

才女試験が開催され、中国全土から選りすぐりの及第者百人がひとところに集うことになる。その百人の才女たちは、いずれも小蓬莱の玉碑に、その名が刻まれた者たちであった。彼女らは一堂に会して、連日の合格の宴となる。才女たちは宴の場で、占いや算法、音韻遊戯やカードゲームなど、さまざまな学芸や遊芸を、笑話を織り交ぜながら披露する。宴が終わると、みなは再び散り散りとなり、唐閨臣は再び、小蓬萊へ父親探しの旅に出る。

⑤酒色財気との戦い（第九五回～第一〇〇回）

かつて武則天に反対した徐敬業の息子らが、他の武芸者たちと結託して挙兵する。宴より戻った数名の才女たちもまた従軍する。反乱軍は、武則天を守る「酒色財気」の四つの関の前に倒れ、何名かの才女たちもまた、夫の難に殉じた。宮中では、張柬之らが武則天に退位を迫り、中宗が復位する。武則天は「則天大聖皇帝」となり、再度の才女試験の開催を宣言する。

『鏡花縁』の物語は、時代も場所も定かではないような、神々の世界から紡ぎ出される。天界でのちょっとした諍いがきっかけとなって、地上が混乱の渦に巻き込まれてゆく。メインとなる舞台は、唐の武則天の時代。全権を掌握せんと目論む武則天は、本来ならば時節に従って咲く花々の、その咲く時期までをも支配せんとし、百花斉放の命を出す。中国史上唯一の女皇帝である彼女の「わがまま」が、長大な物語を起動させるというわけだ。

物語は、大きく第四〇回を画期とする。その前と後とでは、雰囲気は大きく異なっており、端的に言えば、唐敖の失踪を境に、主人公の世代が交代する。前半は男たち、より具体的に言えば中年男らの物語である。彼らは後の百人の才女たちにとっての、父親であり、庇護者であり、先導者であるが、何より、彼らが海外諸国を巡る場面こそが、この作品に、一風変わった魅力を添えている。それらの荒唐無稽な異域の描写にもまた、さまざまな興味深い、書き手のこだわりが潜んでいるようなのではあるが、三人の中年男らによる、ただのヘンテコな海外巡りとして読んでも、大筋の把握に困ることはない。

後半は、主に年若い娘たちの物語である。みな天界で咎を受けた百人の花仙子の生まれ変わりであり、武則天の主宰する女子才女試験によって再び集う才女たちである。合格の後に開かれる宴の場面には、唐敖らの海外巡りと同等の紙幅が割かれており、それらの描写からは、清代文人の生活に密着した、ゲームや小咄など、こまごまとした世界をうかがうことができる。しかしいまの読み手にとって、それらはあまりに趣味的で、才学に溢れたものであるため、そのおもしろみを把握するのは困難になっていると言えるだろう。本書の巻末には、物語の全体を見通せるように、全一〇〇回分の梗概を付しておいたので、適宜ご参照いただきたい。

『鏡花縁』の書き手について

このような、長大で荒唐無稽な物語は、いったいどのような人物によって書かれたのだろうか。現在の研究では、『鏡花縁』の書き手は、李汝珍（りじょちん）ということになっている。[1] 李汝珍は、字を聘斎（へいさい）という。別に松石（しょうせき）とも呼ばれるが、李明友氏の『李汝珍師友年譜』によれば、これは字ではなく、号のようだ。[2] 大興（だいこう）（現北京市）出身の文人である。壬寅（じんいん）（一七八二）の年に、役人であった兄の李汝璜（りじょこう）（生没年不詳、字仏雲（ふつうん））の異動に従って、海州（現江蘇省連雲港市）に渡ってきたことがわかっている。この年に彼が二〇歳であったと仮定した上で、一七六三年頃に生まれたのではないかと考えられている。没年は一八三〇年頃といわれている。彼の生年と没年については、すでに胡適（こてき）（一八九一―一九六二）と孫佳訊（そんかじん）（一九〇八―一九九〇）を中心に細かな考証がされており、それにより李汝珍研究の一端がうかがえるだろうから、次節にて詳しく述べる。

李汝珍の人となりを伝える記事について、いくつか見てみよう。彼の音韻学の著である『李氏音鑑（りしおんがん）』には、彼の生前を知る者たちからの序文が寄せられている。ここで、近くにいた者たちが、李汝珍のことをどのように記したのかを見てみよう。

> 大興の李氏松石は、若い頃よりその才は傑出していたが、書を読むに、経典の解釈や章句の作成などの学に、とりわけ拘泥しなかった。その合間に雑学へと手を伸ばし、それはたとえば壬遁（じんとん）、星卜（せいぼく）、象緯（しょうい）、篆隷（てんれい）の類である。これらを渉猟し、そのおもしろみに通じない日はない。そして、特に音韻の学において、よく本質を究めて隠れた奥義を求め、内心で深く理解しえている。（『李氏音鑑』「余集（よしゅう）序」[3]）

> 松石先生は、物に対しては豪放でさっぱりとし、人に対しては誠実な方である。平素から、篆書や隷書を巧みにし、図史を渉猟し、その一方で星卜や囲碁などさまざまなことに手を伸ばし、手に触れたもので趣をなさないものはなかった。花々の間や月光の下、酒を前にして歌妓を招き、興が高まれば酒は止（とど）まるところを知らず、思うまま湯水のように散財した。ああ！　なんと豪快であろうか。（『李氏音鑑』「石文煃（せきぶんけい）序」[4]）

これは序文であって、基本的には、著作の価値を高めるためのものであるから、完全に鵜呑みにできるものでもないが、大まかな参考にはなる。まずその知識や才能について、李汝珍は若い頃より聡明であったが、経典解釈や文章作成などには、とくにこだわることがなかったという。これは、当時の文人の、最大の関心事である科挙にこだわっていなかったことを意味している。さらに、常識や因習に囚われることなく、ジャンルを問わずに好きな学問を存分に渉猟した人物でもあったようだ。人柄について、物にケチ臭いところがなく、人に対しては誠実で、遊ぶ時には思い切り遊ぶような豪快さをも兼ね備えていたらしい。これらの記事からは、基本的な学問知識を有しながら、しかし瑣末でつまらない陥穽に落ち込むことなく、本質を見据えながら、軽いフットワークでさまざまな分野に好きなだけ打ち込み、そして時には仲間たちと遊び尽くした、そんな清代文人の姿が浮かび上がってくるだろう。

李汝珍は、さまざまな方面に秀でていたようだが、小説『鏡花縁』、音韻学の書『李氏音鑑』のほか、『受子譜』なる囲碁についての書が確認されている。『鏡花縁』冒頭で、百花仙子が天界で咎を受けるのは、女仙の麻姑と対局して持ち場を離れていたことが原因（第三回）であり、これは李汝珍の周囲でともに囲碁を楽しんでいた者たちにとって、格別の趣向であったと思しい。

彼がどのような仕事をして生活していたのかということについては、よくわかっていない。科挙の地方試験である郷試に及第したという記録も一切見られず、そもそもその前段階である童試に及第したかどうかも疑われている。[5] 海州の文人であり、李汝珍と姻戚関係にある許喬林『弇榆山房詩略』「嘉慶辛酉（嘉慶六年、一八〇一）」に「送李松石県丞汝珍之官河南」と題された詩があり、河南へ黄河の補修工事のために赴いたことが知られている。[6]『鏡花縁』第三五回に、前半の中心人物である唐敖が、女児国で治水工事を取り仕切る場面があるが、これは李汝珍の実体験が影響したものと考える論がある。嘉慶年間には治水工事関連で出世を図る者が多かったといい、李汝珍もまたその方面で職を求めた一人とのことだ。

ここで、李汝珍を考える上で重要な、二人の李姓の有名人を挙げておこう。一人は李耳、すなわち戦国時代の思想家、老子である。『鏡花縁』では第二三回と第一〇〇回の二箇所に、老子の末裔ということばが登場し、これらはいずれも李汝珍のこととされている。そしてもう一人は唐代の詩人李白（七〇一―七六二）である。『鏡花縁』冒頭に付された一四の「題詞」には、『鏡花縁』の作者をほのめかすことばに、「青蓮」「謫仙」といったことばが用いられている。[7]「青蓮居士」といえばそれは李白の別号であり、「謫仙」もまた、賀知章（六五九―七四四）によって李白に冠せられた名である。

深遠で奥深い道教の創始とされた老子と、豪放な詩風で知られる詩仙の称を持つ李白、この二者が李汝珍と関連するに至った具体的な事情はつまびらかではないが、ともに李姓であることのほか、李汝珍自身と、彼の近くにいた者たちとが、両者を重ね合わせて見ていたことを示しているだろう。

李汝珍の生年と没年について

『鏡花縁』作者とされる李汝珍について、彼の生年を直接に伝える資料は、管見の限りない。本節では以下、彼の生年がどのように推測されているのかについて、胡適「《鏡花縁》的引論」（一九二三）と孫佳訊『《鏡花縁》公案弁疑』（一九八四）の研究を引きながら述べることにする。

李汝珍の生年を推測するにあたって根拠となるのは、彼の『李氏音鑑』に見える次の記事である。

> 壬寅の秋、珍は兄の仏雲が朐陽に赴任するのについていった。凌氏廷堪仲子先生に教えを受け、文を論ずる間に、その教えは音韻へ及んだ。先生からは受けるところが大変多く、字母の中の麻韻は、先生が増補したものである。（『李氏音鑑』巻五「第三十三問著字母総論」）(8)

李汝珍は三人兄弟の真ん中で、仏雲は兄の李汝璜のこと。弟は汝琮という。李汝珍が朐陽（海州）へやってきたのは、兄である汝璜が板浦場塩課司大使という塩業に関する官に赴任するためであった。凌廷堪（一七五七―一八〇九）は、乾隆期の大学者で、政治家でもあった人物。字を次仲、仲子という。海州板浦の人であるが、祖籍は安徽歙県。壬寅は凌廷堪の生没年から、一七八二年のことと考えられる。胡適はこの記事に対して、次のように述べた。

当時凌廷堪は、年齢はわずか二六歳である。このことから推測すると、李汝珍は当時、ほぼ二〇歳前後に過ぎなかったことがわかる。彼の生年はおよそ乾隆二八年くらいだろう。（「《鏡花縁》的引論」[9]）

乾隆二八年は、西暦に直せば一七六三年のこと。李汝珍の生年は、一七八二年（壬寅、乾隆四七年）にかぞえで二〇歳だったと仮定して、一七六三年と推定されている。ただしこの二〇歳というのは、凌廷堪が当時二六歳であり、李汝珍はその凌廷堪から「教えを受けた〈受業〉」のだから、おそらくそれ以下だろうということからの推定である。

その後、胡適のこのような意見を踏まえて、孫佳訊がより深く検討を加えた[10]。彼は凌廷堪の年譜を根拠として、李汝珍が板浦に入った乾隆四七年は、凌廷堪は春から夏にかけては揚州に、秋には北京におり、板浦にはいなかったと指摘する。凌廷堪が板浦に入ったのは、翌年の乾隆四八年の冬であった。孫佳訊は、このときにきっと李汝珍は凌廷堪を訪ねたことだろうと述べ、しかし凌廷堪は短い滞在はありつつも総じて板浦を離れていたのであるから、正式な師弟関係はその五年後の冬、李汝璜に凌廷堪が招かれたときに初めて結ばれたのだろうと付け加える[11]。しかしそれとても、凌廷堪が五四年の三月に湖北へ向かうまでの、ほんの数ヶ月間であった。凌廷堪は、五五年から五九年までの五年間は、たびたび板浦に帰っているようであるものの、六〇年に安徽の寧国府教授になってからは、一度も海州には来ておらず、つまりは、李汝珍と凌廷堪が身近にいられた期間も、そう長くはなかったということになる。

ならば、凌廷堪が李汝珍に教えるようになったのは、乾隆五五年（一七九〇）以降という可能性も出てくるだろう。こうなると、生年を一七六三年とするあたりからして、戸惑いを覚えざるを得ないのではあるが、ほかに決め手となる資料もなく、したがって初めに言及した胡適の、一七六三年頃、というのが定説となっている。

没年の考証は、材料に比較的恵まれている。以下に、生年の場合と同様、過去の考証を整理してみよう。

すでに言及した李汝珍の義兄にあたる許喬林は、『朐海詩存』という、海州出身の文人たちの詩文集を編集している。編纂年代は、道光一一年（一八三一）とされている。許喬林は文人たちの詩文を『朐海詩存』にまとめるにあたり、いくつかの規則を設け、それらを「凡例」に記載した。以下の「凡例」二条は、李汝珍の没年を考察する上で、重要な手がかりとなる。

> 孫翔の『崇川詩集』は合わせて同時代人たちの詩文を採録しており、これは昭明太子の『文選』が何遜の詩を収めなかった意図とは異なるものである。文章が公的にいいものかどうかは、その身を全うした後に定まるものである。およそその人が生存している場合、いくらその名を文壇に騒がせていたとしても、一切選択の対象としていない。（『朐海詩存』「凡例」第四条）[12]
>
> 昔晋江の何炯は、その郡の人の詩を採録して『清源文献』とし、寓賢、遡賢、孕賢などの名目で分けた。王会や丘濬などは、生涯その地を踏まなかったが、（彼らの）加勢によって権威づけされた。趙彦復『梁園風雅』が採録した李夢陽や薛蕙などは、どちらも秦の人である。夢陽は先祖の貫籍が扶溝（河南の地名）であり、蕙の先祖の貫籍が偃師（河南の地名）であるため、どちらも入れられている。しかし、そもそも一〇歩のうちに、芳蘭（芳しい蘭：見事な詩文の意）はあるはずであり、どうしてほかの土地から才を借りる必要があろ

う。この文集は、寄寓者（原籍が別地にある者）の詩を、採録するにあたっては、非常に厳格であり、張兗峯、楊鉄星、李松石、呉子野諸氏は、長く寄寓し、文名が非常に高い方々ではあるが、一切採録していない。（『朐海詩存』「凡例」第七条）(13)

第四条には、存命する者は対象外だということが、第七条には、寄寓する者は対象外だと記されている。仮に、この詩文集の編纂時に李汝珍がまだ生きていたなら、彼はただ第四条にある規定によって、『朐海詩存』の対象から外れるはずであり、ほかの理由は一切必要がないことになる。しかし李汝珍はわざわざ第七条で、名指しされてその対象から外されている。孫佳訊はこれらのことから、李汝珍はこの道光一一年（一八三一）の時点において、すでに鬼籍に入っていたことがわかるという。(14)

ならば、いつまで生きていたのかが、どのようにしてわかるのか。そのことは、『鏡花縁』の初期の版本間における字句の異同が関係している。初期の版本に、道光元年刻本（一八二一）、道光八年芥子園新雕本（一八二八）があるが、孫佳訊によれば、道光八年本は元年本をもとに改稿したもののことで、このことから、八年本の版刻に際して、広州の芥子園は必ずや李汝珍の同意を得ていたことであろうとし、よって、道光八年にはまだ存命していたことがわかるという。(15)残るは一八二九年か三〇年かの問題となり、もっとも一年だって三六五日と長いわけだが、これについては、おそらく胡適が初めに述べた一八三〇年というのが影響しているのだろう、あまり問われることがなく、このようにして没年は、一八三〇年頃というのが定説となっている。

以上のような先学の考証により、李汝珍の生没年は推測された。推測とはいえ、かなり蓋然性の高いものと言えるだろう。重要なのは、胡適も孫佳訊も、李汝珍の生没年に対して、およそそのくらいだろう、といった慎重さをきちんと備えている点であり、それを踏まえてさえいれば、これらの考証は、李汝珍および『鏡花縁』研究に確固たる足場を与えた点で、非常に価値のあるものといえる。

李汝珍と許兄弟について

李汝珍と『鏡花縁』のことを考えるにあたり、許喬林と許桂林の二人を欠かすことはできない。この許姓の兄弟は、ともに祖籍は安徽歙県であったが、一九世紀初頭、海州板浦においては、「東海二宝」「板浦才子二許」などと呼ばれ、よく知られた存在であった。大興から海州に移って来た李汝珍は、ここで彼らの腹違いの女兄弟と再婚し、そのため両者には義理の兄弟関係があった。また、凌廷堪の祖母は海州の板浦出身の許氏であったため、[16]凌廷堪もまた彼らと姻戚関係があったと考えられている。

許喬林（一七七五—一八五二）は、字を貞仲、号を石華といい、『弇榆山房詩略』、『弇榆山房筆譚』などの著作を持つ。[17]また『海州文献録』『朐海詩存』など、海州出身の文人たちの詩文や著作に絡んだ書物の編纂を担当した。李汝珍の生前の事跡をうかがう記事は、多く彼の著作によっている。

許喬林の弟である許桂林（一七七九—一八二一）は、李汝珍および『鏡花縁』を考える上で、さらに重要な存在であるから、ここで詳しく述べておこう。[18]彼は、字を百薬または同叔、号を月南といい、その他、棲雲野客や氷天主人などの呼び名がある。清代の歴史を記した『清史稿』に伝が立てられるほどの人物だ。一二歳で童試を受け、一九歳のとき、江蘇常熟の学者翁咸封（字を子晋、または潜虚という）に師事した。嘉慶二一年（一八一六）、三七歳で郷試に及第して挙人となるまで、幾度も試験に挑戦するかたわら、李汝珍の兄である李汝璜の下で子弟の家庭教師をしたり、唐仲冕（一七五三—一八二七、善化の人。字を六枳、号を陶山という。乾隆の進士）の下で家庭教師をしたりして糊口を凌いでいたという。生来身体が弱く、肉体労働をすればすぐに体を壊したが、家で読書をしている分にはまったく疲れを知らないといった一面もあったようだ。彼の死は、母親の死を悼んだあまりのことと伝えられる。

許桂林は、四十数年という短い生涯の割に、四〇余りもの著作を残している。特に『春秋』「穀梁伝」に精通していたとされ、『春秋穀梁伝時日月書法釈例』四巻がある。その他の著作は、『易確』二〇巻、『毛詩後箋』八巻、『春秋三伝地名考証』六巻、『漢世別本礼記長義』四巻、『大学中庸講義』二巻、『四書因論』二巻など。四書五経に関するものの他、言語学の分野で『許氏説音』一二巻や『説文後解』一〇巻がある。[19]

許桂林は、これら四書五経や言語に関するもののみならず、さまざまな分野の著作を残している。ここでいくつか詳しく述べておくことにしよう。筆頭に挙げるべきは『宣西通』三巻である。これは古代の宇宙論の一つである宣夜説に、明末のマテオ＝リッチ（利瑪竇）が中国にもたらした西洋の宇宙論の理屈を取り入れたものである。この宣夜説は、他の代表的な古代中国の宇宙論である、天がありそれが地を覆っているとする蓋天説や、卵の殻のような閉じた空間に地上が浮かんでいるとする渾天説と比べて、上空に果てしない宇宙空間が広がると仮想した点で、現代の宇宙論に近いものといえる。[20]先に「筆頭に挙げるべき」ものとしたのは、この著作が『清史稿』の彼の伝に特筆されているからである。ある意味、彼の代表作とも呼べるだろう。

その他、算学の面でも功績があり、康熙帝の時代に作られた初等数学の書である『数理精蘊』（一七二二頃）から、日用によく用いられるものを簡便に取り上げて、『算牖』四巻を著した。「牖」は「窓」のことで、『算牖』という書名はつまり「算学の窓」を意味し、つまりはこれは、算学の初心者を誘い入れる意図を持って編まれた書物である。『算牖』は許桂林の死後、道光一〇年（一八三〇）に許喬林によって刊行された。

小説もまた、『七嬉』と『春夢十三痕』の二種が確認されている。『七嬉』は七つの短編からなる文言小説集であり、『鏡花縁』と同種の趣向が織り込まれていることが指摘されている作品である。本書でもたびたび言及することになるだろうから、節を分けて詳述する。一方の『春夢十三痕』は、筆者未見であるが、嘉慶一九年（一八一四）味無味斎刊本があるという。[21] 許桂林と交流のあった羅士琳（一七八九—一八五三）の序によれば、彼は変な夢をよく見る人だったとのことで、その内容を記したものであるらしい。[22]

許桂林は『李氏音鑑』に寄せた序において、李汝珍を「姉の夫」と呼び、一方、李汝珍もまた『李氏音鑑』「巻三十三」において、許桂林を「妻の弟〈内弟〉」と呼んでいる。二人の関係が良好であったことは、さまざまな文献に見え、筆者はその関係を、『鏡花縁』の読解において、非常に重視している。

『七嬉』について

『七嬉』にはいま、七つの物語が収められているが、もともと八つあったのだという。[23] その頃は名も『八嬉』といい、許桂林の死後に兄である許喬林によって一篇が削られ、いまの形になった。撰者については棲雲野客の名が記されるのみであるが、洪有徴『厓修山房詩略』の序に「棲雲野客許桂林」と記されることや、徐積村「八嬉序」（『七嬉』になったときに削られた）に、許子月南の作であると記される（月南は許桂林の号）ことから、許桂林のことと考えられている。

全七篇のタイトルは、それぞれ以下の通りである。

第一篇「画圏児」
第二篇「氷天謎虎」
第三篇「司花女子誦詩」

第四篇「善鬼不単名鬼」
第五篇「洗炭橋」
第六篇「鸚鵡地」
第七篇「幻影山得氷天謎虎全本(内有伝声譜二種)」

七つの物語は、どれも幻想的な雰囲気を持っており、主人公たちは、穴に落ちたり海を越えたりすることで異界へ赴くか、仮に行かなかったとしても、ふと奇妙な事に出くわすなどする。どの物語にも、九連環(中国の知恵の輪)や自勝棋(一人で行う盤上遊戯)、灯謎(灯籠クイズ)などの遊戯、雉兎同籠(鶴亀算)や三器注酒(油分け算)などの算学問題、春夏秋冬の一半児詞や杜甫の詩のパロディなど、さまざまな遊びごとが織り込まれている。このような筆の運びは、書き手が日常的に楽しんでいたものを反映していると考えられる。

これらの作品七種は、すべて単独の物語であるが、いくつかは互いに関わりあう。たとえば、第二篇「氷天謎虎」と第七篇「幻影山得氷天謎虎全本」は、表題からもうかがえるように、姉妹編というべき関係にあり、第二篇で続編の存在が予告され、第七篇でそれを受ける形をとっている。

『七嬉』は、すでに記したように、孫佳訊の研究によって、同時期に成立したと思しい李汝珍『鏡花縁』との関係が指摘されている。形式的なことをいえば、第二篇「氷天謎虎」末尾に、松石道人(李汝珍のこと)の評が付され、その一方で、第五篇「洗炭橋」冒頭には、『鏡花縁』が酒色財気の四要素を小説に織り交ぜていることについて、許桂林からの言及がある。これは許桂林と李汝珍が、互いの作品を、初期の段階で目にしていたことを示している。また内容の重なりをいえば、第二篇の灯謎や、「雉兎同籠」と呼ばれる算学問題は『鏡花縁』にも織り込まれる要素であり、また第七篇「幻影山得氷天謎虎全本」に登場する「撃鼓射字」なる名の音韻遊戯についても、『鏡花縁』では「空谷伝声（くうこくでんせい）」の名で言及されている。また両者は、そういった遊戯に興じたりのびのびと才を発揮したりするのが年若い女であるという点も共通する。両者の重なりについては、本書において非常に重視するものであるから、以下にたびたび言及することになるだろう。なお、『鏡花縁』と同様、『七嬉』についても、巻末に物語の梗概を付しておいたから、適宜ご参照いただきたい。

主要な版本・翻訳・研究書について

『鏡花縁』はいつごろ生まれたのか。孫佳訊はその初稿と第二稿の完成を、ともに嘉慶二〇年（一八一五）とし、許喬林や許桂林などの斧鉞を経た後、三年後の嘉慶二三年（一八一八）に、蘇州にて版刻に付したと考える。[24]最も古いものについて、「江寧桃紅鎮坊刻本」だといった説もあり、孫佳訊はこれを、嘉慶二二年の後半から嘉慶二三年の春の間に刻されたものとし、抄本として伝わっていた第二稿を底本として、李汝珍の同意を得ていない私刻本であるとする。ただし大塚秀高氏は『増補中国通俗小説書目』の中で、「江寧桃紅鎮坊刻本」の存在を、「根拠不十分につき従わず」と述べる。[25]作者の同意を得た正式なものは、嘉慶二三年（一八一八）に、この蘇州にて版刻された「蘇州原刻本」であると考えられており、一九五五年初版の、張友鶴によって評点が施された『鏡花縁』は、この「蘇州原刻本」を底本としている。[26]この「蘇州原刻本」の後、李汝珍の改作を経た「道光元年刻本」（一八二一）が刊行され、その後、再度作者による字句の改変を経た「道光八年芥子園新雕本」（一八二八）が刊行されたと考えられている。

本書では基本的に、「蘇州原刻本」を底本とした張友鶴評点『鏡花縁』（排印本。人民文学出版社、一九五五）[27]を用いている。その他、「道光八年芥子園新雕本」の重刻である道光一二年（一八三二）刊の木刻本『鏡花縁繡像』および、光緒一四年(一八八八)に上海の点石斎書局から刊行された石印本『絵図鏡花縁』[28]を適宜参照した。

その他、『鏡花縁』の翻訳については、日本語訳と英語訳を参照した。

日本語訳は、田森襄訳「鏡花縁」(中国古典文学全集『児女英雄伝(下)・鏡花縁』所収、平凡社、一九六二)と、藤林広超訳『則天武后外伝　鏡花縁』(講談社、一九八〇)の二種がある。田森襄訳は、第四一回から第九九回までが割愛され、梗概のみとなっている。藤林広超訳は、全面的な訳出を行っているが、訳文がやや読みにくい上、ところどころに恣意的な削除が見られる。しかしやはり、後半部分の宴の場面にまで訳稿が及んでいる点で、非常に貴重なものと言える。英語訳は大変に歴史が古く、早いものにH・A・ジャイルズが一八七〇年代に香港で発表した部分訳があるが、本書では林太乙(一九二六―二〇〇三)による『Flowers in the mirror』(一九六五)を参照した。これは、二〇〇五年に訳林出版社から再版されている。その他、ロシア語訳やドイツ語訳などがある。[29]

重要な研究書四種についても触れておく。いずれも中国語であるが、『鏡花縁』という小説をより深く読むためのガイドとして、大変に優れたものであると言えよう。

一つ目は孫佳訊『《鏡花縁》公案弁疑』(斉魯書社、一九八四)である。孫佳訊(一九〇八―一九九〇)は、元の名を家訓といい、海州灌雲出身の民俗学者。孫氏はこの書において、李汝珍に関係した書簡や伝説に言及しながら、李汝珍偽作者説を退け、李汝珍を作者と確定的に述べている。李汝珍偽作者説というのは、民国期に呉魯星によって提示されたもので、『鏡花縁』の作者を許兄弟など、李汝珍以外の者と考える意見である。また、先に記したように、李汝珍の生没年や『鏡花縁』版本の成立年や刻年などについて、豊富な資料を用いて推定している。李汝珍『鏡花縁』と許桂林『七嬉』との関係性にいち早く着目した論でもある。これらは『鏡花縁』を読むに際して、拠るべき足場を与えた点で、非常に重要なものといえる。

二つ目は、台湾で出版された王瓊玲『清代四大才学小説』(台湾商務印書館、一九九七)である。これは魯迅が

『中国小説史略』の中で提示した「才学小説」ということばに沿って『野叟曝言』『蟫史』『燕山外史』『鏡花縁』の四種を取り上げた研究書である。基本的な版本などについての研究成果をまとめた上で、それぞれに織り込まれた「才学」や「創作目的」などについて解説している。『鏡花縁』については、四種のうち最も多くの紙幅が割かれている。

三つ目は李剣国・占驍勇『《鏡花縁》叢談――附《鏡花縁》海外考』（南開大学出版社、二〇〇四）である。これは、『鏡花縁』物語のさまざまな事柄に対して、こまごまとした考証を行い、より踏み込んだ解説を加えたものである。前半部は『鏡花縁』内部の多種多様な要素、たとえば「才女」「音韻学」などを項目ごとに分けて述べ、後半部は唐敖らの回る海外に登場する事項について述べる。とりわけ本書は、上記二書と比べたとき、作品それじたいを積極的に語ろうとする姿勢がうかがえ、読み物としてもおもしろい。

四つ目は李明友『李汝珍師友年譜』（鳳凰出版伝媒集団　鳳凰出版社、二〇一一）である。これは李汝珍の他、師とされる凌廷堪、呉振勃（一七七〇―一八四七）、許喬林、許桂林の四名に着目し、彼らの事跡を合わせて、年ごとに記している。呉振勃は海州出身の文人で、字を興孟、容如、号を筠斎、晩号を豊南居士という。『筠斎詩録』、『音学考源』などの著作がある。許喬林『朐海詩存』や許桂林『北堂永慕記』など、稀覯書の記述を多く引用する。また、ときおり洪亮吉（一七四六―一八〇九）や焦循（一七六三―一八二〇）といった当時の大学者たちの名前が登場したりもし、総じて、海州という一地域に住まう文人たちの詩作時期や人的交流などが、考証とともにまとめられている良質の資料である。

『鏡花縁』は、どのように読まれてきたか

『鏡花縁』のような長大な物語ともなると、登場人物も多く、複雑な筋をもつから、読み手にとって全体の把握が困難である。複雑なものを複雑なままにしておくことは、何より居心地が悪い。だから、大方の読み手は複雑さを排除して、「『鏡花縁』とはこういう小説なのだ」と、大づかみの理解をしようとする。その初期の、許喬林による表明を見てみよう。道光元年刻本『鏡花縁』に付された彼の序には、この小説の性質が、次のように説かれている。

『鏡花縁』という書物は、北平〔今の北京〕の李氏が、一〇余年の労力をかけて成したものと伝えられている。これを読んだ者はみな、教化に有益であるという。惜しいことに今まで刻本がなく、長いこと書き伝えられたため、文字の誤りがとても多い。近頃、同好の士がこれをまとめて版刻に付した。この書は、一字も他人のことばを我が物として用いてないし、一所も先人の常套句にはまっていない。経部と史部を下敷きとし、子部と集部の精華をとり、加えて多種の学術流派に通じ、その他多様な遊戯遊芸に渉っている。天下一品、奇想天外である。程郷の千里酒を飲んでも、この一書を手にすれば、定めし睡魔を払うことができるだろう。包孝粛が笑うことは黄河の澄むことに比べられるが、これを読めば、彼も必ずや噴飯するであろう。その大要を総ずるに、語は滑稽に近いが、意は勧善を主とする。その上、学問の手引きとして広く豊かな知識を備えており、見聞を補うに足るものである。〔略〕（道光元年刻本に付された許喬林による「序」[30]）

ここで許喬林が示しているのは、彼の見た『鏡花縁』という作品の特性と言える。むろん序であるから、多分に宣伝的な役割をもつ。彼によれば『鏡花縁』には、経史子集など、さまざまな分野の要素が盛り込まれ、その上また、睡魔を払い、人を笑わせる作用をもたらすものとのことだ。そして語り口は滑稽でありながら世に対して善行を勧める意が込められているという。なお「千里酒」は、飲めば家まで酔いが醒めないと伝えられる酒のことで、六朝梁の劉杳が桂陽程郷にあると述べるもの（『梁書』「文学下・劉杳伝」）。また孝粛は、宋の名裁判官で、包公の名で親しまれる包拯の諡であり、包拯が笑うことと黄河が澄むことは、ともに稀有であることを表している。こういった表現が挿し挟まれるあたりからは、いささか、推薦者のユーモアが感じ取れもし、それはそのまま、『鏡花縁』なる物語の持つ大らかさに通じているように思われる。なお、この許喬林による、『鏡花縁』が「睡魔を払い、人を笑わせる」書である、という認定は、次章にて再び取り上げることになるだろう。

そして時代は下り、この許喬林の意見はそのままに、多くの読み手たちから、さまざまな特徴が取り上げられ、語られるようになる。ここで、今まで『鏡花縁』に対して、どのような意見が提示されてきたのか、概観することにしよう。

まず注目されたのは、『鏡花縁』の中の医薬に関する記載であった。それらは外科五種、内科六種、婦人科三種があり、物語では多くが博識の多九公によって、材料や配合量など、仔細に提示されることになる[31]。実際に使われたこともあったようで、陸以湉（一八〇二―一八六五）の筆記『冷廬雑識』巻四「湯火傷方」には、著者の家族が『鏡花縁』の記述に従って火傷の治療を施したところ、効果があった旨が記されている[32]。清末の文芸雑誌『新小説』や『月月小説』などには、このような性質を持つ『鏡花縁』を、「科学小説」であると主張する論文が掲載されている[33]。後半部分に登場する「飛車」なる飛翔機械もまた、この『鏡花縁』を科学と結び付けたことだろう[34]。

同じく清末には、その女性の取り上げ方に着目する者もいた[35]。そもそも物語じたいが、中国唯一の女皇帝である武則天を中心にしており、百人の才女が科挙の女版と言える才女試験を受けて、揃って合格し、一堂に会するというものなのである。登場する女性も才長けた者ばかりで、さらに、女児国王子の陰若花（いんじゃっか）ほか補佐役の娘たちなど、一部の才女は政治参加をするまでに至る。こういった展開を重視した一部の論者によって、この小説は、李汝珍が女性に肩入れし、女性の優越を書いたものであると見なされた。このことについては第五章と第六章で詳しく論じることになる。

その後、魯迅はこの書を、『中国小説史略』第二五篇「清代の、小説をもって才学をあらわしたもの〈清之以小説見才学者〉」というジャンルに組み入れることで、その文学史上の地位を定めた[36]。魯迅は『鏡花縁』から、作者李汝珍の博識に注目し、「博識で多方面に通じているということがまた、小説を書く際の障害になった〈博識多通又害之〉」と述べる一方で、その博識の、小説への運用の仕方を「古典に拘泥しているとはいえ、なかなかにしなやかで趣きがある〈雖爲古典所拘，而尚能綽約有風致者〉」と評価してもいる。このことについては第二章で詳しく論じることになる。

その他、この小説を「諷刺小説」というジャンルに入れ、『鏡花縁』に含まれた「諷刺」とそれに付随する「ユーモア」を取り上げる評者もいる[37]。君子国においては、三姑六婆（さんこりくば）（旧時、婦女に悪事をなすとされた職業女の総称）や纏足制度などについての意見が提示され、黒歯国や白民国においては、学問に携わる文人の滑稽さが存分に描かれている。こういった海外巡りの場面と、それに付随する諷刺性から、「中国のガリバー旅行記」などと言われたりもする。また、最近では、「揚州・淮安・海州」地方の中に『鏡花縁』を位置づけて、凌廷堪や焦循など、揚州学派といわれる学問流派の影響を小説から汲み取ろうとするものがある[38]。そのほか、前半部、とくに唐敖らの海外遊記の場面を「児童文学」として評価する見方などもある[39]。

（１）李汝珍の生没年など、基本的な事柄については、胡適「《鏡花縁》的引論」（一九二三稿。安徽教育出版社から二〇〇三年に出版された『胡適全集』第二巻、六九九―七三三頁所収のものを使用）、孫佳訊『《鏡花縁》公案弁疑』（斉魯書社、一九八四）、李明友『李汝珍師友年譜』（鳳凰出版伝媒集団 鳳凰出版社、二〇一一）などを参照。
（２）李明友『李汝珍師友年譜』（前掲）一〇頁参照。
（３）李汝珍『李氏音鑑』（光緒戊子重修、掃葉山房蔵板、一八八八）「余序」第二葉表。
（４）同右「石序」第一葉表。
（５）孫佳訊『《鏡花縁》公案弁疑』（前掲）五頁。
（６）李時人「李汝珍「河南県丞」之任初考」（『明清小説研究』総六期、二三七―二四二頁、一九八七）参照。
（７）王瓊玲『清代四大才学小説』（台湾商務印書館、一九九七）三六五―三六七頁参照。
（８）李汝珍『李氏音鑑』（前掲）巻五、第一九葉裏。
（９）『胡適全集』（前掲）第二巻、七〇〇頁。
（10）凌廷堪の移動および李汝珍との関係については、孫佳訊『《鏡花縁》公案弁疑』（前掲）、胡適「《鏡花縁》的引論」（前掲）のほか、［清］張其錦「凌次仲先生年譜」（［清］段玉裁・［清］鮑桂星等撰、薛貞芳主編、何慶善審訂『清代徽人年譜合刊』上巻、五〇八―五六一頁、黄山書社、二〇〇六）、李明友『李汝珍師友年譜』（前掲）を参照した。
（11）孫佳訊『《鏡花縁》公案弁疑』（前掲）四頁。ただし、張其錦が年譜に記した五五人の弟子のリストの中に、李汝珍の名は含まれていない（前掲「凌次仲先生年譜」）。李明友『李汝珍師友年譜』（前掲）一二〇―一二一頁参照。
（12）『朐海詩存』は、上海図書館に蔵されるものを使用した。これは道光壬辰（道光一二年、一八三二）三月の呉邦慶の序、および道光一一年夏四月の許喬林の序を収める。版刻の年代などについては未詳。
（13）同右。
（14）孫佳訊『《鏡花縁》公案弁疑』（前掲）三一頁。
（15）同右三〇頁。
（16）同右四頁。
（17）許喬林については、許厚文・崔月明主編『連雲港芸文志』（連雲港図書館編、瀋陽出版社、二〇〇一）六一―六二頁参照。
（18）許桂林については、趙爾巽等『清史稿』（中華書局、一九七七）巻四八二「列伝二百六十九・儒林三」、［清］阮元等撰『疇人伝彙編』（彭衛国・王原華点校、広陵書社、二〇〇九）巻五一、［清］許喬林『海州文献録』（道光二五年刊本の影印。文行出版社、一九七八）巻一一「人物」、李洪甫「李許年譜考略」（『鏡花縁研究』第二輯、六九—八〇頁、連雲港市『鏡花縁』研究小組、内部資料、一九八四）、許厚文・崔月明主編『連雲港芸文志』（前掲）四二—四三頁、六三—六五頁などを参照。彼の没年について、本書は李明友氏が『李汝珍師友年譜』（前掲）四〇二頁に示した道光元年（一八二一）説にしたがう。

（19）許桂林の著作については、『連雲港芸文志』（前掲）六三—六五頁参照。

（20）荒川紘氏は『東と西の宇宙論〈東洋編〉』（紀伊國屋書店、二〇〇五）の中で、中国の伝統的な宇宙論について述べ、宣夜説を「西方からの天の思想とは独立の中国土着の思想であった道家の宇宙観から生まれた宇宙論だったのではないか」と推測している（二〇七頁）。

（21）詹頌氏は『乾嘉文言小説研究』（国家図書館出版社、二〇〇九）の中で、『七嬉』と『春夢十三痕』の両者に対して、「小説を以て才学を見したもの〈以小説見才学者〉」という評価を与えている（五五頁）。この評価が、かつて魯迅によって、『鏡花縁』を評する際に用いられたものであることは、本書第二章にて述べるとおりである。詹氏は『春夢十三痕』を目にしていないといい、「小説を以て才学を見したもの」という評価は、『七嬉』第三篇「司花女子誦詩」の篇末に付けられた小滄の評語からの判断であると記す（当該書五五頁注釈①参照）。その他、孫殿起撰『販書偶記』（上海古籍出版社、一九八二）巻一二参照。なお『連雲港芸文志』（前掲）六四頁によれば、一九三三年『連雲報』連載本があるといい、新浦の彭雲と許厚文（彼は『連雲港芸文志』の主編でもある）が蔵しているという。

（22）李明友『李汝珍師友年譜』（前掲）三五八—三五九頁参照。

（23）『七嬉』は首都図書館に蔵されるものを使用した。首都図書館蔵『七嬉』は、冒頭ページ裏の中央に篆書の「七嬉」字があり、その右に「道光丁酉年鐫」「歩月楼蔵板」、左に「三味堂蔵版」の情報が添えられている（「歩月楼蔵板」字は、後から加えられたものと思しい）。道光丁酉は一八三七年のこと。『七嬉』とその書き手については、孫佳訊《鏡花縁》公案弁疑』（前掲）二〇—二三頁を参照。かつて寧稼雨氏は『中国古代小説総目　文言巻』（斉魯書社、一九九六）三二七頁において、棲雲野客を「誰かは未詳」と記し、李汝珍および史震林（一六九一—一七七八。『西青散記』の作者）と同時代の人物であると記したが、李と史の生年を考えたとき、おそらくそれはあり得ない。史震林の名が出てくるのは『七嬉』本文（第四篇「善鬼不単名鬼」）に由来するが、本書ではその「史震林と関係があった」らしき言及を、許桂林の筆の遊びに属するものと考えている。

(24)　版本については『《鏡花縁》公案弁疑』(前掲)一三二—一三九頁参照。
(25)　大塚秀高『増補中国通俗小説書目』(汲古書院、一九八七)一五三頁。
(26)　北京図書館に所蔵される「馬廉隅卿旧蔵」のこと。この刻本には年代が記されておらず、『《鏡花縁》公案弁疑』(前掲)二九頁によれば、六家の「題詞」が付されているという。嘉慶二三年というのは、孫佳訊の考証による。氏は「道光元年刻本」を、その前の刻本(すなわち「蘇州原刻本」)から、わずか一、二年の間隔で書を再刊することが考えにくいこと、また、『鏡花縁』正文の末尾に付された菊如(蕭栄修のこと)の「小記」などから、この年代を推定している(『《鏡花縁》公案弁疑』二二三—二二五頁)。
(27)　『続修四庫全書』および『古本小説集成』所収のものを使用。正文全一〇〇回の他、冒頭には許喬林、洪棣元、麦大鵬、謝葉梅らの「序」、人物を描いた図版一〇八葉および、孫吉昌、蕭栄修、許祥齢、范博文、朱玫、胡大鈞、邱祥生、金翀、金若蘭、浦承恩、銭守璞、朱照、徐玉如、陳瑜らの「題詞」が付されている。各回には許祥齢(蔬菴)らの「眉批」と「識語」がある。
(28)　『絵図鏡花縁』は、一九八五年に、北京市中国書店から影印出版された。正文全一〇〇回の他、二四枚の人物画と各回二枚ずつの図版がある。王韜の「序」が加わっている他は、「題詞」「眉批」「識語」など、道光一二年の木刻本に同じ。
(29)　費施曼(Фишман О. Л.)による『鏡花縁』(Цветы в Зеркале)は、全訳といい、一九五九年にモスクワとレニングラードで出版されたという。王麗娜「《鏡花縁》的外文翻訳及研究論著」(『中華文史論叢』第三二期第四号、二二三—二三一頁、一九八四)参照。
(30)　石印本『絵図鏡花縁』(前掲)「絵図鏡花縁原序」より。
(31)　王瓊玲氏は『清代四大才学小説』(前掲)の中で、『鏡花縁』の医法について、『本草綱目』をはじめとする伝統的な医薬書を引きながら、解説を施している(四一八—四三八頁)。
(32)　[清]陸以湉『冷廬雑識』(『清代筆記叢刊』第三冊所収、斉魯書社、二〇〇一)二五九三頁。『鏡花縁』第二六回には、多九公が厭火国でヒゲを焼かれた林之洋に薬を調合する場面がある。
(33)　『新小説』第二年第一号(一九〇五)の俠人「小説叢話」、『新小説』第二年第三号(一九〇五)の定一「小説叢話」、『月月小説』第八号の趼「雑説」(一九〇七)など。これら三点の記事に関して、武田雅哉・林久之『中国科学幻想文学館』(あじあブックス三五、大修館書店、二〇〇一)上巻一五一—一五四頁参照。

(34) 武田雅哉『中国飛翔文学誌——空を飛びたかった綺態な人たちにまつわる十五の夜噺』(人文書院、二〇一七)「第五夜 天翔る〈飛車〉」および「第六夜 進化する〈飛車〉」(一四〇—二一八頁)には、『鏡花縁』を含めた、中国文化における「飛車」についての分析がある。

(35) 『鏡花縁』を、女性に着目して論じたものには、胡適「《鏡花縁》的引論」(前掲)のほか、駒林麻理子「鏡花縁——その婦人問題と女性たち」(『東海大学紀要』(教養学部)第七号、六一—七九頁、一九七六)や、張蕊青「為女性謀解放的〝先鋒〟小説——《鏡花縁》」(『明清小説研究』総五二期、一三八—一四四頁、一九九九)などがある。

(36) 『中国小説史略』の全体は、一九二四年に書き上げられ、一九三一年にいまの形となった。本書で用いる『魯迅全集』(人民文学出版社、一九八一)第九巻は、後の修正を経た一九三五年の第一〇版本を収める。

(37) 斉裕焜・陳恵琴『鏡与剣——中国諷刺小説史略』(文津学術文庫一、文津出版社、一九九五)や[韓国]呉淳邦『清代諷刺小説研究』(北京大学出版社、一九九五)、黄克武『言不褻不笑——近代中国男性世界中的諧謔、情欲与身体』(聯経出版公司、二〇一六)第三章「《鏡花縁》之幽默——清中葉幽默文学之分析」(一四五—二二六頁)など参照。

(38) 例えば張蕊青氏は「乾嘉楊州学派与《鏡花縁》」(『北京大学学報』(哲学社会科学巻)第五期第三六巻、一〇三—一〇七頁、一九九九)の中で、焦循が主張した「経典から経典を論ずる〈自経論経〉」という学問態度が、『鏡花縁』の多九公の学問態度と類似することを指摘している。

(39) 例えば邵士権氏は「論《鏡花縁》対中国古典小説美学標準的新拓展」(『人文雑誌』第七一期第三号一一九—一二四頁、一九九一)の中で、前半の唐敖らの海外巡りの場面が児童教育に益するものであるという。一九八〇年代以降に現れる児童向けリライトや連環画の類もまた、海外遊記部分のみを切り取ることが多い。

第二章　〈圏〉について——わかるものとわからないもの

黒歯国の娘たちとの議論（孫継芳図）

睡魔を払い、笑わせる書――「才学小説」『鏡花縁』

かつて魯迅は、『鏡花縁』に百科事典的知識が多く織り込まれていることを特徴として捉え、同時代の夏敬渠『野叟曝言』、屠紳『蟫史』、陳球『燕山外史』などと並べ、それらを「小説を以って才学を見したもの」と評価した。『鏡花縁』については、次のように解説が施されている。

> 雍正と乾隆のころより、江南の人士は文字の獄を警戒し、歴史に関することは避けて語らなかった。方向を変えて、経書や子書を考証し、小学に及んだ。芸術の些細なものもまた捨て去らなかった。ただことばは実証を求めて、空論を嫌ったから、博識の風潮が、ここにおいて盛んになった。気風ができれば、学者の面目もまたおのずから具わった。小説は「道聴塗説するものが作るもの」であり、歴史家に「読むべきものはない」とされたから、述べる価値がないとしたのである。しかしなお、李汝珍作の『鏡花縁』が現れた。
> （『中国小説史略』第二五篇「清之以小説見才学者」[1]）

文字の獄というのは、発表した文章が皇帝や政権を批判していると見なされて罰せられる事件をいう。清代はとくに康熙の頃より顕著となり、この時期を代表する学問である考証学は、この風潮が一因となって盛んになったことが指摘される。魯迅によれば、それは小説の価値を下げたが、そんな中にあって生まれた小説が『鏡花縁』なのだということだ。そして続く箇所において、李汝珍について簡単に紹介し、彼の音韻学上の成果を述べた後で、次のように続ける。

おもうに音韻の学に精通しながら、なおあえて旧来の慣習を変えたからこそ、学者の列にいることができたのであり、博識にして多方面に通じていながら、なおあえて小説を成したのである。ただ小説においてもまた学問や芸術を取り扱い、経典を並べたてて語り、いつまでもとめどなく、みずからやめられないのは、博識にして多方面に通じていることがまたその害になったのである。（同右）[2]

これ以降『鏡花縁』は、魯迅の評価を踏まえて「才学小説」と呼ばれることになる。

後に、台湾の王瓊玲（おうけいれい）氏によって『清代四大才学小説』なる研究書が編まれているが、これは魯迅の意見を踏まえた上で、上記四種の小説を丹念に検討したものである。氏はこの中で、作品中に作者の才学を織り込むことは、そもそも中国小説の一大特質であると明確に記し、その上で、それらとは一線を画する四種の「才学小説」について、次のような解説を施している。

『野叟曝言』、『蟫史』、『燕山外史』、『鏡花縁』の四種の「才学小説」は、すなわち、小説という形式を用いて、個人の才学を並べ立て、ひけらかした作品である。作者の創作の真意は「才能を表に顕（あらわ）すこと」であり、また「小説を執筆することを手段とし、道具として、その個人の才学を展開してひけらかすという主要目的を達成しようと試みること」である。「才学小説」は、作者個人の内にある才学を展開することを主眼に置くため、小説芸術のさまざまな要求に対して、ときに気を配りはするが、才を衒（てら）うためには、重視され遵奉されるのが常であるとは限らない。（王瓊玲『清代四大才学小説』[3]）

王氏の解説に従えば「才学小説」は、単に小説内に作者の才識が込められたものだ、と定義するだけでは不十分であるようだ。なぜなら、その名を冠するためには、その小説が、才識を有する書き手の自己顕示によって作られていることもまた重要とのことだからである。そして従来、「才学小説」という用語は、王氏がここで提出するような意味で用いられてきたと言えるだろう。

しかし、仮にそうであるなら、「才学小説」たる『鏡花縁』には、一つの大きな問題があるようにも思われるのである。『鏡花縁』に書き手の学識が存分に込められ、それがひとえに、才を衒う目的でなされたものであるなら、読み手ははたして、百科事典的知識の織り込まれた長大な物語を前に、書き手の才識に眩むことなく、楽しんで読み進めることができるのだろうか。

楽しむ、ということについていえば、『鏡花縁』は、今から二〇〇年ほど昔の、正式な版刻以前に、すでに読者を持っていた作品なのであった。前章で紹介した許喬林の序を思い出していただきたい。その序には、版刻前に手書きで伝えられていたこと、そしてその出版に際して、人々の協力があったことが記されている。むろん序文であるから、多少なりとも宣伝の役割も担っていたことだろうが、それを差し引いた上でなお注目すべきは、『鏡花縁』が「睡魔を払い、人を笑わせる」書であると性格づけられていた点なのである。

この「睡魔を払い、人を笑わせる」書といった評価はまた、書き手が同意していたものでもあった。『鏡花縁』第二三回にはそのことが、海外貿易を生業とする林之洋のことばとして現れている。ここで見てみることにしよう。

第二三回、林之洋は淑士国なる国にて、多くの子どもの前で知ったかぶって、つい『少子』などという、ありもしない書物の名を口に上らせてしまう。好奇心旺盛な子どもたちは林之洋に、いったいそれはどういう書物なのかと問い質す。すると林之洋は、次のように、でたらめに、その書の性格を述べ始める。

「その『少子』という書物は聖朝太平の御世に現れたもので、わが天朝の読書人が作ったもんだ。この人は老子の末裔なんである。老子が作ったのは『道徳経』で、語ったのはどれも深遠で奥深いことだ。彼のその『少子』は、遊戯を主としているが、暗に勧善の意が寓され、風人〔古代、民歌などを採集した役人〕の旨を外れてないし、そこには諸子百家、人物花鳥、書画琴棋、医卜星相、音韻算法などが書かれ、一つもないもんはない。その上いろんな種類の灯謎、多様な酒令から、双陸〔以下五種もみな遊戯を指す〕、馬吊、射鵠、蹴球、闘草、投壺にいたるまで百戯の類が載っていて、それら一つ一つがどれも睡魔を払い、人を噴飯させるのだ。」(第二三回)[4]

老子の末裔というのは、すでに述べたように、老子が李姓であることから、李汝珍を指すものと解釈される。ならば『少子』はすなわち『鏡花縁』ということになるが、それはここでは『道徳経』(『老子』とも)に並ぶ書であるという。老から少(年若い、の意)が引き出されているというわけだ。それには、学問知識や遊戯遊芸が盛り込まれ、勧善の意が込められ、それぞれが睡魔を払い、人を笑わせるのだという。

そして後に検討するように、『鏡花縁』第一〇〇回にもまた、ふさぎの病を抱えていた友人が、『鏡花縁』を読んで笑い、気分を晴らしたということが記されている。それは病を癒すというのだ。こういった記述からもまた、『鏡花縁』が笑いを起こさせる性質を持つものである、ということを書き手が考えていたことがうかがえるのである。

ではこのような、物語を楽しんだ読み手の存在を伝える記事があるからには、物語に織り込まれた才学が「読み手を限定する」ことについての心配は、一切無用なのかといえば、やはりそうではないらしい。中国文学者の松枝茂夫（一九〇五―一九九五）は「『鏡花縁』の話――異国巡りの小説」の中で、『鏡花縁』についての読後感を以下のように述べている。

（略）おしまいまで読みは読んだが、率直な感想を申しあげると、どうも非常に面白かったとは云いかねる。第一、海外旅行の話ではあるが、海洋の描写なんか薬にしたくもありはしない。それに恐ろしく長い小説で、凡そ一百回、上海の亜東図書館発行の新式標点本は一頁四百三十字詰で千頁に近い。かてて加えて作者が実に悠然たる構えで悠々閑々と書いていて、相当以上に退屈な上に、無数の人物が一時に現われて頭はこんがらがってしまう。又魯迅の『中国小説史略』にこの小説を「才学小説」（詳しくは「以て才学を見わす所の小説」）の項に入れていることからも察せられる如く、詩文や経学、ことに音韻学の知識を小説の中でむやみにふり廻している。これにはまことに当てられた。暑さは暑し、正直のところ睡魔と闘うことだけでも手一杯だった。（「鏡花縁の話」[5]）

一九三九年の文章だから、当時の松枝は三〇代半ばということになる。つまり『鏡花縁』は若き日の松枝茂夫に、「睡魔と闘うことだけでも手一杯」と、許喬林や李汝珍とは正反対の思いを表明させてしまったというわけだ[6]。

ただし、このようにして読み手が書き手の意図に反した思いを抱くという事態は、よくあることだろう。まして松枝のような、書き手とは時代も国も異なる読み手であれば、なおさらである。そしてまた、おもしろさがわからない、などというのは、何も百科事典的知識とは関係なく起こり得ることでもあるのだが、この場合、その原因が、とりもなおさず、この小説の特質に深く関わるだろう経学や音韻の知識そのものであるあたり、たいへん興味深く思われるのである。

なぜ興味深いのか。それは『鏡花縁』を前にした読み手が、この小説をおもしろいといったり、つまらないといったりすることじたいが、この小説の本質と大きく関わっているからである。その意味で、この松枝の何気ない言及は非常に重要である。

本章では、作品をおもしろいとするものを、「わかるもの」とし、つまらないとするものを、「わからないもの」として、二種類に分かれる読み手について考察する。後にみるように、『鏡花縁』には、読み手がこの二つの極に分かれることそのものが、相当の筆を尽くして描かれている。そのような執筆の態度からは、「わかるもの」と「わからないもの」に対する、書き手のこだわりとまなざしとをうかがうことができるだろう。そしてまた、そのことを検討し、書き手に対して思いを馳せることで、『鏡花縁』の「才学小説」性について、少し解きほぐされることになるはずである。

笑うことと、笑われること——黒歯国と岐舌国の場面から

「わかるもの」と「わからないもの」、この二者の対立は、『鏡花縁』物語の中に、相当な筆を尽くして書かれている。まずは具体的に眺めて行くことにしよう。

はじめに取り上げるのは、唐敖ら一行の海外巡りの中で、黒歯国なる国を訪れる場面である。黒歯国は女性の学問が奨励され、紅おしろいより書物が売れるような国である。一八世紀の終わり頃には、すでに『子不語』の作者としても知られる袁枚(一七一六—一七九八)のもとに集う女弟子が有名だが、中国で女子教育が盛んになるのは一九世紀末であるから、およそ八〇年前にこのような設定を小説に施したあたり、李汝珍の先見性が現れて

いる。ちなみに『鏡花縁』の中で唐敖らが巡る三十余国について、その記述の長さは一律ではなく、黒歯国は、岐舌国や女児国と並んでわりに紙幅の費やされる国と言える。つまりは、書き手の「書きたいこと」に近い事柄であったと考えることができるだろう。

唐敖と多九公はここで、盧紫萱（ろしけん）と黎紅薇（れいこうび）という二人の才女と問答をするのだが、この国における両者は、中国からやって来た文人が、異国の少女に教えを垂れるといった図式があり、客人に慇懃な対応をする少女たちに対して、知識と見識を備えた多九公はやや傲慢な心持ちである。唐敖はわりに中立的立場を保っている。

以下に引くのは、紫の服を着た盧紫萱が、多九公に対して、書を読むこと〈読書〉、文字を識ること〈識字〉、字音を知ること〈知音〉のための、その大本として、反切（はんせつ）とはいかなるものかという問いを発する場面である。

> 多九公がいった。「わたくしも幼い頃、そのことを心に留めましたが、いかんせんいまだ真伝を得ておらず、十分精通できておりません。才女が今いわれたように、学者先生でさえ、反切のことに論が及ぶと、目をまるくして黙ってしまうのに、まして我々、ほんの上っ面しか知りもしないで、どうしていい加減なことがいえましょう。人に笑われます。」紫の服の娘はそれを聞くと、赤い服の娘（黎紅薇）の方を向き「本題をもっていうなら、〝呉郡大老倚閭満盈〟じゃなくて？」とそっと笑いかけた。赤い服の娘はうなずいて笑った。唐敖はそれを聞いて、さっぱりわからない。（第一七回）[7]

この〈呉郡大老倚閭満盈〉ということばは、あえて翻訳を試みるなら、「呉郡の大老、門によりかかり満ち足りた気分になる」といったところだろうか。「さっぱりわからない」わけだが、すなわちそれが、唐敖の気持ちということになる。このことばは、後に、林之洋の助言によって、いわれた多九公自身が解読することになる

〈第一九回〉のだが、実は盧紫萱は、多九公に対して、「盲人に道を問う」〈問道於盲〉という意味のことばを発しているのであった。そして、なぜそうなるか、といったあたりで、ここでの本題、つまり反切が関わることになる。

反切は、中国で伝統的に用いられてきた表音法のことである。現在の中華圏では、漢字の音をアルファベットや注音字母などの、表音性のある文字や記号で表すことが一般的だが、その種の方法が定着するのは、二〇世紀を待たねばならない。それまでは、漢字の音を示すのに、漢字それ自体が用いられ、一文字は二文字の組み合わせによって表されてきたのである。その方法を反切といい、字音を声母と韻母の二つの要素に分け、漢字二文字の上の字（反切上字）の声母と、下の字（反切下字）の韻母を組み合わせるといったもの。たとえば『広韻』（一〇〇八）に見える〈東　徳紅切〉について言うならば、この四字は、〈東〉の音が、〈徳〉の字音〈tək〉の声母〈t〉と、〈紅〉の字音〈ɣuŋ^{1}〉の韻母〈uŋ^{1}〉の組み合わせ、すなわち〈tuŋ^{1}〉で表されることを示している。[8]

『鏡花縁』に戻れば、つまりこの〈呉郡大老倚閭満盈〉の八字は、二字ずつ四組にして、反切により音を導き出したとき、その音が〈問道於盲〉、すなわち「盲人に道を問う」という意味になるというわけなのである。[9] 才女たちは、中国の客人に教えていただく、といった態度でもって、多九公を持ち上げつつ、しかしその裏でひっそりと、相手を「盲人」とからかっているわけで、彼女たちのほうが一枚うわてというわけなのだ。

ここで注目すべきは、この謎のことばを知るためには、そのことばを解くためのカギが共有されていなければならない点である。謎を発した盧紫萱にそのカギが握られているのは当然として、黎紅薇もまた盧紫萱に笑いかけることで、謎を解くカギを持っていることを相手に伝えている。だが、二人が笑ったとき、「多九公と唐敖」は、その笑いの意味を解していない。

このような状況は、実は読み手の側にも影響している。この八字の意味を、後の多九公自身の謎解き以前に理解する読み手がいたとき、やはりその人は、「盧紫萱と黎紅薇」、そして書き手とともに「笑う」のであり、それは同時に「多九公と唐敖」を「笑う」ことになる。つまり、この黒歯国の問答の場面には「わかるもの」と「わからないもの」の対立が描かれているわけであるが、それは読み手も巻き込まれる類のものと言えるのである。このような場面は『鏡花縁』の至るところに見られる。もう一つ、岐舌国の場面を例に挙げよう。

『鏡花縁』において岐舌国は、音韻学が盛んな地域で、その奥義が秘された地であることになっている。奥義とはつまり字母図（じぼず）（図1）のことなのであるが、これはすべての音節を一覧できる類の表であって、いまで言うなら、中国語の教科書などについている「中国語基本音節表」にあたる。音韻学者であった李汝珍にとって、この字母図は、自身の学問の集大成とも言えるものだ。

　音韻学を含めた言語学は当時「小学」と呼ばれ、「小」の字が示すように、古代において軽視される傾向にある学問であるが、経典解釈に欠かせないものであったことから、清代において非常に盛んになる。『鏡花縁』が誕生する乾隆から嘉慶にかけてのころには、「小学」はまた、さまざまな蓄積があるはずなのだが、物語では一貫して「重要なのに顧みられない」ことが嘆かれ、そのため重視すべきもの、として扱われることになる。したがって、唐敖らも岐舌国に音韻学の奥義が秘されると聞いて浮き足立つし、そこで手に入れた字母図を神の啓示とばかりに大切にする。そして岐舌国においてなんとか手に入れた字母図を読み解くことが、詳細に描かれる。

　しかしこの字母図、実際にご覧いただければおわかりの通り、丸だらけだ。後の議論の都合上、この丸を以下、原文のままに〈圏〉と記すことにするが、「まる」と読んで差し支えないし、それは「○」のことである。

　この〈圏〉の羅列を読み解くためには、またもや反切の知識を有していることが重要で、つまり横の漢字の羅列は反切の上の字の役割を持ち、縦の漢字の羅列は下の字の役割を持っていて、それらを組み合わせるとすべての音が表せるということになるわけなのである。この〈圏〉は、韻図を書く際に伝統的に用いられるもので、そ

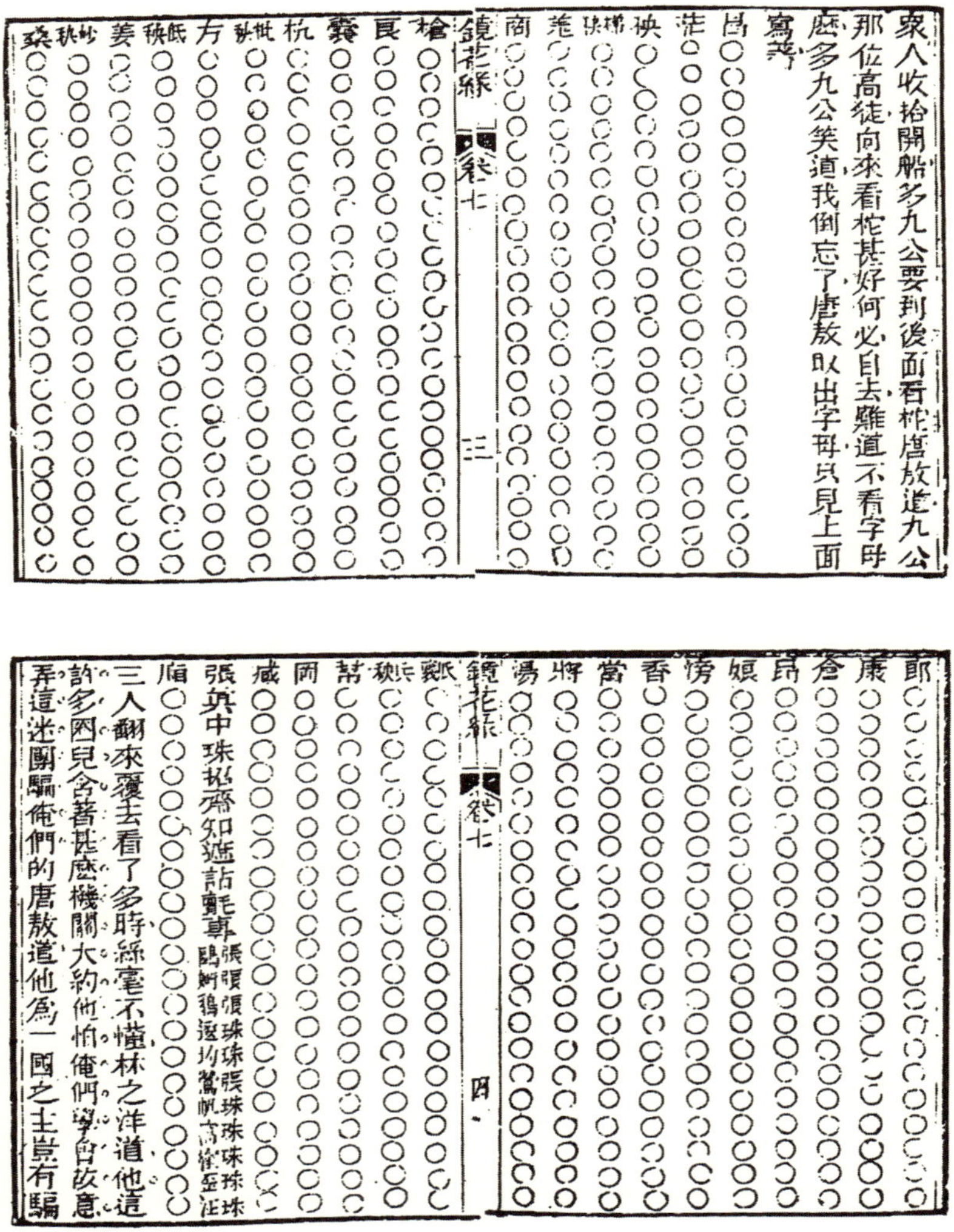

衆人收拾開船多九公要到後面看柁唐敖道九公
那位高徒向來看柁甚好何必自去難道不看字母
麽多九公笑道我倒忘了唐敖取出字母只見上面
寫著

鏡花緣　卷七　三

鏡花緣　卷七　四

三人翻來覆去看了多時絲毫不懂林之洋道他這
許多圈兒含著甚麽機關大約他怕俺們學會故意
弄這迷團騙俺們的唐敖道他爲一國之主豈有騙

図1　字母図（木刻本『鏡花縁繡像』より）

のようにして導き出される字音の代替物であると言うことができる。該当する文字がある場合もあるし、ない場合もある。

しかし、唐敖らにははじめ、そのカラクリがわからない。彼らは幾度も繰り返して読むなどして、字母図と格闘するのだが、ふと岐舌国人のむすめである枝蘭音(しらんいん)が、六行目の〈商〉以下の〈圏〉を、「もし〝張真中珠〟の例に倣って読みましたら、〝商中椿書〟ではないかしら」と読み解いてしまう。いぶかしんだ多九公がついで、〈香〉の字のところはどう読むのかと尋ねると、蘭音の発言に先んじて、今度は林之洋が「おれにいわせれば〝香欣胸虚〟だな」と読み解いてしまう。その後、唐敖と林之洋のむすめ林婉如もまた、それらの〈圏〉が何であるのかを読み解いてしまう。

この、岐舌国で登場人物たちが〈圏〉を読むくだりについては、そこに至る前の段階で、書き手によるほのめかしが見られるようだ。それは岐舌国に入る前、唐敖ら一行が立ち寄る毘騫国(ひけんこく)[10]という、「盤古(ばんこ)の旧案」なる古代の文書が収められる場所に置かれている。毘騫国で唐敖らは、〈圏〉や点だらけの古代文字を目にし、意味がさっぱりわからないため、すぐに立ち去ろうとするのだが、そこで書き手は、林之洋に、次のような発言をさせているのである。

「やつの書は、〝圏〟ばかりで、おそらくむかし盤古のしたことがすべて、この〝圏〟を飛び出せなかったから、どれもこんななんだろうな。『ただ〝圏〟の中にいる者だけが、〝圏〟の中の意味を知る』ってこった。俺たちにどうしてそんな謎が解けるもんかい。」(第一六回)[11]

ここの〈圏〉には、二つの意味がある。まず一つ目は、林之洋らが目にした、「読めない文字」で、字形「○(まる)」

のことである。そしてもう一つは、圏外、などといったときの、「範囲」のことである。
はじめ、読み手はおそらく、林之洋の発言を、〈圏〉の異義を用いた、意味のあまりない、単なることば遊びのように思うことだろう。それまでの発言を考えると、林之洋が口にすることは、たいてい下らないからである。しかし岐舌国の場面に至り、それは俄然、意味を持ち始める。林之洋はその文章を書いた者たちの、自分と異なる〈圏〉（範囲）を推測し、その上で「ただ〝圏〟の中にいる者だけが、〝圏〟の中の意味を知る」と発言していたのであった。

その上、この発言は、「わかるもの」と「わからないもの」を考える上で、非常に重要なことを示唆している。フランスの哲学者ベルグソンは、その著『笑い』の中で、集団と笑いの関係について、次のように述べている。

我々の笑いは常に集団の笑いである。諸君は汽車中なり共同食卓なりにおいて、旅行者たちが世間話を語り合っているのを聞かれたことが多分おありであろう。その話は彼らが心からそれを笑っているから、必ずや彼らにとってはおかしいものにちがいないのだ。諸君ももしかその仲間であったなら、彼らと同じように笑ったことであろう。けれども諸君はその仲間でなかったから、少しも笑いたい気はしなかったのである。さる人に向かって、みんなが感涙にむせんでいる説教になぜ涙をこぼさないかを尋ねると、その人は「私はこの教区の者ではありません」と答えた。この男が涙について考えたことは笑いについてはいっそう真実であろう。どんなにあけすけなものと思っても、笑いは現実のあるいは仮想の他の笑い手たちとの或る合意の、殆ど共犯とでも言いたいものの、底意をひそめている。観客席がぎっしりと詰まっていればいるほど、劇場において、見物客の笑いが拡がるということを、幾度となく人は言わなかったであろうか。他方、多くの滑稽な効果は一つの国語から他の国語に翻訳することのできないものであり、従って一つの特殊社会の習俗なり観念なりと相関的なものであるということを、幾度となく人は注意しなかったであろうか。（ベルグソン著『笑い』、林達夫訳）(12)

ベルグソンによれば、「笑い」とは「現実のあるいは仮想の他の笑い手たちとの或る合意の、殆ど共犯とでも言いたいものの、底意をひそめている」のであり、「一つの特殊社会の習俗なり観念なりと相関的な者」であるという。つまり「笑い」には、本質的に、言外の、笑うために必要な何か別の「約束事」があるということで、「笑われるべき何か」は、「それを笑うための約束事」が了解される集団に置かれてはじめて、「笑い」が生まれるというのである。

林之洋の発言に注意しながら岐舌国の場面に戻るなら、ここではまさしく、「ただ〝圏〟の中にいる者だけが、〝圏〟の中の意味を知る」事態が起こっている。この字母図は、枝蘭音、林之洋、唐敖、林婉如、多九公の順に、読めるようになってゆくが、これはまた、〈圏〉のカラクリを「わかるもの」の〈圏〉〈集団〉に入っていく順序でもあるのである。〈圏〉を読み解くことは、字母図の〈圏〉のカラクリを「わかるもの」という〈圏〉に属することになるわけなのだ。つまり『鏡花縁』の岐舌国には、そのカラクリを楽しそうに確認し合う「わかるもの」たちと、そのようすを不愉快に思う「わからないもの」の対立が端的に描かれているのである。

林之洋が「唐さんは、ほんとにわかったのかい？ おれがちょっと試験しよう。もし〝張真中珠〟に倣ったなら、〝岡〟の字はどう読むんだい？」というと、唐敖が「当然〝岡根公孤〟ですな。」といった。林之洋が「〝秧〟の字は？」というと、続いて林婉如が「〝秧因雍淤〟だわ。」といった。多九公はそれを聞いて、ただ眺めてぼんやりするばかり。長いこと考えた末に、突如顔に冷笑を浮かべるとこういった。「わたくしわかりましたぞ。あなた方は岐舌国で、どうやったかは知らんが韻書を盗み、夜の間にこっそり読んで頭に入れ、いまここでわたくしをなぶっておられるのですな。それはどう役に立つのですか？　はやくその韻書を出して、わたくしにお見せなさい！」(第三一回)[13]

「わかるもの」が楽しげに、ことばで説明できないが、しかし確かに感得した「約束事」を確認し合っている一方で、「わからないもの」である多九公は、自分をからかうために共謀していると発言する。この「わかるもの」たちの、問題を出しそれに答えるという行為は、「盧紫萱と黎紅薇」が交わした「笑い」と近い行為であり、その行為によって、互いが同じ〈圏〉の中にいることが確認される。それはベルグソンの引用に見られた、集団の笑いにとって不可欠な「底意」の確認と言い換えてもいい。そして読み手がこの〈圏〉と無関係ではいられないことは、先の黒歯国の場面と同じなのである。

書き手の〈圏〉——李汝珍の周囲の記事から

この「わかるもの」たちの形作る〈圏〉は、物語の外の、李汝珍にまつわる記事からもうかがうことができる。以下、それらについて見て行きたい。

すでに言及した李汝珍の音韻学の書である『李氏音鑑』には、彼の義弟でもある許桂林が、嘉慶一二年(一八〇七)に序を付している。そこには親戚である李汝珍との良好な関係が、次のように示されている。

松石兄は、博学にして多方面に秀でていた。彼は胊(今の連雲港一帯)にいるとき、わたしとの投合がとても篤かった。かつて彼と音理について気ままに話し、二人が古今の説へ広く渉ると、同席したものは目をまるくして舌を巻いた。そうして二人はお互い見合って笑い、心にわだかまるところがなかった。（『李氏音鑑』巻一、許桂林の音鑑後序(14)）

ここに見られる「お互い見合って笑い、心にわだかまるところがなかった」〈相視而笑，莫逆於心〉ということばは、ことばを介さずに互いと気持ちを通じさせることの表現として、古くは『荘子』「大宗師篇」などに見られるものである。

子祀、子輿、子犂、子来の四人が、あるとき語りあった。「だれか無を頭とし、生を背とし、死を尻とすることができるものはないだろうか。生と死、存と亡とが一体であることをさとるものはないだろうか。もしあれば、友だちになりたいものだ」そういって四人はたがいに顔を見合わせて、にっこりと笑い、心からうちとけて、そのまま親友になった。（『荘子』「大宗師篇」、森三樹三郎訳(15)）

気心の通じた親友を「莫逆の友」というが、それはここに由来する。ここで子祀、子輿、子犂、子来の四人は、「無を頭とし、生を背とし、死を尻とする」ことや、あるいは「生と死、存と亡とが一体である」ことといった、両極にあるものが実は同一であるといった、きわめて抽象的で、通常の論理では理解も説明もできないことについて、物を言わず「たがいに顔を見合わせ」て、「にっこりと笑」うことによって、互いの理解を確認しあっている。そして「にっこりと笑」うことで、「そのまま親友になった」という。つまりこの〈相視而笑，莫逆於心〉ということばは、微笑み合うことで互いに親和することであり、それは先に見た「盧紫萱と黎紅薇」

の「笑い」と近い行為であるだろう。
つまり許桂林の文章からは、音韻についてのさまざまな説を出し合って対話する「許桂林と李汝珍」が、「盧紫萱と黎紅薇」のような〈圏〉を作っていたことがうかがえるのである。そして、周囲の者は盧紫萱のいう「学者先生」のように、「目を見張って舌を巻」いたという。それはすなわち、「許桂林と李汝珍」が音韻という一面において、同じ〈圏〉内の者であったということについての、許桂林による表明でもある。

次に、李汝珍と許桂林がこのような関係にあったようであることについて、両者の残した小説作品を取り上げて見てみよう。李汝珍に『鏡花縁』がある一方で、許桂林にもまた『七嬉』があることはすでに述べた。『鏡花縁』には、彼の得意としていた音韻学や四書五経の知識に加えて、灯謎や酒令など、さまざまな遊戯が織り込まれているが、そのことは『七嬉』もまた同様なのである。(16)

たとえば『七嬉』第五篇「洗炭橋」(17)冒頭には、次のような記述が見られる。

むかし、雲台山のふもとの人から、彭祖についての物語を聞いたことがあるが、それはとてもめずらしく変わっているので、『酉陽雑俎』に記される「天劉翁」と「旁㐌擲錐」の物語になぞらえて、拙文にてこのことを述べようと思う。ただ、たくさんの鬼が彭祖を捕まえようとして捕まえられないことと、後に炭を洗う者に出会うことを、そのまま述べただけでは、物足りなさを免れないだろう。近頃、松石道人が『鏡花縁演義』を書き、初稿はすでにできあがり、版木に彫ろうというところであるが、そこには、酉水、刀巴、才貝、无火という四つの関門が登場し、警世の意図が込められている。そこでその趣向を借りて、聞いた話を潤色して、甲乙から庚辛までの八匹の鬼の物語にした。八匹の鬼のほかは、どれもみな言い伝えられる話であり、わたしが増減した事柄はない。(『七嬉』「洗炭橋」冒頭)(18)

これは許桂林が、なぜ「洗炭橋」という物語をつづるに至ったのかを述べた部分であり、執筆時に念頭にあったさまざまな事柄——彼が雲台山のふもとで聞いた民間説話や、［唐］段成式『酉陽雑俎』に収められた二種の物語など——が記されている。のみならず、この記述からは、許桂林が『鏡花縁』を版刻前に読み、そして『鏡花縁』の中にある「酉水、刀巴、才貝、无火という四つの関門」をおもしろいと感じて、自らの創作の中に生かしたらしいことが表明されている。「酉水、刀巴、才貝、无火」は、「酒色財気」を一文字ずつ分解し、それぞれ二字にしたものである。(19)「気」がなぜ「无火」になるのかがわかりにくいが、「気」の古字に「炁」という文字があり、ここではそれが分解されている。

この「酒色財気」という要素は、『鏡花縁』においては、武則天を守る四つの関門の名として登場し、武則天の廃位を望む一団を迷わせる。そして一方「洗炭橋」では、彭祖を捉えるために遣わされた計八匹の〈鬼〉を迷わせる。「酒色財気」とはそもそも、伝統的に戒めるべきとされた四つの要素であるが、小説ではそれらが、物語を膨らませるための材料として用いられているというわけなのである。同じような要素には、算学問題や灯謎、音韻遊戯などがあり、いずれも『鏡花縁』『七嬉』の両者に確認できるものだ。このあたりのことについて、詳しくは第七章で見ることになる。

ちなみに『七嬉』「氷天謎虎（ひょうてんべいこ）」篇末には、李汝珍が松石道人なる名で、「氷天謎虎」を事前に読んで、その感想を記した文章が付されている。「洗炭橋」冒頭の記述と合わせて考えたとき、李汝珍と許桂林は、互いに版刻前に相手の小説を読んでいたらしいことがわかる。

このような『鏡花縁』と『七嬉』の重なりからは、李汝珍と許桂林の両者が「何をおもしろいと考えていたか」の重なりをうかがうことができる。共通点の多さは、両者の重なりの大きさを示している。先に、二人の間には少なくとも、音韻に関しての共通の知識があったらしいことを、『李氏音鑑』の許桂林の序を引いて述べたが、「酒色財気」や算学問題、灯謎や音韻遊戯など、こまごまとした雑多な事柄についても、同じような状況があったようなのである。

さまざまな〈圏〉

筆者はさらに、〈圏〉ということばもしくは観念じたいについて、書き手とその仲間にとって、強く意識されていた要素であったように考えている。そのことについて、本節および次節では、他の明清小説をひもときながら考えてみたい。

明清小説を眺めていると、さまざまな〈圏〉を目にすることができる。[清]天花才子撰『後西遊記』は、孫悟空の末裔である孫履真が仲間の大顛和尚、猪一戒、沙弥らと共に、西天へ向けて旅をする物語であるが、彼らのその道中には、下敷きとなった『西遊記』と同様、やはり多くの困難が待ち受けている。例によって和尚と猪一戒が敵に捕らえられ、孫履真は彼らを救い出すべく、造化小児なる者と戦うことになるが、その者の武器がすなわち〈圏〉なのであった。造化小児の用いる〈圏〉は、「名圏」「利圏」「富圏」「貴圏」などさまざまな種類があり、それを投げつけられたものは、〈圏〉に捕らわれてしまうのだという。しかし孫履真は、酒色財気、貪嗔痴愛など、さまざまな〈圏〉を軽々とかわす。

> するど酒色財気の四つの圏が一斉に投げつけられた。孫履真はそれを見ても、慌てず騒がず、一つ来たらひょいと跳び、二つ来たらひょいひょいと跳ぶといった風で、龍が住処を出て、鳳が巣を離れるが如く、一

瞬の間に、三つ四つの圏に出たり入ったり、ときに中で一服したりと遊んでおります。飛び終えると、孫はワハハと大笑いして……〔略〕（『後西遊記』第三〇回）[20]

しかし孫履真は、ただ一つ「好勝圏」に捕らわれ、動けなくなってしまう。「好勝」はあらゆるものに勝とうとする心持ちのことで、彼が「好勝圏」をかわせなかった理由は、後に、自らの強さを恃みおごっていたからだと解説される。この場面は、先に述べた「酒色財気」の四要素が明清の他の物語に溶け込んでいることを示してもいるが、何より、本章の注目する〈圏〉について、ある重要なことを示した格好の例ともいえるのである。すなわち、〈圏〉なるものが、かわすべきもの、あるいは飛び越えるべきものとして描かれているという点である。〈圏〉はもともと、『西遊記』などに登場する哪吒太子（なたたいし）の持ち物「火輪児」など[21]、武器としての意味合いの強いものでもあった。

これまで筆者が一貫して述べてきた〈圏〉は、ある共通した知識なり趣向なりを有した者たち同士が形作るような、互いに笑い合う性質を持つものであった。しかし通常〈圏〉は、『後西遊記』の例にあるような、束縛ないし限界を連想させることばなのであり、飛び出すべきものなのである。『鏡花縁』の毘騫国における〈圏〉もまた同様に、盤古の旧案を眺め見た林之洋によって、越えることの出来なかった限界であったと述べられているし、そして本章末尾で触れるように、『鏡花縁』の執筆じたいが、先行する小説作品を越える目的で書かれ、新奇さを売りとしてきたフシがある。したがって、筆者が『鏡花縁』を通して掬い上げた、書き手と読み手が〈圏〉を形作っているという指摘は、〈圏〉を飛び出そうとした書き手が、結局は別のところで〈圏〉を成そうとしている、といったことを指摘していることになる。おそらく書き手やその周囲の者たちは、そのことすらもまた意識していたことだろう。それは次章で取り上げる『七嬉』「画圏児（がけんじ）」[22]の物語が根拠となる。

「画圏児」の物語分析に入る前に、もう一つ、〈圏〉に関する重要な例を見ておきたい。中国の読書人たちを長い間縛っていたもの、その一つに科挙がある。科挙は、中国という巨大な国を統治するための、その管理者を採用するための官吏登用システムであるが、その勝利者たちはまた、巨大な〈圏〉の住人といえる。科挙は従来、すべての男子にその門戸が開かれ、世襲や不正を排除するため受験生の名を匿名にするなどの措置が取られたことから、比較的公平な成功への機会と捉えられてきたが、その内実については、すでにベンジャミン・A・エルマン氏によって異論が出されている。氏はこのシステムが、明清期において、「政治・社会・文化」といった側面において、同類のものを再生産する装置として機能していたことを指摘する。[23]

本稿において重要なのは、〈圏〉の住人が新たに人員を加える際に用いられるのが、すなわち〈圏〉という記号に他ならない点である。科挙とそれに翻弄される人々を描いた小説である［清］呉敬梓『儒林外史』の有名な一場面には、そのことが端的に描かれている。

〔周進は〕もう一度范進の答案を取り出して来て目を通した。見終えると、思わずため息をついて言った。「この文章、一、二遍見てもわからなかったが、三遍見てようやく、天下至高の文章であるとわかった。まこと、一字一字がどれも珠玉である。世のボンクラな試験官どもが、いままでどれだけ多くの、才能あるものたちを不当に扱ってきたかがわかるというもの！」慌てて筆を執ると、こまごまと点や丸を施して、答案の表には三つの丸を加え、第一名と書き入れた……〔略〕（『儒林外史』第三回）[24]

ここに描かれているのは、支配する側という〈圏〉に居る者が、ある者の答案に〈圏〉を書くことで、その者を自分たちの〈圏〉に加え入れるという、そのさまである。その意味でここは、明清期の文学における〈圏〉という観念を考える上で、極めて重要な箇所と言えるだろう。

もっとも当時の文人にとって〈圏〉を施すこととは、科挙に関わらずとも、日常的な行為であった。彼らは他人の文章の美点や重点に点や丸を施すことで、みずからの評価と見識を示した（図2）が、その行為は、共感した箇所を〈圏〉でもって表明することに他ならない。〈圏〉の置かれた場所がすなわち、書き手と読み手とが親和した箇所の標識と言えるのならば、〈圏〉はすなわち、その者たちによってある種の〈圏〉が形作られたことを示す標識であるとも言えるだろう。

さらにまた〈圏〉には、音韻学を学ぶ一部の文人にとっては欠かせない、記号としての役割がある。すでに述べたように、〈圏〉は韻書において、理論上、音声が存在することを表示する代替物として用いられる。『鏡花縁』に字母図の〈圏〉を読む場面があることは、先に述べたとおりである。

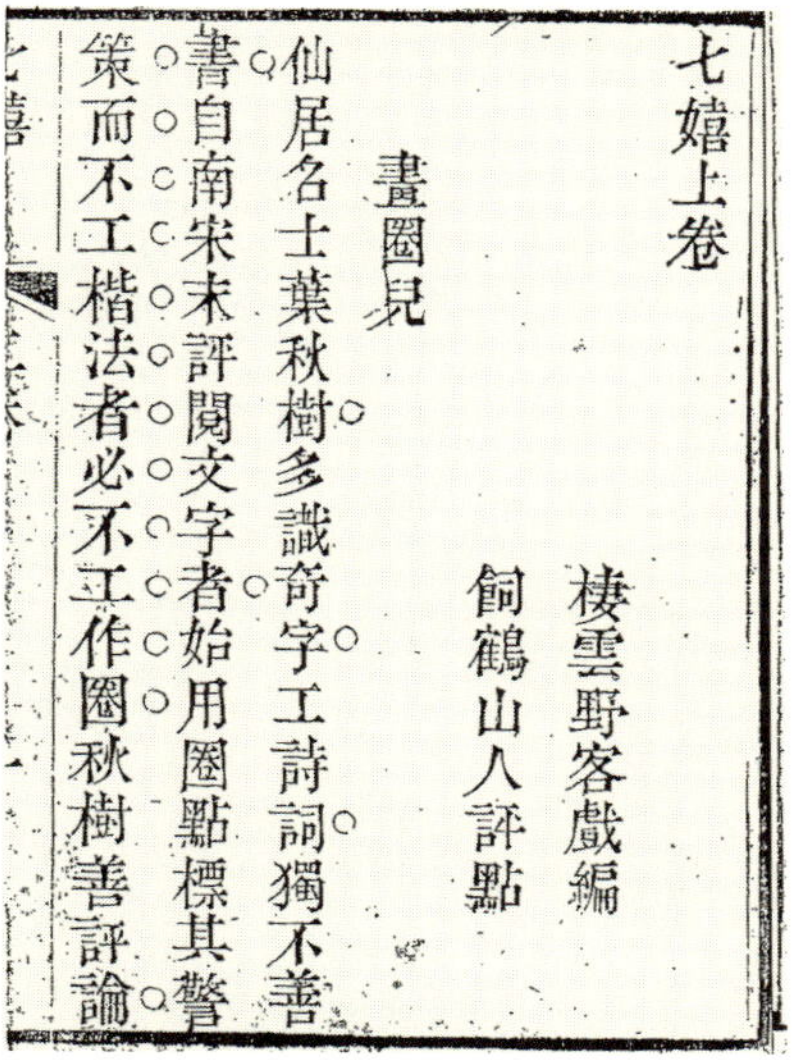

七嬉上卷
棲雲野客戲編
飼鶴山人評點
畫圈兒
仙居名士葉秋樹多識奇字工詩詞獨不善
書自南宋末評閲文字者始用圈點標其警
策而不工楷法者必不工作圈秋樹善評論

図2　飼鶴山人によって「画圏児」につけられた圏点

〈圏〉を書くこと
――『七嬉』第一篇「画圏児」から

ここである一つの〈圏〉をテーマにした物語を取り上げることで、『鏡花縁』における〈圏〉について考える一助としたい。許桂林作『七嬉』の冒頭に置かれた「画圏児」なる物語は、タイトルが示すとおり、〈圏〉（〈圏児〉に同じ）がカギとなっている。この物語のあらすじについて、いささか長くなるが、

〈圏〉に注目しながら述べておくことにしよう。[25]

主人公は葉秋樹なる男である。彼はあまり見かけない文字をたくさん知り、詩詞を作ることに巧みであったが、文字を書き圏点をつけるにあたって、美しく記すことができなかった。だから人々は彼が他人に施した批評について、その見識には敬服したが、記された圏点は醜いと思っており、彼自身もまたそのことを気に病んでいた。

彼が別荘に滞在していたある晩のこと、別の部屋では五人の少女が酒宴を開いていた。少女たちは、四季をテーマに「一半児(いちはんじ)」の詞を作り始めた。中に一人、琥珀の腕輪をつけた少女は、一人だけ文字を知らないとあって、他の四人の詞を聴いて評価する役割にあたっていた。四人が春夏秋冬すべてを詠い終えると、腕輪の少女が筆を取り、紙に一重やら二重やら、「圏」を百近く書き、そしてこう詠んだ。

「思いを手紙にしたためたくも、あたしは文字がわからない。人に頼んじゃダメになる。しかたなく、圏児(まる)をいくつか書くことで、記したことにいたしましょ。この手紙、ただあの方にだけわかるのよ。一重(ひとえ)丸はあたし、二重(ふたえ)丸はあなた。どれだけまんまる綴っていっても、思う気持ちは述べ尽くせない。どれだけまんまる綴っていっても、思う気持ちは述べ尽くせない。」

腕輪の少女が詠み終わると、ある少女がこのように賞賛した。

「あたし、お姉さまほんとにすばらしいと思いますわ。お姉さまは文字をお知りではないけれど、圏を書くのが上手でいらして。どうりで、世の中に文字をたくさん知りながら圏を書くことができない人がいるわけだわ。」

このことば、明らかに秋樹をあてこするものであったから、彼は部屋に入るのをはばかり、彼女たちを驚かせようと思って大声で詩を唱えた。すると、突然気が天を衝き、九つの輪状の光が庭の樹木に落ちて大木を燃やした。そのうちの四つが少女たちの方へ飛んで行き、彼女らの頭髪のあたりに落ちたが、琥珀の少女だけが無事であった。秋樹は少女たちに促されるがままに、詩を高らかに朗誦して光を収めた。

四人の娘たちは秋樹に対して、秘書として部屋にとどまることを願い出て、秋樹の方も、彼女たちの字が美しいことをわかっていたので、喜んで受け入れた。文字を知らない琥珀の少女は、自身の出る幕なしとして、立ち去ろうとしたが、秋樹は彼女が、圏を巧みに書く者であることを知っていたから、ともに引き留めたのだった。

このことがあってから、秋樹は行書も楷書も非常に巧みになった上、いろいろな字体を書くことができ、文章を評するに際しても、朱墨の圏がきっちりとして美しくなった。しかしそれらは実は、代行する者がいたのであった。

「画圏児」のあらすじは以上であるが、この物語の主人公である葉秋樹は、詩文を作ったり文章の評論をしたりすることは得意だが、文字や圏点の丸を書くことが苦手な人物として語られている。後に少女五人が、秋樹の文字や圏点の丸の筆記を代行することになるが、文字は春夏秋冬の詞を作る少女四人が、丸は琥珀の腕輪の少女が担当することになる。本来、丸を書くことができる者とは、筆を操る者であるから、往々にして文字を知りそれを操る者であるだろうが、この物語においてその役を担う少女は、文字を知らないと表現され、詩文を作ることができないばかりでなく、詩文を紙に写すこともできない人物として描かれている。彼女の特質は、丸をじょうずに書けるという点のみであり、彼女はそのことによって周囲の賞賛を受ける存在である。彼女の詠んだ「思いを手紙にしたためたくも」に始まる詩は「圏児詩」と呼ばれるもので、同様の趣向は梁紹壬（りょうしょうじん）『両般秋雨盦（りょうはんしゅううあん）

随筆』巻二「圏児信」に見える[26]から、あるいは当時、よく知られていたものなのかもしれない。

この物語において、「丸を書く者」——すなわち「〈圏〉を書く者」は、提出された春夏秋冬の詞を評し、時に笑話を加えたりして場を盛り上げる存在といえる。その役に当たる腕輪の少女は、文字を知らない者として、他の少女たちの下に置かれているようでありつつも、しかし「才があり」「圏を書く者」として表され、書き手から暖かな視線を送られながら活躍の場を与えられる。

しかしその一方で、ただ文字を知り用いるのみの者たちに対して、書き手の視線は一貫して冷たい。その一端は、四人の少女によって丹念に作られた四つの四季の詞が、腕輪の少女の評価を待たねばならないあたりからもうかがえる。腕輪の少女はいわば、演芸の締めなどに行われる大喜利の司会のような役割であり、この場においては、四人の少女たちが良い詩文を作ることよりも、その詩文を起点として転がった先がどのようであるかの方が肝要とされているのである。そして彼らの談話の行方は、文字を知らず、平仄などにとらわれない、ただ丸を書くことのできる腕輪の少女だけが握っている。この宴の場面における魅力は、出揃った詩文を彼女が転がした先にこそあるのであって、腕輪の少女は、単に筆で〈圏〉を書くのがうまいだけでなく、笑い合う集団、すなわち〈圏〉を作り上げることにもまた長けた人物として描かれている。

さらに書き手の、丸を書かない、ただ文字を操るだけの者たちに対する視線が、物語末尾に至って、あたかも彼らを罪深い者と糾弾するかのように、冷ややかさを増すことに注意すべきだろう。そのことは、秋樹が発した気と、それが変化した結果の光の輪が、人を攻撃する類のものであるあたりに表れている。文字を知る者によって生み出された光の輪は、文字を知らない腕輪の少女には落下しない。この展開からは、書き手が、文字を知らない者を、聖なるものとして庇護するかのような態度すらうかがえるのである。

むろん、清代乾隆嘉慶期の学者にとって、詩文を作る能力が重視されていたことは疑いなく、ならばこの物語の中心は、文字を操り詩文を作る葉秋樹と四人の少女であってしかるべきだろうが、実状はそうではないのである。「〈圏〉を書く者」である腕輪の少女が好意的に描かれるあたりに、おそらくは『七嬉』の書き手の自覚が現れていよう。ここには文字を知って、それを操ることよりも、その先にある「〈圏〉を書くこと」こそを重視する態度が見られるのである。

そして『鏡花縁』の書き手もまた、「〈圏〉を書く者」ではなかったろうか。書き手と、彼の近くで小説を読んだ初期の読み手たちにとって、われらを眩ます知識はおそらく、その大半が既知のものであった。ならば、『鏡花縁』に雑多な知識がさまざま盛り込まれることは、才学のひけらかしというよりは、むしろ、酒宴の席などで、互いに共有されることがらを、高尚なことから形而下のことまで、雑多に語っていく状況にこそ近いように思われるのである。ならば、それをひけらかしと解釈するかどうかは、受け手いかんということになる。

このことについては、書き手の側から言及がある。彼は自身の成した〈圏〉に読み手が入れるかどうかについて、末尾にメッセージを残しているのである。

すべては「あとがき」から始まる

『鏡花縁』の第一〇〇回末尾には、この小説を読み解くにあたっての、大きなヒントが置かれている。それは、物語をまとめあげ、終わらせようとする書き手の、読み手に向けられたメッセージであるとも言えるだろう。そして同時に、そのメッセージからは、この小説が「いったい何であるのか」を探るための糸口を見つけることができる。

この「あとがき」には、物語の由来と、それがいかにして紙につづられるに至ったのかが述べられている。書き手によれば『鏡花縁』の成立には、なんと、一匹のサルの活躍があるという。このサルは、虚心に物語を読んだとき、物語中盤、何気なく登場し、そして何気なく退場していったものに過ぎないが、何気ない割に、非常に重要な役割を担っている。そしてそのことは、最後の最後になってようやく読み手に明かされるという書き方になっている。

さて、かの白猿はもとは百花仙子の洞窟で長い間に道を得た仙猿であった。やつは百花仙子が俗世間に落とされると、彼女についてこの世にやって来て、俗世間との縁が満ちた後に、ともに山へ帰ろうと考えていたのだった。なのになんと、百花仙子に突然、あの泣紅亭の碑記を文人墨士に渡して稗官野史を書いてもらえと命ぜられたのだ。やつは碑記を手に捧げ持ちながら、日々あちらこちらを探訪したのだったが、どうして上手い具合にいくだろうか。唐朝三百年はあっという間に過ぎ去り、五代の晋の時代に至り、当時、劉なる姓の、このことを引き受けられそうな者がいたので、仙猿は彼に碑記を渡し、やって来た次第を話した。すると彼はこう言った。「おサルさん、君もわかってないねえ。外のようすを見てごらんよ。近ごろ至るところで兵馬が駆け回り、朝に秦だったかと思えば夕べに楚になっているといった具合で、それでもどうにか『旧唐書』を書き上げたんだ。その上どこに、そんな筆墨を振るういとまとゆとりがあろうか。」仙猿はただヘエヘエと引き下がる他なかった。宋の時代に至り、欧陽なる複姓の者と宋なる姓の者のもとを訪れた。どちらも当時の才子であったから、碑記を彼らに見せたのだった。すると二人ともにこう言った。「われら『新唐書』に十七年も悩まされて、精根は尽き果て、筆を持つ腕も上がらないよ。どこにそんな野史をつづる気力が残っていようか！」（第一〇〇回）[27]

このサルは、第四〇回、小蓬萊なる地で唐敖らに発見され、林之洋に連れて帰られる、といった経緯を持つものだが、「縁」の物語とも言うべき『鏡花縁』においては、大変に重要な役割を持っているため、次章にて詳しく述べる。

彼が携える碑の写しには、類い希な才能を持つ百人の少女たちの、前世とも言える天界において司っていた花の種類と、今世での事跡が記されている。仙猿は、第五四回において唐閨臣によりその写しを文人のもとに手渡して欲しいと言われ、そのことばの通り、その写しを稗官野史の形に仕上げてくれそうな文人を、時を股にかけて捜し歩いているというのだ。稗官というのは、もとは巷間のこまごまとした噂話などを採集する役人のことだが、後に物語を記した文章を指すようになる。野史というのは、もとは、お上のつづる正当な歴史を正史というのに対して使うことばで、民間で語られる歴史といった意味である。

仙猿がまず訪ねた「劉なる姓」とは、劉昫（八八七―九四六）のことで、次に訪ねた「欧陽なる複姓の者と宋なる姓の者」は欧陽脩（一〇〇七―一〇七二）と宋祁（九九八―一〇六一）のこと。前者は『旧唐書』、後者は『新唐書』の撰者である。いずれもその時代を代表する文人であるが、著作ですでに力を使い果たしてしまったとのことで、引き受けてはもらえなかった。サルはまだ山へは帰れない。

> この仙猿は行ったり来たりし、そのまままっすぐ本朝の太平の世へやってきた。そこには一人、老子の末裔がおり、そこそこ文名があった。その仙猿、あちこち訪れる煩わしさに耐えられなくなって、どうしようもなく、碑の写しをこの人に渡してそのまま山へ帰ってしまった。この人、碑の写しを見れば、上には事跡が紛々としており、補い述べるのも容易ではない。ときはおりしも聖天子のあられる御世に逢い、税の徴収もなければ、庸役の苦労もなく、聖徳は長き調べとなり、国土は永えに安らかとなり、四庫の奇書を読んで

は、半生の清福を享受していた。こころに余裕があるものだから、筆を走らせればおもしろみが生まれ、夏の日長に冬の夜長、灯火や月明かりのもと、文を戯（たわむ）れとして一年また一年と、この『鏡花縁』百回を編み上げたが、わずかにそのことの半分を得たのみである。（第一〇〇回）[28]

サルは唐代武則天の時代に出発し、五代、宋と経て、あちらこちらを訪ねた末、しかし誰にも受け取ってもらえないまま、清代に至って「老子の末裔」に出くわすことになる。その者もまた、先に名の上がった劉や欧陽なる姓の者ほどではないにしろ、そこそこ名のある文人という。サルは、長いこと旅をした末に、もうどうでもよくなってきた――かどうかは記されてはいないが、おそらく、それまで名だたる文人にさんざん断られてきたからだろう、少しいい加減めに、この文人にポイッと写しを手渡して、さっさと山へ帰ってしまったのだった。

「老子の末裔」ということばは、すでに言及しているように、李汝珍のことを指している。またこのような書き方からは、自分は老子的な考えを持つものである、といった、彼自身の表明をうかがうことができるだろう。この部分には、書き手である李汝珍が、サルから文書を受け取り、それを元に『鏡花縁』を記した、といった、自作の執筆の経緯が記されているのである。

念のため記しておくが、これは書き手のホラである。『鏡花縁』のこの箇所は、先立つ『紅楼夢（こうろうむ）』に影響を受けていると言われ[29]、『紅楼夢』の長大な物語は、物語上、もとは石に刻みつけられた文書なのであった。その石は、物語の中心的存在である賈宝玉（かほうぎょく）とともに、ひとときの間、俗世に過ごし、清代中期の貴族階級の隆盛と没落をその目で眺め、自身の遍歴をその身に刻みつけ、すなわちそれが、いまわれらの前にある『紅楼夢』物語だというのである。その荒唐無稽な由来は、真実と虚構のあわいに漂う『紅楼夢』という物語に、いわくいいがたい神秘性を付している。

李汝珍も『紅楼夢』は読んでいたに相違なく、ならば『鏡花縁』を締めくくるにあたり、この種のホラをいかに大きく吹くかということは、彼にとっての重要な課題であった。こうして『鏡花縁』も『紅楼夢』同様に、玉碑の写しをもとにつづられた物語ということになり、そういった出自をもつことで、なんとも捉えがたい余韻を残すこととなっているのである。より細かく、白猿が文書を運ぶことを取り上げても、次章で述べるとおり、それは過去の物語にありふれたものであるから、そういった元ネタの存在を承知した読み手が微笑むといった類の、書き手の筆の遊びもあったかもしれない。

彼のホラについてはともかく、李汝珍はあれこれと書き進めた末に、とりあえず半分だけ書き上げたのだった。そしてそれを友人に見せた。

> たまたまふさぎの病を抱えていた友人が、これを読むと、口を大きく開けて笑ったり、堪えきれずに噴き出したりして、持病はけろりと治ってしまった。そしてこう言った。「きみはものぐさな上に筆が遅いから、全部書こうとしたら、いつになるかわからない。この百回をまず版に付し、続編はその後につづるということにして、四海の知音(ちいん)に、先にその半分を見せて快哉(かいさい)を叫ばせたらどうだ。」と。
> ああ、小説家の言が、どれほど世の軽重に関わろうか。三十多年の長きにわたって心血を注げども、大千世界の微小な文章にも算えられない。〔とはいえ〕自分ではあれを書きこれを書きして、もとより口吻(くちぶり)に花が咲いたように思っており、他の人も幾度か読めば、きっと拈華微笑(ねんげみしょう)されるだろう。これもまた縁なのである。
> （第一〇〇回）[30]

ふさぎの病というのは、いわゆるうつ病のようなものだろうが、『鏡花縁』は病んだ友人の口を開かせ、癒やしてしまったという。そしてその力を知った友人からは、半分でもかまわないから、全国の「知音」に読ませたらどうだろうと、刊行を勧められたというのである。なお、ここで友人に言われる「ものぐさ〈嬾〉」なることばは、第四章にて再び取り上げることになるだろう。「ああ」以降に記されるのは、自作に対する評価である。書き手の本心が現れていると捉えることもできるが、それはまた、読み手に対する言い訳でもあるだろう。

ここで『鏡花縁』を読むにあたって重要な、二つのことばが示されていることに着目したい。一つは「知音」、もう一つは「拈華微笑」である。

「知音」は、伯牙（はくが）と鍾子期（しょうしき）の故事に基づくことばである。裏にあるのは、琴の名手である伯牙によって琴の音に込められた思いが、言葉を介することなく、鍾子期によって万全に理解されたといった物語（『列子』「湯問」[31]）であり、つまり、「知音」すなわち「音を知る者」ということばでもって、センスが同じだったり、世界のある事柄に対する受け止め方が同じだったり、といった人物を指すことになる。［六朝］劉勰（りゅうきょう）『文心雕龍（ぶんしんちょうりゅう）』「知音」は冒頭で「知音はそれ難（かた）いかな」と言い、作家や作品を正しく評価することの困難を論じ、ある作品が真の理解者に出会い、正しく理解されることが、いかに難しいかということを説く[32]。そしてまた「知音」ということばの重要性は、『鏡花縁』が音韻学者によって書かれたあたりで、音韻学を知る者、という意味をも含むことになり、二重の意味を持つことになる。その意味で、李汝珍のみならず許桂林もまた「知音」である。

一方の「拈華微笑」は、仏典に見える物語に由来する。それは、仏教の開祖である釈尊が説法のために壇上に上がり、説法を聞きに来た者たちに花をひねって見せたとき、そう示された人々はその意味がわからなかったが、ただ摩訶迦葉（まかかしょう）だけが釈迦の意を汲んで顔をほころばせた、といったもの（『五灯会元』巻一「七仏・釈迦牟尼仏」[33]）だ。転じて、示されたものを言葉ではなく感覚から悟り知ること、または以心伝心、といったような意味で用いられる。

ここで重要なのは「知音」と「拈華微笑」とが、ともに人と人との関係に関する、あることがらについて述べることばだということだ。それらはつまり、ある二人の人間が、ことばを介さずに意志を十全に伝えあうさまを、望ましい行為として表現していることばなのである。

ここで、先に引用した第一七回の「黒歯国の場面」を思い出していただきたい。確かに「知音」でなくては、「盧紫萱と黎紅薇」とともに〈圏〉を成し、笑い合うことはかなわない。そして、岐舌国で林之洋の読み解いた〈圏〉が何であるのかを感得することもまたかなわない。「拈華微笑」についても、これは通常、慣用句として用いられ、花と関係がなくても用いうるが、書き手は転義だけではなく、漢字が表す直接の意味そのままを念頭に置き、末尾に記したのではないだろうか。つまり「拈華微笑」とは、李汝珍が作品に花の精を材にとり、そしてその花の精の物語によって読み手が笑うという、『鏡花縁』の基本構造を表したことばでもあるのだ。ここで花をひねって示した釈尊は、すなわち李汝珍であり、説法を聞く者たちは、われら読み手ということになるだろう。つまり書き手は作品の執筆によって、読み手の顔をほころばせたかったということを示しているのである。

以上見てきたように、許喬林の序や許桂林の『七嬉』第五「洗炭橋」冒頭の記述は、少なくとも許兄弟という初期の読み手二人が、『鏡花縁』という才識が織り込まれた物語を、そのレベルの高さに眩むのではなしに、むしろ楽しみながら読み進めていたらしいことを示している。彼らはまた、ともに音韻学について学ぶ同好の士でもあった。このように見てきたとき、なぜ『鏡花縁』にさまざまな知識が織り込まれるかということについて、単に書き手の自己顕示を唯一の理由とするといった考え方は成り立たないことがわかる。

そしてまたこの末尾のことばには、書き手の相反する二つの思いが込められている。一つは、自分が長い時間をかけて作りあげた『鏡花縁』という物語は、所詮は小説なのだ、という思いである。小説は、いまでこそ地位も高いが、清代の中国ではまだまだ、やはりきちんとした文人が手を染めることには、眉を顰める向きもあった。

しかし卑下は、同時に自尊を生みだす。中国には、〈筆下生花〉（筆下に花が咲く）ということばがあるが、彼は自作について、口吻に花が咲いたように思っている、と述べ、言外の意を汲み取ってくれる「知音」の者なら「拈華微笑」されるだろう、などとも記しているのである。そして述べる。「これもまた縁なのである」と。

末尾は次のようなことばで締めくくられる。

すなわち、
鏡光（かがみ）は能く真才子（まことのさいし）を照らし、花様（えがきかた）は全く旧稗官（ふるいしょうせつ）を翻（くつがえ）す。
といった次第。もし鏡中の全影を知りたければ、しばし後の縁を待たれよ。（第一〇〇回）[34]

ここには『鏡花縁』なる書物についての、書き手みずからの判断がうかがえる。それは『鏡花縁』なる書物が鏡、中に書かれている物語が花である、といったものだ。

この、『鏡花縁』こそが「鏡花」なのだという書き手の表明は、本書において大変に重要だ。釈迦牟尼としての李汝珍は、つまり『鏡花縁』という「鏡花」を示したことになるわけだ。それは、岐舌国の場面に見たような〈圏〉を読み合い笑い合うことで〈圏〉を作り上げる行為でもある。さらに、そういった〈圏〉に参与できるかどうかについて、彼は縁なるものに言及する。読み手が摩訶迦葉のように微笑み、その上で〈圏〉に入ることができるかどうか、それは縁の有無に関わっているということなのである。

ここで、このような筆者の読みが、正しい方向のものかどうかといった疑問が出てくるかもしれない。そのことを確かめるには、『鏡花縁』物語の内部により深く進んでいく必要がある。どうやら、まず注意すべきは、〈縁〉なることばであるようだ。

（1）魯迅『中国小説史略』第二五篇「清之以小説見才学者」は、『魯迅全集』（前掲）第九巻、二四二―二五五頁を参照。引用は二四九頁。なお翻訳するにあたって、今村与志雄訳『中国小説史略』（ちくま学芸文庫、一九九七）下巻、一二〇頁を参照。

（2）『魯迅全集』（前掲）第九巻、二四九頁より。今村与志雄訳『中国小説史略』（前掲）下巻、一二一頁を参照。

（3）王瓊玲『清代四大才学小説』（前掲）七頁。

（4）李汝珍『鏡花縁』（張友鶴校注、人民文学出版社、一九五五）上巻、一六三―一六四頁。以下、特別な記載がない限り、『鏡花縁』から文章を引用する際は、この版本を用いる。

（5）一九三九年稿。『松枝茂夫文集』（研文出版、一九九八）第一巻、一二九―一五八頁。引用は一三〇頁。

（6）ただし、松枝はこの引用の直後に「だが、そうは云いながらも、見方によればこれは非常に面白い小説である。少くとも非常に毛色の変わった、外にちょっと類のない小説ということは確かに云えると思われる」と続け、『鏡花縁』が外の『三国志』や『水滸伝』、『紅楼夢』や『児女英雄伝』などとは一線を画する「独特の趣向」を備えていることについて取り上げ、「支那の思想史、社会史の上から見ても相当面白い、注目するに足るものであるかと思われる」とも述べている。

（7）前掲『鏡花縁』上巻、一一二―一一三頁。

（8）上付きの「1」は、平声（声調の一つ）であることを示す。反切については、大島正二『中国言語学史』（汲古書院、一九九七）一四一―一四七頁、大島正二『〈辞書〉の発明――中国言語学史入門』（三省堂、一九九七）一一二頁などを参照。

（9）俞敏氏は「李汝珍『音鑑』裏的入声字」（『北京師範大学学報』（社会科学）第五八期第四号、三〇―四〇頁、一九八三）の中で、「『広韻』によると、〈問〉は亡運の切であり微母であるが、〈呉〉は疑母である。〈盲〉は武庚の切であるが、〈盈〉は清韻である」と注にて記し、〈呉郡大老倚閭満盈〉が〈問道於盲〉とならないことを指摘する。

（10）毘騫国に盤古の旧案があると記されることについては、［清］袁牧『子不語』巻五の「奉行初次盤古成案」と題されたはなしが参考になる。これは康熙年間に、浙江の方文木なるものが毘騫国に流れ着き、この世のすべての事柄は前もって定められていること、また、それらは一二万年を一つのサイクルとして再帰するものであることなどについて、毘騫国王から教え諭される、といったものである。このことから考えれば、「盤古の旧案」とは、すでに定まり、再帰するこの世のすべての事柄を記した文書ということになるだろう。

（11）李汝珍『鏡花縁』（前掲）上巻、一〇三頁。

（12）ベルグソン著『笑い』（林達夫訳、岩波文庫、一九三八）一五―一六頁。

(13) 李汝珍『鏡花縁』（前掲）上巻、二三二頁。
(14) 李汝珍『李氏音鑑』（前掲）「許序」第一葉表。
(15) 『荘子内篇』（森三樹三郎訳注、中央公論社、中公文庫、一九七四）「大宗師篇」一七〇頁。
(16) 『鏡花縁』と『七嬉』の類似点については、孫佳訊『《鏡花縁》公案弁疑』（前掲）一〇六—一一〇頁参照。
(17) この物語については、拙稿「黒を白にすること——『七嬉』「洗炭橋」試訳ノート」（『饕餮』第二〇号、五九—九二頁、中国人文学会、二〇一二・九）を参照されたい。
(18) 棲雲野客『七嬉』（前掲）下巻、第一葉表—裏。
(19) 『鏡花縁』に織り込まれた「酒色財気」の要素と、その四要素が明清小説に多用されていることについては、王瓊玲『清代四大才学小説』（前掲）五八五—五九〇頁に詳しい解説がある。
(20) 『後西遊記』は、『古本小説集成』版（乾隆五八年の金閶書業堂刊本）を使用。
(21) その他、太上老君（老子）が、天界で大暴れする孫悟空に対して投げ付けた金剛琢（金剛套）もまた、輪っか状の武器と言える。これは昆吾山の鋼を練り鍛え、金丹を足して作り上げたもので、後には独角兕大王の正体である青牛の鼻輪になる。『西遊記』第六回、第五二回参照。
(22) この物語については、拙稿「丸を書くこと——『七嬉』「画圏児」試訳ノート」（『饕餮』第一八号、六四—八一頁、中国人文学会、二〇一〇・九）の翻訳を参照されたい。
(23) ベンジャミン・A・エルマン「再生産装置としての明清期の科挙」（秦玲子訳、『思想』八一〇、一九九一・一二）参照。これは *The Journal of Asian Studies* Vol. 50-1, 1991 に掲載された論文 "Political. Social. and Cultural Reproduction via Civil Service Examinations in Late Imperial China" の抄訳である（小島毅氏の解説より）。
(24) 呉敬梓『儒林外史会校会評本』（李漢秋輯校、上海古籍出版社、一九八四）上巻、三九頁。
(25) 棲雲野客『七嬉』（首都図書館蔵）第一篇「画圏児」を使用。
(26) 『両般秋雨盦随筆』は、『清代筆記叢刊』（斉魯書社、二〇〇一）巻三所収のものを使用。「圏児信」は二四二五頁。その他「圏児詩」については、佐々木睦『漢字の魔力——漢字の国のアリス』（講談社選書メチエ、二〇一二）一八六—一八七頁を参照。
(27) 李汝珍『鏡花縁』（前掲）下巻、七五九—七六〇頁。

（28）　同右七六〇頁。
（29）　李剣国・占驍勇『《鏡花縁》叢談――附《鏡花縁》海外考』（前掲）三一頁。『紅楼夢』との関係に関して、柯大詡「《紅楼夢》与《鏡花縁》」（『紅楼夢学刊』第一五輯第一号一六八―一七二頁、一九八三）、王天化「《紅楼夢》和《鏡花縁》」（『鏡花縁研究』第二輯、一〇―一五頁、一九八四）などを参照。
（30）　李汝珍『鏡花縁』（前掲）下巻、七六〇頁。
（31）『列子集釈』（新編諸子集成第一輯、楊伯峻撰、中華書局、一九七九初版）「湯問」を参照。
（32）　陸侃如・牟世金訳注『文心雕龍訳注』（斉魯書社、一九八一初版）巻一〇を参照。
（33）［宋］普済著『五灯会元』（中国仏教典籍選刊、蘇淵雷点校、中華書局、一九八四）巻第一「七仏・釈迦牟尼仏」、一〇頁を参照。
（34）　李汝珍『鏡花縁』（前掲）下巻、七六〇頁。

第二部　『鏡花縁』が描いたこと

第三章　〈縁〉について——有縁と無縁のはざまで

第 54 回，書を携える白猿(孫継芳絵)

中国文学と「縁」

古田島洋介氏はその著『「縁」について――中国と日本』（叢刊・日本の文学一三、新典社、一九九〇）の中で、縁ということばの用いられ方について、歴史的に考察している。その「おわりに」には、中国における「縁」の、氏の結論の一端が次のようにまとめられている。

中国においては、「天」による宿命論がすでに古くから存在していたなか、後漢末期から三国初期あたりに相関関係の「縁」が現れはじめ、仏教が盛んになった東晋以降、南北朝ごろにいちおうの定着を見た。そして、その頃から隋唐における仏教の最盛期にかけて、仏教の因縁観が宿命性をおびて次第に付与されはじめ、おそらくは中唐から晩唐にかけて、遅くとも晩唐までには、仏教的な因縁観にささえられた因果関係の「縁」が定着した。しかし、古来の「天」の宿命観も依然として存続してきており、宋以降、「縁」が普及するにつれ、三教一致の趨勢を受けて、仏教とともにその因果関係をになう役割を果たし、ついに清代までには、「天縁」の語となって登場するに至った(1)。

ここでいう相関関係とは、二者が「関係を取り結ぶに至るきっかけ（契機性）や、当然取り結ぶべきと思われる関係（必然性）」であり、因果関係とは、二者が「そのような関係を取り結ぶに至らしめる何らかの宿命的な原因（不可知性・宿命性）」であるとしている(2)。氏はまた、明清時期へ至って、タイトルに〈縁〉の字を含む戯曲と通俗小説が大量に出現することを取り上げて、その現象を当時の「縁」の浸透をあらわすものと述べ、例に雑劇

『再生縁』（［明］王衡）、伝奇『一笑縁』（［清］朱雲従）、そして『紅楼夢』（［清］曹雪芹、『金玉縁』の異称をもつ）などを挙げながら、「〇〇縁」などという題名がついていれば、おおむね「〇〇がとりもつ縁」と解してよいのである」と言う。(3) 氏の述べるように、明清時期に「〇〇縁」というかたちのタイトルを持つ小説は大変に多く、たとえば、蘇庵主人編とされる『繡屏縁』は、ある由緒ある屏風がきっかけとなって趙青心なる者が五人の妻を娶る物語であり、清恬主人撰『療妬縁』（一名『鴛鴦会』）は、ある女の嫉妬深さが機縁となって物語が進み、ある男に二人の妻をもたらす物語である。(4) そして『鏡花縁』もまた、鏡花がとりもつ縁、といった解釈の成り立つ物語であり、鏡花ということばについては後述することとし、とりあえずはそういった流れの上にあるものと考えていいだろう。

しかし『鏡花縁』において、縁なるものは、他の明清小説が、登場人物たちの離合集散の運命に整合性を持たせるために、なんとなく引き合いに出すのとは、明らかに一線を画しているようだ。その描写は、本章で見るように具体的であり、やや執拗ですらある。書き手は縁を、単なる展開のための道具と見なしているというより、そのことについて積極的に発言したがっているかのようであり、縁についての描写からは、そのことばに対する書き手の自覚が十分に感じ取れるのである。そしてそのように、縁への言及が積極的であることは、おそらく、書き手とされる李汝珍とその周辺にいた文人たちが、縁について思いを巡らせていただろうことを示している。

『鏡花縁』における縁とは、一体何であるのか。本章では以下、〈縁〉ということばに対する書き手のこだわりを取り上げ、眺めてゆきたい。

『鏡花縁』における〈縁〉字の使用

『鏡花縁』において〈縁〉字は、大きく三つの意味で用いられている。

A　「～によって、～によじ登って」（動詞）

例：喜得上面樹木甚多，只好妹子攙著姐姐，縁木而上。（幸いなことに樹木がたくさん植わっているから、あたしが姉さんを支えながら木をつたって登るのがいいわね）（第四九回）

B　「わけ、理由」（名詞）

例：請問九公，他們把眼生在手上，是甚縁故？（九公さんお尋ねします。彼らは眼を手の上に生やしてますが、どういった理由なのでしょう？）（第一六回）

C　「えにし、ゆかり」（名詞）

例：倘縁分湊巧，不過略走幾歩，就可遇見。（もし縁が上手い具合であるなら、数歩あるけばすぐに出会えますよ）（第二〇回）

これら三つの意味は、当然、関連しあうものだが、本書でとくに重視するのは、Cに属するものである。より細かく、そのバリエーションを見てみよう。

日本語でいわゆる「縁」を表すなら、その中国語は、〈縁／縁分〉である。これが一切の修飾語を省いた形ということになる。同じような意味を表すものに、〈機縁〉（巡り合わせ、運命）がある。修飾語のついたものに、〈良／奇縁〉（良い／珍しい縁）、〈仙／塵縁〉（仙界／俗界との縁）、〈前／後縁〉（前／後の縁）、〈夙／宿縁〉（前世からの縁）、〈旧縁〉（むかしの縁）があり、そのほか、〈衆縁〉（仲間と集う縁）、〈夤縁〉（仕事の縁）、〈化縁〉（教化の縁）などがある。

これらは名詞であるから、多く、前に動詞をともなって現れる。もっとも基本的な形が、〈有／無縁〉〈縁がある／ない〉であり、これは本稿が着目する問題に大きく絡むことばである。そのほかの言い方としては、〈続旧縁〉（むかしの縁を続ける）、〈結衆縁／良縁〉（仲間と集う縁／良い縁を結ぶ）、〈了塵縁〉（俗界との縁を了る）(5)、〈逢仙縁〉（仙縁に逢う）、〈収縁〉（縁を収める）などがある。

では、このような〈縁〉字が、どのように物語に登場するのか、具体的に見ていくことにしよう。

有縁のものと無縁のもの

『鏡花縁』全一〇〇回のうちには、他の長編小説と同様、膨大な数の登場人物がいるが、「縁」ということばを頼りに読み進めたとき、最も重要となるのは、唐敖と唐小山（後に唐閨臣と改名）の二人である。この父娘は物語の中で、仙界と「有縁」であることが、明確に記される。以下に、彼らがどのような状況で「有縁」と記されるのかについて、「無縁」と記される人物と並べながら見ていくことにしよう。

唐敖（図1）は、字を以亭といい、科挙による栄達をあきらめた知識人である。一度は最終試験である殿試で探花（三位のこと）に列せられるが、過去の友人が武則天に敵対していたことが発覚し、及第を取り消されてしまう。出世の道を閉ざされた彼は、神仙への憧れを抱いて放浪の最中、夢神観なる古廟において、夢の中、ある老人から、使命を与えられる。それは彼に、今から海外へ行き、そこで苦労している「名花」を救い養えというものであった。

もしおまえさんがその凋落を哀れみ、労苦を厭わずに海外を遍歴し、名山や異域にてそれらの花を慈しみ育てて福地へ帰し、海外に淪落させることなく他の花々とともにもとの状態へ帰してやることができたら、知らないうちに功徳を積んでいると言えるのではないか？　また怠ることなく常に善行を重ねていったのなら、小蓬萊へ入ったとき、宝籙（ほうろく）に記載され仙籍に名を列ねることができるだろう。その途中の出来事に関しては、おまえさんはもとから宿縁があるゆえ、前に進みさえすれば、思わずとも自然とそうなっていくのじゃ。
（第七回）(6)

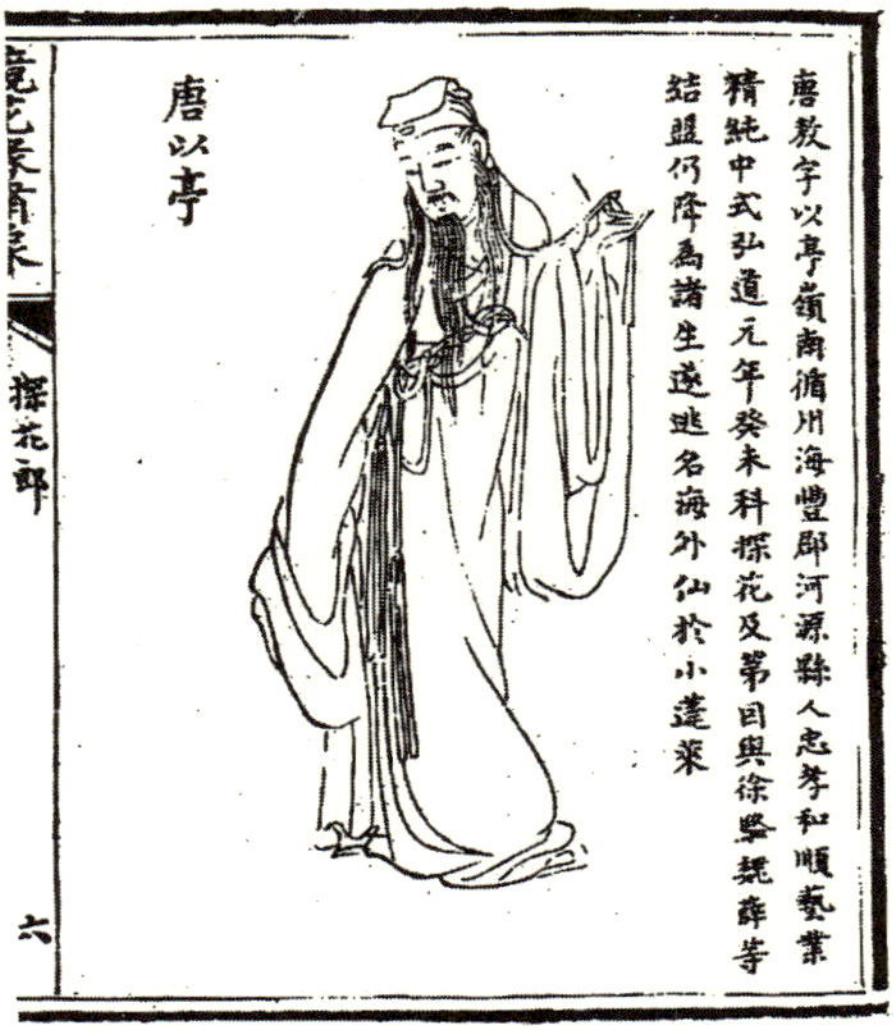

図１　唐敖（木刻本『鏡花縁繡像』より）

明清の小説において、夢は往々にして物語の伏線の役割を果たす。唐敖はその夢において、「宿縁」があるから、海外にて「名花」（天界の花の精の生まれ変わり）と出会うことができ、彼女らを救って功徳を積むことができれば、後に仙界の住人になることができるだろう、と告げられている。物語の構成上、この老人の一言によって唐敖が動き、残り九〇回あまりが動くことになるのだった。なお彼の名の「敖」字は「遨」字に通じ、潜在的に「遊び楽しむ」「遊歴する」者であることが示されている。(7) なお彼が探花になったのも、海外へ花を探しに行くことの伏線と言える。

〈唐敖が「有縁」であること〉は、〈多九公（たきゅうこう）が「無縁」であること〉と対になる。彼らが東口山（とうこうさん）で、

図2　肉芝を追う（孫継芳絵）

肉芝と呼ばれる〈仙品〉を追いかける場面（図2）には、次のように明確に、両者の違いが描写されている。

ふと遠くに、高さは七、八寸くらいの一人の小人が、一匹の小さな馬に乗って駆けていた。多九公は見つけるや否や、飛ぶように走って行った。林之洋はただ米を探すのに懸命で、まだわかっていない。唐敖は一目すると、どうしてぐずぐずなどしていられよう、あわてて追いかけて行った。その小人もまた、前方へ駆けて行った。多九公、足の不自由はないが、結局のところ筋力が及ばず、加えて山道はでこぼこだったから、小人からそう離れていないところで、道の石ころ一つにつまずいてすっころんだ。起き上がったが、足をひねってしまって寸歩も動けない。唐敖、その隙に飛ぶように追い越し、半里もあった距離を追いついて、追いつくや否や、小人を捕らえそして腹に収めてしまった。多九公は林之洋に支えられながら、ぜいぜい息をついて歩いてきたが、唐敖を遠くに眺めてこう嘆じた。「『一飲一酌といえど、前もって決められていないものはない』と言うではないか。ましてこのような大事が！　これは唐さんの仙縁がちょうどよく、だから少しの苦労もなく手に入れることができたのです。」（第九回）[8]

〈仙品〉は、食べれば仙人に近づける品らしい。唐敖はこの東口山で、空中に立つことを可能とする躡空草(じょうくうそう)や腹中の濁気を追い出す朱草(しゅそう)など、さまざまな〈仙品〉を独り占めする。

右に引用した部分には、先に〈仙品〉に気づくも捕らえるに至らない多九公と、多九公を抜き去って〈仙品〉を手に入れる唐敖が描かれている。肉芝を獲得する唐敖の華々しさより、多九公のみじめさでおかしみをともなった描写に重きが置かれているあたり、興味深い。確かに唐敖が「有縁」であるからこそ物語は進んでいくのだが、ここでは「有縁」よりむしろ「無縁」の方が筆を尽くして描かれており、光によってできた影の方に、より注目しているということになる。ここでは「有縁／無縁」が、〈仙品〉を「獲得できる／できない」で表されていることも確認しておこう。

もう一つの例を見てみよう。先立つ第四〇回で、多九公は、〈仙品〉とされる霊芝(れいし)を食べて、からだを壊している。第四四回に至り、百草仙子の化した道姑(女道士)が彼らの前に霊芝を差し出したとき、多九公は過去の経験から、霊芝なんて胡散臭いと、難癖をつけたのだった。そのときの道姑の反論には、「有縁」と「無縁」の違いが明確に表されている。

> 道姑が言った。「それはおじいさまとこの霊芝とに縁がなかったからです。本来、霊芝がどうして人を害するものでありましょう。たとえばクワの実ですが、人が長いこと服用すれば、寿命をうんと延ばすことができますけれど、斑鳩(しらこばと)が食べれば、昏迷して気絶いたします。またたとえば人がハッカを食せば解熱いたしますが、猫がこれを食せば酔ってしまいます。霊芝はもともと仙品なのですから、縁があればおのずと仙界へ登ることができるのです。もし猫や犬に間違えて食べさせたら、どうしてそれらが病気にならないことがありましょう。これが物類相感(ぶつるいそうかん)であり、それぞれ違うのですから、どうして一概に論じられましょうか。」

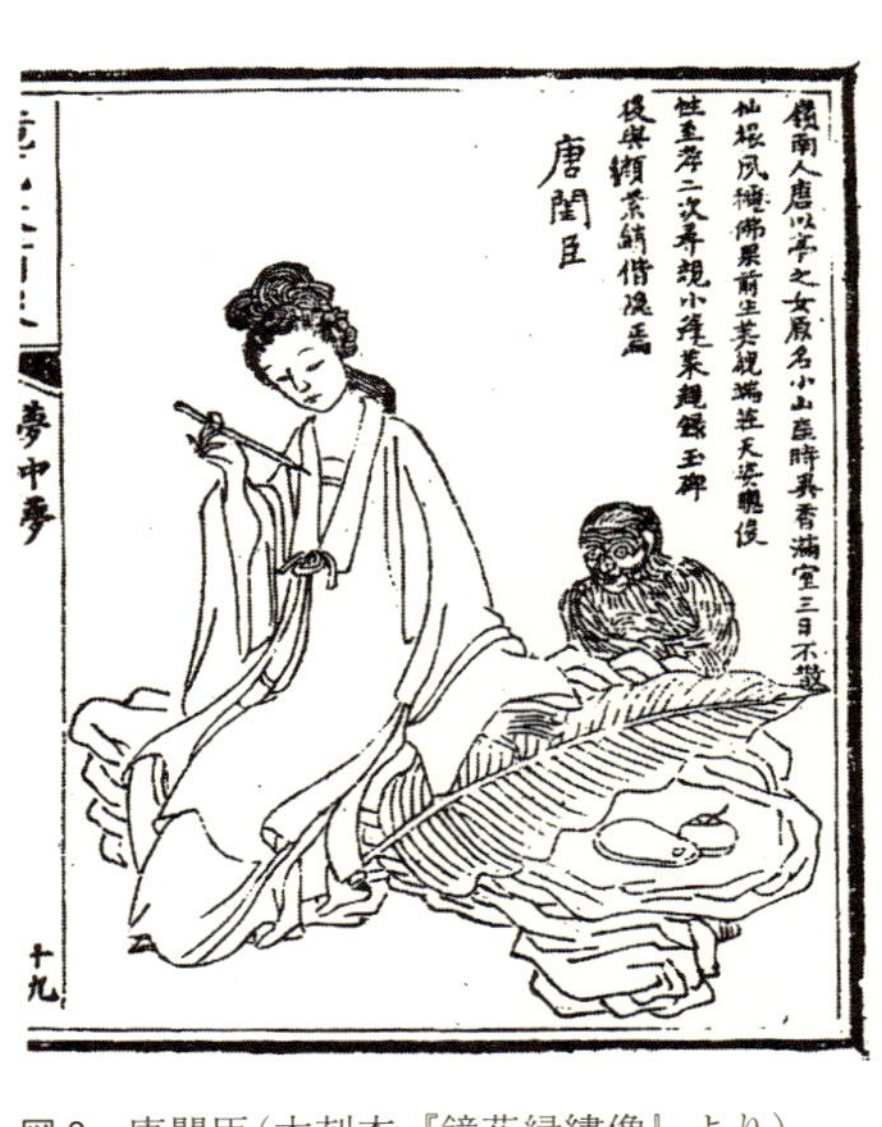

図3　唐閨臣（木刻本『鏡花縁繡像』より）

> 多九公はそう聞くと、道姑の言葉があてこすりを含んでいるとわかったので、ただもう怒りに打ち震えるばかりであった。（第四四回）[9]

ここでは、霊芝という〈仙品〉を獲得できた多九公が、しかし「無縁」であるがゆえにその効能を享受できないことが述べられている。物類相感とは、相性のいい物同士が響き合うことを言う。そしてまた、「仙」と「人」の違いが「人」と「猫や犬」の違いであると表現され、つまり多九公は道姑から遠まわしに畜生の扱いを受けていることになる。ここは、再び多九公の「無縁」が描かれている箇所であるが、第九回と同様、「無縁」なものをおかしみの気持ちで眺める書き手のまなざしがうかがえよう。先に見た肉芝の場面では、「有縁／無縁」が、〈仙品〉を獲得できるかどうかで表されていた。ここではさらに獲得した〈仙品〉を「害なく服用できる／できない」で表されていることを確認したい。

次に唐小山（図3）について見ていきたい。唐小山の前世は百花仙子であり、第七回、唐代武則天の世に唐敖の娘として生を受ける。第四〇回、唐敖の退場の後に再登場し、物語の新たな主役となる。第四三回、小蓬莱（しょうほうらい）にて失踪した父親を探すべく、おじの林之洋や多九公、女児国の王子（女）である陰若花（いんじゃっか）らとともに、海外へ出て、旅先で唐閨臣と名を変える。『鏡花縁』において、彼女もまた父親と同様に、「有縁」であると設定される人物である。[10]そして〈唐小山が「有縁」であること〉は、〈陰若花が「無縁」であること〉と対になって描写される。

図４　玉碑を写す（孫継芳絵）

第四八回、唐小山と陰若花は、小蓬莱で玉碑に向かう（図４）。この玉碑には、後に武則天によって開かれる才女試験の合格者百人の名が記されているのだが、その玉碑の文字は、唐小山にとっては楷書に、陰若花にとっては蝌蚪（かと）文字（篆書（てんしょ））に見えるのだった。以下はそのことが明らかになったときの、唐小山のセリフである。

小山は思わずいぶかしんで言った。「明らかにどの字も楷書なのに、どうしてお姉さまの目に入ると、篆文に変わってしまうのかしら？　世の中にこんなおかしなことってある？　道理でお姉さま、わたしが蝌蚪文字をわかるっておっしゃったのは、こういう理由だったのね。とすると、すべてのことは、縁のあるなしに関わるってことね。あたしはこれと縁があるから、だからぱっと見て意味がわかるんだわ。お姉さまはこれと縁がないから、だから篆文に変わってしまうんだわ。」（第四八回）[11]

蝌蚪文字について、蝌蚪とは本来、おたまじゃくしのことだが[12]、ここでは、もはや解読が困難となってしまったむかしの文字、といった解釈でいいだろう。唐小山がこの玉碑の文字を芭蕉（ばしょう）の葉に写すにあたり、彼女の見えるままに楷書を用いるのだが、「無縁」の陰若花の目には、それもまた読めない文字に映るのだった。

こうして〔若花が〕その芭蕉の葉を見ると、明らかにどれもが篆文で、一字もわからなかった。さらに玉碑を見るとこう言った。「あなたのこの写した筆画は、あの碑にあるものとまったく同じよ。碑の字からしてわたしにはわからないのに、どうして〔芭蕉の〕この字がわかりましょう。」小山は思わず嘆じて言った。「わたしの書いたのはもともと楷書ですのに、お姉さまの目に入ると、篆文に変わってしまうとは。道理で、俗に『縁があれば千里離れていても来て会うし、縁がなければ向かい合っていても会わない』と言うんだわ。わたしは縁があると言うべきだし、お姉さまは結局縁がないんだわ。」（第四九回）(13)

ここで「有縁／無縁」は、文書を「解読できる／できない」で表されている。

このような「読めない文字」の登場は、明清の小説ではよくあることだ。たとえば明代にまとめられた小説『水滸伝（すいこでん）』などにも、同様のプロットが置かれている。

『水滸伝』は天界より落とされた者たちがひとところに集う物語であり、その者たちは物語の中でリストアップされる。そして、『鏡花縁』の才女百人のリストと同様、『水滸伝』に登場する豪傑百八人のリストもまた、普通の人には読めない文字で書かれ、一人の道士が解読するが、その解読には縁が関わることが示される。(14) 本章では以下に『平妖伝（へいようでん）』に登場する白猿について言及するが、その白猿の携える文書もまた読むことのできないものであり、解読にあたっては同様に、縁の存在が不可欠であるとされる。

『鏡花縁』の「縁」を描出する場面からうかがえる「有縁／無縁」について、ここで簡単にまとめるとすれば、仙界に関連するものを、「身体に引き寄せ、目や口から体内に難なく取り込むことができる／できない」ということになるだろうか。また、「仙」と「人」の違いは「人」と「犬猫」の違いに例えられ、仙界と「有縁」であることの優越性がわかりやすい形で示されていたのだった。そしてこのような「有縁／無縁」の対立は、後に見るように、『鏡花縁』を読んで「わかる／わからない」ことの暗喩であり、それらの執拗な弁別は、単に物語上の都合のみならず、書き手の主張が込められた作為のようなのである。

白猿の役割について

すでに前章末尾で示したように、『鏡花縁』という物語はそもそも、唐閨臣の写した文書が作者の元に届けられ、書き上げられたものということになっている。唐から清へ、遥か長い時を越えて、作者に文書を運び届ける役割を持つのが、一匹の白いサル（白猿（はくえん））なのだが、その物語における役割は、本章で扱う縁の問題に大きく関わっている。本節ではそのことについて詳しく述べることにしよう。

『鏡花縁』は、白猿が登場する第四〇回を境に、大きく二つの部分に分かれる。前半部の主人公は唐敖・林之洋・多九公の三者であり、後半部の主人公は唐敖の娘である唐小山（唐閨臣）ら百人の才女たちである。唐敖は小蓬萊にて白猿を見つけた後、その地で仙界を夢見て失踪してしまうのだが、林之洋は帰国後に、唐敖の失踪を、唐小山の家族に伝えられないままでいた。以下に引くのは、林之洋の母親江氏（こうし）の部屋でおこったささいな出来事であるが、この白猿の何気ない行動によって、唐敖の失踪は白日のもとにさらされる（図5）のであった。

「おばさま、この白ザルはきかんぼうなんでして、この前は婉如さんのお習字のお手本帖を手にとってぱらぱらめくって見ていたし、今はおじさまのお客様用の枕を取り出してぽんぽん投げているし。昔の人が『意馬心猿』と言ったのは、もっともですわ。ちょっとの間もじっとしてないんですもの。けれど、こんなにいい枕、どうしてベッドの下に置いてあったのかしら？」そこで白猿の手から枕をとり、一目見ると、なんと

図５　枕で遊ぶ白猿（孫継芳絵）

自分の家のもののようではないか。すぐさまベッドのカーテンをめくり上げ、下を見ると、床板の上に置いてあった包み一つが目に留まった。それを手で引っ張り出そうとしたちょうどその時、江氏が慌てて遮って「それはわたしの古い上掛けよ。おもてが汚れて汚いから、姑娘（おじょうちゃん）、それを取り出してはだめよ！」といった。小山は江氏の振る舞いの慌ただしさから、余計に怪しく思い、包みを無理やり引っ張り出して、こまごまと見ると、なんとそれは父親のものであった。（第四三回）[15]

この、登場人物らにとって単なるペットに過ぎない白猿の、枕を投げるといった「何気ない行動」を起点として、唐小山は父を探す旅に出ることになる。第四〇回以降、唐敖という主人公を欠いた物語は、しばらくの間、方向が定まらないままにあるが、この白猿の働き以降、新たに唐小山を中央に据えて、再起動するというわけだ。言い換えれば白猿は、唐敖ら父親の世代と、唐小山ら娘たちの世代の、二つの物語をつなぐ役割を担っていると言えるだろう。

唐小山は父を尋ねて海外へ行き、小蓬萊で玉碑を目にする。すでに述べたように、玉碑の文字は、唐小山の目には楷書に映るが、同行した陰若花の目には読めない文字に映る。唐小山はそれらを楷書にて書き写すが、紙に書き付けられた文字もやはり、唐小山以外の者には読むことができなかった。そのような文字で書かれた「不思議な文書」は、白猿によってどこかへ持ち去られてしまう。

閨臣は泣紅亭の碑記を取り出して、蘭音と紅蕖に見せると、彼女たちもやはり一字もわからなかった。二人は事の次第が詳しくわかると、思わず舌を巻いて不思議であるといった。ふと見ると白猿がやってきて、そいつも碑記を手に取って眺めている。蘭音が笑っていった。「もしかして、白ザルにも読めるのかしら。」唐閨臣がいった。「どうかしら。昔、わたしが海外で写していたら、いつだって白ザルがそばで見てるものだから、そのとき、わたしこの子にこういったのよ。いつかもし、この碑記を文人さんに渡して、彼に稗官野史を作ってもらって、それが国中に伝わったら、大きな功績に算えられるわね、って。この子はその意味がわかったのかしら。」洛紅蕖はいった。「道理で。この子まで手に取って見てるっていうのは、そういうことだったのね。」そして白猿に向かって笑って「あなたにその大功が建てられるかしら？」といった。白猿はそれを聞くと、ヘンと一声し、二度うなずくと、手には碑記をささげもち、身を翻して窓の外へ飛び出していってしまった。(『鏡花縁』第五四回)(16)

白猿はこのようにして、碑の写しを捧げもって「文人さん」のもとへ馳せる。途中顔紫綃(がんししょう)なる少女が、その様子を目にするが、彼女は、その写しが「赤い光を四方に放っていた〈紅光四射〉」ことから、仙界のものであるとわかったと発言する(第五四回)。ここではじめて顔紫綃によって、この白猿が仙界の住人であり、その写しが仙界のものであることがほのめかされる。(17)

白猿はこの後、ぱったりと姿を現さなくなり、物語は、少女たちの試験、遊戯を主とする合格の宴、武則天の廃位を望む一団の戦いなどの場面が描かれる。白猿は、最後の最後にようやく、碑の写しを手にして登場する。すでに引いた部分であるが、省略を加えながら再掲しよう。

さて、かの白猿はもとは百花仙子の洞窟で長い間に道を得た仙猿であった。やつは百花仙子が俗世間に落とされると、彼女についてこの世にやって来て、俗世間との縁が満ちた後に、ともに山へ帰ろうと考えていたのだった。なのになんと、百花仙子に突然、あの泣紅亭の碑記を文人墨士に渡して稗官野史を書いてもらえと命ぜられたのだ。やつは碑記を手に捧げ持ちながら、日々あちらこちらを探訪したのだったが、どうして上手い具合にいくだろうか。……〔略〕……この仙猿は行ったり来たりし、そのままま っすぐ本朝の太平の世へやってきた。そこには一人、老子の末裔がおり、そこそこ文名があった。その仙猿、あちこち訪れる煩わしさに耐えられなくなって、どうしようもなく、碑の写しをこの人に渡してそのまま山へ帰ってしまった。

……〔略〕（第一〇〇回）(18)

と記されている。

「老子の末裔〈老子的後裔〉」が李汝珍の自称であることについては、すでに述べた。ただし白猿は、老子の末裔だからではなく、文人を訪れるのが「わずらわしくなり、どうしようもなく」思ったため、気まぐれに李汝珍の元を訪れたらしい。そして、続く部分において、手渡された写しがもとになって『鏡花縁』は編み上げられたと記されている。

ここにおいて、白猿のもう一つの役割が明確となる。白猿は碑の写しを物語の外にいるはずの李汝珍に手渡すことによって、物語世界と現実世界をつなげるという役割を果たしている。唐敖の物語と唐閨臣の物語、そして唐の武則天が君臨する物語世界と李汝珍の暮らす清代乾隆嘉慶の現実世界、白猿はこれらをつなぐ役割を持つものとして、『鏡花縁』物語に登場するのである。

この場面が李汝珍のホラであり、この種のホラでもって物語を締めくくることについて、『紅楼夢』の影響が考えられていることについては、すでに前章において述べた。さらに、李汝珍自身がここで白猿と出会ったと書き記したこともまた、着目すべきことがらだろう。つまり先に見た物語内部の論理を援用すれば、白猿から受けた碑の写しによって自ら『鏡花縁』を編んだと記すことは、李汝珍が、唐閨臣以外の誰もが「読めない文書」を、自分もまた読むことができたのだと表明することになるわけなのだ。『鏡花縁』第五〇回には、唐閨臣が白猿に「わたしはこの碑記を有縁のものに渡したいと思ってるの」と語りかける場面がある。その文書が自分のもとに届くことはすなわち、「有縁」である唐閨臣と同列に自らが「有縁」の存在なのだと、作品中で示していることになるのである。

　ここでいったん、縁の問題を離れて、白猿について述べておくことにしよう。白猿は中国の物語において、非常によく見る存在なのである。

キャラクターとしての白猿

　前節では『鏡花縁』における白猿の役割について確認した。本節では、視野を広げ、より多くの物語から白猿の形象について拾っていこう。さまざまな白猿の姿を確認していくことで、『鏡花縁』におけるその役割が、過去の物語の伝統を踏まえたものであることが確認できるに違いない。それは物語をつづる多くの者たちに、大切に守られ用いられてきたキャラクターと言えるのである(19)。

　白猿の物語として、もっとも有名なものは、『呉越春秋』に見えるそれであろう。

　越王が范蠡に剣術について尋ねた。范蠡はこう答えた。「越に若い娘がおり、国のものは彼女を称えていると聞いております。剣の道については、彼女に尋ねられるのがよろしいかと。」そこで王は、彼女を招聘した。娘は王に会いに北へ向かう途中で、一人の老人に出会った。彼は自ら袁公と名乗った。娘にこう尋ねた。「わしはそなたが剣の達人だと聞いておる。一つ腕前を見せてもらえぬか?」娘は言った。「あたし、どうして能力を隠したりいたしましょう。おじいさまの仰せの通りに。」そこで袁公が並び立つ竹の先端をたわめると、先が枯れ枝のようにぽっきりと折れ、地面に落ちた。娘はその折れた先端を受け取った。袁公が根元のほうを操って娘を刺そうとすると、娘は三度竹の節で受けた。娘が杖を振り上げて袁公を打つと、彼は木に飛び上がって、白猿と化した。(『太平広記』巻四四四「畜獣一一・猿上・白猿」[20])

この剣の達人としての白猿は、張良に兵書を手渡した黄石公と並べられ、しばしば詩文中に登場する。[21] 張良は、劉邦が前漢を興す際に活躍した知将の一人で、彼が黄石公から兵書を授けられる故事は、たとえば、司馬遷『史記』「留侯世家第二十五」などに見られる。ここからうかがえる白猿のイメージは、剣の達人という「武」の超越性である。

また『呂氏春秋』にも、以下のような白猿に関する物語がある。

養由基と尹儒は、どちらも六芸に秀でた人物であった。かつて荊王の庭に、神通力を持った白猿が現れた。荊国の弓の使い手たちは、だれも白猿を射止めることができなかった。そこで荊王は養由基を招き、〔白猿を〕射らせた。養由基が弓を張り、矢を執って行くと、白猿は、まだ矢を射ぬうちから、矢に当たったようになってしまった。〔実際に〕矢を射ると、白猿は矢に応じて下に落ちた。そのようにして、養由基は、先に矢に当たるものに命中させるのである。(百子全書本『呂氏春秋』「博志」[22])

Ｒ・Ｈ・ファン・フーリクは、『中国のテナガザル』の中で、今ではサル一般を表す〈猿〉と〈猴〉とが、中国古代においては明確に弁別されていたことを指摘し、ここに挙げたような白猿の物語を引き、

周代の末期になると、テナガザルは霊長類のなかでも「紳士」としての地位を確立した。魔力を有し、呼吸術にすぐれるがゆえに何百年も長生きし、剣術のような半ば神秘的な技にも熟達し、さらには人間に変身することさえできるというわけである。（中野美代子・高橋宣勝訳）(23)

と述べ、白猿が早い段階から神聖視されていたことを指摘する。

白猿への神聖視は、それをただ「武」の達人に押し上げるに止まらない。王嘉（おうか）『拾遺記（しゅういき）』「周群（しゅうぐん）」の白猿は、ある文書を下界の人間に手渡す存在として、以下のように語られている。

周群は未来のことに詳しかった。以前岷山（びんさん）へ遊行して石を採っていたら、崖から一匹の白猿が下りてきて、周群の目の前に起立した。周群が佩（お）びていた刀を抜いて、白猿に投げつけると、白猿は一人の老人に化した。手には八寸ほどの玉板（ぎょくばん）を持っており、それを周群に授けた。周群があなたはいつ生まれたのかと尋ねると、老いぼれてしまったので、はっきりとはわからないが、軒轅（けんえん）のころから記憶にあるという。〔略〕（『太平広記』巻四四四「畜獣一一・猿上・周群」）(24)

ここで語られているのは、白猿が周群に会い、玉板を授けたということである。白猿は、暦数に秀でたものと

して描かれており、少なくとも軒轅(黄帝)のころから生きているという。そして後に続く部分で、この出会い以降、周群は暦数を学び、天の運行によって蜀の滅亡を知ったと語られる。この物語の白猿は、長命で学者然としており、人に玉板(そして人知の外にある知識)を授けるという、「文」の超越性が際立った存在として描かれている。

そして、白猿の物語を見るうえで欠かせないのは、[唐]無名氏「補江総白猿伝」であろう。「補江総白猿伝」は、梁の大同(五三五—五四六)の末、自分の妻を白猿にさらわれた欧陽紇なる男が、白猿を退治する話である。以下に引くのは、白猿にさらわれてきた女たちが、欧陽紇に助け出された後に語った、白猿の平常の様子である。

〔略〕全身は数寸の白い毛に覆われ、家にいるときはいつも、木簡を読んでいました。その文字は符篆のようで、わたしたちにはまったく読めません。読み終わると石段の下に置きます。晴れの昼間は二振りの剣を持って舞います。丸い電光が体を月のように回ります。……〔略〕……先月の一六日、石の階段から出火して、その木簡の書物が焼けた。白猿は悲しさに茫然自失した。「わしは、千歳になるのに息子がなかった。いま、子供ができた。死期が来たのだ。〔略〕」(『太平広記』巻四四四「畜獣一一・猿上・欧陽紇」[25])

ここに表される白猿からは、その姿形・服装といった外見をのぞいて、次のような特徴が挙げられる。一つには、彼が時折、常人には読むことのできない「符篆のよう」な文字で書かれた書物を読んでいたという点である。「符篆」は、道教のお札などに書かれる文字のことで、ここで『鏡花縁』で白猿の携える文書が、誰にでも解読を許すものではなかったことが思い出される。そしてもう一つ、白猿が平常剣舞をしていたという点が挙げられる。電光が発し体をめぐるといった描写には、その道の達人であったことが表現されていよう。なお、前記引用に続く部分には、白猿が、天命を知り、自らを滅ぼす存在（すなわち欧陽紇）の来訪を語る様子が記される。

ここで注目したいのは、「補江総白猿伝」の白猿が、文書を読み、剣術をたしなむと語られる点である。先に見たように、白猿の性格として、書という「文」の特性と剣という「武」の特性の記述は、過去に例をもつものであった。「補江総白猿伝」は、その二つの特性が揃って示された物語であるといえる。

この一つ目の、「符篆のよう」な文字で書かれた書物を読んでいたという点に関して、内山知也氏は、先に挙げた「周群」に登場する白猿との関連を指摘し、「『補江総白猿伝』の作者は『拾遺記』の老翁の暦数学者らしい風貌を白猿に与えているのである」と述べている[26]。この「符篆のよう」な文字で書かれた木簡は後に焼けてしまうが、そのときに白猿が自らの死期を悟るあたり、白猿と文書が濃密に関連付けられて語られていることが指摘できるだろう。

「補江総白猿伝」の後に登場する、同系統の物語[27]には、たとえば、『清平山堂話本』「陳巡検梅峰失妻記（陳巡検が梅峰にて妻を失う記[28]）」や、それにさらに改定を加えたとされる馮夢龍『喩世明言』第二〇巻「陳従善梅峰失渾記（陳従善が梅峰にて渾を失う記[29]）」、そして文言小説である瞿佑『剪灯新話』巻三「申陽洞記[30]」などがある。これらの作品に描かれるサルは、手下ザルを統率して、腕力にて女を強奪するといった「武」の特性が際立つ好色妖怪であり、「禅機」あるいは「仏法」に通じていると記されるが、不思議な書物を読むといった性質は記されず、「補江総白猿伝」で見たような「文」の特性はあまりうかがえない。また、やはりモチーフを同じくする凌濛初『初刻拍案驚奇』巻二四「塩官邑老魔魅色　会骸山大士誅邪（塩官邑の老魔は色を魅せ　会骸山の大士は邪を誅す[31]）」のサルには、徒党を組む性質が前記作品同様にあり、「文」的特性が多少は付されてはいるものの、しかしここにおける「文」の特性とて、平素詩文をよくするといった程度のもので、やはり「補江総白猿伝」からうかがえるような神秘性は失われてしまっている。不思議な文書を読むこともそれを携えることもないし、それらはいずれも妖魔として退治される末路をたどる。

そのように「敵対するサル」としての性格が膨れ上がっていく中で、［清］鈕琇『觚賸』「続編」「猿風鷹火」に見えるそれのように、『拾遺記』「周群」に出てくる白猿のような、人間世界に不思議な力を授けるサルも、依然として存在する。これは、康熙年間、天津の徐緯真なる男が、山東の古い廟中にて、釣鐘に閉じ込められた白猿を助けるという話である。[32] 五〇〇年ぶりに解放されたという白猿は、自らを黄石公に剣術を教えた猿公の子孫であるといい、助けてもらったお礼にと、徐緯真に道書三巻を授ける。また、［明］李昌祺『剪灯余話』[33] 巻一「聴経猿記」には説教を横から盗み聞くサルが登場する。これらのサルからは先に挙げたサルたちのような好色性はうかがえず、徒党を組むこともなく、求道的である。

また、本書で幾度も言及する許桂林『七嬉』の第三篇「司花女子誦詩」にも、詩文を読むサルの姿が登場する。棲雲野客なる者が杜甫の「飲中八仙歌」を踏まえて詩を詠んでいると、突如、老人が現れて野客の詩を陳腐であると評し、自ら詩を詠み、そして立ち去って行った。その尋常ならざる風貌に、老人を申君かと疑った野客が後をつけると、別室に石のサル（ただし「石猴」である）が置いてあり、首の鎖が断ち切られていたという話である。申君はサルの異名である。

これらのサルたちは、敵対する好色妖怪としてでも、かといって普通のサルとしてでもなく、『呉越春秋』や「補江総白猿伝」の白猿が有する神秘性をその身にまとったまま、物語に登場する。このような、妖魔的な要素を持たず、神秘性を保ったままのサルの物語は、中国文学全体で、ある一つの流れを成していよう。その流れの先にあるのが、『鏡花縁』の白猿であり、それは好色でもなければ人に敵対もしない、そして、人の通常の思惑とは別の論理で動いているような、不思議な存在といえる。そしてその多くは書を携えている。このような白猿の、物語における具体的な働きについては、次節で見ることにしよう。

以上、白猿を主軸として、時代を問わず、さまざまなサルの物語を見てきたが、ここで一つ、極めて重要なサルの物語である『西遊記』について触れなければならない。今までこの物語を取り上げなかったのは、孫悟空は白猿ではないことが直接的な理由である。そして、中野美代子氏の研究(34)が示すように、孫悟空というものが、それまでのサルのさまざまな物語を存分に吸収した上で形作られるといった、格段に豊かな存在であることもまた、その理由である。彼は、口も達者なら体技にも長けた、空前絶後のスーパーヒーローであって、本稿で重視する、無口でおとなしい、どちらかといえば控えめな『鏡花縁』の白猿とは、並べることの難しい存在のようなのだ。仮に、はるか古代から続く白猿の系譜があるのだとすれば、孫悟空はそこから枝分かれし、他の流れと合流しながら大きな発展を遂げ、大変に目立つ存在となっているが、『鏡花縁』の白猿が位置するもともとの本流からは、遠く隔たってしまっているかのように思われるのである。

次に、先に述べた二つの流れのうち、敵以外の存在として人間世界と関わるサルの姿を、明清時代の白話小説から具体的に眺めてみたい。それはすなわち、『鏡花縁』の白猿のすぐ上の流れに位置するものたちである。

不思議な文書と白いサル

すでに見てきたように、『鏡花縁』における白猿は、物語を起動させ、二つのものをつなげるといった役割を果たすのだが、そのような白猿の姿は、明清時代の他の小説にも見られるものなのである。以下にそのことを確認しよう。

まずは『新平妖伝（しんぺいようでん）』を取り上げる。『平妖伝』には、［明］羅貫中（らかんちゅう）撰といわれる全二〇回のものと、［明］馮夢龍（ふうぼうりゅう）撰といわれる全四〇回のものの二種類がある。両者を区別して、二〇回本を『三遂（さんすい）平妖伝』、四〇回本を『新平妖伝』(『北宋三遂平妖伝』とも)と呼んだりする。馮夢龍が、先行する二〇回本を増補して四〇回本にしたとされているが、本稿で取り上げる白猿は、二〇回本にその姿はなく、四〇回本ではじめて登場するキャラクターである。したがって、白猿を主眼に置いた本書では、主に『新平妖伝』を見ていくことになる。

『平妖伝』は、宋代に実際に起きた王則(おうそく)の反乱をもとにしている。［元］脱脱等撰『宋史』によれば、王則はもと涿州の人で、彼は妖術を習う妖人たちとともに、仁宗の慶暦七年(一〇四七)冬に、貝州(河北省)で反乱をおこした人物。[35] 物語は「平妖」の名が示すように、多くの妖術使いが王則の下に集い、反乱を起こし平定されるといった筋を持つが、主に描かれるのは、反乱の顛末それ自体ではなく、反乱する側、すなわち平定される「妖」たちが集結する過程である。物語の結末が王則の乱とその平定に置かれていても、熱心に読まれたのは、王則を助ける妖人たちの超能力の部分であったことだろう。

物語というものは、たいていの場合、登場人物が普通の人間にはない能力を持つ際に、何らかの理由が必要となる。『三遂平妖伝』全二〇回において、妖魔たちの超能力の源は、聖姑姑(せいここ)の持つ不思議な術が記された書『如意冊(にょいさつ)』であった。馮夢龍の増補によって、聖姑姑が、どのようにして『如意冊』を手に入れるに至ったかの経緯がつけ加えられるのだが、その増補の部分で白猿は重要な役割を担う。馮夢龍は、下界に下される怪しい書物および天界の秘術の由来を描こうとして、敷衍のための小道具として、白猿というキャラクターを用いたのだといえる。その始まりは次のようなものだ。

袁公(えんこう)は天界にて、白雲洞(はくうんどう)という天の書庫の番人をおおせつかっていたが、あるとき、「ヒマに任せて〈無聊之際〉」天書を盗み見ようと思いつく。ふと目に留まったのは、無数の封印がなされた小さな玉篋(ぎょっきょう)。袁公はその封印の多さから、中にはきっとおもしろいものが蔵されていようと、封を破り、両手で蓋を開けようとした。しかし、玉篋は釘付けされているかのごとく、ピクリとも動かなかった。

さてもお聞きのみなさまがた、かりに奴めがただのおサルで、二度開けようとしてかなわぬならば、おそらくいらいらするあまり、手で放り投げ、足で踏んづけ、頭突きを食らわしたことだろう。しかしかの袁公は、さすがに長年道を修め、かんしゃくの気性を除いたもの、軽はずみなことなどしなかった。やにわにあたふたと両手で玉篋を捧げもつと、跪いてこう叫んだ。「わが師、九天玄女(きゅうてんげんにょ)さま！　どうぞご加護のほどを。われに道法の縁あらば、篋(はこ)の蓋をば開けさせたまえ！　永く御法の護りをなして、けして悪事はいたしません！」そうして続けて三度四度叩頭すると、起き上がり、再び玉篋を開いた。すると篋の蓋は難なく開き、中には火焔のようなぬいとりのある袱紗包みがある。その包みを開いて見てみると、長さ三寸、厚さ三寸の小さな冊子があり、表面には『如意冊』の三文字が題されていた。（『新平妖伝』第一回）(36)

その後、袁公は、『如意冊』を手に住処である白雲洞へと帰り、壁面にその内容を彫りつける。天の秘籍を盗まれたとあって、玉帝(ぎょくてい)及び北斗星君(ほくとせいくん)をはじめとする天の役人たちは大慌て、彼をひっとらえて、その罪をただそうとする。しかし袁公は、九天玄女の許しを得てから箱を開いたのだと強く主張した。この公案は結局、袁公の罪が免ぜられて落着するが、それは北斗星君が玉帝に奏上した次のことばがカギとなっている。

「袁公の罪は重いものではありますが、情状は憐れむべきでございます。まして、混元老祖はかつて、『玉篋開かば縁まさに来たり、玉篋閉づれば縁まさに去る』というおことばを残されました。縁(えん)とは袁(えん)でございます。あるいは袁公に縁があり、玉篋がおのずから開いたのかもしれません。邪心がないからには、九天玄女さまのお顔に免じ、寛容なお心によりて、やつめを赦し放たれますのがよろしいかと。」玉帝は奏上に従い死罪を免じ、袁公の白雲洞君という呼び名を改め白猿神とし、彼を遣わして白雲洞の石壁を見守らせることにした。[37]（『新平妖伝』第二回）

このように、北斗星君によって、白猿を赦すための理由が二つ述べられる。一つは「玉篋開かば縁まさに来たり、玉篋閉づれば縁まさに去る」ということばである。これは玉篋の開閉、ひいては天機の保持が、縁と関連するものであることを言っている。そしてもう一つは、「縁とは袁でございます」ということばである。これは、二つの漢字の音が同じであることを理由として、袁（公）と縁とが重なるものであることが述べられている。つまりここでは、北斗星君（そして書き手）が、玉篋の開閉に必要な縁は音の通じる袁（公）に他ならないのだという、玉帝（そして読み手）を納得させるための発言がなされているのである。

そもそも袁の所業は「ヒマに任せて」なされたのだった。そして先に見たように『鏡花縁』における唐小山の父親探しの旅の起動と、清代文人への碑の写しの移動もやはり、白猿の何気なさを発端としていたのだった。このような白猿の気ままな行動が物語を起動させたという点で、二作品は一致しているのであり、どちらも、気ままな白猿によって物語られるべきことがらのフタが開かれ、中のものが明るみに晒されるという流れをもっているのである。ちなみに『新平妖伝』における文書は、後に蛋子（たんし）和尚によって下界に広まるが、やはり常人には読むことができない文書とされる。

蘇庵主人『帰蓮夢（きれんむ）』全一二回にもまた、白猿が登場する。この作品は、白猿が主人公に書を伝えて物語の発端となる点などから、すでに鄭振鐸（ていしんたく）らによって『新平妖伝』との類似が指摘されている。[38] 撰者とされる蘇庵主人について、詳しいことはわかっていないが、明末清初の頃の人で、『帰蓮夢』の他、本章冒頭でも触れた『繡屏縁（しゅうへいえん）』という作品があることでも知られる。[39]

この小説に白猿が現れるのは『新平妖伝』と同様、その冒頭である。主人公の白蓮岸(びゃくれんがん)は、後に白蓮教集団を結成することになるが、彼女の発揮する力は、白猿から授けられた一冊の書を源とするのだった。

第一回、主人公である白蓮岸はある老人に出会い、その老人の勧めにより、とある庵で一晩を明かす。夜中、彼女が目を覚ますと、一筋の光が部屋に入り込んできていた。蓮岸はその光が庵の後ろにある石の建物から発せられていることを知り、その建物の中で起こっているらしい異変に胸を躍らせた。

蓮岸は胸躍らせ、中ではきっとヘンなことが起きたとわかると、急いで庵に引き返し、老人に大声で尋ねた。「せんせい、後ろの石室、どんなお宝が光を放っているのでしょう?」老人はいった。「なんと、あの光を見られるとは！ やむをえん、本当のことをいおうぞ。この中には一冊の天書があり、天界の役所が保存しとるもんじゃが、私はそれを見守るよう遣わされたのじゃ。今まで五百余年の間、人目に触れなんだが、ゆえに夜毎光を出しとった。」蓮岸はこれを聞くと大喜びでいった。「この光、今夜わたしに見られたのですから、せんせい、弟子にお授けくださらないことがございましょうか。」すると老人は「この書は天の秘籍じゃから、易々と人に授けてはいかんもんじゃ。おまえさんが手にしたいなら、ひとまず縁の如何を見てみるがい い。」といい、蓮岸とともに石室まで歩いた。蓮岸は両手で石門を一押ししたが、どうやっても開かない。老人が蓮岸に、石門に四度拝謁させると、ふっと門は左右に開いた。蓮岸が老人とともに進んでいくと、中には一つ大きな石があった。老人はいった。「書物はこの中にある。自分でとりなされ。」蓮岸はあちこち触ってみたが、どこにも切れ目がない。そこで尋ねた。「書物がこの中にあるとおっしゃいますが、どこから取り出したらいいのでしょう?」老人はいった。「石に向かって四九度拝謁しなされ。もし縁があれば、書を得られよう。」そこで蓮岸は真剣に四九度拝謁した。突然石の中で大きな音が響くのが聞こえ、たくさんの光の筋が天を指した。蓮岸が目を凝らしてみてみると、大きな石が割れ、一冊の天書が現れ、きらきらと光を放っていた。蓮岸は書を手中に収めると、老人を拝謁した。老人はいった。「この書はけしていい加減に扱ってはならんぞ。」蓮岸が書を懐にしまうと、おりしも空は白んでいた。(『帰蓮夢』第一回)[40]

白蓮岸は、白猿の化身である老人から受け取った天書『白猿経』にある秘術を用いて、白蓮教集団を創ることになる。白猿によって天界の秘法が授けられ、天界の書がもとになって下界に混乱が起こる点がすなわち、『新平妖伝』と並べられる所以である。また、白猿の働き(『帰蓮夢』第一〇回)によって事態が収拾に向かう点も同様である。そして、天書を手にできるかどうか、このことが「縁」の有無に関わると述べられる点もまた『新平妖伝』に類似するものであると、ここでは付け足しておきたい。

また、「文武」という観点から、これらの白話小説を見ると、『新平妖伝』の白猿は、その双方が揃った存在であるといえる。一方、『帰蓮夢』と『鏡花縁』の白猿は書物を携え、道学の修行をするといった「文」の要素が際立って描かれるものの、剣術といった「武」の要素はほとんど語られない。また天界との関係について、『新平妖伝』と『帰蓮夢』は、そのことが物語の冒頭に語られるが、一方、『鏡花縁』は、いわずもがなということか、最後に簡単に触れられるのみである。書物を携える白猿の姿は、すでに述べたように、『拾遺記』「周群」や「補江総白猿伝」などに、その原型が求められよう。[41]

そしてさらに、これら三種の作品に登場する白猿に共通していえる特徴的なことは、「補江総白猿伝」および宋代以降に語られるサルの物語に誇張的に見られるような好色的な要素が一切ない点であって、古代の白猿が有したような神秘性と純粋さを保ちながら、求道的で、子供でなければ老人といったような、超俗的に描かれる点である。

その他、［明］無名氏『英烈伝』にも、劉伯温に天書を渡す白猿の姿が見られ（第一七回）[42]、またやはり［清］天花蔵主人『梁武帝演義』にも、柳慶遠に天機の記された文書を見るよう促す老猿猴の姿が見られる（第三回）[43]。文書を手に入れる理由として、『英烈伝』は天意が、『梁武帝演義』では縁が言及され、共に常人には読めない文書であるとされている。

『新平妖伝』、『帰蓮夢』、『鏡花縁』など、先に取り上げた三種の小説において、いずれも白猿は、書を人に手渡すという役割を担っている。そしていずれも、書がもたらされることでその世界に波紋が広がっている。

なぜ白猿なのかということについての理由には、まずは、『新平妖伝』において明言されるように、「縁と袁（猿）の音通」が挙げられる。これは馮夢龍が白猿を、物語を起動する役に当てる際の、「なぜ白猿がふさわしいのか」ということについての、読み手に対する、かれなりの理由づけであったかと思われる。あるいは、『新平妖伝』の白猿が文書を手に入れる際や、『鏡花縁』の白猿が文書を李姓の者に渡す際の、気まぐれにも似た、動物の行いにしばしば見られる偶発性とでもいったものが、世界に波紋を投げかける発端として、そして縁の性質として、極めてふさわしいと考えられたことにもよるのかもしれない。

有縁についての、書き手のまなざし

ここで今までの議論を整理しておきたい。強く確認したいことは、『鏡花縁』において、「縁」なることばあるいは観念が、さまざまな場所で言及される対象であったということである。幾人かの登場人物たちは、「有縁のもの」あるいは「無縁のもの」として、明確に設定され、その上で、両者の違いや特性などが細かく書き込まれるが、このような筆致から筆者は、『鏡花縁』の書き手の、「縁」なるものへのこだわりを感じ取り、それがいかなるものかについての考察を進めてきた。平行して、何かと何かを関連付ける、形のない「縁」なるものに、『鏡花縁』では、具体的な形として「猿」が設定されていることを指摘した。そしてそのような発想は、すでに明代『新平妖伝』などに見られるものでもあり、猿の、文書を携えるという性格が、文学という場では伝統的なものであったということについて概観してきた。本節では、それらを踏まえた上で、再び「縁」に目を向けることにしよう。

　そもそも、『鏡花縁』における「縁」なるものについては、さまざまなバリエーションがある。ここで百穀仙子（ひゃっこくせんし）の化した道姑が、唐小山に語るセリフを引くが、そこには「縁」のバリエーションが、次のように列挙されている。

> 道姑は言った。「今日お会いしたのですから、どうして縁がないことがありましょう。ただ縁があるのみならず、宿縁もあるのです。宿縁があるために良縁が結ばれるのです。良縁を結ぶことで、また旧縁を続けることを免れません。旧縁を続けることで、あまねく衆縁を結ぶ結果となります。衆縁を結んで、後にようやく塵縁を了（さと）ります。」（第五一回）[44]

「宿縁がある」は、先に述べたように、唐敖が夢で海外行きを促される際のことばである。そして「良縁を結ぶ」ことは、彼の海外行きにおける目的の一つでもある（第七回）。「旧縁を続ける」ということばは、唐小山らが海外巡りに途中で出会う道姑により発言される（第四四回、第五一回）。「衆縁を結ぶ」ということばは、『鏡花縁』ではここにしか見られないが、武則天の開催した女子才女試験により、天界から下凡した百人の花の精たちが、地上にて再び集うその運命を言うだろう。「塵縁を了る」は、唐閨臣が他の才女たちと離れ、再び小蓬萊へ向かうことを言うだろう。

このようにして、道姑の述べる「縁」の順序は、物語で時折現れる「縁」の順序と重なることが指摘できるのである。これは、『鏡花縁』という「縁」の物語が、列挙されて序列のついた縁のリストを元に書き進められたということを示すのかもしれない。あるいは物語を書き進めるうちに順序が定まっていった可能性もあるだろう。いずれにせよこの箇所は、書き手の「縁」に対する基本的な考え方がまとめられた部分であり、ここにおいてもまた、書き手にとって「縁」なることばが、少なからずこだわりのあることばであったことがうかがえるのである。

先に挙げた『鏡花縁』の、「縁」に関する例を見る限り、「有縁」であることは「いいこと」として設定される。そしてこれまで見てきたような、書き手の、「有縁」がよろしいといった誘導は、『鏡花縁』においてとりわけ丁寧になされているようにも見えるが、結局は他の明清小説にも見られるものなのである。筆者は本章の冒頭で、書き手は「縁」について「積極的に発言したがっているかのよう」と述べたが、それは、『鏡花縁』において、さらにもう一段、「縁」への思索が深まっているようであるからである。

先に引いた第四九回の場面は、唐小山が芭蕉の葉に写す玉碑の文字を、陰若花がこっそり覗こうとしたことを発端としている。唐小山は、楷書で書き写しているのにもかかわらず、陰若花は読むことができないでいる。そこで、唐小山は改めて、自身の有縁と陰若花の無縁とを、強く嚙み締めることになるわけだが、陰若花の側からすれば、同行する友人に、あなたは無縁なのね、などと言われて、おもしろいはずがない。彼女は続く部分で、有縁だなんだと騒ぐ唐小山に対して、縁があるのはまあいいけど、こんなにきれいな山の景色も楽しめずカリカリ玉碑を写さなきゃならないなんて、縁がないほうがずっといいわと反論する。それに対して唐小山は、山の景色なんかより仙機を知るほうがずっといいと発言し、自分の胸中には陰若花を含めた才女たちの一生の禍福があるのだといって、さらに「有縁」の優越性を主張するのである。他人の過去と未来をすべて把握していると、自身の「有縁」性とその優越性を滔々と説明する唐小山に対して、無縁である陰若花は、以下のように発言する。

若花は言った。「あなたがわかるのは、もとよりいいわね。けどわたしがわからないのも、すばらしくないでもないわ。結局のところ、みんなに〝無常〟がきたら、ただわたしというわからないものが飛散する灰となって、依然として用をなさないだけでなく、あなたというわかるものだって、ただわたしと同様になるばかり、どんな長生妙術があるっていうのかしら。」そう言いながら、亭を出て行ってしまった。小山は聞くとただ心は動揺するばかりで、どうしたらいいのかわからない。長いこと考えたが仕方なく、ひとまず碑記を書き写すことにした。（第四九回）[45]

なんとも不思議な部分である。ここで「有縁」と「無縁」は、より高い位置から眺められることになる。「無常」とは冥界の遣いである「無常鬼」のこと。人間をあの世へ連れて行く役目を持つもので、「〝無常〟が来る」は、「死」を婉曲に表現したものである。つまりここでは、「死」なる理が持ち出されることで、今までの執拗な「有縁」と「無縁」の弁別が反故にされているのだ。読み手はそれまでの物語に内在しているように思えた原理が、一瞬揺らぐのを感じ取るかもしれない。

これは書き手が「縁」に対して、先に見てきたような「有縁」と「無縁」の対立および「有縁」の優越性という二つの前提よりも、さらに高次の視点を有していたことの表れである。そしてここで見るべきは、「縁の有無」にこだわる者たちを述べてきた、その上で、それを相対化してみせるという、語り手の語りの態度をこそであろう。陰若花という「無縁」の者に締めの一言を言わせているあたり、「有縁」を自負する者の「鼻持ちならないようす」に対して、冷や水を浴びせているようにも読める。

ここで思い出すべきは、先に述べたように、書き手自身もまた、末尾において、自分が白猿から書を受けた「縁ある者」の一人であると、表明しているということであろう。ならば書き手の内面には、他より抜きん出ていることを示す自尊の気持ちと、それをみずから均そうとする客観性との、せめぎ合いがあることになる。つまり彼は、みずからを有縁のものとし、そのことを望ましいことと考えていた。しかし同時にその脳裏には、死という、あらゆるものに平等な、一つのゆるぎない結末がつきまとい、その有縁であることおよび無縁に対する優越が、実はどうでもいいことなのであるという、どうにも抜け出しようのない一つの真理にも達していたのである。

このような、無縁もよろしいといった、世界が色あせるような展開は、本来「睡魔を払い、人を笑わせる」書を書こうとする者にとって、封印すべき方向のものだろう。あるいは、死を意識することで生がより貴重なものとなり、その世界における「有縁」性もまたかけがえのないものとなるといった類の趣向なのだろうか。もしかしたら、ただ自らの成した世界を一段高い位置から眺めてみただけなのかもしれない。つまり、無縁の利点について、それほど強く主張するつもりもなく、ただ述べてみただけ、ということである。そう考えるのは、この視点がすぐに下ろされることで、不安定な状態が長く続かないことを理由とする。何より、縁がないということは、物語を動かす力がなくなることにつながるわけで、こうして物語は、何事もなかったかのように、ふたたび「有縁」の優越が軸となって進んでいくのである。

鏡花の縁とは？

最後に、『鏡花縁』はすなわち「鏡花」の「縁」である、といった点について、筆者の現在の考えを述べておきたい。

「鏡花」は「鏡花水月」ということばから来ている。それは鏡中の花、水中の月を意味し、手に届かない美しいもの、もしくはあこがれる対象、などを表す。仏典に由来し、「水月鏡象」などともいい、古来、詩論などに用いられてきたことばである。(46)

『鏡花縁』には、〈仙品〉や、玉碑の文字など、それに対峙する者を二分するような物がいろいろと登場する。いずれも、登場人物が獲得もしくは解読を望む、あこがれのものであった。筆者はそれらこそが、まずは、「鏡花」に相当するものと考えている。彼らは玉碑や〈仙品〉を前にして、わかるわからないと二分される。書き手によれば、その決め手となるものが、「縁の有無」なのであった。そしてさらに、この「縁」なるものの作用の範囲は、物語内にとどまらない。前章で見たように、第一〇〇回末尾には、物語の読み手を二分する際に決め手となるものもやはり、「縁の有無」であることが記されていたからである。『鏡花縁』は、このような意味で二重の構造を持つ。

重要なことは、「鏡花」なることばもまた、この二重構造に関係しているということなのである。いま筆者は、物語に登場する〈仙品〉や玉碑の文字こそが、まずは「鏡花」に相当すると述べた。その一方で、第一〇〇回末尾には、「鏡光は能く真才子を照らし、花様は全く旧稗官を翻す」と記され、これはすなわち、『鏡花縁』のテキストじたいが「鏡花」であると示すことばに他ならないのである。書き手は、「鏡花」を織り込みながら物語をつづることで、新たな『鏡花縁』なる「鏡花」を生み出したと、そう宣言しているのである。

それら二種の「鏡花」なるものは、対する者を「わかるもの」と「わからないもの」に二分する点で、同質である。内側の「鏡花」の前には、唐敖と多九公、そして唐閨臣と陰若花がいる。一方で外側の「鏡花」の前には、二種類の読み手がいる。そして対象を享受できるかどうかは、ともに「縁の有無」に関わるという。

さらに踏み込んでみたい。筆者は前章において、『鏡花縁』の書き手はその執筆にあたり、〈圏〉を書こうとしたのではないかと述べた。それは、自作に自身の才識や学問を盛り込み、それらを転がすことで周囲を笑わせ、そのことで、発信するものと受信するものの間に笑いあう〈圏〉（集団）を生み出す行為に等しい。『鏡花縁』のような物語を笑うためには、物語に織り込まれた書き手の才識や学問知識に眩むことなく、それらを起点とするおもしろみを解し得ることが前提となるだろう。このように考えたとき、『鏡花縁』に織り込まれた書き手の才識や学問知識は、登場人物たちが出逢う〈仙品〉と重なる存在として、解釈することができる。そして、それらを享受し得た者こそが、「わかるもの＝有縁のもの」になるわけなのだ。〈仙品〉がときに体内に取り込まれるものであること、つまり食物と重なるものであることについては、次章でも触れることになるだろう。

こう考えてみると、『鏡花縁』において、「縁」とは、『平妖伝』や『帰蓮夢』などにはない、書き手の辛辣な意図のもとに用いられたことばであるようだ。〈仙品〉がなじまずに体を壊す多九公や、玉碑を読めない陰若花といった無縁のものたちは、書き手の周囲にいただろう、たとえば音韻や算数といった学問のおもしろみを理解できないものたちの暗喩に他ならない。つまり、「鏡花」だの「縁」だのといった、模糊としたことばのうらには、実は極めて具体的な意味が含まれているというわけなのである。先に、第四四回において、無縁のものが犬や猫に例えられた場面を引いたが、ならばここには、『鏡花縁』に織りこまれた学問知識に眩む者たちに対するからかいの視線があることにもなる。

そして筆者には、このあたりこそが、魯迅の「才学小説」なる評価と関係しているように思われる。李汝珍はもともと、自分の趣味趣向を織り込んだ小説を、「こんなものを作りましたが、いかがでしょう」もしくは「おもしろみをわかっていただけましたら」くらいの気持ちで、微笑みとともに差し出したのではなかったか。しかし、彼の同好の士へと向けられた、〈圏〉を作らんとする、何気ない微笑みは、いつしか、その前提を共有しない後世の者たちによって、別のニュアンスを持つものと解釈されていった。そしてその微笑みを「笑われている」と感じた読み手が多勢となったとき、その微笑みは「才をひけらかしている」と読み替えられてゆくことになるのである。

（1）古田島洋介『「縁」――中国と日本』（叢刊・日本の文学一三、新典社、一九九〇）一一四頁。
（2）同右一七―一九頁。もっとも、古田島氏も述べるように、この二つの意味は、はっきり分けられないものであろうし、本稿に登場する「縁」もまた、その意味は往々にして曖昧である。
（3）同右七二頁。
（4）『繍屏縁』と『療妬縁』は、ともに古本小説集成（上海古籍出版社、一九九〇）所収のものを参照。
（5）この「了」字については、藤林広超訳『鏡花縁』（前掲）の解釈に従う（四〇八頁）。
（6）李汝珍『鏡花縁』（前掲）上巻、四〇頁。
（7）李剣国・占驍勇著『《鏡花縁》叢談――附《鏡花縁》海外考』（前掲）、九頁。
（8）李汝珍『鏡花縁』（前掲）上巻、四九―五〇頁。
（9）同右三二二頁。
（10）物語で「有縁」性が強調されて描かれるのは、唐敖および唐閨臣の二人のみだが、才女の一人である顔紫綃もまたその傾向がある。そのことは、彼女が白猿を仙界のものと見破り、また終盤に唐閨臣と二人で小蓬莱へ向かうあたりからうかがえよう。

(11) 李汝珍『鏡花縁』(前掲)上巻、三五一頁。なお、『鏡花縁』の娘たちは、みな別処より集うのだが、出会うとすぐに生まれた年月を確認し合い、姉妹となる。そのため、ここでも「お姉さま」といった呼び名が用いられている。
(12) 蝌蚪文字について、[元]吾丘衍『学古編』(百部叢書集成所収、芸文印書館、一九六六)では「文字の祖」といい、起筆が太く止筆が細い、おたまじゃくしのようなかたちの線による文字であるとする。『鏡花縁』においては「篆字」「古篆」などと言い換えられる。
(13) 李汝珍『鏡花縁』(前掲)上巻、三五七頁。
(14) 例えば、金聖歎批評本第七〇回など。『金聖歎全集』(鳳凰出版伝媒集団・鳳凰出版社、二〇〇八)第四巻、一二三六―一二三七頁参照。
(15) 李汝珍『鏡花縁』(前掲)上巻、三一三頁。
(16) 李汝珍『鏡花縁』(前掲)下巻、四〇一頁。
(17) 『鏡花縁』本文では、顔紫綃の発言と第一〇〇回以外には、この白猿が仙界のものであることがほとんど語られない。しかし、第四三回の頭目に「仙猿」の語が見え、読み手には早い段階で暗示される。また、第五五回末尾の、蔬菴による批評にも、仙書と白猿についての言及が見られる。
(18) 李汝珍『鏡花縁』(前掲)下巻、七五九―七六〇頁。
(19) 中国における〈猿〉(テナガザル)について、ファン・フーリク『中国のテナガザル』(中野美代子・高橋宣勝訳、博品社、一九九二)、中野美代子『孫悟空の誕生――サルの民話学と「西遊記」』(玉川大学出版部、一九八〇、一九八七年福武書店より文庫化)、劉葉秋『古典小説論叢』(中華書店、一九五九)所収「略談『補江総白猿伝』及与其有関的故事」などを参照。
(20) [宋]李昉『太平広記』(中華書局、一九六一初版)第九冊、三六二八頁。
(21) 銭锺書『管錐編』第四冊(中華書局、一九七九初版)「全上古秦漢三国六朝文」二六二には、張良の故事と越国の娘の故事がセットで用いられた文章が集められている。
(22) 『呂氏春秋』は『百子全書』(掃葉山房から一九一九年に刊行された石印本の影印。浙江人民出版社、一九八四)第五冊所収のものを使用。引用は第二四巻「博志」より。
(23) R・H・ファン・フーリク『中国のテナガザル』(前掲)、九〇頁。
(24) [宋]李昉『太平広記』(前掲)第九冊、三六二八頁。

(25) 同右三六三一頁。
(26) 内山知也『隋唐小説研究』(木耳社、一九七七)第二章「初唐小説論」第四節「『補江総白猿伝』について」を参照。
(27) 程国賦『唐代小説嬗変研究』(広東人民出版社、一九九七)、中野美代子『孫悟空の誕生――サルの民話学と「西遊記」』(前掲)Ⅱ―二「好色のサル」を参照。
(28) [明]洪楩『清平山堂話本』(譚正璧校点、上海古籍出版社、一九五七)一二一―一三六頁。
(29) [明]馮夢龍『古今小説』(『喩世明言』)は、『馮夢龍全集』(江蘇古籍出版社、一九九三)第二巻を参照。
(30) [明]瞿佑『剪灯新話』は、『剪灯新話外二種』(瞿佑等著、周楞伽校注、上海古籍出版社、一九八一)を参照。
(31) [明]凌濛初『初刻拍案驚奇』は、『拍案驚奇』(陳邇冬・郭雋傑校注、人民文学出版社、一九九一)を参照。
(32) 『觚賸』については、『筆記小説大観』(八)第十六・十七冊合訂本(江蘇広陵古籍刻印社、一九八四)を参照。このような閉じ込められるサル、また修行するサルについては、すでに中野氏前掲書、Ⅱ―三「閉じこめられるサル」およびⅡ―四「求法のサル」に言及がある。
(33) 『剪灯余話』については、『剪灯新話外二種』(前掲)を参照。
(34) 中野氏前掲書一一―九一頁。
(35) [元]脱脱等撰『宋史』(中華書局、一九七七)巻二九二「列伝第五一」九七七〇―九七七一頁参照。
(36) 『馮夢龍全集』第一巻(江蘇古籍出版社、一九九三)「新平妖伝」七頁。『新平妖伝』について、太田辰夫訳『平妖伝』(中国古典文学大系、第三六巻、平凡社、一九六七)を参考にした。『三遂平妖伝』は、古本小説集成所収のもの(天理図書館本の影印、上海古籍出版社)を使用した。
(37) 『馮夢龍全集』(前掲)第一巻、一三頁。
(38) 鄭振鐸「巴黎国家図書館中之中国小説与戯曲」(『鄭振鐸全集』第五巻、四一五―四五二頁、花山文芸出版社、一九九八。一九二七年八月一五日稿)、および澤田瑞穂「小説娯目鈔」(『宋明清小説叢考』二四一―二五五頁、研文出版、一九八二。初出は一九六七年三月天理図書館『ビブリア』第三五号)参照。
(39) 鄭振鐸は前掲の文章にて、彼がパリにて目にした『帰蓮夢』版本を明刊本であるという。張俊氏は『清代小説史』(浙江古籍出版社、一九九七)第二章「清代前期小説」の注③(一九四頁)にて、譚正璧『古本稀見小説匯考』、孫楷第『戯曲小説書録改題』などの記事を引きながら、『帰蓮夢』の成立年代を康熙前期であろうと推定している。その他『帰蓮夢』については、

『帰蓮夢』（明末清初小説第二函、八、春風文芸出版社、一九九〇）一四〇―一四九頁の司馬師「異郷残夢帰何処？ 却伴春鵑帯血啼――《帰蓮夢》是怎様写白蓮教起義的？」、林辰『明末清初小説述録』（春風文芸出版社、一九八八）二一八―二二七頁を参照。

(40) 蘇庵主人『帰蓮夢』（前掲）、七頁。

(41) サルが書物と結びつけられて語られることについて、『大日経』「序」は、サルが経書を保管する役目にあたっており、毎年七月に曝書するという話を収めるという（筆者未見）。太田辰夫氏は「『大唐三蔵取経詩話』考」（初出は『神戸外大論叢』一七―一、二、三、合併号、一九六六、今『西遊記の研究』、研文出版、一九八四所収）「四　善無畏伝説の影響」の中で、この話を引きながら、サルがなぜ取経を助けるものとして選ばれたのかについて論じている。

(42) 『英烈伝』（趙景深・杜浩銘校注、上海古籍出版社、一九八一）参照。

(43) 『梁武帝演義』（韓錫鐸・揚華・卜維義校点、春風文芸出版社、一九八七）参照。

(44) 李汝珍『鏡花縁』（前掲）下巻、三七四頁。

(45) 李汝珍『鏡花縁』（前掲）上巻、三五八頁。

(46) 「鏡花」ということばが、古来、どのように用いられて来たかについては、陳国球「論詩論史上一個常見的象喩：〝鏡花水月〟」（羅宗強編『古代文学理論研究』六一一―六二二頁、陳平原主編二〇世紀中国学術文存、湖北教育出版社、二〇〇二）に詳しい。

第四章　〈半〉について——世界を切り分ける楽しみ

第 99 回，才貝関(孫継芳絵)

半分の物語

第二章で見た「あとがき」には、『鏡花縁』なる物語が「そのことの半分」であり、「半分」でありながら「続編はその後につづるということにして」出版する、と記されていた。また末尾には、「もし鏡中の全影を知りたければ、しばし後の縁を待たれよ」という、この〈半〉字を受けたことばも見られた。これはつまり、書き手と読み手の間を結び付ける縁が、すでに半分満ちたのだという、書き手の表明と言える。

書き手はなぜ、このようなことばを末尾に置いたのだろうか。この問いは、実は筆者一人のものではない。たとえば魯迅は、次のように述べている。

……〔略〕……そうして『鏡花縁』は終了する。しかし以上は全体の半分に過ぎず、作者が自らいうに、「鏡中の全影は、ひとまず後縁を待て」ということで、ならば続作があってしかるべきだが、結局作られなかった。（魯迅「清之以小説見才学者」[1]）

李剣国氏にもまた、次のような言及がある。

非常に明確に言っていることは、作者が少なくとも一編の「後縁」を書くつもりだったということだ。「ものぐさで遅筆」だったからなのか、あるいはその他の理由なのか、「後縁」は書かれることなく、鏡は割れ花は散り、縁もまたいまだ尽きず、これは残念なことと言わざるをえない。（李剣国・占驍勇『《鏡花縁》叢談二人は〈半〉字を、物語が中途であることの表示であると解釈していると言える。
その一方で、孫佳訊も『《鏡花縁》公案弁疑』の中で、この箇所に言及し、李汝珍自身の手紙や後人の眉批（びひ）などの材料から続編執筆の可能性を明確に否定し、〈半〉字については遊戯的に記されたものだと解釈している。[3]
これら先学の意見を参考にしながら、筆者もまた、この問題を考えてきた。孫佳訊が考えたように、このような含みのあることばが末尾にあることで、物語には余韻が残り、読み手に何らかの感情を抱かせることになるのだろう。だが、筆者の結論を先に述べるのなら、この〈半〉字については、続作の予定があったことを伝えるものではない。とはいえ、いい加減に記されたものでもなく、大変に重要な意味を孕んでいるのであり、それは以下に述べるように、『鏡花縁』の原理に絡んだもののようなのである。
なぜそのようなことが言えるのか。それは、この末尾の〈半〉字に呼応する場面が、物語内部に明確に見られることを理由とする。それは第五一回、唐小山らが父親を探す旅に出たその帰り道、道姑に米を施される場面のことだ。それは、書き手のあたまにあっただろう〈半〉なるものへのこだわりをうかがうための好例と言えるのである。

半分の半分

唐小山は百花仙子の生まれ変わりである。彼女は四〇回以降、唐敖が小蓬莱で失踪し、物語から退場すると、物語の主軸を担うようになる。父親探しの海外巡りの途中、両面国（りょうめんこく）で盗賊に食料を奪われて飢えに苦しんでいると、一人の道姑が花カゴを手にして現れた。道姑は百穀仙子の化した姿であり、ありとあらゆる穀物をつかさどる仙女と考えればいい。彼女はつまり、かつての仲間の危機を救うべく現れたわけであるが、手にした花カゴには、清腸稲なる穀物が入っている。そしてその穀物に絡めて、〈半〉について、次のような発言をするのである。

「残念だけど、この米、あまりたくさん残ってないので、それぞれ四半の縁しか結べませんわ。」（第五一回）[4]

道姑は、清腸稲の数が足りないことを言っているのであるが、このよくわからないことばと、清腸稲八粒を残して、去っていく。清腸稲は大きさ一尺、一粒食べれば一年飢えないと伝えられる米（王嘉『拾遺記』）のことだ。『鏡花縁』では第九回、東口山にて多九公がかつて食したことがあると言い、この段階ですでに話題に上っている。なお、彼女の持つこの花カゴは、伸縮自在の不思議な代物であると、道姑自身に語られており、この性質は後の議論に大きく関わる。この不思議な米については、読み手の理解を助けるためだろう、博識で知られる多九公によって以下のように解説が施される。

多九公は言った。「これは『清腸稲』でございます。わたくし海外で一つ食したことがございますが、まる一年おなかが空きませんでした。いまわたくしたちの船には、あわせて三二人おりますから、この稲をそれぞれ四つに分ければ、ちょうど一人一食分になります。大体それで数十日はおなかがもつでしょう。」陰若花が言った。「道理でさっきの道姑、『四半の縁しか結べませんわ』なんて言ったわけね。なるほど頭数で割ったなら、一人がただ四分の一だけ食べることができるのだから、きっかり半分の半分だわ。」多九公と

林之洋の二人は、さっそく清腸稲を船尾に持って行って、それぞれ四つに切り、幾つかの鍋に分けて炊いた。（第五一回）(5)

注目したいのは、〈縁〉が半分にされるのみならず、さらに半分にされ「四半の縁」〈半半之縁〉なることばで表されることである。

では「四半の縁」とはなにか。そのような読み手の思いを見通すかのように、書き手は直後に多九公の口を借りて、食料をそれぞれが四分の一ずつ享受できるのだから、それは四分の一だけその物と縁があるということだと、解説を施す。ただ、それは四分の一の根本的な説明にはなっていない。多九公はさらに詳しく、百穀仙子が米を八粒持ち、それを必要とする船員が三二人だから、といったような解説を付け加えるが、しかしこの二つの数値の根拠もまた、物語内部には見られないのである。

物語にある要素を提示する際には、最低限その物語内で通用する理由を伴わせることが必須というものであろう。『鏡花縁』もまた、相当に荒唐無稽な小説ではあるが、いかに出てくるものがヘンテコだったとしても、登場に際してはそれなりの「理由づけ」が施されている。多九公の清腸稲の説明も、その一環であるわけだが、ここでその種の「理由づけ」の顕著な例について、見ておくことにしよう。以下に引くのは、武則天を守る「西水」「巴刀」「才貝」「无火」四つの関門について、その名の由来が説明される場面である。

武四思は北関を守っている。北方は水に属し、加えて関下の河川が西に酉陽の水に通じているため、酉水関と名づけられた。武五思は西関を守っている。西方は金に属し、粛殺(しゅくさつ)の象をつかさどる。加えて地が巴蜀に近いため、巴刀関と名づけられた。武六思は東関を守っている。東方は木に属し、また関下の河川が昔から紫貝〔メダカラガイ〕を産したため、もとは木貝関と名づけられたのだったが、木字が武氏の祖諱を犯すので、木字を一画減らして才貝関と名づけられた。武七思は南関を守っている。南方は火に属し、この関を造った後、関内はたびたび火災に遭い、火が盛んになることを恐れたため、无火関と名づけられた。（第三回）(6)

ここに述べられる関名の由来は、なにかの記事を根拠としているかのような体裁を整えてはいるが、実は書き手の、まったくの創作である。ここで読み手に提示される二字四組の関名は、何より先に「酒色財気」という四つの文字――本書においては第二章にてすでに触れたように、伝統的に戒めるべきとされる四つのことがら――が目標としてあって、それに到達するように、後から捏ね上げられたものなのである。しかもこの関門が実際に登場するのは、物語終盤、武則天の退位のための戦いの場面に至ってからであり、この第三回に提示された二字四組の関名も、ほぼ九〇回の間、読み手と関わることがない。後半五回の「酒色財気」の関門は、相当に荒唐無稽なものであるが、このような周到な理由づけと配置のおかげで、物語での登場が許されているというわけなのである。

そしてこの、第五一回の重ねられた〈半〉字についても、事情は同じである。道姑の述べた「四半の縁」なることばは、多九公により、清腸稲なる〈仙品〉を四分の一だけ享受することと解釈された。しかし、三二も八も、突然出てきた数なのであって、書き手の目標は、四分の一――つまり半分の半分である――を物語の中に置き、その「理由づけ」を捏ね上げることにこそあった。より言えば、割って四分の一という数が出てきさえすれば、船員と清腸稲の数は何だって良かった。

では、なぜ書き手は「四分の一」という数を、置きたかったのだろうか。ここで思い出すべきは、先に述べたように、第一〇〇回末尾に、物語が「そのことの半分」であるから、「後の縁を待たれよ」と記されることである。そして第五一回が、全体の半分に位置していることである。つまり「四半の縁」うんぬんは、この末尾の〈半〉字を受けて、捏ね上げられたものに他ならないわけで、この種の呼応関係からは、末尾の「半分の縁」なることばが、いい加減に記されたものでないことがわかる。そして同時に、書き手の周到さと、彼の虚構を捏ね上げる態度が、真摯であるらしいこともまた、確認できるのである。

ただし、謎が解けたわけでは、まったくない。書き手はなぜ、末尾に〈半〉字を置いたのだろうか。以下、物語から〈半〉なることばを取り上げ、書き手が『鏡花縁』を〈半〉のものであると表明している、そのこと自体に注目していくことにする。

〈半〉とはなにか、と問うこと

そもそも、この〈半〉とはなにか、という問い自体が、『鏡花縁』においてすでに、登場人物たちによってなされている。まずそのあたりを見ていくことから始めよう。

一つ目は、前半部、唐敖らが黒歯国（こくしこく）に遊ぶ場面である。この国では多九公が唐敖とともに、二人の黒歯国の少女（盧紫萱（ろしけん）と黎紅薇（れいこうび））と、さまざまな問答をする。両者は、〈敦〉の字音の数や、『詩経（しきょう）』、『礼記（らいき）』、『論語（ろんご）』の解釈などについて、熱い議論を戦わせると、話は『易経（えききょう）』の注釈書の数へと及ぶ。少女はそれを、子夏の『周易伝』を除いて九三種あると言う。多九公は五、六〇種ほどしか知らなかったのだが、異国の女子に負けてなるものかと、適当に百以上あると答えてしまう。少女はそれを聞き、自分の知る九三種すべてを、すらすらと、こまごま名称、巻数、撰者などについて述べ、多九公に残り七種をお教えくださいと迫るのであった。

赤い服の娘〔黎紅薇〕は言った。「大賢がもし七つをまとめて出せないのでしたら、五つおっしゃってください。五つがだめなら二つでもいいですわ。」すると紫の服の娘〔盧紫萱〕がついで「もし二つがだめなら一つ、一つがだめなら半分でも、あざけりを解くことができるでしょう」と言う。赤い服の娘が笑って「お姉さま教えてちょうだい、なにを半分っておっしゃるの？　まさか半巻の書物のこと？」と言うと、紫の服の娘は「あたくしが思うに、おそらく大賢は忘れっぽくていらっしゃって、巻帙（けんちつ）について記憶されたらそれを撰した者の姓名を忘れ、撰者の姓名を記憶されたらその巻帙について忘れてしまわれるの。ともに半分というべきで、半巻ではないわ。そんなのどうでもよくてよ、大賢どうか一つでも半分でもおっしゃってください」と言った。（第一八回）(7)

注目したいのは、盧紫萱が多九公に「一つがだめなら半分でも」と迫り、またその直後に黎紅薇が笑ってどういうことかと聞き返すあたりである。どういうことかと問われた盧紫萱は、書物を半分に、つまり彼女に従えば、巻数などについての情報と撰者の姓名という、二つの要素に分解している。

二つ目は、唐敖らが両面国（りょうめんこく）に遊ぶ場面である。この黒歯国の場面と、ほぼ同様の対話が、両面国の場面にも置かれている。この国の人々は、後頭部にもう一つの顔を持っており、相手の見た目によってがらりと態度を変える性質があるという。林之洋が両面国人と談話を試みるが、唐敖のように頭巾や衣服が整っていなかったため、相手にすげない態度をとられてしまう。以下は、そのことを多九公に告白する場面である。

林之洋は言った。「やつが妹夫〔唐敖のこと〕と談笑しているから、おれも出まかせにやつに二句尋ねたんだ。

やつはこちらを向いて、おれを上から下まで眺めると、突如態度を変え、表情は冷ややかになって、笑顔もなくなり、礼儀正しい様子もどこへやら行っちまった。暫くしてようやく、やつはおれに半句だけ返したのよ。」多九公は言った。「話はただ一句とか二句とかいうものですよ。どうして半句と言うのですか。」林之洋は言った。「彼の話は一句だったが、愛想も素っ気もなく、ことばが出てるんだか出てないんだかで、おれの耳に届くころにはただ半句になってんのさ。〔略〕」（第二五回）(8)

ここでもやはり、林之洋が多九公に半句だけ返されたと告げ、多九公がどうしてと聞き返すあたりに注目したい。さらに林之洋も、先の盧紫萱の発言ほど明確ではないが、自分の耳には要素の抜け落ちた不完全なものが届いたと言い、一つの要素を分解して二つ以上の要素に分けている。

ここに挙げた二つの場面では、ともに、〈半〉字が用いられた直後、その意味を問うことばが別の者から発せられて、半分とはどういうことかといった解説が求められている。解説が求められるのは、その意味がわかりにくいからか、あるいは、通常とは違った意味を含んでいるからであるだろう。このような〈半〉字は、『鏡花縁』の中では、他にも、上官婉児が武則天から褒美を四八人と半人分もらう場面（第六回）や、先に見た百穀仙子が唐小山らに八粒の清腸稲を渡す場面（第五一回）に見ることができる。それらの場面もまた、〈半〉字が読み手を立ち止まらせ、直後に解説が施されることで、単調さに起伏を与える効果をもたらしている。

このような〈半〉字は、とくに『鏡花縁』に固有のものではない。〔明〕羅懋登（らぼうとう）『三宝太監西洋記通俗演義（さんぽうたいかんせいようき）』には、先に見たものと同様の〈半〉字の使用がある。以下は女児国にて唐状元（とうじょうげん）が、女将軍王蓮英（おうれんえい）の必殺技である黒煙攻撃に絡めとられる場面である。

なんとその煙、どこも引きちぎれることなく、逆にヤリをぐいと引き寄せて昇って行ってしまったではありませんか。唐状元はヤリをくれてやると、急いで矢をつがえました。矢がまだ弦を離れず、弓がまだ引ききられないうちに、二本の手がぐるぐる巻きでちょっきり一本にされて、一人がぐるぐる巻きでちょっきり半人にされました。どうして一人がぐるぐる巻きで半人に？　つまり手があっても動かすことができない、足があっても歩むことができない、能力があっても使うことができない、ならばこれは半人ではないでしょうか？　またもや一群の女兵士に担がれて行ってしまいました。（『三宝太監西洋記通俗演義』第四七回）(9)

ここにおいてもまた、〈半〉字で一人が分けられた後、その解説を求めることばが挿入されている。書き手の恣意的な趣向により物事が分けられ、書き手の思惑通りに読み手がとまどい、それを解くかのようにすばやく解説が施されることによって、平坦な会話には起伏がつけられている。何気ない一言が、ことばを費やされることでマークされ、読み手にいくらかの印象を残す結果となっていると言えるだろう。

ここで、同じような用法に見えながら、しかし〈半〉とはなにか、などとは問われない場合について見てみよう。『西遊記』に使われる〈半〉字に、次のようなものがある。

若道半個「不」字，教你頃刻化為虀粉！（もしちょっとでも「不(いやだ)」と言うなら、おまえをたちまち粉々にしてくれるぞ！）（『西遊記』第四回）(10)

筆者の右の訳「ちょっとでも『不』と言うなら」は、「もし半分の『不』字を言うなら」と直訳すべき箇所である。この箇所、中野美代子氏は「《いやだ》のいの字でも言ってみろ」と訳し、うまく原文の〈半〉字を生かしている。[11] ただし通常、日本語の「半人前」「半死半生」といったことばがそうであるように、こういったよくある言い回しは、とくに〈半〉とは何か、などと問う必要はない。だが、『鏡花縁』における〈半〉字の効用をより理解するために、ここで試みに、この『西遊記』の、相手を威嚇する孫悟空の威勢のいいセリフについて、「半分の『不』字とはなんであるか」などと問い返してみたらどうだろうか。そこで求められるのは、黒歯国や両面国の例と同様、どのように分けるかといった、自由な切り口の提示、それ自体ということになるのではないだろうか。そこで問われているのはつまり、どのように答えるかといった、答える側の技量と言うことになるわけなのだ。

つまり『鏡花縁』の書き手は、書物、人、縁といった、普通は分けて考えないものを、半分にしたらどうなるか、といった風にして、楽しんでいるように見えるのである。あるものを〈半〉字で形容し、それは何かと問うことは、起伏を生み出し会話を閉じる流れ(サゲ)を促すことだろう。一方でそれは、読み手をくすぐるための語り手の恣意が発揮されるといった、格好の腕の見せ所とも言えるのである。そしてこのことは、『鏡花縁』末尾の〈半〉字とも関わる。書き手が物語を〈半〉と形容した以上、そして、物語で〈半〉が問われる以上、われらもまた、末尾の〈半〉とは何か、と問わねばならないのだ。

文字を分けること

前節で取り上げたのはまた、〈半〉字が、文字の意味を分ける例とも言えるのだが、『鏡花縁』には文字の形を分ける例も見られる。以下にそれらを見ていこう。

『鏡花縁』では黒歯国の対になるものとして白民国(はくみんこく)が設定され、両者はその名のみならず、国民の学問程度においてもまた対の関係がある。そこは「幼」字を字形の近い「切」字に読み、「及」字を「反」字に読み間違えて『孟子』の〈幼吾幼，以及人之幼〉（吾が幼を幼として、以て人の幼に及ばさば）という文句（梁恵王上篇のことば）を、教師からして高らかに〈切吾切，以反人之切〉と唱えるような学問程度の地であった。「反」字と「切」字に変換されるあたり、「反切」を語り合う音韻学者たちのほくそ笑むさまが目に浮かぶようだ。

唐敖と多九公は、黒歯国で知ったかぶった末の失敗を反省して、この白民国では目に一丁字もない風を装う。総じて、この白民国の場面には、白民国の人々がでたらめに経典を朗誦したり、唐敖らが白民国の学問水準を過大評価して過剰に謙遜したりと、学問に携わる者たちにありがちな間抜けさが、存分に描かれている。白民国人のでたらめぶりには、いくつか〈半〉に関わるものがある。

> 三人はそれを聞いて、さっぱりわからない。そこで門の脇に身を隠し、こっそり盗み見ていた。ふと、また一人の学生が書を捧げ持って行った。先生は書物に朱筆で句読を施し、そして二遍教えた。どの句も四字ずつだった。すると学生がこう読むのが聞こえたのだ。「羊は良なり。交は孝なり。予は身なり。」（第二二回）[12]

この白民国の学生が唱えた四字三句は、唐敖らと読み手の、双方にとっての謎となるが、直後に唐敖によって、以下のように解説される。

> 多九公は言った。「さっきの『羊は良なり。交は孝なり。予は身なり。』とは、何の書物ですかな？」唐敖は言った。「その何句か、彼がただ半分しかわかってないのでして、実はなんと『孟子』の『庠は養なり。校は教なり。序は射なり。〔滕文公上篇のことば〕』なんであります。〔略〕」（第二二回）[13]

重要なのは、「羊」が「庠」の、「良」が「養」の半分と表現されている点であろう。先に半分にされたものが提示され、それはどういうことか、という問いが発せられるという点で、先の黒歯国や両面国の場面とは順序が逆ではあるが、同種の操作がなされていることが指摘できる。

このような漢字の解体は、『鏡花縁』に非常によく見られるものである。書き手にとって、漢字を要素で切り分けることじたい、日常的なことであったようなのである。以下は、『鏡花縁』において、才女たちが嗅ぎタバコについて話している場面である。

紫芝は驚いて言った。「こんなにバカ高いの、どうして買えましょう！　お姉さまには本当のこと言いますわ。わたくし嗅ぎタバコをここ何年か嗜んでまいりましたけど、まだ嗅ぎタバコを買ったこと、ございませんの。」小春が「ということは、今まで嗅いでいたのは、みんな人からいただいたものなの？」と言うと、紫芝は「くださる方がいらっしゃれば、あたしその方に心から感謝いたしますけど」と言ってから、耳元でこう言った。「みんな『馬扁児』ものよ。」小春は言った。「馬扁児という場所は、行ったことがありませんけれど、ここからどれほど遠いのかしら。」婉如が言った。「『馬扁』は地名ではないのよ。お姉さまは誤解なさってるわ。二つの文字を一つところに集めてみたらおわかりになることでしょう。」（第七〇回[14]）

ここでは「騙[15]」の字が「馬扁」二字で表されている。ここの「騙」字は「くすねた」くらいの意味でいいだろう。この操作により、対象は婉曲に表現されて、一種の符牒と化し、登場人物は対象をいったん誤認し、ヒントを与えられた後に、正解へと至るのである。これもやはり黒歯国や両面国の場面と同様、ことばを多く費やすことで、平坦な会話に起伏をつけているのである。なお「騙」を「馬扁」で表現することについて、すでに元代に見られ(秦簡夫『東堂老』など)、さほど特殊な語彙とも言えないのだが、ここでは起伏を生みだし、おかしみを醸し出すためのものとして用いられている。

このような、漢字の偏旁や筆画を、加えたり減らしたりして、別の文字を導く操作を拆字と言うが[16]、これは中国文学の至るところに見られるものだ。『鏡花縁』においても頻用され、武則天を守る四つの関「酉水」「巴刀」「才貝」「无火」がそれぞれ「酒色財気」の四字を分解して生まれた二字であることについては、先に見たとおりである。『鏡花縁』では「醋」字(「やきもち」の意)も「昔酉」と分解される。第八〇回にもまた、才女たちが文字を答えとする謎々(字謎)に興じる場面がある。

拆字はまた測字とも言い、本来は吉凶を占うためのものだったが、後に詩に用いられたり(拆字詩)、酒興を添えるための遊戯とされたり(拆字令、拆字貫成句令など)した。[清]周亮工は『字触』[17]を著し、古来よりある拆字あるいは測字の例を集めて六つに分類し、文字が解体および再構成されることで、新たな観念が浮かび上がる例を列挙している。漢字は、切り分ける者の腕前と解釈によって、ときに未来を予言し得るものとなるのである。

そしてそのように文字を解体する操作はまた、後の論でふれる古来の注音法である反切とも関係する。反切については、すでに第二章で述べているが、李汝珍の『李氏音鑑』には、「自切」なる反切の一種についての解説があり、これは解体して導かれる二字を用いて、自身の字音を表現するといったやり方である。その例には「跡」(足亦切)や「娘」(女良切)があるが、ここには、漢字じたいが、表音性をもち、みずからの諸要素のみで字音を表し得るといった考えがある。[18]

以上の例からは、文字を解体し再構成するという行為が、おそらく李汝珍にとって、単なる遊戯にとどまらない、格別の意味のあるものだったことがうかがえよう。それはときに未来を予測することに繋がり、ときに字音研究の一助となり得ていたのである。

岐舌国の慣例

『鏡花縁』において、〈半〉字は、ことばを、意味と形の両面から切り分けているようだ。では音についてはどうだろうか。音韻学者であった李汝珍は、当然、字音についても意識が高かったはずである。

本節で着目するのは岐舌国の場面である。前半部において唐敖らが巡る三十余国のうち、岐舌国は君子国や女児国と並んで、書き手が重要視していた異国と思しい。それは割かれた紙幅の多さからもうかがうことができ、他の国々は、おおかた、紙幅に応じて、適宜挿入されたに違いない。のみならず、君子国では中国の社会風俗が痛烈に批判され、岐舌国では音韻について述べられ、女児国では女子の男子に対する優位性が説かれるのであって、この三カ国において、『鏡花縁』の本質に関わる要素が色濃く描写されることも、その傍証となるだろう。以下に取り扱う場面は、岐舌国における、ほんの小さなできごとに過ぎないのだが、上の理由から、見逃すことができないものと考えている。

唐敖の義兄である林之洋は、たくましい商人であり、海外巡りのあいだじゅう、どこかにいい儲け話が落ちてやしないかと目を光らせている。そんな彼は岐舌国で、前に訪れた労民国で手に入れた双頭の鳥を、[19]大官に売りつけることに成功する。双頭の鳥は一つの胴体に二つの頭がついた、めずらしい鳥である。ところが両者を取り持った大官の小者が、大官から預かった銀子を、約束した値段の半分しか渡さない。不満に思った林之洋は、唐敖と多九公とともに、大官の屋敷へ文句を言いに出かけることになる。以下に引くのは、唐敖と多九公が、林之洋に代わって問題を解決すべく、小者と交渉する場面である。

林之洋はその小者を呼び出し、値段の話をした。小者は一包みの銀子を持ってきたが、やはり半値だった。唐敖は言った。「われらが貨物を売りさばくに際して、君にはあれこれと動いてもらったから、相当のお礼は当然であるのだが、しかしどうして山分けにまでなるのかね？　ひどすぎるのではないか？」小者は何か答えたが、唐敖にはわからなかった。突然、多九公が喉を開いてぎゃーぎゃーと大声で怒鳴った。小者は驚いてただぺこぺこ頭を下げて、さっと中へ入り、また一包みの銀子を持ってきた。多九公は包みを開け、銀貨二錠を取り出して小者に払うと、その余りを林之洋に渡した。そうして揃って、もと来た道を引き返した。唐敖が言った。「さっき小者が言ったことばは、少しもわからなかったが、わたしがあいつに言ったことばは、あいつわかったんだろうか。後から九公さん、あいつに何て怒鳴ったんです？　あいつ、あんな風に怖がるなんて。」多九公が言った。「われらが天朝は、万国のあたまだから、何を話そうと、わからない人はいませんよ。あの小者、唐さんが『どうして山分けにまでなるのかね』と言ったのに対して、『当地の慣例はこうですから、びた一文譲れません』と言ったのさ。わたしはあいつの『びた一文譲れません』ということばに、無性にむかっ腹が立って、それで大声で怒鳴ったのです。わたしは、やつがこっそり事情を漏らして、我らに売値をつり上げさせて、ともに主人をたばかろうとしたということを言いました。あいつはそれを聞くと、主人の耳に入るのを恐れ、慌てて銀を取り出したのです。〔略〕」（第三〇回）[20]

この挿話は、唐敖らの側から見れば、単に、異国の地で商売上騙されそうになり、しかし多九公の機転のおかげで、それを未然に防ぐことができた、といったものに過ぎない。多九公が、小者の「びた一文譲れません〈一毫不能相譲〉」という発言に逆上する理由は、第一一回に置かれた君子国の場面に求められる。君子国では、物を買う際に〈好譲不争（譲るを好み争わず）〉の態度で、少しでも高く支払おうとする人々と、その気風に感嘆の声を上げる多九公が描かれるが、岐舌国の小者の態度はその真逆のものなのである。そしてただ多九公が怒った、というだけであれば、特に重要な話とも思われない。しかし小者が、渡すべき銀子の半分を懐に入れようとした、その自身の行動を弁明する際に、「当地の慣例はこうですから〈本処向例如此〉」と述べている点は、本章において、けっして見逃すわけにはいかないのである。なぜなら、流れから言えば、彼らの「慣例」とは「半分に分けること」（もしくは「半分を取ること」）となるからである。

ここで、岐舌国で描かれる最大のテーマが音韻学であることを思い出す必要がある。この地で唐敖らが手に入れるものは、韻図（字母図）であり、あることばの音がすべて一覧できる表と思えばいい。音韻学と「半分に分けること」、そして韻図という三つのヒントが示すものはなにか。筆者はこれらのヒントから、李汝珍が小者に、反切——二字の音を用いて一字の音を表すという、中国古来の独特の注音方法——についてほのめかす役割を与えているのではないかと考えている。

『鏡花縁』が音韻学、とくに反切を重視していることは、すでに黒歯国の盧紫萱によって、言及されている。以下は第二章にて引いたものであるが、省略を排して再掲しよう。

もし音声について申しますなら、婢子は平素からこう聞いています。音を知るためには必ず先に反切を明らかにすべきであり、反切を明らかにするためには必ず先に字母を弁えるべきである。もし字母を弁えなければ、反切を知ることはできず、反切を知らなければ音を知ることはできず、音を知らなければ字を識ることはできない、と。こう考えますと、切音〔反切〕の道は、また読書人の欠くことのできないものなのです。しかし昔の人がこう言っております。どんな学者先生も論が反切に及ぶと、目を見張って口をつぐみ、絶学であると見なさないものはない、と。もしこの説に従いましたら、おそらくその奥義が伝わらなくなって、長い時がたったのでしょう。ですから昔からずっと、韻書は多いのですけど、初学者にとっての良書がまったくないのです。（第一七回）[21]

ここに述べられるのは、書き手の考える音韻学の重要性に他ならない。初学者にとっての良書がないことについても述べられているが、これは『李氏音鑑』で直接論じられることでもあり、李汝珍の音韻学に対する、基本的な主張であったようである。

反切については、すでに本書第二章に述べてあるので、詳しくはそちらを参照されたいが、基本的にそれは漢字二文字を用いて一文字の字音を表す方法[22]である。岐舌国における主なテーマは音韻学であるが、この国においてそれは国家機密といえる存在であり、国のきまりで、よそに洩らした者は、妻帯者は離縁させられ、独身者は生涯妻帯を禁じられ、再犯者は去勢させられるのだという。そのため音韻学をテーマに据えた岐舌国とはいえ、反切なるものについての理論的な説明はほとんどなされず、したがって唐敖らは反切を、字母図を幾度も唱えることによって、「口で詰めて発音し、耳で入念に聞く〈口中急急呼出，耳中細細聴去〉」というふうに感得する（第三一回）。我々もまた一般的には、反切帰字（きじ）の字音は、反切上字の前半部（すなわち声母（せいぼ））と反切下字の後半部（すなわち韻母（いんぼ））が合わさったものとし、たとえば現在の語学書などでは、アルファベットなどの表音文字が用いられながら、目に明らかにそのからくりが説明される。本書はすでに、第二章において、唐敖らが黒歯国のむすめから、〈呉郡大老倚閭満盈〉なることばを投げつけられる場面を取り上げている。この八字は〈問道於盲（盲人に道を問う）〉を示し、これは書き手が反切で遊んでいる例であった。

反切の起源に関わるものとして、しばしば、二合音——二音をつづめて一音にしたもの——の存在が指摘され、有名な例に「之乎」あるいは「之於」を「諸」とし、「而已」を「耳」とするものがある。この二合音については、古来、特殊な地域や団体の中で用いられてきたことや、ときに文学における遊戯的要素として用いられ、古くは前漢の王褒「僮約」などに見られることが指摘されている(23)。二音を一音に（そして一音を二音に）する操作は、文字や反切を知らない者にとっても、無意識的であったにせよ、身近な行為であったらしい。

『李氏音鑑』および『鏡花縁』において、字音を示す際、現在用いるような表音文字は一切見えない。そのため、字音については、漢字——それ自体が声母と韻母の両者を備えてしまっている——のみが用いられて説明される。結果、字音が分かれ得ることについて、表音文字を用いたときのような、目に明らかなかたちは採られないことになる。しかし、反切という注音の方法においては、一字の音は二つの要素に分かれ得る、とする考え方なくしては成り立たない(24)。李汝珍およびその周囲の者たちは当然、一つの字音が二つの要素に分かれ得ることを理解していたことだろうが、たとえば、音韻学に触れたことなどない者たちは、どうだったのだろうか。彼らにとって、字音は分かれ得るものだとする考え方は、はたして容易に受け入れることができるものなのだろうか。

ここでそのような、字音に対する理解の差が存在し得たとして、反切をわかるものたちである李汝珍らが、「半分に分けること」という思考法を、初学者たちが反切を理解するための基本として重要視していたと仮定できないだろうか。そう考えた時、小者による「慣例」についての発言からは、李汝珍の、初学者——つまりわからないもの——に対するメッセージを汲み取ることができるだろう。そのメッセージは、岐舌国の「慣例」に倣って音を半分取ってしまえと伝えている。そしてそのことが、反切のからくりをすでに知っている者たちを微笑ませたことは言うまでもない。

そして岐舌国と「半分に分けること」の関係を考える材料として、さらにもう一点、岐舌国に林之洋が双頭の鳥を搬入するといった設定を取り上げたい。そのことにより、書き手が岐舌国の場面の執筆に際して、「半分に分けること」の描出を意図していたことが、より鮮明に浮かび上がるのである。

岐舌国人は、『鏡花縁』では唐敖の観察によって、以下のように描写される。

> 長い間話していると、その男は突然、頭を振り舌を出して、たまらないといったそぶりをした。唐敖、彼が舌を出したのに乗じて、仔細に眺めると、なんと舌先が分かれて二つになっており、ちょうどはさみのようであった。話しているとき、舌先が二つとも別に動くために、音声が一つではないのだった。（第二八回）[25]

ここには、岐舌国の人々の、舌先が二股に分かれているという特徴が記されている。そしてそのことを考えながら、第一四回、林之洋が労民国より搬入する双頭の鳥について考えてみたい。双頭の鳥という、二つの頭を持つ鳥を、なぜ林之洋が岐舌国に搬入しようとしたのかについては、以下のように説明されている。

> 多九公は言った。「あの国〔岐舌国〕の人は、小さいときから生まれついて嘴舌（ことば）の能力が高く、ただ音律に精通しているのみならず、鳥のことばもよく理解しているのです。だから林さんは前に聶耳国（じょうじこく）で、双頭の鳥を買って、あそこへ行って売るつもりなんです。彼らはいろんな音声を、みな口から出すことができ、ですから隣国はそろってあの国を『岐舌』と呼んでいるのです。〔略〕」（第一九回）[26]

ここで指摘したいのは、書き手がわざわざ、林之洋が岐舌国に搬入する品に、双頭の鳥を設定している点である。物語では、岐舌国の人々は鳥のことばがわかるとのことで、ゆえにこの鳥を持ち込もうという話になるのであるが、それだけが理由ならば、この鳥は双頭である必要はないのである。考えるべきは、この鳥が、岐舌国人の舌と同じ形をしている点なのであって、その形は、声母と韻母とを備える字音を視覚化したものに他ならず、それこそが、双頭の鳥が岐舌国に運び込まれる第一の理由なのである。それはまた、二字から一字の字音を導くという、反切といった注音法の視覚化としても、解釈され得たことだろう。書き手はおそらく、岐舌国の人々の舌先と双頭の鳥という、形体的特徴が等しいものをひとところに集めることで、一つのものが二つになる、あるいは二つのものが一つになるイメージを、読み手により強く提示しているのである。[27]

この形については次章、並蒂（へいてい）と連理（れんり）といった、花の咲き方に言及する箇所でもまた言及することになるだろう。これらは女子の才の興隆の兆しとして機能しているが、同形のものなのである。[28]

〈半〉と〈嬾〉

〈半〉字は、半人前、半可通などのことばが示すように、人の形容に関わることがある。そのことは『鏡花縁』でも同様で、以下は淑士国にて、眼鏡をかけ学のある風に話す酒保（ボーイ）に対して、林之洋が文句を言う場面からのものである。

> 林之洋が言った。「あんたは酒場のボーイで、ボーイが眼鏡をかけてることからして、釣り合わないってのに、その上、学のある風に話してやがるってのは、どういうことだ？　さっきおれは童生（どうせい）たちと語らったが、やつらがそれほど文章に通じている風でもなかったのに、なんと酒場のボーイのほうが通じてるとは、まったく、『生半可な知識ほどひけらかしたがる』だな。〔略〕」（第二三回）[29]

「生半可な知識ほどひけらかしたがる〈整瓶不揺半瓶揺〉」ということばは、瓶に液体がいっぱいに入っているときは振っても音がしないが、半分しか入っていないときは音がする、という意味の、広く知られた俗語であり、安易に学をひけらかす者を揶揄することばである。ここで「瓶」と「中の液体」は、それぞれ「人」と「才能や学識」を指している。ただし『鏡花縁』の中に、このような〈半〉の者を揶揄する態度が見られたとしても、そのことがすなわち、〈半〉と形容されうる人物を非難していることにならない点には注意したい。物語には〈半〉であることを笑うばかりでなく、価値あることとして積極的に評価してもいるようなのである。

　そのことを議論する前に、〈半〉と関わる〈嬾〉なることばについて、ここで触れておきたい。『鏡花縁』の初期の読み手の一人である許桂林の『七嬉』「画圏児」の中にも、〈半〉なることばの使用が見られるのである。「画圏児」については、第二章にて取り上げ、あらすじを簡単に述べたが、ここでは五人の少女たちが「一半児」なる形式で四季を謳(うた)う場面が重要となる。「一半児」というのは、曲牌(きょくはい)名のことで、五句からなり、各句の字数は「七／七／七／三／九」字、末句で〈一半児〉が二度現れ、各句末字の押韻や平仄のきまりがある。[30]少女たちは春夏秋冬の順に、それぞれの季節をテーマに「一半児」詞を作り、そして琥珀の腕輪の少女が評してゆく流れとなる。本書が見逃せないのは、以下に挙げる夏の詞である。

微風敲響竹竿竿　　そよ風が吹いて　竹ざおを鳴らし響かせる
午夢初回推枕難　　昼寝から目覚め　床は離れがたく
自掲鏡衣軽按鬟　　自ら鏡衣をあげて　軽くもとどりをおさえる
汗微乾　　汗は少し乾き

一半児支撐一半児嬾　　しゃんとしたくもあり、なまけたくもあり(31)

この「一半児」詞は、半分はこうで、もう半分はこうで、といったような、ある状況に並存する二つの相反した状態を謳うことが多いようだ。この詞で謳われているのもやはり、暑い夏のさなか、昼寝から覚めた者の、起きようとする気持ちとまどろんでいようとする気持ちの並存と言えるだろう。鏡衣は鏡にかけてある布のこと。物憂げな少女が、鏡を前に、ちゃんとしなきゃだめかしらと逡巡しているさまを汲みとることができる。この詞に対して琥珀の腕輪をした少女は、次のような意見を提示する。

琥珀の腕輪をした少女は言った。「昔から嬾漢（なまけもの）って、自分を一半児（はんにんまえ）と見なすもの。けれど自ら鏡衣をあげたなら、嬾（ものぐさ）を学ぶにいまだ成らずということだわ(32)。」

「一半児」について、ここでは「半人前」といった意味でいいだろう。どういう意味かと、他の少女たちに問われた琥珀の少女は、次のように答えた。

下手に坐る少女がどういうことかと言うと、彼女は笑って言った。「それについては、一つ笑話が伝わってます。あるところに、大嬾（嬾（ものぐさ）の先生）で名が通っている者がおり、さらにその名を慕って嬾を学びに往く者がおりました。その人が大嬾の門前に到着すると、御簾（のれん）が下りておりました。すると客はゆるゆると『われのために御簾をあげよ。』と呼びつけたのであります。大嬾がその客に何しに来たと尋ねると、彼はのろのろと、嬾を学びに参りましたと答えました。聞いた大嬾、『あなたは嬾がすでに成っております。これ以上学ぶ必要はありません。』と、彼をお断りしたという話。」そこで少女たちは大笑い[33]。
琥珀の少女は笑話を添えながら、昼寝から目覚めて鏡を見るために、自分から鏡衣をまくったのであれば、それは完全なものぐさとはいえない、と主張している。そしてここで注目したいのは、〈嬾〉字が〈半〉字と関係しているということである。この二つのことばは、先に引いた第一〇〇回の「あとがき」において、やはりともに登場したものであった。

〈嬾〉と〈半〉の二つのことばが、許桂林および彼の作品の初期の読み手たちに、どのように関連して意識されていたかは、実際のところよくわからないのであるが、それらは一見、対象を貶めるもののようでありながら、両者ともに、自らを形容するに厭わぬほど、興味深いことばだったのではなかったかと思われる[34]。何より、その二つのことばが、笑話とともに用いられているあたりを見るべきであろう。まして、うなるほどの才識を詰め込んだ『鏡花縁』を書き上げた李汝珍であれば、なおさら、自らを「半人前」「ものぐさ」と形容する自意識をもまた、持ち合わせていたに違いない。もっとも、真にものぐさなものが、『鏡花縁』のような長大でややこしい小説など、書くはずもないのであって、彼のその種の表明には、それを笑う許桂林のような存在の聞き手がいたこともまた、考え合わせる必要があるのである。

花カゴの食べ物

さらにこの〈嬾〉字と〈半〉字からは、『鏡花縁』世界を象徴するような重要な意味が読み取れるのである。以下にそのことについて説明したい。

先に武則天を守る四つの関の名の由来について述べたが、ここでは第一〇〇回、才貝関にて進退窮まった文芸(ぶんうん)らの前に百果仙子(ひゃっかせんし)が現れる場面を取り上げる。才貝関で文芸らを悩ませるものは銅の毒であり、それに対抗するには、クルミかクログワイが必要ということになる。そこに百果仙子が、クルミの入った花カゴを提げて登場する。この場面は、一連の〈半〉および〈嬾〉の問題に、重要な示唆を与えるだろう。そしてここでようやく、『鏡花縁』における花カゴの重要性が明らかとなる。以下、少々長くなるのだが、彼女の登場と〈半〉字がどのように語られるのかを見てみよう。

> にわかに、一人の仙姑(せんこ)〔女仙人〕が手に花カゴを持って大営に来たと報せが入った。百果仙子が到着したのだった。文芸が慌てて迎え入れると、青女児が言った。「仙姑はなぜ遅れていらっしゃったの？」百果仙子は花カゴを指して、「わたしはこれが将軍さまの用に足りないことがないよう、さらにいくつか工面しに行っていたので、ちょっと手間取ったのよ」と言い、花カゴを文芸に渡し、「将軍さま、カゴの中のクルミを、敵陣に入る兵のすべてに、いくらかずつ分配してください。分け終わったら、このカゴはまたわたしに返してください。他にいい使いようがありますから」と言った。文芸が受け取って見ると、カゴの中はクルミが浅くただ半分ほどしか入ってないので、思わずひそかに笑った。玉女児が言った。「将軍さまは今晩、どのくらいの兵をつれて敵陣に入るのでしょうか？」文芸が言った。「全部で三方向からですから、三千の人馬は要りましょう。」すると玉女児は笑って言った。「三千どころか、さらに何倍か足したとしても、彼女のこのクルミは足りますよ。」
>
> 文芸はすぐさま、魏武(ぎぶ)と薛選(せっせん)に精鋭三千を選ばせ、各人一〇個ずつ配らせた。薛選は花カゴを受け取り、営舎の外に出て魏武と相談した。「先ほど玉女さまは『さらに何倍か足したとしてもこのクルミは足りる』と

言った。ならば、各人二〇個ずつにして、足りるかどうか見てみよう。まして、いくらかでもたくさん食って敵陣に入れば、それだけ安心なわけであるし。」こうして大営ごとに分配した。三千の兵に配り終えて、もう一度カゴの中を見ると、やはりカゴに浅く半分ほどある。魏武が言った。「こう思うのだが。こんなカネのいらないクルミならいっそのこと、敵陣に入らない兵たちみんなにも、ちょっと配ってやったらどうだろう。」薛選が言った。「もしカゴが空になったら、どのように仙姑に復命しよう。」魏武が言った。「もし十分にないとしても、カゴにはいくつか残して返せばいいよ。」こうして二人は、また陣営ごとにまとめて配り、なおも一人二〇個ずつということにした。それらの兵士たちには、カゴで運ぶものやザルで担ぐものがいたが、それぞれ、あっちへ行ったりこっちへ行ったりして、長い時間がかかった末に、ようやく二〇万の兵士に配り終えることができた。再び籠の中を見ると、ただ表面がほんの少し減ったに過ぎなかった。薛選はただ籠の中を見てぼんやりするのみ。（第一〇〇回）[35]

百果仙子の花カゴには、クルミが半分ほど入っているという。それらは、三千の兵士に一〇個ずつ分けても、まだ半分ほど残っている。そこで二〇万の兵士に二〇個ずつ分配したところ、まだなくならないという。この不思議なエピソードは、何を表しているのだろうか。

まず、クルミであるが、物語では、クログワイと並んで、銅毒を中和することができる食物だと説明される。両者が銅毒に有効な食材であることは、［明］李時珍（りじちん）『本草綱目（ほんぞうこうもく）』などに記載があり、李汝珍はこの箇所を記すにあたり、薬物学の伝統に基づいたと見るべきだろう。ちなみに『鏡花縁』で言及される銅毒は「金持ちの持つ嫌味〈銅臭〉」を指し、若干のアレンジが加わっているのであるが、クルミはそれをも中和させるといった筋になっている。

ここで、カゴが〈半籃〉と描写され、つねに満杯でもなければ空でもない状態――すなわち〈半〉の状態――だと記されることを、どのように解釈したらいいだろうか。筆者が注目するのは、カゴ〈籃 lan〉が〈孄 lan〉と同音だということである。前節で述べたように、〈孄〉と〈半〉は、許桂林『七嬉』「画圏児」においても、揃って言及され、なにやら関連しあうらしい、非常に興味深い二字であった。ここで仮に、『鏡花縁』における花カゴを、抽象的な〈孄〉の字義の、具体的な形をもったものと読むことはできないだろうか。

ならば、そのようなカゴから取り出されるクルミとは、いったいどのようなものと考えられるか。もちろん第一〇〇回のクルミの登場に際しては、先のような書き手の医薬知識が前提にあり、「銅毒にはクルミ」といった連想があったことだろう。しかしそれだけでは、花カゴからクルミが果てしなく取り出されるといった、幻想的な設定を解釈しきれない。むろん、天界に住まう百果仙子の所業であるから、有限の容れ物が無限性を帯びたとしても、驚くことは何もないと、済ませてしまうという方法もある。ただし、その種の解釈は、最後の最後に取っておきたいのである。

なぜ花カゴは半分なのか、そしてなぜそれが無限にクルミを放出するのか。筆者はその「有限が無限を孕んでいる」あたりを解釈するにあたり、クルミ〈核桃 hetao〉（＝〈胡桃 hutao〉）という語を、より抽象的な――たとえば〈糊塗 hutu〉もしくは〈荒唐 huangtang〉といったような――ことばに読み替えてはどうかと考えている。まず第一に、それらは音が近い。意味の面から見ても、「愚かであること〈糊塗〉」と「デタラメであること〈荒唐〉」は、営利に敏いことを表す〈銅臭〉に対抗する品として、ふさわしいように思われる。「〈花カゴ〉から〈クルミ〉」が、無限に出てくることはあり得ないが、「〈ものぐさ〉から〈デタラメ〉」ならば、まだ可能と言えるのではないだろうか。

花カゴが無尽蔵であることは、『老子』の次の一節を思い出させる。

道は沖（盅）しきも、これを用うれば或（又）た盈たず。淵として万物の宗たるに似たり。（第四章）[36]
天と地との間は、其れ猶お橐籥のごときか。虚しくして屈きず、動きて愈々出ず。（第五章）[37]
大成は欠くるが若く、其の用は弊れず。大盈は沖しきが若く、其の用は窮まらず。（第四五章）[38]

李汝珍が自身を「老子の末裔」と称していることは、すでに述べた。右の例のうち、はじめの二つは、『老子』の中心概念である「道」の働きについて述べている。老子のいう望ましい状態としての「道」は、「からっぽ」であり、「からっぽ」が有用のものであることの例に、橐籥（フイゴのこと。火力を上げるための送風器）が挙げられている。それは中が「からっぽ」であるからこそ、風を送るという作用が無尽なのだという。三つめの例にある「大盈」は「充満した状態」を意味することば（「大成」は「完全な形」）であるが、老子によればこれもまた「からっぽ」であり、かつ、永遠に作用が尽きない（不窮）といった、普通に考えれば並存することのなさそうな両極が並存したものである。李汝珍の記した〈半〉の花カゴもまた、果てしない数のクルミを放出できる道具であり、老子の言う「からっぽ」のフイゴと、その作用が無尽である点において、類似性を指摘できることは、ここで確認したい。

そして実は『鏡花縁』において、花カゴから出てくる食べ物は、もう一種あった。それがさきに引用した清腸稲（第五一回）である。この米については第九回、過去にこの穀物を食したことのある多九公から、以下のように説明されている。

多九公は言った。「その米は幅が五寸、長さが一尺で、炊きましても一丈はございませんが、食べれば口じゅうさわやかな香りで満たされまして、気持ちがしゃんとなり、一年まったくおなかが空かなくなります。〔略〕」（第九回）[39]

清腸稲、すなわち「腸を清める」米とはまこと意味深である。古来より中国では、知識の豊富な人物を〈腹載五車〉などと表現し、腹を知識の保存庫とする。これは『荘子』「天下篇」が、恵施が博識であることを、書物が積まれた車五台分、と表現したことに由来する。[40]『鏡花縁』においてもまたその類の表現は、〈為人老誠，満腹才学（人となりは誠実で、腹には才学が詰まってる）〉（第八回）や、〈他們不過海外幼女，腹中学問可想而知（彼女らは海外の少女に過ぎぬのだから、腹中の学問は推して知るべし）〉（第一六回）のように常見され、東口山で唐敖が朱草を食べた直後に屁をする場面（第九回）において、そのことは顕著である。[41]ならば、清腸稲はつまり、食せば空腹から解放されるのみならず、腹を清めることができるもの、と解釈することができよう。

さらに重要なことにこの花カゴは、第五一回、第一〇〇回と、二度登場するが、二度とも、その小ささゆえに包含する量を侮られる。

若花が笑って言った。「あなたのその小さい花カゴでは、入ってる米は、推して知るべしだわ。わたしたちの船には三十数名おり、あなたのそのカゴの中のもので、どれほどお布施できましょう。」道姑は言った。「わたしのこの花カゴ、女菩薩さまは見て大変小さく思われましょうが、大きくも小さくもなるのでして、普通のとは違いますのよ。」紅紅は言った。「では仙姑さま、大きいといえば、どれほど入れることができましょう。」道姑は言った。「大きいといえば、天下の百穀を収め尽くすことができます。」婉如が言った。「小さいといえば。」道姑は言った。「小さくても、あなた方の船の三ヶ月分の食糧はなんとかなりますよ。」（第

五一回)[42]

第一〇〇回におけるその様子は、先の引用、

文芸が受け取って見ると、カゴの中はクルミが浅くただ半分ほどしか入ってないので、思わずひそかに笑った。(第一〇〇回)[43]

に見られる通りであるが、二度とも、周囲の予想に反して、量が足りないという事態は起こらない。つまりいずれの場合においても、一見大したことがなさそうな見かけの割に、その場にいる者たちに、空腹と害毒を解消する品を十全に提供する、そんな入れ物として描かれているのである。

このような、クルミと清腸稲が花カゴから取り出されるということ、そして花カゴの食べ物が登場人物の窮地を十全に救うことは、何を意味するのか。まず指摘したいのは、花カゴと『鏡花縁』それじたいとの関係についてである。『鏡花縁』が〈嬾〉の者が生み出した〈半〉のものだということは、「あとがき」において、明らかに書かれていることなのであった。ならば、花カゴが半分であると記されたことは、両者が同質のものであると示されたことにほかならない。つまり書き手は、花カゴと『鏡花縁』それじたいを重ねて見ているということなのである。

加えて、両者を同質のものとして見なすことは、効用の面から考えても妥当であるだろう。すでに何度も言及している第一〇〇回の「あとがき」には、書き手の友人が『鏡花縁』を読んで笑い、病を癒やしたという箇所があった。『鏡花縁』が書き手に、「睡魔を払い、笑わせる」書であると示されたことは、第二章において述べてい

るが、その一方で書き手は、同質のアイテムとして設定した花カゴから、物語の登場人物たちに食べ物を与え、彼らの空腹と害毒を解消させてもいるのである。このことはすなわち、〈唐閨臣や文芸らが花カゴを携えた道姑に救われること〉の上位に、同質の〈読み手が『鏡花縁』の書き手に救われること〉があることに他ならない。

そしてもう一つ、花カゴが一見小さいことで、周囲の者たちがその能力を侮ることもまた、『鏡花縁』それじたいと大きく関わっている。第一〇〇回末尾には、自作に対して「ああ、小説家の言が、どれほど世の軽重に関わろうか。三十多年の長きにわたって心血を注げども、大千世界の微小な文章にも算えられない。」といったことばが添えられ、自身と自作の卑小さが、大千世界との比較で強調されるが、しかし卑小なものが巨大なものを飲み込むといった例は、中国の物語には『続斉諧記』「陽羨書生」[44]をはじめとしてあまたあるのであって、〈半〉のものであると記される『鏡花縁』とその中で重要な働きをする半分の花カゴもまた、そのような伝統の上にあることが疑われるのである。

以上のようにして、書き手の、自作が〈小〉説であるがゆえに、そして〈半〉であるがゆえに侮られる可能性を有する、といった主旨のことばからは、道姑の携える花カゴ同様、見かけ以上の働きをし得るのだといった、自負の気持ちを汲み取ることができるだろう。その形容は李汝珍自身にも向けられていたことだろう。うなるほどの才識を小説にちりばめながら、全一〇〇回分もの文章をつづった才人がそれを披露せんとする自らを形容するのに、これ以上ふさわしいことばはないからである。

ようやく〈半〉についての議論を終えることができそうである。繰り返すが、『鏡花縁』が半分の物語であることは、それが中途半端であることを示すものではけっしてない。それはむしろ、積極的な意味をもって、物語の価値を高めるために機能していることばなのである。

（1）魯迅『魯迅全集』第九巻（前掲）、二五〇頁。
（2）李剣国・占驍勇『《鏡花縁》叢談――附《鏡花縁》海外考』（前掲）二六三頁。
（3）孫佳訊『《鏡花縁》公案弁疑』（前掲）六四―六六頁。
（4）李汝珍『鏡花縁』（前掲）下巻、三七四頁。
（5）同右三七四頁。
（6）李汝珍『鏡花縁』（前掲）上巻、一五―一六頁。
（7）同右一二一―一二二頁。
（8）同右一七八頁。
（9）［明］羅懋登撰『三宝太監西洋記通俗演義』（陸樹崙・竺少華校点、上海古籍出版社、一九八五）六〇九頁。
（10）『西遊記』（人民文学出版社、一九九一）四八頁。もとのテキストは簡体字であるが、筆者が日本の常用字に直した。
（11）岩波文庫版『西遊記』第一巻（二〇〇五）一五六頁。
（12）李汝珍『鏡花縁』（前掲）上巻、一五四頁。
（13）同右一五五頁。
（14）李汝珍『鏡花縁』（前掲）下巻、五一三―五一四頁。
（15）〈騙児〉ということばは、『鏡花縁』第一九回、黒歯国の風習を多九公が解説する際にも登場し、黒歯国ではドロボウに何種か呼び名があり、本を盗むものを〈窃児〉、物を借りて返さない人を〈拐児〉、本を借りて返さない人を〈騙児〉と言うとある。第七〇回ではただそれを婉曲に表現する〈馬扁児〉のみが登場し、表面的にはドロボウ一般を示すのであろうが、その裏に第一九回で言われるような意味が込められていると解釈できるだろう。
（16）［清］趙翼『陔余叢考』（商務印書館、一九五七）巻二四「拆字詩」および巻三四「測字」、麻国鈞・麻淑雲編著『中国酒令大観』（北京出版社、一九九三）五九―六〇頁、朱鷹『中国民俗文化 測字』（中国社会出版社、二〇〇五）などを参照した。
（17）［清］周亮工『字触』は『筆記小説大観』第八冊（江蘇広陵古籍刻印社、一九九五）所収のものを参照。
（18）李汝珍『李氏音鑑』巻二「第二十問自切論」（第二五葉表―第二九葉表）参照。
（19）双頭の鳥は『鏡花縁』では労民国に登場し、林之洋によって岐舌国へと運ばれる鳥である。これについては『仏本行集経』巻五九などに見える二頭鳥が影響しているのかもしれない。

(20) 李汝珍『鏡花縁』(前掲)上巻、二一三頁。

(21) 同右一一二頁。

(22) 反切についての基本的な解説書として、小川環樹著『中国語学研究』(創文社、一九七七)四八―五六頁、「第一部　音韻史考説／三　反切の起源と四聲および五音」、頼惟勤著・水谷誠編『中国古典を読むために　中国語学史講義』(大修館書店、一九九六)一六二―一八九頁「第二章　韻書の成立／反切(上)(下)」などを参考にした。『李氏音鑑』では反切について、巻二に、〈所謂反切者，蓋反覆切摩而成其音之義也。(いわゆる反切とは、およそ繰り返しすり合わせてその音を成すという意味である。)〉と説明されている。

(23) 反切および二合音について、前掲小川氏論文や、福井佳夫『六朝の遊戯文学』(汲古書院、二〇〇七)三―三五頁「第一章王褒「僮約」論」、慶谷壽信「中国音韻学史上の一問題――顧炎武の二合音について」(『入谷・小川教授退久記念論文集』所収、筑摩書房、一九七四)などを参照した。

(24) 反切を表す際、その方法として「反」字や「切」字を用いるが、「切」字を「切る」といった意味(普通話でいうなら第一声)で解釈し、一字を二字に切り分ける意味で解釈できる例のあることが、遠藤光暁氏によって指摘されている。氏は『顔氏家訓』にある「切A為BC」(帰字をA、上字をB、下字をCとする)、「守温韻学残巻」にある「BC切A」という形式に着目し、前者を「Aを切ってBCとする」(または「AをBCに切る」)、後者を「BCでAを切る」と解釈している。遠藤光暁「敦煌文書P二〇一二「守温韻学残巻」について」(遠藤光暁『中国音韻学論集』、白帝社、二〇〇一)参照。そのほか、中村雅之「古代反切の口唱法」(古代文字資料館発行『KOTONOHA』第一〇号、二〇〇三年九月)を参照した。

(25) 李汝珍『鏡花縁』(前掲)上巻、二〇〇頁。

(26) 同右一三四頁。この引用部分では、双頭の鳥は聶耳国で手に入れたことになっているが、直前で述べたように、林之洋がこの鳥を仕入れるのは労民国においてである。人民文学出版社版『鏡花縁』、石印本『絵図鏡花縁』(前掲)ともに聶耳国につくり、引用はそれらに従っている。なぜこのような書き換えがなされたかについて、聶耳国は唐敖らが、労民国の直後に訪れる国であり、単に書き手の側に混乱が生じただけなのかもしれないが、ひょっとしたら〈聶耳〉なる、耳を四つも使って表記する国と、音をメインに据えた岐舌国とが、相性のいい国として関連づけられていたことを示しているのかもしれない。

(27) その他、岐舌国の通訳である男が、娘の蘭音を唐敖に託すに際して、一千の銀を渡し、五百を唐敖に、五百を娘にと告げる箇所(第三一回)もまた、書き手が岐舌国において「半分にすること」を描こうとしていることがうかがえる。

(28) そしてその形はまた、「丫頭」なる語を連想させる。「丫」字は、その字形の通り、先の分かれたものを指し、「丫頭」は女児を指す。髪の毛を左右に分けて頭上に巻き上げ、二つの角のようにする髪型を「丫鬟」といい、旧時においては、多く未成年の娘に見られた髪型であった。
(29) 李汝珍『鏡花縁』(前掲)上巻、一六四―一六五頁。
(30) 曲牌とは、戯曲などで用いられる楽曲の型を示すことば。「一半児」については、唐圭璋『元人小令格律』(上海古籍出版社、一九八一)一六頁参照。
(31) 『七嬉』(前掲)第一篇「画圏児」第四葉表。
(32) 同右。
(33) 同右第四葉表―裏。
(34) 清の李密庵に「半半歌」なる歌があり([清]褚人穫『堅瓠集』第五集所収「半歌」を参照)、その身を「半」(中ごろ、ちょうどいい)の状態において生を享受することのすばらしさが歌われているが、あるいはこれこそが李汝珍の思想と合うものだったかも知れない。林語堂もまた『生活的芸術』「第五章　誰最会享受人生」「四〝中庸哲学〟：子思」の中で、中庸について論じ、この「半半歌」を中国人の理想が表現されたものとして引用している。張明高・范橋編『林語堂文選』(下)二六六―二七〇頁(中国広播電視出版社、一九九〇)を参照。
(35) 李汝珍『鏡花縁』(前掲)下巻、七五六―七五七頁。
(36) [晋]王弼、[唐]陸徳明釈文『老子道徳経注』(新編諸子集成第三冊所収、世界書局、一九七二)、一―三頁。書き下しや解釈などは、金谷治『老子』(講談社、一九八八、文庫版一九九七初版)二五―二八頁を参照。
(37) [晋]王弼、[唐]陸徳明釈文『老子道徳経注』(前掲)三頁、金谷治『老子』(前掲)二八―三〇頁参照。
(38) [晋]王弼、[唐]陸徳明釈文『老子道徳経注』(前掲)二八頁、金谷治『老子』(前掲)一四七―一四九頁参照。
(39) 李汝珍『鏡花縁』(前掲)上巻、四九頁。
(40) その他、[明]毛晋『増補津逮秘書』(中文出版社、一九八〇)所収の『異苑』巻九には、鄭玄が馬融の元を去った後に、夢で老人に腹を裂かれ、墨汁を注ぎ込まれた結果、典籍に通じるようになった、という物語が収められている(ちなみに[宋]李昉『太平広記』巻二一五「鄭玄」は、やはり『異苑』から取られた同種の話だが、墨汁のくだりはない)。また、[清]蒲松齢『聊斎志異』巻二「陸判」は、頭の鈍い朱なる男が、陸なる冥官と友情を結び、夢で腹を裂かれて心を取り替えられ、以降、学問に通じるようになる、といったくだりがある。

（41）「食べ物を食べること」と「書物を読み知識を蓄えること」が、人と外界物との関係という点で近接した行為であることは、アルベルト・マングェル氏がその著『読書の歴史――あるいは読者の歴史』（原田範行訳、柏書房、一九九九）において、エリザベス女王の文章を引いて述べる（一九六頁）ことからうかがえるように、普遍性のあるものと言えるだろう。ならばこのことは、『鏡花縁』第一四回で語られる無腸国人のエピソードを考える上で、重要なことがらのようにも思われる。無腸国は『山海経』「海外北経」などに典拠のある異国であり、物語では無腸国人について、「無腸」の名の通り、食べたものが腹に留まらずに、すぐ出ていってしまう人々であると解説されるのだが、ひょっとして李汝珍の頭には、学んだ知識が少しも記憶に留まらない人々のことが想定されていたのかも知れない。

（42）李汝珍『鏡花縁』（前掲）下巻、三七三頁。

（43）同右七五六頁。

（44）［宋］李昉『太平広記』（中華書局版）巻二八四の物語（二二六六―二二六七頁）を参照。

第五章　〈女〉について——小さいこともいいことだ

第１回より，女魁星(孫継芳図)

婦女の問題を討論する書

前章において、筆者は『鏡花縁』末尾に記された〈半〉字を起点に、この物語に織り込まれた「半分にすること」もしくは「半分であること」への意識について眺めてきたわけだが、重要な問題は、実はその先にあるようだ。それは、『鏡花縁』が女子を中心に据えた物語であることと関係する。本章ではそのあたりについて、詳しく見ていくことにしよう。

『鏡花縁』の主軸に女子が位置していることは、最大の特徴として、多くの論者に認められてきたことである。しかし真の意味でこのことが議論の対象となることは長らくなかったと言ってよい。それは『鏡花縁』が、女子の活躍できない不平等な世の中を変革せんとして書き綴られ、書き手が女子に代わって世間に物申さんとしたことが、確実だと思われていたからであろう。そのような「読み」は、端的に言えば『鏡花縁』冒頭に由来する。冒頭、書き手は班昭（はんしょう）の『女誡（じょかい）』を引いて、次のように語り始める。

むかし曹大家（そうたいこ）『女誡』にこういう。「女に四行あり。一に曰く婦徳、二に曰く婦言、三に曰く婦容、四に曰く婦功」と。この四つは、婦女の大節であって、なくてはならないものである。今冒頭にどうして班昭の『女誡』を引用したか。この書に記されていることは、閨閣の瑣事や児女の閒情ではあるが、大家（たいこ）のいう四行を備えた者が、歴然と存在しているからである。その心根が、金玉の如く高貴かつ美麗であり、その上、氷雪の如く清廉かつ潔白である者になど、日ごろ『女誡』に従い、その良き戒めを守らなかったならば、どうしてなることができようか。事にとらえどころがなく、また人には長所と短所があるものだからといって、

どうしていっしょくたに埋もれさせてしまえようか。（第一回）[1]

『女誡』は、伝統中国における婦女の日常の心得を説いた書物である。このように書き手が、冒頭からその執筆の理由を、称えるべき婦女を顕彰するためだと書いているのだから、それに沿って読むことも、ある意味妥当と言えるだろう。しかし筆者にとって、この『鏡花縁』冒頭のことばは、なにやら疑わしい。それはこの箇所が、先行する『紅楼夢』の冒頭にある次のことばと似た雰囲気を持っているからである。

しかし、女性の中にもなかなかの人物がいるのであって、自身の出来の悪さを理由として、みずから自身の欠点をかばって、いっしょくたに埋もれさせることがあってはならないのである。（『紅楼夢』第一回）[2]

この一文には、少なくとも表向きは、書かれ残されるべき婦女のいることが述べられている。『鏡花縁』の書き手が冒頭で言わんとするのもまた、同種のことである。

しかし、『鏡花縁』の書き手は、本書第二章で述べたように、『鏡花縁』末尾の「あとがき」部分において、自作をそれまでの小説と一線を画するものとも主張している。初期の読み手の一人である許喬林もまた「この書は、一字も他人のことばを我が物として用いてないし、一所も先人の常套句にはまっていない〈是書無一字拾他人牙慧，無一処落前人窠臼〉」[3]と、その序に記していたのであった。この種のことばからは、少なくとも本作品の成立に携わった人々が、この物語の重要な特徴を「新奇さ」に置いていたらしいことが見て取れるのである。そして、ならばここには齟齬が生じることになる。婦女を顕彰することが第一の目的なら、『鏡花縁』が『紅楼夢』より後に出たものである以上、旧套を脱したことになりえないからである。

清末、上海の点石斎から『絵図鏡花縁』という石印本が出版されるが、寄せられた王韜の序（光緒一四年）には、『鏡花縁』が婦女の活躍する物語であることについて、次のように述べられている。

> 考えて見れば、唐の武曌（武則天）は女子一人ながらにして、天下の男どもを奔走させ、もとよりその才覚は古今に並ぶ者がいないわけなのだから、『無双譜』に入れるにふさわしい。当時きっと、優秀な女子で、彼女のために太平を文章にしたため、政事を補佐する者は、ただ上官婉児一人に止まらなかったはずなのだが、まったく伝わっていない。唐閨臣や諸才女は運命に従って生を受け、これは作者の想像によって、拠り所なく作られた幻想であるが、とはいえ理においてこれを推し量ればまた通じるところがあるのである。天は人をこの世に生むにあたり、陰陽を対峙させ、男女を並べ重ねたのであり、女子の男子に勝るものがどうして少ないことがあるだろうか。ただ世に才女一科がないがゆえに、みな消えてしまって伝わらないというだけなのである。(4)

『無双譜』は、清の金古良の撰によって、康熙年間に成る書で、項羽や司馬遷など、漢から宋にかけての厳選された有名人四〇名の伝を、図版とともに載せている。女性は武則天の他、璇璣図を成した蘇蕙（後述）やすでに挙げた曹大家、古代に父親の代わりに男装して戦地へ赴いたと伝えられる木蘭などが採られている（図1）。王韜は男女の平等性を取り上げながら、女性の名が残らないことを、それを取り上げる機会、すなわち科挙のようなものがないことが原因だと述べている。これは、才女試験が描かれたことの革新性を評価しているのであり、その角度から『鏡花縁』を、女性を顕彰する物語なのだと述べている。

その後、胡適が「《鏡花縁》的引論」（一九二三）を書き、李汝珍の生没年や音韻学の成果などについて綴った後、

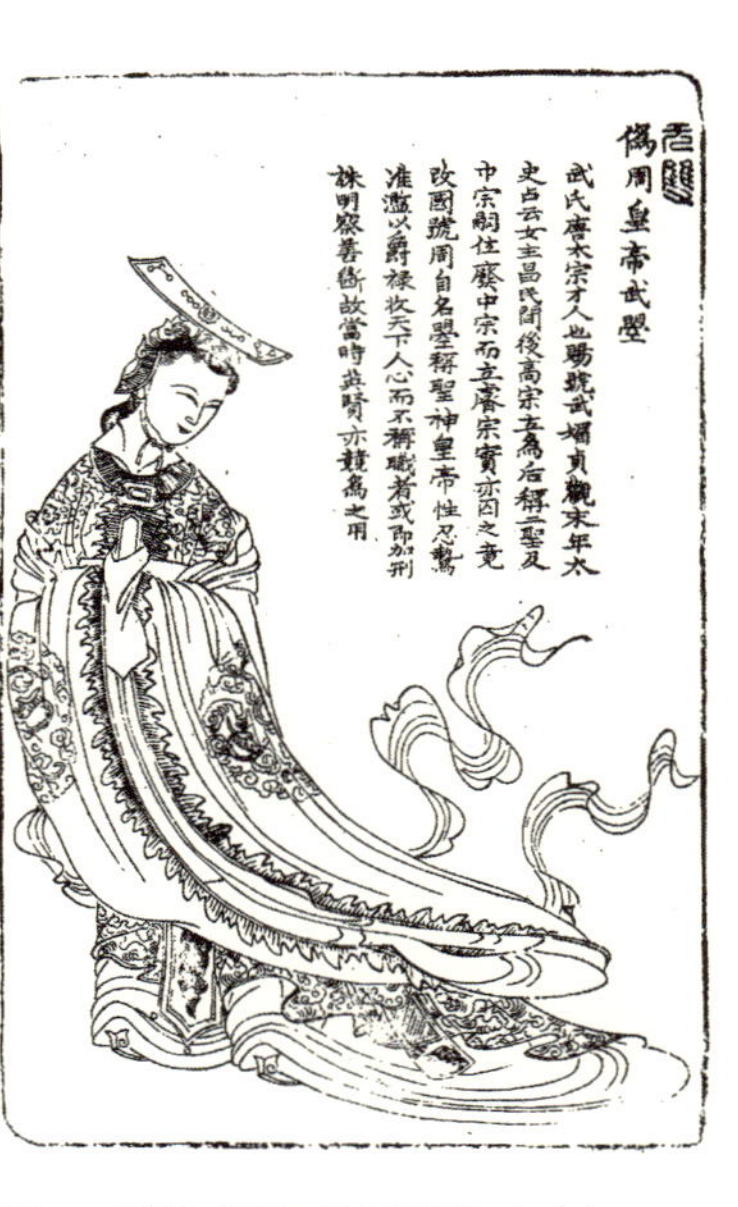

図1　武則天（清『無双譜』より）

第四節「『鏡花縁』は婦女の問題を討論する書である《《鏡花縁》是一部討論婦女問題的書》」において、以下のような筆致で、それが女子の物語であることを決定的に示した。

三千年の歴史の中で、それまで一人として婦女問題のさまざまな問題点を大胆に取り上げて、そして公平に検討する者はいなかった。そのまま一九世紀の初頭になり、ようやくこの多才多芸の李汝珍が現れて、十数年分の精力を傾けてこの極めて重大な問題を提出したのである。彼はこの問題のいろいろな問題点を、大胆に取り上げて、先入観を排除して検討し、慎重に提案したのである。物語の女児国のくだりは、将来きっと世界女権史上、永遠に朽ちることのない名文となるだろう。そして彼の、女子の貞節や女子の教育、女子の選挙などの問題に対する見解は、将来きっと中国女権史上、大変輝かしい位置を占めるだろう。（胡適「《鏡花縁》的引論」）[5]

『鏡花縁』には、多くの優れた女性が登場する。みな饒舌で機転が利き、音韻を論じたり、算学問題に興じたりする。中には政治参加する者もいる。頭がいいだけでなく、猟銃が扱えたり、剣術に巧みだったりと、体技に優れた者も数多い。そして一方、そんな女子たちが、いかに男子に虐げられているか、そしてその才の発揮が、女であるがゆえに、いかに阻まれているかということについても、相当の筆が尽くされている。それが色濃く表れるのが、胡適の言及する女児国の場面であり、ここでは林之洋によって、纏足やピアッシングなど、女子に課せられた伝統的な装いが、異常な苦痛を伴うものであることが代弁され、それらが男の歪んだ欲望を満たすための、女子を埒外に置いた上での奇習であることが戯画的に表現されている。『鏡花縁』を読むものの多くは、このような描かれ方を読み、また、胡適のような方向の論を読み、結果、李汝珍は男女平等を唱えるために『鏡花縁』を書いたのだと、あたかも先学の論を補強することを目的とするかのように、みなで述べ続けて来たのであった。なお、この「林之洋の纏足」の問題は、第六章で再び取り上げることになる。

『鏡花縁』が女性を中心に据えている物語であることについて、大方が胡適の意見に賛同する中で、中野美代子氏は極めて重要な発言をしている。氏は「『鏡花縁』の女児国」と題された一文[6]の中で、「今日における評価は、男女同権をはじめて唱えた小説ということでおおむね一致している。しかし、さような評価は、おめでたい専門家の寝言というほかはない」といった調子で述べた後、高橋秀元氏の「鏡の花に水の月」から、「それは、決して中国の男女の風俗を改めたいという意思、根本的な風俗の革命を目指した物語ではない。この講釈を纏足の女性たちや旦那衆が聞きながら、大爆笑している光景こそ、怪異との遭遇に似た異常気配空間をかもし出している。」といった発言を、妥当なものとして引いている。これは「女権のための書」という評価が一般的な中にあって、非常に参考に値する意見である[7]。筆者は中野氏の意見に啓発を受け、『鏡花縁』が女子を主軸に据えたことに、もっと本質的な、物語の原理に関わるような理由が考えられるように、この物語を読んでいる。

女子の才の興隆について

とは言え、『鏡花縁』には女子とその才とが、好意的な筆とともに、丹念に記されていることは事実である。まずはじめに、その冒頭から、どのようなことばとともに女子の物語である『鏡花縁』が幕開けするのかを見てみよう。物語は仙人たちの住まう仙界より始まる。舞台に登場するのは、百花や百草をつかさどる女仙たち。彼女たちは西王母の生誕の宴に参加するため、崑崙山（こんろん）にある瑶池（ようち）に向かっている最中であったが、そこに突如として、まばゆい光とともに、一人の星君が現れ出たのだった。

> ふと見ると、北斗宮から万条の赤い光が放たれて、目も眩まんばかりである。中にはお一人の星君がおり、踊りながら現れ出て来た。出で立ちは魁星（かいせい）のようで、しかし花のかんばせ月の面立ち、一人の美しい女なのであった。左手には筆を持ち、右手には斗（ます）を持っている。赤い光に周りを守られながら、彩雲を御して、同じく崑崙を目指して行った。（第一回）[8]

魁星は文章をつかさどり、学問および科挙と大いに関係がある星である。それは本来、北斗七星のうち、器を形づくる四つの星（端から、天枢・天璇・天機・天権という）か、もしくは先頭の一つの星（すなわち天枢）を指す。二八宿の一つである奎宿（けいしゅく）（アンドロメダ座ζ（ゼータ）星）に対する、文運をつかさどる神様としての信仰が、「奎」と「魁」との音通により、魁星へ移ったともいわれる。[9]

ここに登場する魁星夫人（図2）に、実際の星を当てはめることができるのかどうかについて、かつて『鏡花縁』を翻訳した田森襄（のぼる）氏は史書の天文に関する記述から「ここの魁星はたぶん天枢星、女魁星は天璇星をそれぞれ神仙化したものであろう」と注釈を施し(10)、器側から数えて二番目の星を魁星夫人であろうと推測した。しかし、魁星夫人の登場は、この物語においては、女子の才の前触れなのであり、女の文運をつかさどる神様なら、やはり女がふさわしいといった、単なる形式面の要請によるだろう。ならば男中心の世界を映した天の星図に、その存在を確認することなど、できるはずがない。このような単純な男女反転は、女児国の場面を代表として、『鏡花縁』の至るところに見られるもので、むしろ、遊戯的に反転しているあたりが『鏡花縁』らしいようにも思われる。

魁星夫人を見た百花仙子は、以下のようにコメントする。

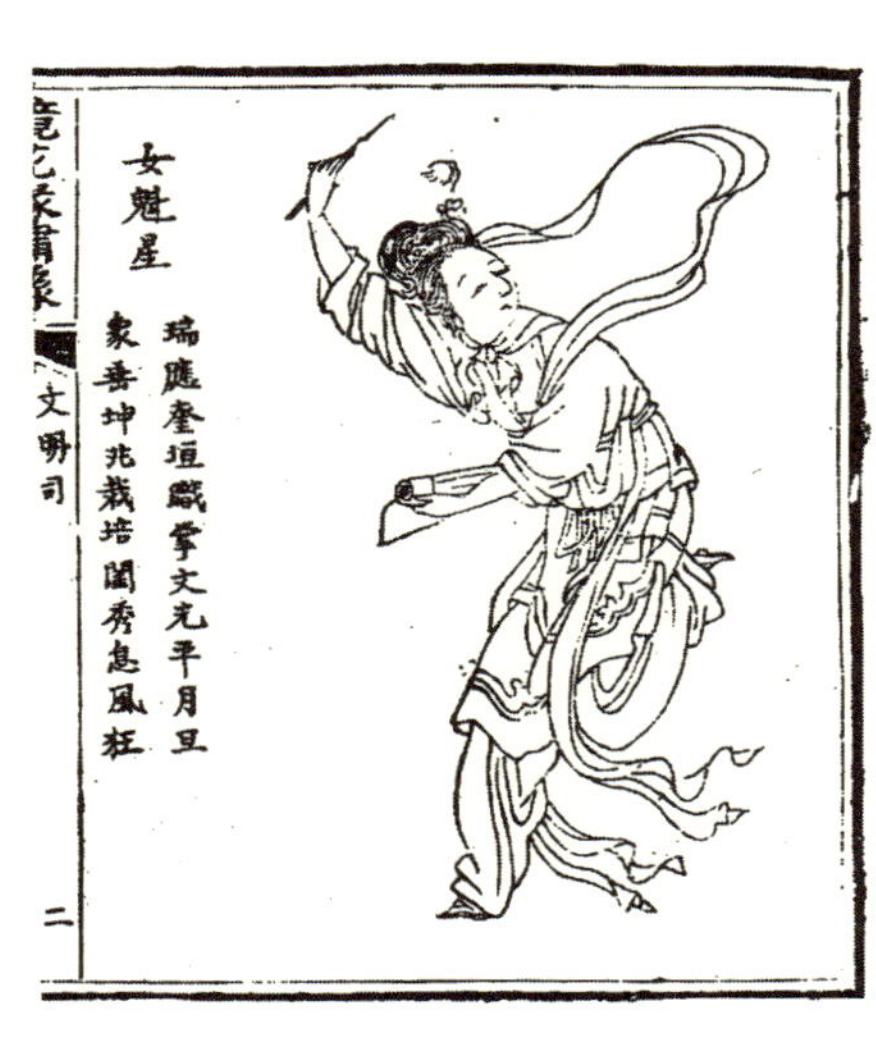

図2　魁星夫人（木刻本『鏡花縁繡像』より）

> 惜しいことにわたしたち、たとえ正果を成したとしても、所詮は女の身でありましょう、この先たとえ玉碑の人文の盛んなことを目に出来たとしても、そこに書かれているのがもしみな男ばかりで、一人の女もいないとしたら、形無しじゃございませんこと？（第一回）(11)

そして百草仙子も次のように述べる。

> いま魁星さまが女性の姿をお現しになられたので

すから、きっと坤の兆しなのでしょう。まして玉碑から放たれる文光は、午後になるたび、あるいは偶数の日に、とりわけキラキラと輝いて、いつもとまったく違うのだそうです。陰陽について論じるなら、午後は陰に属し、偶数もまた陰に属します。文光は才をつかさどり、純陰は女をつかさどります。このようすから考えますと、女は一人や二人どころではなく、おそらく巾幗の奇才ばかりでありましょう。(第一回)[12]

これらの何気ない会話は、『鏡花縁』が女子の活躍する物語であることの予兆であるわけだが、それは読み手に後の荒唐無稽な展開を納得させるための下地作りの役割も果たしている。それは荒唐無稽であればあるほど、周到になされる必要があるのだが、『鏡花縁』は、そのあたりを弁えている。そして何より、女の口からこう言ったことばを吐かせたのが、李汝珍という年かさのいった男であったこともまた、しっかり記憶したい。

ことばをより細かく見てゆくことにしよう。まず「坤」は「陰陽」の「陰」であり、「乾」そして「陽」に対応するもので、ともに女を表す。「文光」とは、李賀の「竹」詩[13]に、「水に入りて文光動く　空に抽す緑影の春」とあるように、もともとは水面に陽の光が反射したような、キラキラと錯綜する光のこと。「文」の光であることから、さらに才をつかさどるものと解釈され、その輝きが増すことはすなわち、地上における人文の隆盛を象徴しているということになる。光がひときわ輝くのが「午後」と「偶数の日」といい、それらはともに陰に属するために、やはり女子と関係あるものと推測されている。「純陰」とは、すべてが陰、といった意味で、ここでは「午後」と「偶数の日」という、陰に属する要素が二つ並んだことを意味するだろう。「巾幗」は女性のかぶる頭巾のこと。〈巾幗須眉〉〈巾幗英雄〉といえば、それは女傑の謂いである。

またそのような下地づくりは、武則天の百花斉放の場面にも色濃くうかがえるものである。武則天の百花斉放は、皇帝としての力量を確かめるためのものであったが、百花をつかさどる百花仙子は持ち場を離れていたため、花仙子たちの開花を止めることができなかった。結果、時宜に違う開花は天帝の怒りを買うこととなり、天は彼女らの処遇を巡って大騒ぎとなるが、それをよそに地上では、百花斉放を叶えた武則天によって、盛大な花見の宴が開かれることとなる。武則天は、自らが御苑に咲かせた九十九種の花を一種ずつ主題にして、宴席の者たちに詩を作らせることで酒興とした。こういった酒宴で催される遊戯を、酒令という。花は九十九種あったから、合わせて九十九度の詩作競争である。それぞれ一番早く呈出した者に褒美が与えられた。参加者の中には、当時武則天に目をかけられていた宮女の上官婉児がいた。

上官婉児は上官儀という高官を祖父に持つ女子である。彼女が生まれてほどなくして、儀が息子の庭芝（すなわち婉児の父親）とともに、武則天に誅せられる。上官婉児は母親とともに宮中に入り、成長するにおよびその才を認められ、中宗が即位すると昭容（皇帝の側室の称号）となった。[14]『鏡花縁』においては、武則天とともに登場し、武則天にその才を披瀝する存在である。彼女自身が、唐小山らの「女子の才の興隆」の予兆なのである。またこの宴においては、洛如花と青嚢花の二種が「連理」「並蒂」という咲き方をした。「連理」とは根を同じくしない二つの植物が一つところに生えることであり、古来、吉祥と見なされた。「並蒂」とは一つの茎に二つの花が咲くことであるが、ここでは花の中にもう一つ花をつける状態を指して言っている。どちらも仲睦まじい夫婦の形容にも用いられる吉祥のことばである。『鏡花縁』ではこのような現象を、

陰陽奇偶について論じれば、連理並蒂は双で陰に属し、陰は女の象です。（第五回）[15]

と解釈し、これら花の咲き方一つにしても、「女子の才の興隆」の象徴とする。この形状はまた、前章で触れた双頭の鳥や岐舌国人の舌先とも響き合う。

以上『鏡花縁』冒頭を、女子に関する記述を軸に見てきたが、いかに筆を尽くしているか、うかがうことができただろう。これはまくらであり予告であり、続く物語がどのような内容なのかをあらかじめ示している部分であるといえる。同時にそこには、今後の約束事や、解決すべき伏線などが盛りこまれる。それは、本編の進む方向について、常識的であるかどうかを問わず、それを保証するものとなる。言うなれば、読み手のアタマを耕し、後に花開くであろうタネをまいている部分なのである。李汝珍はつまり、『鏡花縁』冒頭に「坤」や「偶」など「女」に絡む要素を集めることで、懸命に、その世界が「確からしい」と読み手に思わせようとしている。彼はここで、読み手のアタマに魔法をかけていると言ってもいいかもしれない。

武則天と才女試験

武則天の百花斉放の命にしたがった花仙子の数は、全部で九十九名。そこに彼女らの親玉である百花仙子を含めた総勢百名が、時宜にそぐわぬ開花を咎められ、揃って下凡させられることになる。百人の花仙子たちは、それぞればらばらに物語に再登場するが、散り散りの状態にある少女たちに、再び団円の機会を与えるのは、武則天が開催する才女試験である。武則天の主導するこのイベントこそが、間違いなく『鏡花縁』のピークとなっている。明清時代の小説が武則天を登場させるとき、『隋唐演義(ずいとうえんぎ)』や『如意君伝(にょいくんでん)』など、その暴虐で淫乱な生活に焦点の当てられることが多いのだが、『鏡花縁』ではその部分に触れることはほとんどなく、才人としての武則天を正面から評価している。この物語における武則天は、その存在自体が、巨大な求心力を生み出すための核なのである。[16]

『鏡花縁』における才女試験は、科挙の女性版というべきものである。科挙は隋の末から清の末まで、一四〇

○年ほど続く官吏登用試験である。その内実は時代によってさまざまで、太平天国の時期には女子試験も開催されたというが、基本的に男子を選抜するためのものであった。(17) したがって現実の女は、科挙に参加する男たちを取り巻く者たち、といった位置づけに過ぎないのであって、多くは、母、妓女、妻といった立場から受験生と関わり、彼らを教育、もしくは支援する存在であった。(18) ただし小説や戯曲など、人々のさまざまな思いを吸い上げて成立する物語世界、たとえば[明]徐渭『女状元辞凰得鳳』(女状元、凰を辞し鳳を得る)(戯曲)、[清]蒲松齢『聊斎志異』所収「顔氏」(小説)、[清]陳瑞生他『再生縁』(弾詞)などの作品の中では、女子も受験する者として描かれている。つまり彼女たちは、『鏡花縁』の才女たちに近い存在と言えるだろう。(19)

この三作品で描かれる受験する女子――『女状元辞凰得鳳』の黄春桃(黄崇嘏)、『聊斎志異』「顔氏」の顔氏、『再生縁』の孟麗君――は、いずれも進士の称号を手に入れるものである他に、さらに重要な共通点がある。それは彼女たちがいずれも男装して試験に向かった点である。男装などというと、非現実的なようだが、物語ではよくあることだし、黄崇嘏などに至っては、彼女は五代十国時期に実在した人物だが、試験こそ受けなかったものの、男装して法官となったと伝えられている。その他、昔から才女に関する物語は枚挙に暇がなく、この種のフィクションもまた、『鏡花縁』における才女試験の開催を、違和感なく受け入れる下地であると言うことができる。

ただし『鏡花縁』の才女たちは、男装はしないのであって、この一点が前記の三作品とは、決定的に異なる。その理由は、そもそも試験が女のために催されたものだからであって、男装の必要がないからだ。つまるところ『鏡花縁』に設けられた才女試験は、単なる、優秀な女を顕彰するための場に過ぎず、今から見ればそれは、先見性に溢れた展開には違いないが、書き手はべつに、男女が競い、優劣を決するための場を設けたわけではないのであって、そのあたりは区別して考える必要があるだろう。

この「才女試験」は武則天によって開かれたものであるが、文献上に記載は無い。記載が無いとはいえ、この唯一無二の女皇帝は、彼女自身が才能ある政治家であったばかりでなく、婦女の才を愛した人物であったことでも知られるから、当時の読み手たちの中には「それらしいものがあったのかな?」などと勘違いした者もいたかもしれない。また、科挙の最後に設けられる殿試が武則天を祖とするという説は、古くは[宋]司馬光『資治通鑑』巻二〇四に見え、[20] その点を取り上げても、才女をテストする主催者として、非常にふさわしい人物と言える。李汝珍は『鏡花縁』第六六回において、彼女を殿試を始めた人物と明確に記し、彼女と科挙の関連性を際立たせているが、[21] いま一般に彼女の殿試は、宋代以降のそれとは異なるものであると考えられている。

『鏡花縁』の「才女試験」は、一六歳以下の未婚の女性を対象とし、全部で四つの段階がある。地方で開かれる「県試」と「郡考」、中央で開かれる「部試」と「殿試」(さらに「補考」がある)である。形式上は現実の科挙を真似たものと言えるが、年齢制限がある点で、男女を単に入れ替えたものではないことがわかる。本当の科挙は、年齢制限がないからだ。それはつまり、対象を制限することによって、表現したいことがあったということを示している。『鏡花縁』は、女であることのほか、年若いこともまた重要であったようなのであるが、そのことについては後で触れることになる。

才を上回るもの

『鏡花縁』では、「才」が良いものとして、周到かつ執拗に記されるわけなのだが、物語でその要素が最上のものではないことには、注意が必要かもしれない。「才」の上には厳然として「孝」があるのであって、つまり、女の才も、手放しで称賛されるわけではないということなのである。

『鏡花縁』における「孝」は、両親を敬い彼らに親身になって尽くすこと、といった解釈でいいだろう。この概念は物語中、婦女の美徳として頻繁に言及されて、それはおそらく、書き手の女性観を、端的に示している。もっとも「孝」は、男女問わず、児童教育において重視された徳目の一つなのであって、旧時の子どもたちは、みな私塾などにおいて、『二十四孝』をはじめとする孝子物語をたたき込まれたのであった。

「孝」の重要性が『鏡花縁』において最も顕著に現れるのは、第四〇回、武則天によって下される一二か条の詔の中においてである。そこには冒頭の第一条で「孝」について、次のように言及される。

> 第一条　太后は孝を人の根本と考える。すべての婦女は平素より孝行し、家にありては父母に尽くし、嫁いでからは相手の父母に尽くすこと。賢徳の聞こえ高いものについては、地方官に命じて調べた上で上奏させ、旌表（せいひょう）と扁額（へんがく）を賜うこととする。（第四〇回）[22]

「孝」は折に触れて言及される事柄であるが、ここで第四三回、唐敖の失踪が露見する場面を見てみよう。ここは、本書第三章で、白猿に関して触れた場面でもある。父親の失踪を知った唐小山が、小蓬莱まで探しに行くと息巻くのに対して、林之洋は、才女試験までに帰国できないかもしれないと諫めている。しかし、それを聞いた唐小山が林之洋に、涙ながらに訴える以下のことばからは、「孝」が何においても優先されるべきものであることを、端的にうかがうことができる。

> たとえお父さまのことを頭からはずして、試験のことばかり考えて才女に通（とお）ったとしても、不孝の二字は免れませんわ。不孝のものは、いわゆる人の皮を被ったケダモノなのですから、そんな才女の称が何の役に立

ちましょう?（第四三回）(23)

つまり「孝」は、物語の中核にある「才」と比べたとしても、迷うことなく上位に置かれるべき玉条ということである。この序列を乱す類の描写は一切見られない。「孝」のこのような重要性は物語を貫く原理であると見なすことができる。

「孝」の重要性は、反対の概念である「不孝」に対する記述からもうかがうことができる。以下に引くのは第一〇回、唐敖ら三人が、東口山にて、その名も不孝鳥（ふこうちょう）なる奇獣に出会う場面からのものである。

林之洋、「不孝」の二字を耳にするや、急ぎ火縄銃を構えて、ドンと一発ぶっ放した。この鳥、傷つき地に落ちるも、なお羽を広げて飛ぼうとしている。林之洋が追っていって、続けざまにボカスカ殴ると、あっという間にぐったりしてしまった。（第一〇回）(24)

「不孝鳥」なる鳥は、『神異経（しんいきょう）』に見え、形は人のようで、ブタの牙を持ち、全身長い毛で覆われ、頭は二つ、肉の翼を持ち、額に「不孝」と記されているという。不孝と聞いて即座に引き金を引く林之洋は滑稽で、いささか誇張的に描かれていることは否めないが、この場面からもまた、書き手が「孝」を重要な要素として描写しようとしたことが十分うかがえるだろう。それは何より優先されるべき徳目なのであり、その欠如は重い罰を伴うのである。この「不孝鳥」は、二つの頭を持っていて、その頭はそれぞれ男と女のものであるということだが、その頭の性別は、現実の状況を反映しているのだという。以下に引くのは、そのあたりのことに関しての、この鳥を以前に見たことがあるという多九公のセリフである。

むかしわたくしがこの鳥を目にいたしましたとき、頭は二つながら、どちらも男で、「愛夫」の二字などありませんでした。これは当時、世に一人も不孝の婦女がいなかったために、どちらも男の頭だったのであります。やつの頭は常に変化しているのでして、さらに女の頭二つのときもあるのです。（第一〇回）[25]

多九公が述べるのは、不孝鳥から世の「孝」の具合が眺められるということである。「不孝」な男は古今に例があり、いまさら嘆くことでもないが、本来「不孝」な女はまれな存在であり、その増加が嘆かわしいといった、多九公の主張といえる。これはつまり、婦女の「孝」について、その徳の衰退を嘆いた発言である。「孝」の婦女の希少性は、それがより手厚く顕彰されるべき存在に昇格するということでもある。『鏡花縁』の世界でもまた、そういった事態に陥っていることは、武則天の一二か条の詔に、次のような条項が設けられていることからもうかがえる。

第十二条　太后は、節孝の婦女が生前に旌表を得るも、没後に伝わらなくなることを遺憾に思う。従って格別に恩を施し、冥界に光を当てるべく、各郡県に命じ、節孝祠を建てさせることとする。すべての婦女の、事蹟が節孝に関わるものは、生前に旌表があったかどうかを問わず、没後、地方官が調べ明らかにし、それに基づき祠に入れ、春と秋の二季に官祭することとする。（第四〇回）[26]

このような筆致は、書き手の周囲にいた読み手に、多九公が述べた「孝」についての主張をわがこととして、より強くとらえさせる効果があったことだろう。『鏡花縁』は、進歩的な女性を存分に提示しているかのようでありながら、それとても、結局は礼教の枠内のことなのである。才女たちの中には、夫の難に殉じて自刃する者までが現れ出るのであり、このあたりからは、その時代的な限界をうかがうことができる。

「満腹」な多九公

『鏡花縁』では、なぜ年若い女が主軸に据えられたのか。そして、なぜ才女試験は、年若い女子が対象となっているのか。そのことを考えるに際して、筆者が着目するのは、多九公の存在である（図3）。彼は林之洋から「腹には才学が詰まっている〈満腹才学〉」人物であると紹介（第八回）され、その学識は、前半部の唐敖らの海外巡りにおいて存分に発揮される。多九公は、海外で出会う新奇な動植物に対して逐一解説を加え、船員と読み手の旅行をサポートする水先案内人として活躍する存在である。「多」なる姓は、その知識と経験が豊富であることを示し、「九」字もまた、多いことを示す一方、音が「久」字に通じ、彼の人生と海外遊歴の時間的な長さを表していると解釈される。[27]

ただし、多九公の存在がどう捉えられてきたのかは、読み手によってさまざまであった。たとえば、民国期の文人である周作人（しゅうさくじん）は、『自己的園地』の中で次のように述べている。

私が幼年時代にもっとも愛読したのは『鏡花縁』である。林之洋の冒険はだれもが好むところだが、私が愛したのは多九公であった。なぜなら、彼は、あらゆる奇異な事物について知識をもっていたからである。
（周作人『自己的園地』「鏡花縁」[28]）

この文章を引きながら、中野美代子氏からは、こんな意見が提示されている。

> 多九公のあまりな多識のゆえに、『鏡花縁』の異国めぐりの物語がパースペクティブを欠き、ひどくつまらなくなったと述べた第一章第一節における私の説明を思い出していただきたい。（中野美代子『中国人の思考様式』九六頁）[29]

中野氏は『鏡花縁』を『ガリバー旅行記』と並べ、主人公たちの旅の目的や旅先での態度の違いを例示した上で、東西の旅行文学の違い、ひいては物語の構造の違いに迫る[30]。氏が「第一章第一節」において述べた多九公についての記述は、以下のとおり。

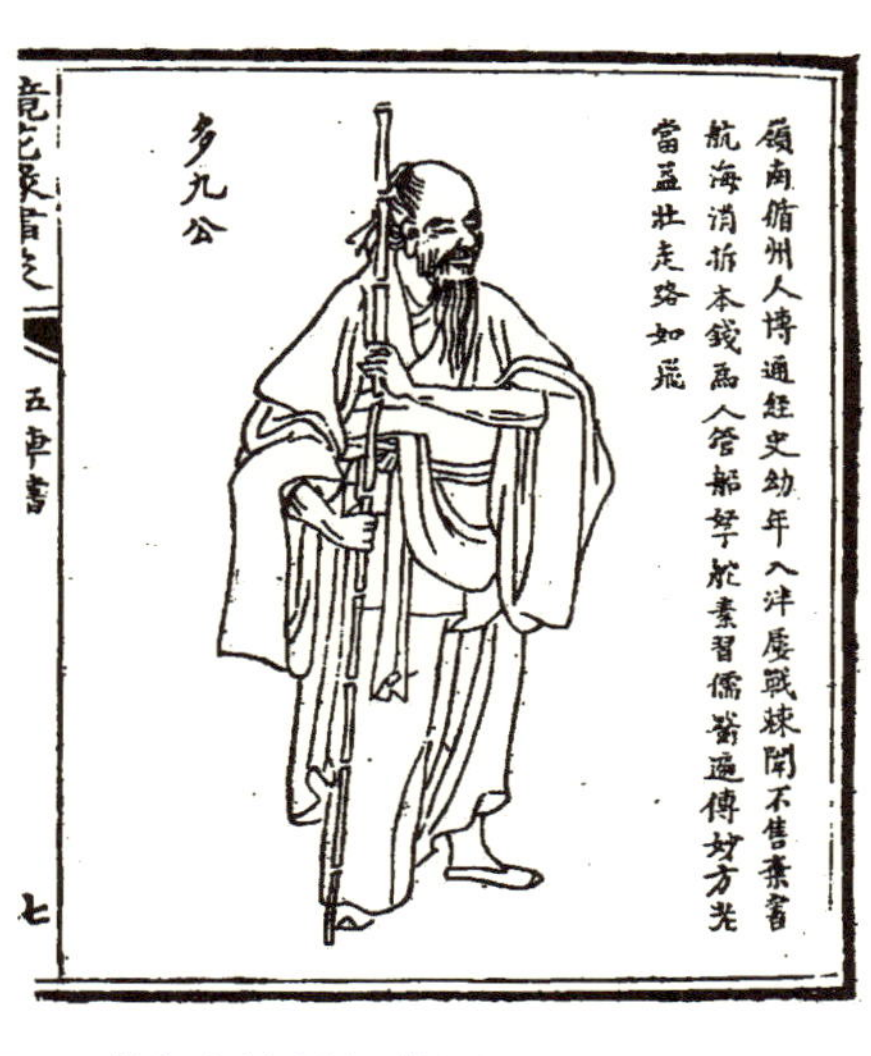

図3　多九公（木刻本『鏡花縁繡像』より）

> 『鏡花縁』における旅人たちは、未知の国に到着する度に、博学多識な多九公の周到な説明によってその国についてのあらましの知識をえたのちに上陸する。しかも、どんなに未知の国でも、人々は唐敖等と同じ言葉を話すから、意志の疎通にこと欠くこともなく、倫理観も同じであるために生命の危険はほとんどない。（同二一頁）[31]

実際は岐舌国のような、ことばの違う国も存在するが、多九公がすでにマスターしているために問題がない点で、中野氏の言うとおりである。博識である多九公により、未知の奇怪なものが、書物の記述により位置を定められ、それにより即座に既知のものとなり、奇怪さが削がれてしまうのである。『ガリバー旅行記』のおもしろさが『鏡花縁』にないことにもまた中野氏に同意するが、ただしそれは『鏡花縁』の価値がわからないというだけのことであり、本書の理屈で言えば〈圏〉の外にいるというだけのことだ。

筆者が着目したいのは、そのあたりではなく、多九公が周作人の回想に見えるように、一見「博識だ」といったプラスの評価を与えられているようでありながら、しかし全体として見たとき、別の観点から貶められているかのような印象がある、そのことなのである。それは、中野氏の論とは別の角度から、しかしやはりこの物語の本質に関わる。そのことについて、以下に説明したい。

周作人は、多九公の博識にのみ着目するが、多九公はまた、その学識ゆえに、幾度も醜態をさらす人物でもあるのである。彼は先入観という名の偏見に満ち、知ったかぶりをし、博識だという自負があるゆえに、未知なるものへの柔軟性に欠けているのだ。たとえば、黒歯国では、黒い肌をした異国の才女二人と討論するが、相手が異国の少女であるものだから、初めから少し侮って「たかが海外の小娘、腹中の学問も推して知るべし〈他們不過海外幼女，腹中学問可想而知〉（第一六回）」と、腹の中はじつに傲慢だ。また岐舌国においても、字母図の読み方を聞いた林之洋を「一句目は〝張真中珠〟、二句目は〝招斎知遮〟、三句目は〝詁氈専〟です。こんなに明々白々ですが、まだお教えいたしますか？　まったく小学生にお変わりになられましたね〈首句是張真中珠，次句招斎知遮，三句詁氈専，這様明明白白，還要教麼？　你真変成小学生了〉（第三一回）」とバカにした態度を取る。彼は、学問的に自分より下だと思った相手に対して、終始そんな風なのだが、結局は本書第二章で述べたように、少女たちを中心に作られる〈圏〉からはずされ、笑われることになる。そのようすからは、多九公は明らかに、知識を持つものが陥りがちな罠にどんどんはまっていく、笑われる側の人間として描かれていることがうかがえる。

　多九公の失態は、他にも例が挙げられる。物語中ほどの唐小山らの海外巡りの場面において、一行が窮地に陥るたびに、天界の仙女が道姑や仙姑の姿で旧友を救うべく現れるのだが、多九公は彼女ら救済者をまったく信用しない。道姑が霊芝を船賃に「回頭岸」へ渡らせてくれと申し出たときも、多九公は「海外に長年いたが、今までに回頭岸など、聞いたことござらん。こんなデタラメを言うあたり、キチガイではないだろうか〈老夫在海外多年，従未聴見有個甚麽回頭岸。這様顚顚倒倒，豈非是個瘋子麽〉（第四四回）」と言って、まったく耳を傾けないのである。ちなみに「回頭岸」は仏教に関連することばで、〈回頭是岸〉といえば「（悪事をなしても、あるいは困難に陥っても）改心すれば救われる」といった意味となる。このことばが物語のちょうど中ほどに置かれるあたり、非常に気になるのであるが、多九公の態度は、その不思議な文句に目を輝かせる唐小山のそれと真逆なのだ。ただし、多九公の態度にも、いちおうは理由があって、彼は過去に、霊芝で身体を壊した経験（第四〇回）があり、そもそも〈仙品〉というものに対して不信感を抱いているのだった。そのことで道姑から、仙界と無縁であるばかりか、畜生であるかのような蔑みのことばを投げ付けられることは、すでに第三章で見てきたとおりである。

　多九公の頑なさはまた、道姑への態度にも端的にうかがえる。そもそも道姑は明清の物語においては、三姑六婆（さんこりくば）という、巧言を弄して悪事をなす職業女の一つとして、有名な存在だ。三姑六婆は、尼姑（尼）、道姑（女道士）、卦姑（女占い）、牙婆（人買いなどの周旋をする女）、媒婆（男女の仲を取り持つ女）、師婆（巫女）、虔婆（やり手婆）、薬婆（病気を治す女）、穏婆（産婆）を言うが、これについては、『鏡花縁』でも、君子国の高官呉之祥（ごししょう）によって、次のようなマイナスの評価が与えられている。

呉之祥は言った。「あなたさまのお国には、三姑六婆という者がいると聞いております。一たび家に招き入れると、婦女の無知から、よく金を騙し取られたり物をくすね取られたりと、ひどい目にあわされてしまいます。婦女が悪人であると気づきましても、ただ言いふらされて家長に知られるのが怖いために、ぐっとこらえて口をつぐみ、彼女を許し匿ってしまうのです。……〔略〕……つまり、この輩が一たび動き出せば、貞節のためなら死も厭わぬ婦人も、玉や氷のように汚れなき女性も、その魔の手から逃れ出ることはできません。……〔略〕……もし明哲な君子が、その姦計を見破り、常に家中の婦女を正しいことばで戒め、三姑六婆を寇仇と見なし、あらゆることに用心し、家へ引き入れることを許さなかったら、彼らとて、どこにその腕をふるう場がありましょう。（第一二回）[32]

呉の三姑六婆への悪口は、半分ほど割愛してなおこの長さである。それは多九公側の、道姑をいぶかしむ視線のほうが、当時においては主流だったということを示している。そもそも『鏡花縁』という物語は、その幕開けに際して、世界の反転が周到に記されながら、しかし「所詮は女の身」といった、男尊女卑的な文言も忘れてはいない。つまり多九公は、道姑に対して、極めて常識的に、冷静な態度で臨んでいるだけということなのである。おもしろいのは、総じて書き手は、既成の知識や概念を振りかざしがちな多九公に対して、冷徹な視線を向けているということだ。そして彼は「満腹」であるがゆえに、才女たちの形作る〈圏〉から外され、辱めを受けるのである。なぜ多九公が辱めを受けたのか、もっといえば、なぜその図式が『鏡花縁』で好まれるのか。それは、この物語の書き手と、書き手の近くの読み手が、女子（時に林之洋を含む）に味方するものたちであったからであろう。それは、多九公のような人間を笑う心性を有する者たちと言い換えてもいい。

小さいこと・半分であること・周縁的であること

ここで筆者には、書き手が音韻学者であり、音韻学などの言語学は伝統的に「小学」と呼ばれてきたことが、ひどく気にかかる。「小学」の重要性は、『鏡花縁』においても、すでに見てきたように、黒歯国の少女たちに「切音(反切)の道は、また読書人の欠くことのできないものなのです〈切音一道，又是読書人不可少的〉(第一七回)」と提示されたりしている。またすでに幾度か言及した、岐舌国に登場する韻図(字母図)は、李汝珍の音韻学における精華に他ならない。『鏡花縁』ではそのほかの雑学、たとえば算学などもスポットが当てられており、それを得意とする米蘭芬(べいらんふん)によって、「舗地錦(筆算)」や「雉兎同籠(鶴亀算)」などの算法が披露される(第七九回、第九三回)。これら伝統的な学問体系において下に置かれるべき学問が、しかし『鏡花縁』においてはのびのびと解説をほどこされ、それらを得意とするものが顕彰されているのである。これらについては、第七章で詳しく見ていくことになる。

なお、「小学」や「小説」といった〈小〉字が冠せられるものと、女子それ自体は、当時における地位といった観点から考えて、それらと対にされるもの——科挙に必要な四書五経の学や中央に座する男など——との関係において、似た存在であると言える。唐閨臣を筆頭とする年若い娘たちがしばしば、多九公に代表されるような年老いた男(あるいは、伝統的な文人、伝統的知識を有した者)に対置される存在であることは、各回冒頭に置かれた回目において、眺められることでもあろう。

小才女が月下にて文科を論じ　　老書生が夢中にて善果を聞く(第七回)

紫衣の女が殷勤に字を問い　白髪の翁が傲慢に文を談ず（第一六回）
清談を闢き幼女は羲経を講じ　至論を発し書生が孟子を尊ぶ（第一八回）
老書生が義に仗り龍泉を舞わし　小美女が恩を銜え虎穴を脱す（第二八回）
小才女が亭内にて茶を品し　老総兵が園内にて客を留める（第六一回）
小才女が卞府にて師に謁し　老国舅が黄門にて表を進む（第六七回）

対になっていることばに波線を引いた。「小学」と「小説」、いずれの〈小〉字も、本流ではない補助的なものという意味を有し、どちらも清代に至って非常な隆盛を見せるものだが、本来はある種の蔑称であることは否めない。そして女子もまた、同様に捉えられてきた存在であった。さらに「小学」と「小説」は、どちらもともに、そのジャンルの境界が曖昧で、容易に他の雑多なものを包括してきたという歴史を持つ。

そのあたりについて、まず「小学」から見ていこう。このことばは伝統的に言語学を指してきたものであるが、ときに他の多くの要素をも包含してきた。『四庫全書総目』の「経部・小学類」冒頭の記事では、「小学」なるジャンルに雑多なものが詰め込まれていったさまについて、以下のように説明する。

むかしの小学で教えていたものは、六書の類を越えることはなかった。だから『漢書』「芸文志」は『弟子職』を『孝経』に附し、『史籀』など十家四十五篇を小学の列に入れたのである。『隋書』「経籍志」は金石や刻文の書を小学に組み入れ、『唐書』「経籍志」は書法や書品の書を組み入れ、すでに初めの主旨ではなくなっている。朱子が『小学』をつくり『大学』とセットにし、趙希弁の『読書附志』はとうとう『弟子職』の類を小学に合わせ入れ、さらにまた『蒙求』の類と並び立てた。以来小学はどんどんと多岐にわ

たっている。〔略〕（『四庫全書総目』巻四〇「経部四〇」「小学類一」より）(33)

『四庫全書』は、清代乾隆期に完成する叢書であり、その「総目」は、古来より蓄積され続けた書物の分類のさまや、収められる書籍の基本的な情報などを一覧できるようになっている。引いた部分には「小学」なるジャンルにどのような書物が組み入れられてきたかが述べられている。

そもそも「小学」は古代の児童のために設けられた教育機関であり、冒頭の「小学」はそれを指している。そしてそこで学ばれたのは、六書すなわち漢字を成り立ちや運用の面から述べた六種の分類（象形・指示・形声・会意・転注・仮借（かしゃ））に関するものであったという。隋唐の目録に至ると、金石や刻文、書法や書品に関する書物までもが組み入れられるようになった。『弟子職』という道徳教育に関する書物も、初めは『孝経』の類とされたが、初等教育と親和性が高いことから、南宋の趙希弁に至って「小学」に入れられるようになった。『蒙求』は唐の時代に編まれた物語集で、識字に益するべく四字句が連ねられてできたものだ。そして続く略した部分では、このように膨れあがった「小学」ジャンルを、原義に戻し、訓詁・音韻・字形の三種に関する著作のみを採録する、といった旨が記されている。実は冒頭の一文、実際に小学で教えられていたのが、本当に「六書のみ」だったかどうかは、議論の分かれるところなのだが、ややこしいのでいまは措く。ここでは清代の『四庫全書総目』において、「小学」なるジャンルが歴史的に雑多なものを組み入れてきたことが明確に指摘され、その上で原義に戻すことが提唱されたということを確認したい。

「小説」ジャンルの雑多性の方が、よりわかりやすいかもしれない。「小説」には決まった形式があるわけではなく、それはもともと、巷間を飛び交ううわさのような、パッと出てパッと消えるような、「取るに足らない（＝小）」「はなし（＝説）」を指したわけなのだが、『漢書』「芸文志」に「小説家」なる項目が立てられ、とはいえ経学や史学に比肩するまではなかったものの、とりあえず、算え上げられるべき一門であるといった体裁を取るようになる。そこには後に、怪異や人物について記したもの（志怪・志人）、不思議な話（伝奇）、日々の雑感もしくはメモ書き（筆記）、語り物のネタ本（話本）、そして長い物語を「回」で区切るスタイルのもの（章回小説）などが、組み入れられていく。『中国古典小説史論』を表した楊義氏は、その書の冒頭において、「小説」ジャンルの雑多性について、次のように述べている。

> 中国の小説はその古より今へ至る緩やかで長きにわたる発展の中で、文体様式が異常なほど豊富にかつ複雑になっていった。もっとも人にそう感じさせるのは、小説という一ジャンルが、ほとんど、文学領域におけるあまたの、大雅の堂には登らないような雑多な文体の「収容隊」となっているということで、それは典籍と民間を出入りし、志怪、伝奇、筆記、話本そして章回などを収容し、人に、海百川を納め、容るる有りて乃ち大なりといった印象をあたえるのである。（楊義『中国古典小説史論』[34]）

「収容隊」は、戦場や行軍などで傷つくなどして、隊を離れざるを得なくなった者たちを収容する寄せ集めグループのことだ。楊氏はつまり「小説」というジャンルを、行き場のなくなった作品や文体を収容する場所と言い換えているのである。

「小学」と「小説」というジャンルが、歴史的にさまざまなものを詰め込んできたことは、その〈小〉なるものの周縁的性格によるだろう。周縁にあるからこそ、その参与や操作が気軽なのである。李汝珍が〈女〉を主軸にしながら、「小学」を織り交ぜた「小説」を書き上げたあたりからは、書き手の周縁を志向する態度が現れている。しかもその〈小〉なるものは、中に雑多なものを、海のように呑みこんでいく。そしてこのような〈小〉

の性質からは、前章で取り上げた花カゴやフイゴが備える〈半〉の性質が連想されるのである。
ここで、李汝珍が〈女〉なるものを〈半〉字と結び付けて考えていたかどうか、ということに触れておくが、このことについては、いまだ判然としない。ここでは明清時代の小説に散見される、ある一つの、女にからんだ表現を挙げておくことにする。

話説正徳年間，蘇州府崑山県大街，有一居民，姓宋，名敦，……〔略〕……年過四十，并不曽生得一男半女。（さて、正徳年間のこと、蘇州府昆山県大街に、ある男が暮らしていた。姓を宋、名を敦といった。……〔略〕……四十を過ぎても、子どもにまったく恵まれなかった）（波線筆者、『警世通言』巻二二「宋小官団円破氈笠」）[35]

老爺待你們又好，過一年半載，生下個一男半女，你就和我并肩了。（だんなさんもお前たちに良くするだろうよ。そして一年かそこらして、男の子でも女の子でも産んでごらんなさいな、そしたらあんた、あたしと肩を並べることになるから。）（波線筆者、程乙本『紅楼夢』第四六回）[36]

「一男半女」は、「一Ａ半Ｂ」（Ａ、Ｂは同義語あるいは類義語が入る）という形式を有する、非常によく見られる成語である。上の例では共に、子どもの数が多くない（否定のことばと共起すれば、子どもが一人もいない意となる）ことを意味しており、一人の男と半分の女、という意味ではない。ただしこの四字は、明確に〈半〉という文字が用いられている以上、女子を下に置くことが当たり前だった時代においては、時に実状を表したものとして、新たに解釈し直されたことだろう。このことばを起点として、あるいはからかい合いの中などにおいて、女は男の半分である、ということが人々の意識に上ることも、またあったかもしれない。

璇璣図と『鏡花縁』

第四一回に登場する璇璣図は、女子の才と、それを描いた『鏡花縁』にとって、極めて象徴的な存在である(37)。璇璣図は、前秦の竇滔の妻、蘇蕙(図4)が作ったとされる回文詩であり、縦横二九字、正方形に八四一字を敷きつめた、空前絶後の文芸作品である(図5)。これは文字を縦横斜めに拾うことで詩句を汲みとるといったもので、その登場以来、多くの者たちが図の解読に血道を上げているが、歴代解読者の代表としては、明の康万民の名が挙げられ、彼が『璇璣図詩読法』において引き出した詩の総数は四千以上とも言われている。武則天もまたこの図の愛好者であったことで知られ、『鏡花縁』は武則天が、この図の解読を遂げた女子を顕彰するべく試験開催を宣言する、といった流れを採っている。

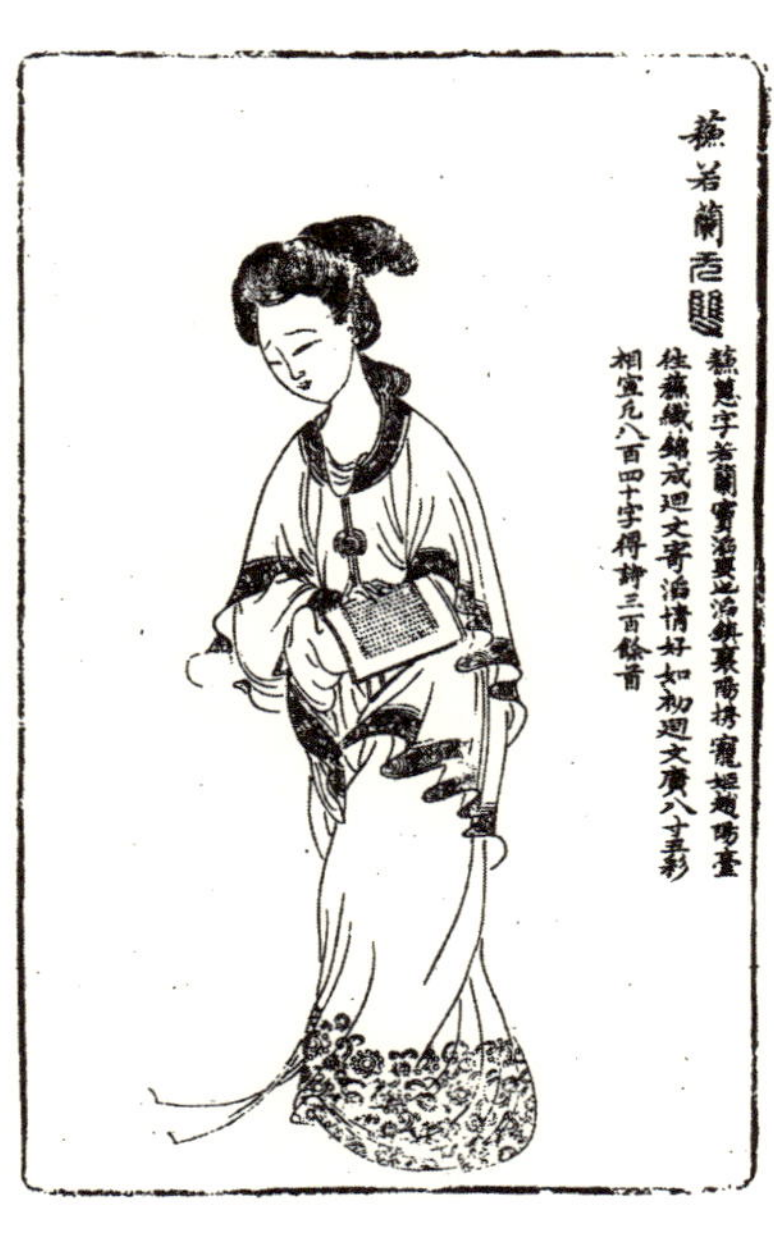

図4　蘇蕙(清『無双譜』より)

武則天「織錦回文記」(38)は、璇璣図がどのように成立したものであるかを記している。蘇蕙がこの図を織り上げた裏には、愛する夫への嫉妬があったらしい。彼女の夫、竇滔は、趙陽台なる名の、歌舞に巧みな愛妾を置いて、遠征の際に彼女を同行していた。蘇蕙はそのことを

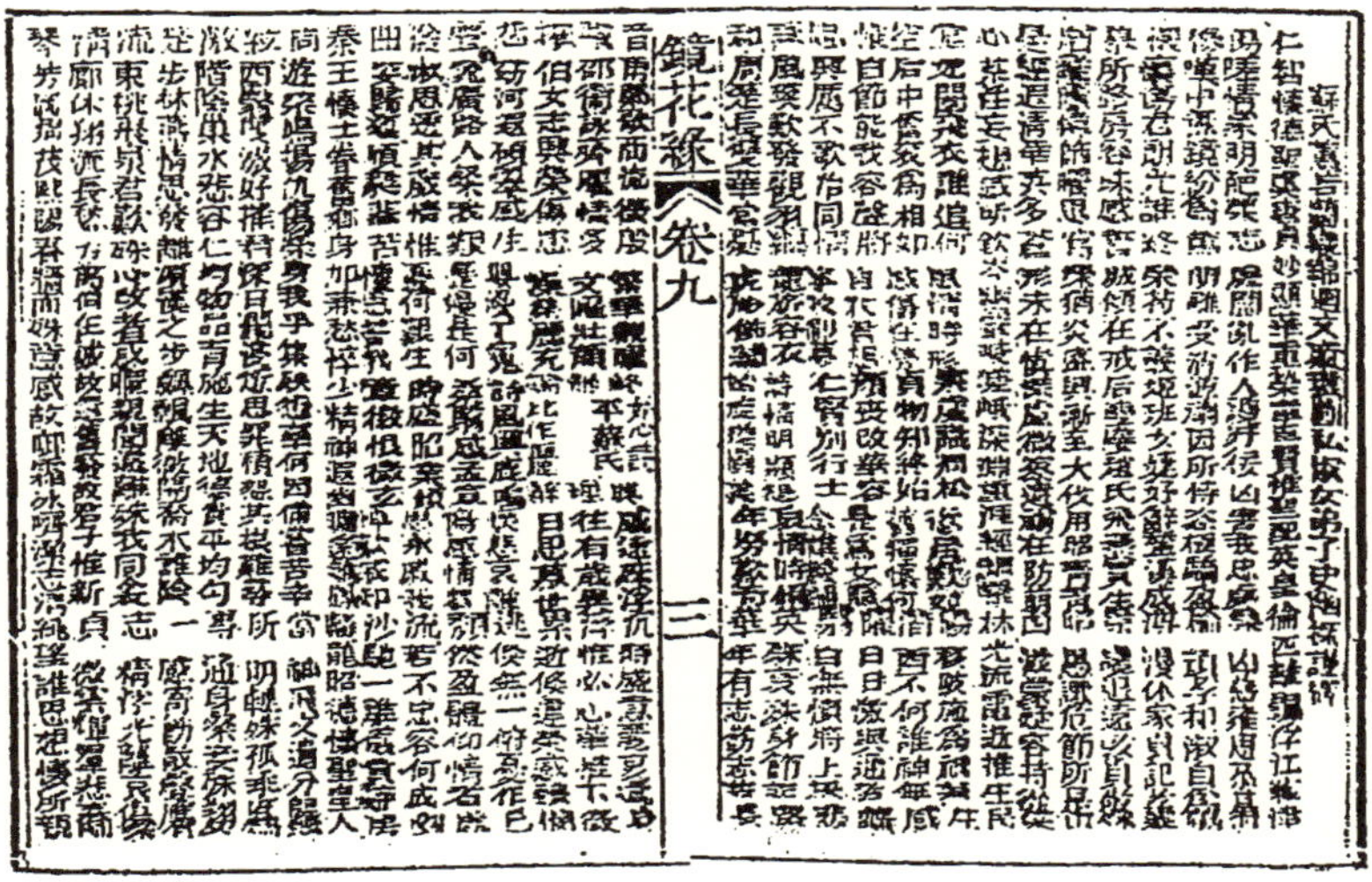

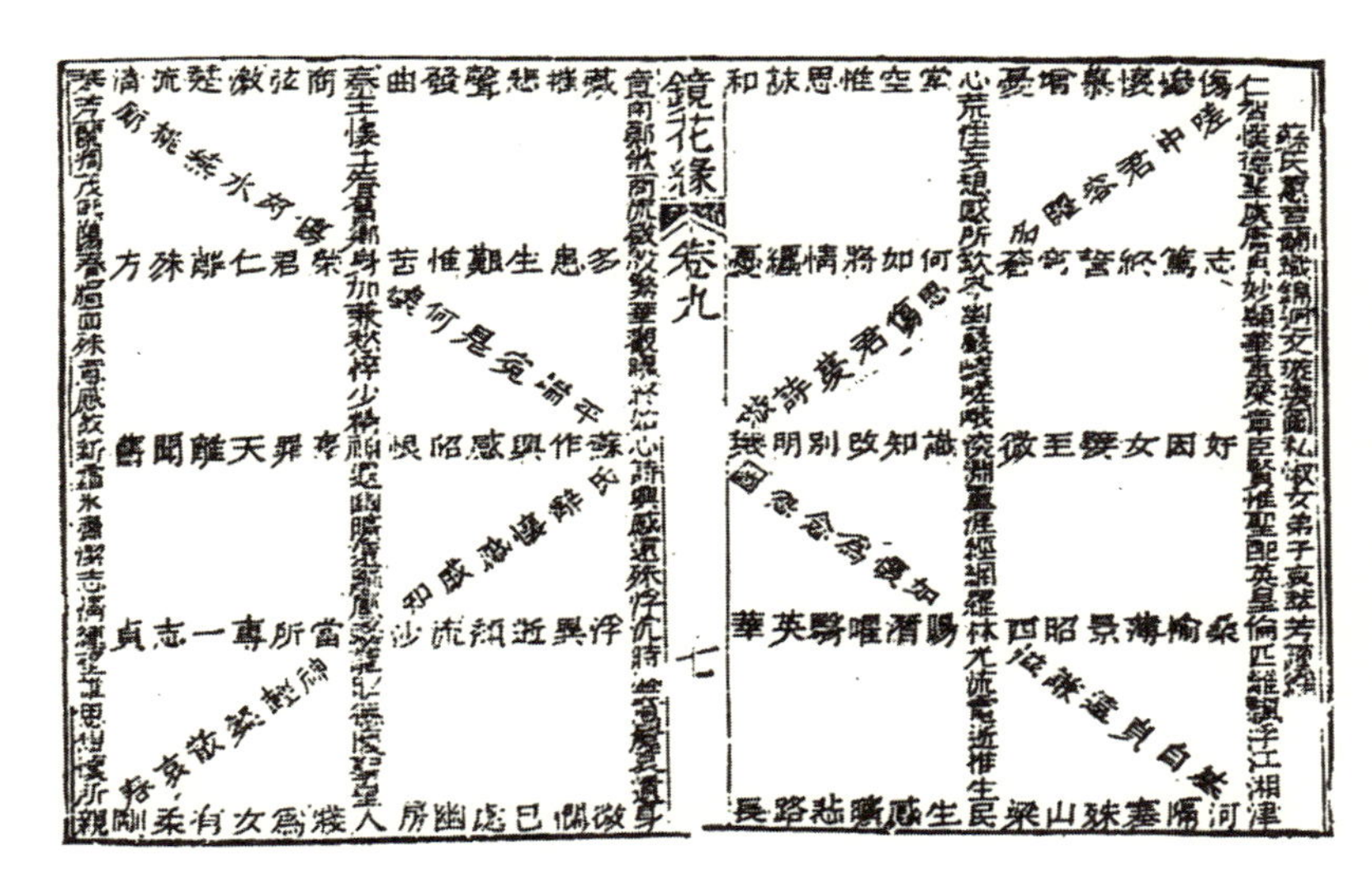

図５　璇璣図および，その解法の一部（木刻本『鏡花縁繡像』より）

恨み、嫉妬の気持ちを強く知らしめるために竇滔に送りつけたのが、この璇璣図なのであった。果たして、この図を見た竇滔は、その見事さに感動し、妾を送り返して、車を用意し、盛大な礼をもって蘇蕙を迎えにやった。その八百余りの文字に込められた蘇蕙の真意を汲み取ることができたのは、ただ竇滔一人だけであったという。

武則天「織錦回文記」は、この図の作成者である蘇蕙が、図にある文字の羅列を前にして「わからない」と述べる周囲に対して、次のように語ったと記す。

蘇氏は笑ってその人に言った。「行ったり来たり、ぐるぐるしたりすれば、自然とことばになりますのよ。夫でなければ、解読することはできません。」（武則天「織錦回文記」）[39]

引用からうかがえるのは、蘇蕙は少なくとも、自分の夫は璇璣図を解読できるとわかっていたという、そのことである。後世、この図が「わからないもの」として受け取られ、多くの解読者を生みだしてきた一方で、そもそも作った当人はそう考えていなかったらしいことは、『鏡花縁』にとって大変に重要だ。『鏡花縁』もまた、璇璣図と同じく、読み手を「わかるもの」と「わからないもの」とに二分するものだからである。さきほど筆者は、璇璣図が『鏡花縁』を象徴する存在であると述べたが、それはまずは、この意味においてである。

そして、璇璣図と『鏡花縁』の共通点は、対峙する者を「わかるもの」と「わからないもの」の二つに分ける点に止まらない。それは大量のクルミを放出した花カゴと同様、見かけに反して、膨大な何かを放出しうるからである。璇璣図もまた本書でいうところの〈半〉の性質を備えているようなのであった。

『鏡花縁』「あとがき」は、次の二句で締めくくられていた。

鏡光は能く真才子を照らし、花様は全く旧稗官を翻す。(40)（第一〇〇回）

これは『鏡花縁』を端的に表したことばと解釈できる。それは『鏡花縁』テキストが鏡であり、中に書かれていることが花であることが述べられている。「くつがえす」と読んだ「翻」字が気になるところだが、これは「翻案」などといったときの「翻」字であり、すでにある素材を用いながら、焼き直しではなく、別の新たなものに作りかえる、といった解釈でいいだろう。鏡は真の才子を映し出し、花は過去の小説とは一線を画することを述べている。

書き手はなぜここで鏡に言及したのだろうか。それはむろん、この書が、「鏡花」なる語をタイトルに冠する作品であるからであり、この二句そのものが、「鏡花」なる語がまずあった上で、それを敷衍させたものに違いない。ただし、敷衍したに過ぎないとは言え、テキストが鏡に譬えられている点は、見逃せない。

なぜか。通常、鏡に対峙した者が目にするのは自らの反映であり、その像は対峙する者によって変わるからである。ならば、テキストが鏡であるといった宣言は、たとえ書き手の側が無意識であったにせよ、鏡中の像は覗き込む者の数だけあるのだと暗に示していることになるのである。それはつまり、『鏡花縁』が相手によって映しだす像を変えるといった、ある種の柔軟性を帯びることを、書き手の側が容認していることに他ならない。それは、その解釈に無限の可能性を有するということでもあり、それは同時に清代に生きた一人の文人の小説観の一端を表している。

本章の主題は、なぜ『鏡花縁』は女が主軸に置かれているのか、ということにあった。筆者の結論は、女が、とくに年若い女が、「小学」や「小説」といった、周縁にあるものを描き出すに際して、親和性の高いものだったから、というものである。『鏡花縁』とはつまり、女を描いた小説、というより、「中央・主流・男」といったものの逆を描いた小説なのである。実際の鏡は左右を顚倒させるが、鏡としての『鏡花縁』は、観念を顚倒させる。そして、何より書き手自身が逆の側にあった。それは李汝珍が女性的な男性であった、といった意味ではなく、あくまで観念上の、「小学」や「小説」をその身に備え、中央にいない、周縁から中央を眺めるような立ち位置にいる者、という意味で言っている。

李汝珍が得意としたのは、音韻学を初めとする、科挙とは直接に関わらないものばかりだったようだが、そういった雑多な知識をあれこれ詰め込んだ自作を、彼は〈半〉なるもの、そして〈小〉なるものと形容した。これは一見どうということのない、「つまらないものですが」といった添え書きのようであるが、それは前章に見たように、第一〇〇回の花カゴや『老子』でいうフイゴと同質であることの表明であり、つまりは底知れぬ能力を秘めたものと主張することばに他ならない。李汝珍は『鏡花縁』をつづることで、彼自身の璇璣図を織り上げたのだと言うこともまた、できるだろう。

彼が成した『鏡花縁』は、武則天を核としたままに終焉を迎える。女たちの才が愛でられたままであることも、最後まで変わらない。つまり物語は最後まで、冒頭で李汝珍によってかけられた「女たちの活躍する場が『あってしかるべきものである』という魔法」が、かけられたままなのである。ただしそれが魔法である以上、解くための方法もまた存在することになる。そのことは、次章において詳しく見ることになるだろう。

（1）李汝珍『鏡花縁』（前掲）上巻、一頁。
（2）［清］曹雪芹・高鶚『紅楼夢』（図文版、程乙本を底本とする。上海古籍出版社、二〇〇三）、一頁。
（3）許喬林の序は、一八八八年上海点石斎版『絵図鏡花縁』（北京市中国書店一九八五年影印）所収のものを使用。
（4）『絵図鏡花縁』（前掲）所収の王韜「鏡花縁図像序」より。排印版が『足本鏡花縁』（世界書局、一九三五）に「原序二」として収められる。

（5）『胡適全集』（前掲）第二巻、七三三頁。

（6）『中国の青い鳥――シノロジー雑草譚』（平凡社、一九九四）所収、一八六―一九二頁。

（7）高橋秀元「鏡の花に水の月」（『遊学大全』六六二―六七三頁、工作社、一九八〇）、中野美代子『中国の青い鳥――シノロジー雑草譚』（前掲）一九〇―一九一頁参照。

（8）李汝珍『鏡花縁』（前掲）上巻、二頁。

（9）魁星について、橋本敬造『中国占星術の世界』（東方書店、東方選書二二、一九九三）六一―一二八頁「第三章　占星術の展開」、杉原たく哉『中華図像遊覧』（大修館書店、二〇〇〇）一六四―一七四頁「Ⅱ―六　魁星」、中野美代子『西遊記の秘密』（福武書店、一九八四）一七二―一九七頁「Ⅲ―一　星の化身たち」参照。

（10）田森襄訳注『鏡花縁』（前掲）三三二―三三三頁、第一回の注三参照。

（11）李汝珍『鏡花縁』（前掲）上巻、三頁。

（12）同右三頁。

（13）［清］彭定求ほか『全唐詩』（中華書局、一九六〇）第三冊、巻三九〇、四三九三頁参照。

（14）［後晋］劉昫等撰『旧唐書』（中華書局、一九七五）巻五一「列伝第一・后妃上」など参照。

（15）李汝珍『鏡花縁』（前掲）二五頁。

（16）『鏡花縁』における武則天については、李奇林「論《鏡花縁》的武則天形象」（『明清小説研究』総一七―一八期、二七九―二九〇頁、一九九〇）に詳しい。

（17）太平天国の女子試験については、多くの学者によって女性のために開かれた科挙であると考えられているが、異論も多く、議論は紛々としており、いまだ定説を見ない。王鴻鵬等編著『中国歴代文状元』（解放軍出版社、二〇〇三）五二四―五二七頁、商衍鎏『太平天国科挙考試紀略』（中華書局、一九六一）七四―八一頁を参照。

（18）科挙と女性の関わりについては、高峰『科挙と女性』（大学教育出版、二〇〇四）参照。

（19）女子の受験については、高峰『科挙と女性』（前掲）第五章「女の出番」参照（一一七―一四六頁）。その他、「女状元辞凰得鳳」については、有澤晶子「徐渭『四声猿』の一考察」（『文学論藻』第八二号、東洋大学文学部紀要、日本文学文化篇、一〇三―一一五頁、二〇〇八）参照。『再生縁』については、方蘭『エロスと貞節の靴――弾詞小説の世界』（勉誠出版、二〇〇三）第二章「『無才は美徳』に反抗して」を参照。

(20) [宋]司馬光編著、[元]胡三省音註『資治通鑑』（中華書局、一九五六）第一四冊、巻二〇四「唐紀二〇・則天后天授元年（六九〇）」二月、六四六三頁を参照。

(21) その他、宋元強『清朝的状元』（吉林文史出版社、一九九二）一七―二五頁、村上哲見『科挙の話』（講談社、一九八〇初版、二〇〇〇文庫化、講談社学術文庫版）七七―八〇頁を参照。

(22) 李汝珍『鏡花縁』（前掲）上巻、二八五頁。

(23) 同右三一八頁。

(24) 同右六二頁。

(25) 同右六二―六三頁。

(26) 同右二八七―二八八頁。

(27) 李剣国・占驍勇著『《鏡花縁》叢談――附《鏡花縁》海外考』一〇頁。

(28) 周作人『自己的園地』所収「鏡花縁」（初出は『晨報副刊』一九二三年三月三一日、署名「作人」。『自己的園地』は止庵校訂、河北教育出版社、二〇〇一を使用）参照。

(29) 中野美代子『中国人の思考様式』（講談社現代新書、一九七四）九六頁。

(30) 同右、一六―二三頁、九五―九六頁参照。この中で中野氏は、中国人の旅行文学の代表として『鏡花縁』を取り上げ、「未知の土地（テラ・インコグニタ）」への好奇心が見られないことをスウィフト『ガリバー旅行記』との比較によって示している。

(31) 同右二一頁。

(32) 李汝珍『鏡花縁』（前掲）上巻、七六―七七頁。

(33) [清]永溶等撰『四庫全書総目』（中華書局、一九六五）を使用。引用は上巻、三三九頁下段より。解釈に際して、劉海琴「《四庫全書総目提要》経部「小学」類小序注析」（『古籍整理研究学刊』二〇〇三年第五期、五九―六五頁、二〇〇三）を参照した。

(34) 楊義『中国古典小説史論』（中国社会科学出版社、一九九五）一頁。

(35) [明]馮夢龍『馮夢龍全集』第三巻（魏同賢校点、江蘇古籍出版社、一九九三）三〇一頁。

(36) [清]曹雪芹・高鶚『紅楼夢』(前掲)三二五頁。

(37) 璇璣図については、李蔚『詩苑珍品 璇璣図』(東方出版社、一九九六)参照。この図に言及した論考に、武田雅哉『新千年図像晩会』(作品社、二〇〇一)五〇—七三頁「文字ならぬ絵・絵ならぬ文字」(一九九五年初出)がある。璇璣図が『鏡花縁』と重なる存在である、ということについては、次章で触れるYing Wang氏の論文"The Voices of the Re-readers: Interpretations of Three Late-Qing Rewrites of *Jinghua yuan*" (Martin W. Huang, ed. *Snakes' Legs: Sequels, Continuations, Rewritings, and Chinese Fiction*, pp. 210-236, University of Hawai'i Press, 2004) pp. 229-230にも、簡単な指摘がある。

(38) 周紹良主編『全唐文新編』(吉林文史出版社、一九九九)第一部第二冊、一一三八—一一三九頁。

(39) 同右一一三八頁。

(40) 李汝珍『鏡花縁』(前掲)下巻、七六〇頁。

第三部　『鏡花縁』のおもしろさを探る

第六章　縛りたい男

——林之洋の纏足を端緒として

第 32 回，女児国の女装男子(孫継芳絵)

男の纏足を描く『鏡花縁』

『鏡花縁』と〈女〉を考えるうえで、女児国で展開する「林之洋の纏足」の場面については、避けて通るわけにいかない。前章に見たように、胡適は『鏡花縁』という小説を、女権と結び付けて述べるに際して、女児国の場面に言及したが、その中核を成す「林之洋の纏足」の場面における「纏足」の描出は、そう単純なものでもないようだからである。本章ではまず、そのあたりの曖昧な部分を取り上げることで、『鏡花縁』における纏足描写の幅といったものを示したい。そして後半、この場面を敷衍して仕上げた二〇世紀初頭の続編『続鏡花縁』(華琴珊著、一九一〇)を取り上げることで、清末における『鏡花縁』物語の展開の一端をうかがいたい。この、清末の上海で誕生した『続鏡花縁』は、本家である『鏡花縁』が潜在的に孕んでいる〈女〉に関するある一つの問題について、重要な示唆を与えることだろう。

女児国は、明代の小説『西遊記』や『三宝太監西洋記通俗演義』にも登場する、きわめて有名な異国である。ただし、それらの女児国が、女だらけの国として描出されるのに対し、『鏡花縁』の女児国は、男女がともに揃っており、両者の身なりと社会的役割が逆転している国という点で、大いに異なっている。そこでは男である林之洋が、女として扱われ、花嫁候補に選抜され、女装を施される。嫌がる林之洋が徐々に女として仕立てられてゆくあたりが、この場面の見所の一つとなっている。

ここで、のちの議論の都合上、林之洋という人物が、原作において、どのように造型されているのかについて、簡単に触れておこう。林之洋は海外貿易を生業とする商人であり、「腹には酒とメシしかない」ことを自称する男である。前半部分の中心人物である唐敖の義理の兄として、ともに海外を旅することになる。林之洋の年齢は四〇あまり、儲け話に敏感で、ある町で不要とされているものを別の町で見事に売りさばいたりする。女児国を「男が女装する国」と知った彼は、さぞかし紅おしろいが売れるだろうとはりきり、国王の面前に商売道具を携えて赴いたところ、いつの間にか王妃候補に選抜されてしまい、自身が女装を施されるといった流れになる。

ここで、年ごろの娘がいるような四〇男が、なぜ王妃候補に？　と、不思議に思われる方もいるかもしれない。書き手はそのあたり、きちんと伏線を敷いている。まず林之洋は、女児国に降り立つ前の厭火国なる地において、火炎を吹きつけられ、ヒゲを失うことで若返り、「二〇代のよう」になってしまっている。その上、彼の顔はそもそも粉をはたいたように色白で、仲間内では〈雪見羞〉と呼ばれているのだそうだ。〈雪見羞〉とは、雪も恥じるほど（の白さ）、といった意味で、色白は美男に通じる要素の一つ。つまり林之洋という四〇男は、女児国に降り立つ段階で、すでに外面が若い美男に変貌してしまっているというわけなのである。第三二回において、女児国に降り立った唐敖も、「義兄さんはヒゲがないから、女性のように扱われやしまいかと心配」といった旨を口にするが、これは四〇男が花嫁候補となることに対する読み手の疑念を、前もって拭い去る役割を果たしている。こうして花嫁候補となった林之洋は、纏足とピアッシングをともなう女装を強要されることになるのだが、その具体的な描出の検討に入る前に、先に、中国を長い間支配した纏足という風習について述べておくことにしよう。

縛られ、繋いでゆく女

纏足とは、女児の足を幼少の頃からきつく縛り、その発育を止める風習である。その発祥については、さまざまな説があるが、一般に五代末（一〇世紀中頃）と言われる。(1) 以降、基本的には清末まで続いてゆくが、明代まではそこまで普遍的な風俗ではなかった。盛んになるのは清代に入ってからで、この頃から貧富を問わずに施されていくようになる。纏足の美称に「三寸金蓮」なることばがあるが、これは爪先から踵までの長さが三寸、すなわち一〇センチほどのものが、憧れの対象であったことを示している。纏足をしないと良い結婚相手が見つからないとさえ言われ、中には、小さくしすぎたあまり、一人で歩けない娘もいたのだという。もっとも、中国全土でこのようであったわけでもなく、一部の地域や民族は取り入れなかったと言われ、その実状については、個別に見ていく必要もまたあるようだ。

一九世紀の末ころから、大都市を中心に、西洋人宣教師の妻や、中国の開明的な知識人たちによって、纏足廃絶運動が盛んになる。このあたりは後に触れることになる。民国期に入ると政府に禁止されたこともあり、次第に廃れてゆくが、かつて纏足を経験したことのある女性は、その後も生きていかねばならないわけで、こうして纏足により小さくされた足自体は、中華人民共和国に至ってもなお存在し続けることになる。ビバリー・ジャクソン(Beverley Jackson, 1928-)の*Splendid Slippers: A Thousand Years of an Erotic Tradition*(Ten Speed Press, 1997)には、二〇世紀の纏足の女性たちの姿と美しい刺繡の靴とが収められている。

纏足というと、いま一般にそれは、旧時代中国の陋習であると片付けられることが多い。しかし、最近のドロシー・コウ(Dorothy Ko, 1957-)の研究[(2)]が示すように、それはときに、旧時の女性たちにとっての誇りであった。子どもの頃には苦しいものであったにせよ、それじたいが、身近な女性、たとえば母親や祖母らの列に組み入れられることを意味していたのである。纏足した足の手入れの仕方や歩き方、纏足靴の型や装飾の図案などは、閨房において女性たちに継承され、当時の女性たちの活動の、極めて私的な部分に接しながら、それは女性同士を精神的に結び付けるものでもあった[(3)]。ならば、たとえそれが女性にそうとうな犠牲を強いた風習で、後の時代に断罪されることがあったとしても、当時それに囚われながら生きた人々の情念までをも、いっしょくたにして否定してはならない。それは間違いなく、長い間、男女を問わず、中国の人々を悩ませ、喜ばせたものであったのである。

『鏡花縁』と纏足

『鏡花縁』の舞台は唐の時代であり、実際の武則天も上官婉児も、纏足は施していなかったはずだ。しかし、『鏡花縁』物語の女子たちは、物語上は唐の世にいることになっているが、実際は清代の娘たちと見なしていい。書き手のそばにいた読み手もやはり、そのように読んでいたと思しい。このあたり、少し歪んでいるようにも思われるが、それは今の日本で、江戸時代を舞台とした時代劇を作ったとき、誰一人お歯黒を施されないのに似ている。清末の絵師である孫継芳（そんけいほう）もまた、『鏡花縁』の才女たちを清代の娘として描出している（図1）。

『鏡花縁』の纏足の問題については、君子国で出会う呉兄弟のうち、呉之和（ごしわ）から、次のような提起がある。

わたくし、あなた方のところでは、ずっと婦女が纏足をしているという話をうかがっております。最初に足を縛るとき、娘さんはどうしようもなく痛み苦しみ、足を撫で泣き叫び、ひどいのになると皮は腐り肉はただれ、血がダラダラと流れるとのこと。こうなってくると、夜は寝られず、食は喉を通らず、さまざまな病気がこれにより生じてきます。わたくしはその娘さんによくない部分があり、でも母親は死なせることもできないので、この方法で直そうとしているのかと思っておりました。なんとそれが美観のためになされていたことで、そうしなければ美しいとされないとは。かりに鼻の大きい者が削って小さくしたり、額の出ている者が削って平らにしたりしたら、人はきっと障害を持った人だと言うことでしょう。どうして両足をダメ

にして、歩行を困難にしておいて、その上それを美しいとするのでしょうか。（第一二回）[4]

君子国で唐敖と多九公は、中国の風習について、呉兄弟からさまざまな提言を受ける。先に三姑六婆について引いたが、その他にも、死者の埋葬場所を選ぶのに時間がかかりすぎること、子どもの健康を祝う儀式が豪奢すぎること、継母が継子に意地悪であること、美味しくもない燕の巣を珍重しすぎること、などが話題に上る。これら、呉兄弟からの提言は、当時の読み手たちにとって自国を省みさせたことだろう。その意味でこの君子国の呉兄弟との会談は、『鏡花縁』を「諷刺小説」と感じさせるような場面と言える。

それらの意見は、次々と、矢継ぎ早に発されるものだから、唐敖と多九公は、ことばを差し挟むことが、まったくできない。しかも、呉兄弟の言い分は、どれも至極まっとうだ。おそらく李汝珍はただ呉兄弟の口を借りて自身の考え、もしくは、当時の「常識」や「一般に言われる悪弊」を述べることのみをもくろみ、議論を展開するつもりがなかったのだろう。

図1　第74回，ブランコ遊びに興ずる纏足の娘（孫継芳絵）

纏足については、李汝珍の生きた乾隆嘉慶年間には、すでに袁枚（一七一六—一七九八）や張宗法（一七一四—一八〇三）による廃絶の意見が出ている[5]のであり、右の引用も、主流ではなかったにせよ、当時すでに妥当なものと見なされ、纏足を愛するものにとって、「痛いところを突かれた」と感じられたものであったに違いない。

纏足なるものを議論の俎上に載せるとき、それが長期にわたる慣習であり、理屈とは別の、嗜好に関するものである以上、このような、曖昧で、単純に割り切ることができないことがらであることを十分に踏まえる必要がある。

林之洋のクライシス

ヒゲを失った色白の林之洋は、女児国にて花嫁候補に選抜され、女装を強要される。彼は以下のように、屈強でヒゲ面の宮女(男)たちに服を脱がされ、体を洗われ、耳にピアスの穴を開けられ、足をグルグルに縛られ、香りのついた粉や油を塗りたくられ、小便の後にはおしぼりで股間を拭われることになるのである。

そんな風にバタバタしているところへ、また数人の中年の宮女たちがやってきた。みな背が高くがっしりしていて、口のまわりにヒゲが生えている。中に白ヒゲの宮女がおり、手に針と糸をとり、ベッドに近づきひざまずくと、こう言った。「おひいさま、ご命により、ピアスを開けさせていただきます。」言うが早いか、四人の宮女がやってきて、しっかりと彼の体を固めた。その白ヒゲの宮女は彼の前に立つと、まず右耳を指でつまんで、穴を空けるところを幾度かもむと、すぐさまブスッと一刺しした。林之洋は大声で叫んだ。「イッテェ!」(第三三回)(6)

継いで黒ヒゲの宮女が一人、手には一本の白絹(しらぎぬ)を持ち、ベッドの下でひざまずいて言った。「おひいさま、ご命により、足を縛らせていただきます。」さらに二人の宮女がやってきて、ともにひざまずき、「金蓮」を支え持つと、絹の靴下を脱がせた。その黒ヒゲの宮女は足の短い腰かけを一つ取り、そこに腰かけると、白絹を縦に割いて二本にし、まず林之洋の右足を自身の膝の上において、明礬（みょうばん）をいくらか足指の股にふりかけると、五本の足指を硬くひとところにまとめ、足の甲を力をこめて弓のようにたわめ、さっと白絹で縛りくるんだ。二巻きしたところで、宮女は針と糸とを手に取りぴったりと縫い付ける。きっちり縛ったり、ぴったり縫い付けたり。林之洋は四人の宮女がそばにぴったりくっつき、また二人の宮女に足を固められて、少しも身動きが取れない。縛り終わると、足は炭火で焼かれたように、ズキズキと痛んでいる。思わず胸が詰まって悲しくなり、大声で泣きながらこう言った。「殺されるぅ」（第三三回）[7]

すぐさま巨漢の宮女が二人やって来て、一人が下着を脱がせると、一人が大きな赤い絹のおしぼりで、彼の下半身をゴシゴシと拭きだした。林之洋は叫んで言った。「そいつはヤバイ！　ご両人、お手をお止めくだされ！　おいら男だから、いじられたら下がムズムズしちまうよ！　ダメッ、ダメェ！　ゴシゴシでムズムズするぅ。」宮女はそれを聞くとポツリと言った。「ゴシゴシでムズムズとな、ムズムズならなおのことゴシゴシだな。」（第三三回）[8]

夜になり、林之洋は、両足がひっきりなしに痛んで目が醒めてしまうので、白綾を左に右にひきちぎり、渾身の力でもってどうにかほどききると、十本の足指を一つ一つ楽にした。このすっきりと心地よいこと、並大抵のものではなく、まさに秀才が歳考を免除されたのと同様で、なんとも伸び伸びした気分である。気持ちがスカッとしたところで、そのままぐっすり眠ってしまった。次の日になり、うがいを済ませる。あの黒ヒゲの宮女がやってきて纏足しようとすると、両足が丸出しになっており、慌てて上に報告した。国王は保母に行かせてむち打ち二〇の刑を執り行わせ、林之洋を厳しく従わせよと命じた。保母は命を受けると、四人の手下を従え、竹板を手にして階上にやって来ると、跪いて言った。「王妃さまが言いつけにお従いになられませんので、肉を打たせていただきます。」林之洋が見ると、それは長いヒゲの女であり、手には一枚の竹板を持っている。幅は三寸、長さは八尺あった。思わず恐ろしくなり、こう言った。「『肉を打つ』ってのは、なんだい？」見れば保母の手下四人は口に産毛の生えた女で、それぞれ肩幅が広く腰が太く、前にやって来ると、有無を言わせず、林之洋を軽々とひっくり返し、下着を脱がせる。保母は竹板を振り上げると、パシンパシンと尻やら太ももやらへ、打ち下ろす。林之洋はワァワァ泣き叫び、痛くてたまらない。五回叩いたところで、肉はただれ皮は裂け、血がしとねに飛び散った。（第三三回）[9]

ここで、女の纏足の苦しみが、男の受験の苦しみと同視されることは、注目すべきである。作者は纏足と科挙という、男女それぞれに固有の、交換不可能な束縛を、小説で、等価のものとして見せている。このように林之洋は、肉体から精神から、さまざまな苦痛を受けることになるのだが、それまでが三枚目的な役柄のせいか、悲痛な叫びも痛ましい描写も、とくに物語に悲壮感を漂わせることなく、すべてが倒錯的な舞台で繰り広げられるドタバタの中に収められる。縛られた足も、血と膿が出きった後に、見事な「金蓮」に仕上がり、国王の前にお目見えすることとあいなる。書き手の筆は、次のように、野卑な中年男を、恥じらいをまとった若き乙女へと見事に変貌させるのである。

林之洋は国王が、彼を見るべくやって来るのを目にして、もう顔中恥ずかしさでいっぱいだった。後に国王と肩を並べて坐ると、国王は両足をこまごまと眺めて弄び、さらに両手をこまごまと鑑賞した。頭を嗅がれ、体を嗅がれた。体を嗅がれ、また頭を嗅がれた。そんな風にされて彼は、顔中まっ赤になり、居ても立ってもいられず、恥ずかしさで死にそうであった。（第三四回）[10]

林之洋の心中は、依然として、妻や娘が気になってたまらないのだが、数々の責め苦とそれにともなう心労によって、このような、かよわい女子さながらのふるまいしかできなくなってしまっている。その後あれこれあった末に、彼は女児国王子の陰若花とともに女児国を脱出し、小さくなった足も元どおりに戻る。

しかし彼の受難は終わらない。それは、この一件で彼には「纏足大仙」なるあだ名がつけられるからである。女児国における林之洋は、大好きだった酒を毒薬とし、国王の花のかんばせも命を奪う刀とし、たくさんの財宝を並べられても糞土と見なし、数々の責め苦に耐え忍ぶ。これは、彼が「酒色財気」の四種をはねのけたことになるわけで、その結果、唐敖らの雑談の中で、彼は「仙人」に近づいたと判断されることになる。

多九公は言った。「林さんはこれらをすべて看破なされましたから、仙人におなりになるのではないでしょうか。」唐敖は笑って言った。「九公の言うとおりかもしれんが、ただ神仙が纏足をしているのは聞いたことがないな。むかし赤脚大仙なるものがおりましたが、将来義兄（にい）さんを『纏足大仙』と呼ぶほかはありませんな。」（第三八回）[11]

このあだ名は、初めは彼ら三人だけのものであったのだが、後に林之洋の娘である林婉如ほか、唐小山や陰若花にも知られてしまい、さらに第六〇回に至っては、何気ない少女たちの会話の中で笑い交じりで言及されることになる。読み手はこの「纏足大仙」のことばが出てくるたび、林之洋の受難を繰り返し、味わい深く思い出すのであるが、そこに「纏足が女を縛りつける良くない風習である」ことを主張する気持ちなどが皆無であること、言うまでもない。何より林之洋自身、纏足で苦しめられている最中にありながらも、女児国から脱出を図る男装の王子陰若花に対して、中国に行ったら纏足をしなければならなくなるよ、などと伝えているのだ（第三六回）。

林之洋の受難と、それに端を発する「纏足大仙」なることばの登場は、「中年男が女装させられる」といった倒錯を、読み手に提示するために他ならない。その目的はひとえに、読み手をくすぐることにある。そしてここで考えるべきは、そういった目的で置かれた「中年男が女装させられる」場面が、『鏡花縁』という物語のあまたあるエピソードの中で、ひときわ精彩を放ち、多くの人を笑わせ、本作の特色が色濃く表れたものとして知られてゆくことのほうなのである。(12)

終わらない『鏡花縁』と、その続き

一九世紀末から二〇世紀頭にかけて、いわゆる清末と呼ばれる時期には、多くの小説作品が登場するが、中に一部、過去の小説作品の続編もしくはスピンオフと呼ぶべきものの一群がある。代表的な作品に呉趼人（一八六六―一九一〇）の『新石頭記』（一九〇五）がある。(13) これは清代曹雪芹の『紅楼夢』に続くもので、賈宝玉が再び人間世界へ転生し、二〇世紀初頭の社会状況を眺めたうえで、維新の重要性を確信するといった内容をもち、ヤクザ者の薛蟠が扶清滅洋を掲げる義和団に参加したりする。呉は序において、自作を「奇々怪々で描き方は新しい」〈千奇百怪，花様翻新〉と述べているが、このことば、前章末尾で触れた『鏡花縁』「あとがき」末尾の「旧稗官を翻す」の「翻」字が想起される。これらの続書は、登場人物や設定をオリジナルから借りながら、新たな内容、とくに当時の政治や社会に即した内容を語り述べるスタイルのものが多く、阿英は清末に大量に現れたそれらを「擬旧小説」と呼び、一九〇九年に最も多く刊行されたと述べ、「観るに足るものは一つもない」といった悪評価を与えている[14]。欧陽健氏は『晩清小説史』の中で「翻新小説」と呼び（一四三頁）、いまこれらをくくることばとしては、こちらの方が一般的なようだ。

そしてすでに述べたように、『鏡花縁』はその末尾に、全体の半分であることが記され、書き手からも「鏡中の全影を知りたければ、しばし後の縁を待たれよ」といったことばが付された物語であった。筆者は第四章において、このあたりを検討してきたわけだが、結局のところ、あくまで末尾の〈半〉字は、表面上、物語が途中で終わっていることを示しているのであり、その〈半〉字はまた、続編を綴りたい者にとって、恰好の理由となったのだった。清末期に現れたものに、蕭然鬱生『新鏡花縁』（一九〇七、全一二回[15]）、陳嘯廬『新鏡花縁』（一九〇八、全一四回[16]）、華琴珊『続鏡花縁』（一九一〇、全四〇回[17]）の三種がある。すでにいくつかの研究があるが[18]、中でもYing Wang 氏によって二〇〇四年に発表された「再読者たちの声――『鏡花縁』[19]の清末の続書三種の解釈」（The Voices of the Re-readers: Interpretations of Three Late-Qing Rewrites of *Jinghua yuan*）は、三種すべてに言及した点でめずらしいものと言える。Wang 氏はこれら続書群を、『鏡花縁』の読み手たちの解釈の成果であるとし、清末の社会状況への批評であると同時に原書のパロディ的反映の作法を読むことができるものと述べ、読解の可能性を拡げるための資料として読むことの意義を主張している。ここでは陳嘯廬『新鏡花縁』と、華琴珊『続鏡花縁』の二作品を取り上げながら、女性と纏足の描かれ方について検討したい。

清末の『鏡花縁』物語

陳嘯廬『新鏡花縁』は、清末の蘇州が舞台である。物語は、黄家の若い五人の兄弟と、彼らの周りに集う女学生たちが中心となって展開する。西学(西洋由来の学問)が叫ばれる時勢において、中学(中国伝来の学問)を踏まえる必要をきちんと述べる点、書き手の「中体西用」を重んじる性質が表れている。聡明な黄舜英と黄舜華の姉妹が、友人らと女性団体を作るべくして集い、活発な議論を繰り広げる場面が、本家『鏡花縁』の後半部分を彷彿とさせる。サロンで取り上げられる話題は、過去に活躍した女将軍のことや、学問の意義とその学ぶべき内容や順序のことなど。ただし彼女らは、さまざまな理想を掲げはするものの、とくにそれを行動に移すこともなく、話は一四回で未完のままに終わってしまう。

清代小説『鏡花縁』から名前を取りながら、女性を扱う点でのみ関連し、登場人物や物語が連携することはほとんどない。前年に清末の女性革命家である秋瑾(一八七五―一九〇七)が、武装蜂起に失敗し処刑されているが、『新鏡花縁』はその影響を強く受けており、それは冒頭の「わたしのこの本は、女権を本当に発達させたいがために作ったものであり、また女界を本当に男界と平等にしたいがために作ったものである(第一回)」といった弁明からもうかがえる。ただしその理想は、秋瑾のように、革命のために家族を放り出すような激しいものではなく、Wang氏はそれを、王妙如『女獄花』(一九〇四)に登場する許平権のようだといい、女権を女性への教育と男性との弛まぬ交渉を通して獲得されうるものと信じるような、きわめて穏健な女権論者のそれに留まっていると指摘する[20]。こうしてWang氏は本書に肯定的な評価を与えているのだが、このような穏健さに不満を抱く読み手もおり、たとえば魏文哲氏はこの小説について、女権を提唱しながら、その実、女権に反対していると、否定的に断じている[21]。その評価の違いは、とりもなおさず、双方の理想とする女権の射程と、獲得に至るまでの手段が異なることに由来していると考えられる。

一方、華琴珊『続鏡花縁』(図2)は、陳の『新鏡花縁』に比べ、『鏡花縁』本体との連携が深い。『鏡花縁』の女児国を主な舞台とし、女児国王である陰若花とそれを輔佐する黎紅薇、盧紫萱、枝蘭音などを核に、人々の集うさまが描かれる。武則天や韋后の残党が、簒奪者の係累として唐王室に追われ、女児国に逃げ込む話や、女児国とその隣国の淑士国の戦いの話が挟まれる。また平行して『鏡花縁』で語られなかった才女たちの後日談が語られる。最後は『鏡花縁』冒頭と同じく、花の精たちが天界に再度集うという円満な結末を迎える。才学を披露する場面の挿入など、本家『鏡花縁』に倣おうといった意図や、前作が積み残した懸案事項をできるだけ解決しようといった工夫が至るところにうかがえる作品である。

ただしこの物語は、女児国という強烈な性格の国を舞台とする点で、他に類を見ないほどのややこしさを備え持つ。『鏡花縁』の女児国は、すでに述べたように、男女が揃いつつも、両者の装束と社会的役割を転倒させた「女主導の国」であり、それを継ぐ『続鏡花縁』の「女児国」も、女は政治を取り仕切る側へとまわり、男は女装し楚々として女に侍ることになる。中でも武則天や韋后の係累(男)が女児国に逃げ込むくだりが秀逸で、彼らは中国で追っ手の目を眩ますために女装し、女児国へ入るころにはそれを完璧な形に仕上げるのである。むろん当時の女装だから、髭を剃りピアスを開け、纏足を施すことになる。したがって、男たちが進んで足を縛りだし、内面まで女性化していくあたりが大変におもしろく、この作品の最大の見所となっている。このあたりは後に見ることになるだろう。

図２　上海古籍出版社版『続鏡花縁』表紙（賀友直絵）

もとの小説『鏡花縁』において、生き生きと描出されたのは、女そのものであった。そしてそれを敷衍した華琴珊の『続鏡花縁』も、表面的にはそのように見える。だがその実、女児国の王妃となる武錦蓮にしろ、女児国の将軍である花如玉にしろ、活躍の場を与えられるのは女装した男たちばかりなのである。そのような筆致からは、書き手の顕彰の対象が、現実の女というよりは、女性性とでもいった部分にあるらしいことがうかがえる。その意味で『続鏡花縁』は、表面的に『鏡花縁』に名を借りることで、本家の趣旨に沿うもののようでありながら、ベクトルはやや別の方向を向いている作品であると言えよう。

解(ほど)く女にためらう男

右にあらましを記した二種には、女学生や女学堂といった、新しい女にまつわるものに対して、書き手たちの厳しい視線が少なからずうかがえる。ここに引くのは、中国人の纏足について、外国人からすれば嘲笑の対象になるのではと指摘された娘の返答である。

舜華は言った。「そんなの、何の笑われることがあるの？　彼ら中国にいる〔外国の〕女たちのように、おっぱいを二つ聳え立たせ、腰をきつく締めてるのは、中国人のあざけりが怖くないの？　これはそれぞれの国の風俗がそうなの。だから最近流行っている不纏足の会だって、あの方たちは楽しくてたまらないでしょうけど、わたしに言わせれば、纏足をしたことのない人が最後までしないのはいいとして、もしすでにしたことがある方まで足を解放するというなら、それは余計なことではないかしら。」（『新鏡花縁』第二回）[22]

清末には、変法自強運動を進めた志士たちが、中国各地で多くの戒纏団体を結成したが、広範に影響を及ぼしたものに、一八九五年に外国人女性によって開かれた天足会と、一八九七年に梁啓超が数名の同志とともに発足させた上海不纏足会がある。(23) これらの会の発展に伴い、天足運動は全国的に盛んなものとなって行く。ちなみに天足とは、纏足を施さない、天然の足のこと。

この小説が一九〇七年の秋瑾処刑事件の影響下にあることはすでに述べたが、同年四月、江蘇沭陽の胡仿蘭の服毒自殺(24) もまた考慮に入れるべきであるだろう。胡仿蘭は一九〇七年四月、不纏足の意志を姑に干渉されて、アヘン自殺を遂げた女性である。それは纏足ひいては女権観念の新旧の軋轢に起因したものと言え、陳嘯廬『新鏡花縁』はまさにこのような状況下の作品と言えるのである。

才長けた女子が議論を主導し、女性団体の発足を目論むあたり、確かに本作からは、そのような状況下の作品にふさわしい、新たな世界を提唱せんとする意図がうかがえる。しかし先に引いた箇所からは、いままさに直面する女性問題に対する、陳嘯廬なる一文人のためらいもまたうかがわれるのである。彼の書きぶりには、天足運動が推奨する新しい女性観への揶揄が込められているのであり、それは当時の社会背景に照らしたとき、主流ではなかったことだろう。周楽詩氏は、『清末小説中的女性想像』の中で、この舜華の発言を「怪論」と断じた上で、清末の新小説には、自身の道理が正しいと思い込み、他人の新しい考えに簡単に与しない人々が多く登場することを指摘している。(25) このような保守的な発言が、陳嘯廬という中年の男によって、これからを担う開明的な女子の口を借りて提示されている点も着目したい。

このころはまた、女学堂が設立され、多くの女学生が生まれた時期でもあるが、それもまた、陳の目にはいかがわしい場所として映っていた。以下に引くのは、女性団体を作るべく女学堂の同級生に声をかけた舜華と舜英が、兄嫁二人にも仲間にならないかと持ちかけた後の、兄嫁からの反応である。

彼女の二人の兄嫁はそれを聞くと、軽く微笑んで言った。「舜英さん、面と向かって冗談をおっしゃらないで。わたしたちはちょっともそんな力なんてありませんわ。どうして新しい世界を担う女性たちとお近づきになって、団体を結成することなんてできましょう。」舜華は慌てて笑って言った。「お嫂(ねえ)さま、当てこすりはなさらないで。お嫂さまは、よその学堂の品性の下劣さを耳にされて、全世界の女学堂について、一つとして汚らしい場所でないところはないとお思いかも知れませんけども、わたしとこの学校が、氷より清冽で玉より高潔であることをご存じないんですわ。……〔略〕」(『新鏡花縁』第六回)(26)

舜華と舜英は二人の兄嫁に、同じ女性として、声をかけているだけなのだが、兄嫁の側からすると、妹たちは女学生である点で、自分とは異質の存在なのであった。この箇所からは女学校という存在が、兄嫁のことばの端から汲み取れるほどに、すでに手放しで賞賛できる存在ではなかったと、読み手に共有されていたことがうかがえる。

そしてこのような、新しい女たちに対して眉を顰めるような傾向は、華琴珊『続鏡花縁』からもうかがえるものである。以下に引くのは『続鏡花縁』から、清末に増えつつあった新たな女学生たちが、どのように見られていたかということがよくわかる記述である。物語は女児国の隣国の白民国の女子が、新たな気風を受けて変化したことを述べている。

白民国の女子の金蓮について言えば、みなおよそ五六寸の大きさがあり、もともとはヒールを敷くことで、小さな足を装っていたが、結局歩行の不便の嫌いがあった。だから一たび纏足解放の報を聞くや、人々は時来たれるやとばかりに立ち上がり、流行を追いたがった。この気風は、女学堂の女学生によって開かれたものである。……〔略〕……〔女学堂の〕教師の年も女学生とあまり離れておらず、ひどく変わった恰好をしている。頭は前劉海〔前髪が額を覆う髪型〕にし、ぼさぼさで、こちらも金縁の眼鏡をかけていて、短い上着にきつい袖、足は革靴を履き、男女の区別がつかなくなってしまっている。年月が経つにつれ、弊害が山のように出て来たのだった。男子学生が両耳にピアスを開けて、女学生を装い、女学堂へ勉強に行き、女学生とひそかに通じ、男と女が入り乱れ、あまたの不道徳な関係が結ばれた。深窓の令嬢たちが、どれほど悪いことを覚えたかわからない。ひどいのになると結婚し、父母に背いて、恋人について駆け落ちする。さらに男の教師が女の学生と私情を交わし、乾いた柴が燃えさかって一つにとけ合ってしまうようなこともあった。こうしているうち、まちに女学堂はどんどん増えていき、女学生の気風はどんどん悪くなっていった。（『続鏡花縁』第二二回）[27]

物語であるから、むろん書き手の誇張もあるだろうが、基本的にこれは、清末の状況を描出したものと見るべきである。纏足廃絶と女学興隆が連動していることは、つとに指摘されることであるが、ここには、足を解放した女学生が代わりにどのような装いをしたかについて、こまごまと記されている。ただし、その筆致には明らかに悪意が含まれており、加えて、女の外見の変化は男との違いを不明瞭にさせ、その混淆こそが女学堂を不道徳きわまりない場所に変えていることが指摘されている。ここには当然、そこに通う女学生もまた倫理観の乱れた者たちであるといった論理がある。この引用に見られるのは、男からの淫らなまなざしに止まらず、変貌を遂げることで不道徳を招く女たちへの、嫌悪の感情であると言ってよく、そこには、書き手の、増え行く女学堂と新しい装いの女たちを拒絶する心理が蠢いている。

女学堂に眉を顰める人々の念頭にはまた、妓女の入学があった。次に引く箇所は、『続鏡花縁』から、白民国の女学堂の教師である印敏時が、妓館でかつての教え子に出くわす場面である。

敏時が振り返ってその賽貂蝉を見ると、淡い色の衣裳に、前劉海の髪が額を覆い、さらにそのスカートの下の金蓮を見れば、ゆうに七八寸の大きさがあり、顔は大変に見覚えがあり、かつて会ったことがあるらしい。よくよく考えて見れば、それは明らかに去年、崇新女学校にいた女学生であったのだが、なぜ妓女になって客の相手をしているのだろう。心中は恥ずかしさと腹立たしさで一杯だったが、ことばにしてそれを表すこともできなかった。（『続鏡花縁』第三二回）[28]

印敏時には年ごろの娘がおり、彼女は女学生たちが纏足を止め始めた報せを聞いて、自身もそうしたいと父親に訴えるも、印はその訴えを断固退け、のみならず、娘の女学堂通いすら辞めさせてしまうのであった（第三一回）。女学堂に妓女が入学することについては、先行する陳の作品においても同様に、「近ごろではひどいのになると、妓女も入学を申し込んで、学堂の中を混乱させている（『新鏡花縁』第三回）」といった筆致で言及がなされている。実際の例として、包天笑は『釧影楼回憶録』第七二章「女学生素描」において、楊白民の建てた城東女学の教師をしていた黄任之の体験談として、黄の外でのつき合いの場に、教え子の女学生が妓女として出て来た話を述べている。[29] 妓女の入学は、当時の人々にスキャンダラスな話として受け取られた反面、よく聞かれた話でもあったようだ。それは女学生や女学堂全体に対する偏見を増長させただろうし、実際、陳嘯廬や華琴珊などには眉を顰めるべきものとして受け取られ、それが先に引いたような描出へと繋がって行ったのだろう。

以上見たように、『鏡花縁』を継ぐべくして書かれた二つの作品は、本家のそれに反し、女学生や女学堂ひいては天足運動や女権運動などの流れに対して、明らかな保守傾向を示している。そこにあるのは、世の潮流に乗り切れない男たちの、変わりゆく女たちにためらう姿であると言えるだろう。

女装する男たち

華琴珊が『続鏡花縁』で書いたのは、女装する男たちであった。物語上、彼らが女装する理由は、追っ手から身を隠すためであったが、特筆すべきことは、この小説はその纏足の描出にこだわりが見られることである。以下に引くのは、武則天の甥である景廉（後の錦蓮）が、髪型や服装を女性のそれに変え、ひげを剃り、耳にピアスを開けた後に、纏足を施す場面である。

> ほどなくして、周氏は四寸余りの大きさの、黒緞子に刺繍が施された弓鞋（きゅうあい）一足と、脚布一対と、上が広く下が狭い婦人用の凌波襪（くつした）一足を取り出した。さらに一つ、ちいさな二つの圏椅（けんい）のような、高さは七八寸ほどのものがあって、四五分の広さの竹片が、およそ十数本、布の中央に縫い付けてあり、三寸半の厚さのヒールを囲みくるんでいる。〔周氏は〕それらを乳母に渡すと、彼女は受け取ってこう言った。「もう夜も遅いから、ぼっちゃんは泣かないでくださいな。はやく靴下を脱ぎなさい。ぼっちゃんの足を縛りますよ。」景廉は仕方なく、従うほかなかった。乳母は小さな腰掛けを一つ取り出し坐ると、さっと景廉の左脚を自分の膝の上に置き、脚布を広げ、足の指を揃えて一所（ひとところ）にまとめ、曲げて弓なりにし、白礬の粉末を塗ると、幾重にも縛った。縛り終わると、竹が背面についた高底を取り出し、凌波襪の中にしまった。それから縛り上げた足に、四寸余りの大きさの弓鞋を履かせ、薄緑の小さな舄（くつ）でくるんだ。さらにまた右足を同じように縛った後に弓鞋を履かせ、さっと裙褲〔キュロットスカート〕でしっかり覆い隠すと、にわかに可愛らしい金蓮と

なったのだった。
乳母は言った。「ぼっちゃん、試しに何歩か歩いて、どんな感じか見てごらんなさい。」景廉は返事をすると、慌てて体を起こし、数歩歩いて見ると、まるで風にハスの花が揺れるかのよう。ひとえにそれは、足の下にある厚いヒールが動きを不便にしているのだったが、楚々とした気持ちを覚えたので、急いで姿見に照らして見ると、鏡の中には麗人が一人、豊かな髷に朱の頰、柳の腰に蓮の花弁、毫ほども男の姿はなかった。乳母はそれを見て、ようやく一安心した。(『続鏡花縁』第四回[30])

ここに描出されているのは、男に纏足を施すまでの、極めてこまごまとした作法である。最後、纏足を済ませた公子が歩かされて、痛みを訴える風もなく、女性の雰囲気まで帯びることを果たしたと記すあたり、極めて周到であると言えよう。纏足といっても、一般に言われるような骨肉を腐らせて小さくするといったような生々しいものではなく、少しきつめのハイヒールを装着するといった程度のもので、これがすなわちこの小説における纏足である。装いはするが、改造はしない。したがって、先行する『鏡花縁』で林之洋が施されたものとは、本質的に異なっている。ちなみに、ここに記された、纏足を装うための竹製の器具は、書き手のポイントであったと見え、後に次のような形で説明が加えられる。

〔略〕……後に宮中のお后と二人の大臣夫人がともに大足で、竹片で作ったヒールを使って、小さい足を装っていたとわかると、娘を大切に思う家でも厳しく纏足をしようとしなくなった。さらに後には、その木を削って三寸金蓮にしたものに、刺繡靴をかぶせ、足底に縛りつけて、足を縛らずともよくしたのだった。この方法が天朝に伝わり、戯班内で小旦をするものはみな、これを用いなければならないのだった。国の婦女たちで本当に足が小さいものも、少なくなった。あの、小旦が履いている蹺(きょう)は、なんと女児国から伝わったものだったのだ。(『続鏡花縁』第一〇回)[31]

ここには、実際の京劇で小旦(娘役)が用いる蹺なる女装用の道具が、女児国の王妃となった武錦蓮(ぶきんれん)に由来するものであることが述べられている。それは、纏足を施していない者が、足を小さく見せるためにつま先立ちする際の、支えとなる木製の器具である。蹺が一九世紀以降に、纏足を装いたい女装者によって、とくに京劇の世界を中心に用いられたものであったことについては、すでに研究がある。[32] ただし言うまでもなく女児国は架空の国なのであって、上でもっともらしく語られた由来も、つまりは華琴珊によるホラなのだが、このように膨らまされる箇所というのは、たいてい、語り手がおもしろく語りたがっている箇所でもあるのである。したがって、ここに引用した部分からは、書き手のこだわりがうかがえることになる。

先の引用部分を発端とし、物語にはさらに、韋后(いこう)の係累である韋利楨(いりてい)(後の麗貞)と韋宝応(いほうおう)(後の宝英)の二人が女装者として登場する。二人は景廉とともに名を変えて、義姉妹のちぎりを交わす。ちなみに三者の改名について、彼らは男性らしい名前から女性らしい名前へと変更しているわけなのだが、変更の前後で音はほぼ変わらないあたり、大変におもしろい。字面(じづら)がその性にふさわしく変わったと言うだけで、つまり名前も女装を施しているというわけなのだ。

逃亡者である彼らは、これよりのち、一生を女として生きることを決意し、女の仕事に真剣に取り組むようになる。

その晩、姉妹三人は晩ご飯を食べ終えると、ともに灯りの下で針仕事に精を出した。作ったのは薄緑色の絹の、刺繍のある柔らかな底の睡鞋（すいあい）である。三人いずれも同じ型で、まもなく仕上がろうという頃。宝英が言った。「錦蓮姉さんは本当にお上手ね。頭も良くて手も早くて、三日でもう作り上げてしまわれたわ。あたしと麗貞姉さんは五日かかって、今晩ようやく仕上がるんですから。しかもあたしが作ったのは、どうしたって錦蓮姉さんがお作りになったものの、輪郭がはっきりしてきれいなのにはおよばないわ。」錦蓮は言った。「宝英さん、慌ててはだめ。ゆっくり学んでいったら、いつの間にかちゃんとできるようになるわよ。」麗貞が言った。「あたしこの睡鞋、小さく作りすぎた気がするわ。もし入らなかったら苦労がムダになるんじゃないかしら。」錦蓮は言った。「麗貞姉さん、あたし履けるって保証するわ。あたしのこの型、母さんの睡鞋と同じで、あの竹片のヒールも母さんのなのよ。母さんの足はわたしたち三姉妹と差がないわ。」宝英は言った。「わたしたち寝るときに試しにちょっと履いてみたら、大きいかどうかわかるわね。」三姉妹はしゃべったり手を動かしたり、睡鞋を作り終えた頃には、夜はもう遅かった。それぞれ釵環（アクセサリー）を外し、トイレを済ませ、上着とスカートを脱いだ。錦蓮はベッドの縁に坐り、弓鞋を脱いで、睡鞋に履き替えると、ちょうどぴったりだった。刺繍の舃（くつ）をかぶせると、まるで一組の尖った金蓮のようで、ほんとうにかわいらしい。麗貞と宝英も錦蓮をまねてその睡鞋を履いたが、ともに言った。「少しきつくていやだわ。」錦蓮は言った。「わたしたち寝ましょう。」（『続鏡花縁』第六回）[33]

女装を始めて日の浅い男たちだが、その男らしさは、足が大きいことを除いては、微塵もなくなっている。纏足については、靴を作ることもまた当時の女の大切な仕事と言え[34]、ならば書き手はここで、その活動のさまを描出したことになるわけだが、さらにこの場面には極めて重要な意味がある。それはこの晩に、三人ともが結婚の夢を見るからである。この夢は後に現実となるから、明清の小説によく見られる予言の役割を持つものとも言え、刺繍靴がぴったりだった錦蓮が果たして王妃になるあたりからは、書き手の作為が読み取れる。ここは、足と靴とを糸口にして、当時の結婚に関する理想が描き出された箇所とも言えるのである。

もう一つ、足に関する重要な部分を見てみよう。以下は、三姉妹が足を洗う場面である。

姉妹三人はまず化粧台のところへ釵環(アクセサリー)を置きに行き、外に羽織っている服を脱ぎ、スカートを脱ぎ、ちいさな腰掛の上に坐ると、高底と弓鞋を取り、脚布をほどき、その七八寸の大きさの金蓮を洗った。麗貞は錦蓮の両足が大きくはあるがすでにいくらか尖っているのに気付いた。錦蓮は言った。「あたし、言わせていただきますけど、姉さまのこの二つの蓮の船は、どうして五本の指が依然としてばらばらで、縛りくるんでないもののようなの？　姉さまのお履きになっている弓鞋は、太くて広くて、きついものではないのよ。宝英さんのほうがちょっと尖っているわ。」宝英が言った。「麗貞姉さん、もっと足を小さく縛らないと、女児国へお嫁に行ったとき、旦那さまに嫌がられるんじゃないかしら。」麗貞は言った。「宝英さんは旦那さまに嫌がられるのは怖くて、痛いのは怖くないの？　きつく縛ったって、たぶん小さくはならないわよ。」三姉妹はそんな風にしゃべったり笑ったり。錦蓮は言った。「お姉さま、そうはおっしゃっても、脚布はもう少しきつく縛った方がいいと思うわ。」麗貞は言った。「錦蓮さんの言う通りね。」三姉妹は足を洗い終わると、元のようにしっかりくるんで、それからようやくおのおの眠りについた。（『続鏡花縁』第九回）[35]

纏足はかつて、男にとっての性具であった一方で、女にとっての興味の対象でもあった。女しかいない空間においては、ときに、女同士で互いの足を触り合ったりもしたようであることが報告されている。[36] ここには女装者たちが、互いの足を興味本位で覗き見、品評するさまが描かれており、つまり彼らの女性性は、男の美意識に沿わんとして互いの足を語り合うほどにまで至っているのである。しかも、麗貞のセリフに「縛ってもたぶん小さくならない」とあるあたりには、彼らの纏足があくまで補助器具を用いたイミテーションであり、観念の域を出ないものであることが示されていると言えるだろう。彼らは、真の纏足を仕上げるつもりなど、毛頭ない。それは遊戯的かつ演劇的なものと言え、だからこそ安心して見ていられるものともなっている。

王瓊玲氏は『続鏡花縁』における纏足について、〈反対天足，迷恋金蓮（天足に反対し、金蓮に夢中になる）〉と述べ、それが書き手の保守的な思想傾向によることを指摘する[37]。物語から書き手の纏足偏愛がうかがえることは確かであるが、しかし見るべきは、纏足を、というより、男が纏足をする事態を、であろう。纏足を描こうとした華琴珊が、世の纏足廃絶の動きを知らなかったわけはないのであって、女を縛れない、あるいは縛りにくい状況下で男を縛る物語を書いた、そのあたりを評価すべきなのである。それはまた、小さな足を愛好する大多数の者たちのために、痛みを軽減させた金蓮の作り方を提唱しているかのようにも見える。

『続鏡花縁』は総じて、纏足を美の対象として描いた点で思想的に保守の誹りを免れないものであるだろう。しかし纏足廃絶が叫ばれる中で自らの足を縛りだす男を描き上げたあたり、一人の人間の新たな文芸を生み出そうとする工夫と情念とを読みとることもまた、できるというものなのである。

「祝祭」としての女の活躍

最後に、華琴珊の『続鏡花縁』が、末尾に仕掛けを施されることによって、オリジナルの解釈に影響を及ぼす力を備え得ていることについて指摘したい。以下に引くのは、前章にも引いた『鏡花縁』の冒頭の、女版の魁星が登場する場面である。

> ふと見ると、北斗宮から万条の赤い光が放たれて、目も眩まんばかりである。中にはお一人の星君がおり、踊りながら現れ出て来た。出で立ちは魁星のようで、しかし花のかんばせ月の面立ち、一人の美しい女なのであった。左手には筆を持ち、右手には斗（ます）を持っている。（『鏡花縁』第一回(38)）

物語では直後、百穀仙子によって、この星君は、文章を司る神である魁星の夫人であると解釈される。女の才の隆盛を予言するものとして、李汝珍はそれにふさわしい魁星夫人なるものを造形し、舞台に華々しく登場させたのである。そして、ここで着目すべきは、『続鏡花縁』の末尾にも、また同様の場面があることである。

> さて、百花仙子が花々の精を見送って洞へ戻ろうとしたとき、振り返ると一筋の赤い光が見えた。現れたのは魁星であり、すでに男のすがたをして、左手に筆を、右手に斗を持ち、まったく見目麗しい美人のお姿ではなくなっていた。（『続鏡花縁』第四〇回(39)）

ポイントは、現れた魁星が男の姿だった点にある。

先に引いた魁星夫人の登場は、女の才が存分に発揮され、顕彰される流れとなるための予兆であった。それを筆者は、前章において、李汝珍のかけた魔法であると述べた。ここで重要なのは、前章末尾にて述べたように、李汝珍が物語を、閉じないままに終わらせたことだ。なぜならそれが、「鏡花縁」世界の核心とも言える男女の転倒という設定を、物語の世界基準に据え置いたままにする措置に他ならないからである。

しかし『続鏡花縁』は、予兆としての魁星を「再」登場させることで、物語を完全に閉じてしまった。しかも魁星を男の姿、すなわち「元の姿」に戻すという仕掛けを伴わせた上で。これは李汝珍のかけた魔法が、華琴珊によって完全に解かれたことを意味している。

そして読み手はここで、オリジナルの『鏡花縁』が描いた「女の活躍」が、実は期限付きのものであったことに気づくだろう。『続鏡花縁』の末尾が描き、際立たせたのはすなわち、『鏡花縁』における女の魁星の登場が「あくまで非日常なもの」であるということに他ならない。

そして上に見たように、華琴珊が目の前の天足運動や女権運動にためらいの気持ちを抱いていた可能性を考え合わせるなら、この結末は、彼が男性社会の復権を願ったものとして読むことができるようにも思われるのである。つまり華は続編の執筆によって、李汝珍の造り上げた「鏡花縁」世界──つまり女が活躍する世界である──を一時の祝祭に過ぎぬものと考え、それをきちんと終わらせ、日常に戻すことを目論んだのではないだろうか。

確かに、祝祭であると割り切るなら、その箍(たが)の外れたかのように見える展開、すなわち男女倒錯の舞台に上がる纏足男子の頻出といった暴走ぶりも、十分に納得が行くというものだ。そして『続鏡花縁』が、『鏡花縁』の続きであるかのような体をとりながら、女(の姿をした男)の活躍と祝祭的狂乱を一定期間描き、ほとぼりがさめた後に、あたかも「物語世界の転倒を元に戻すだけ」のような顔で、男性復権の予兆を潜ませたのだとしたら、それは女をあくまで副次的なものと見なす男権論者による、極めて巧妙なリライトということになるのである。ならばそれは、かまびすしい女権運動に対するささやかな抵抗となり得たはずなのだが、翌年の辛亥革命勃発により、出版および広域な読者の獲得は阻まれ、手書きの形のまま細々(ほそぼそ)とその命脈を保つこととなったのだった。(40)

纏足を美の対象として描く『続鏡花縁』のような作品は、題材的に保守の傾向にあると言え、文学史において見るべき価値のないものと捉えられがちかもしれない。しかしその書きぶりからは、書き手の工夫と創意と、その時代に生きた一人の人間のこだわりがうかがえもする。纏足が後世の価値観でいかに非難されようとも、小さな足に心奪われた者たちは、かつて確かに存在したのであって、『続鏡花縁』の纏足男子の登場から読み取れるものもまた、そんな「縛りたい男」の情念に他ならないのである。

(1) 纏足の歴史については、姚霊犀『采菲録』(中国婦女纏足史料、天津時代公司、一九三六)、高洪興著、鈴木博訳『図説　纏足の歴史』(原書房、二〇〇九)を、廃絶運動については、夏暁虹著、藤井省三監修、清水賢一郎・星野幸代訳『纏足をほどいた女たち』(朝日選書、朝日新聞社、一九九八)、東田雅博『纏足の発見――ある英国女性と清末の中国』(大修館書店、二〇〇四)を参照。

(2) Dorothy Ko, *Cinderella's Sisters: A Revisionist History of Footbinding*, University of California Press, 2005. ドロシー・コウ著、小野和子・小野啓子訳『纏足の靴――小さな足の文化史』(カリフォルニア大学出版局から二〇〇一年に出版された *Every Step a Lotus: Shoes for Bound Feet* の邦訳。平凡社、二〇〇五)参照。

(3) ドロシー・コウ著、小野和子・小野啓子訳『纏足の靴――小さな足の文化史』(前掲)第二章「結ぶもの」(六一―九三頁)には、纏足および纏足靴が、女同士の連携を生みだすものであることについての興味深い指摘がある。

(4) 李汝珍『鏡花縁』(前掲)上巻、七八頁。

(5) 高洪興著『図説　纏足の歴史』(前掲)三四一―三四二頁参照。

(6) 李汝珍『鏡花縁』(前掲)上巻、二三六頁。

(7) 同右二三六―二三七頁。

(8) 同右二三七―二三八頁。

(9) 同右二三八―二三九頁。

(10) 同右二四一頁。

(11) 同右二六七―二六八頁。

(12) この「林之洋の纏足」の場面のおかしみは、時代を下るにつれ、とくにビジュアルをともなうテキストにおいて顕著となる。拙稿「花とオジさん——二〇世紀における『鏡花縁』物語の描出と受容」(『連環画研究』第六号、一一一—一三〇頁、連環画研究会、二〇一七・二)参照。

(13)『新石頭記』については欧陽健『晩清小説史』(浙江古籍出版社、一九九七)一四二—一五五頁を参照。

(14)阿英著、飯塚朗・中野美代子訳『晩清小説史』(東洋文庫、一九七九)二六八—二六九頁参照。

(15)『月月小説』一九〇七年一〇月第九号から一九〇八年一二月第二三号まで連載。

(16)本書では『中国近代小説大系』(百花洲文芸出版社、一九九六)所収のものを使用した。これは一九〇八年に鴻文書局から発行された鉛印本に句読を施し排印したもの(同書「本巻説明」より)。

(17)本書では、主に排印本『続鏡花縁』(王一工評点、上海古籍出版社、一九九三)を用い、影印本『続鏡花縁』(北京図書館稿本鈔本叢刊、書目文献出版社、一九九二)を参照した。排印本の由来について、王一工氏は北京図書館蔵の手稿本を底本としているという(「前言」)。一方、影印本の由来について、薛英氏は薛英「《続鏡花縁》出版説明」(書目文献出版社版『続鏡花縁』所収)の中で、北京図書館蔵の手稿本といい、これは王瓊玲氏によれば、もと民国の蔵書家であった周越然(一八八五—一九六二)の所蔵本とのこと(「妄読新篇愧昔賢:《続鏡花縁》研究」、『明清小説研究』二〇〇一年第四期、総第六二期、一二九—一四六頁)。両者は同じものらしい。

(18)本稿では、李奇林「両部《新鏡花縁》之優劣比較」(『江蘇教育学院学報(社会科学版)』、一九九五年第三期、五四—五七頁)、魏文哲「《新鏡花縁》:反女権主義文本」(『明清小説研究』二〇〇四年第二期、一六二—一六九頁、総第七二期、二〇〇四)、王瓊玲「妄読新篇愧昔賢:《続鏡花縁》研究」(前掲)などを参照した。

(19) Martin W. Huang, ed., *Snakes' Legs: Sequels, Continuations, Rewritings, and Chinese Fiction*, pp. 210–236, University of Hawai'i, Press, 2004。書名は「蛇足」を意味する。

(20) Ying Wang, "The Voices of the Re-readers: Interpretations of Three Late-Qing Rewrites of *Jinghua yuan*", ibid., p. 211.

(21)魏文哲「《新鏡花縁》:反女権主義文本」(前掲)参照。

(22)『中国近代小説大系』(前掲)所収『新鏡花縁』二二九頁。

(23)高洪興著、鈴木博訳『図説　纏足の歴史』(前掲)三五四—三七〇頁、東田雅博『纏足の発見——ある英国女性と清末の中国』(前掲)一〇七—一八一頁参照。

(24)夏暁虹『晩清女性与近代中国』(北京大学出版社、二〇〇四)二五七—二八五頁参照。

(25) 周楽詩『清末小説中的女性想像』(復旦大学出版社、二〇一二)一九〇頁。
(26)『中国近代小説大系』(前掲)所収『新鏡花縁』二五六頁。
(27) 排印本『続鏡花縁』(前掲)一五四—一五五頁。
(28) 同右一五六頁。
(29) 包天笑『釧影楼回憶録』(山西古籍出版社・山西教育出版社、一九九九)四三八—四三九頁。
(30) 排印本『続鏡花縁』(前掲)一七頁。
(31) 同右五〇—五一頁。
(32) 黄育馥『京劇・蹺和中国的性別関係』(生活・読書・新知三聯書店、一九九八)参照。関連して、武田雅哉『楊貴妃になりたかった男たち——〈衣服の妖怪〉の文化誌』(講談社メチエ、二〇〇七)一四七—二二〇頁には、清末の女装者たちの事件が数多く取り上げられている。
(33) 排印本『続鏡花縁』(前掲)二七—二八頁。
(34) 纏足の靴を作ることについては、ドロシー・コウ著、小野和子・小野啓子訳『纏足の靴——小さな足の文化史』(前掲)第三章「働く身体」(九五—一二〇頁)に詳しい。
(35) 排印本『続鏡花縁』(前掲)四三—四四頁。
(36) 高洪興著、鈴木博訳『図説　纏足の歴史』(前掲)二八六—二八七頁は、姚霊犀編『采菲録』四編所収の知憐「建蓮紀実」を引きながら、福建南部の女性たちの纏足遊びについて述べる。また、同書二九四—三〇五頁には、大同や太原など一部地域で賽脚会なる品評の機会が設けられていたことを記している。
(37) 王瓊玲「妄読新篇愧昔賢：《続鏡花縁》研究」(前掲)一三九頁。
(38) 李汝珍『鏡花縁』(前掲)上巻、二頁。
(39) 排印本『続鏡花縁』(前掲)二〇六頁。
(40) 一九一〇年に誕生した『続鏡花縁』は、一九九〇年代に入るまで、図書館でしか読めない作品だったようだ。しかし手稿本の持ち主であった周越然はこの本を気に入り、「平和になったら印刷刊行するべき」と考えていたという(排印本『続鏡花縁』所収の王一工「前言」)。

第七章　清代文人の遊戯世界——謎々・数理・音韻

第31回より，灯籠を見る人々(孫継芳図)

〈嬉〉——清代文人の遊びごと

第二三回、林之洋は淑士国にて、『少子』なる書物について、次のように言及している。

……〔略〕そこには諸子百家、人物花鳥、書画琴棋、医卜星相、音韻算法などが書かれ、一つもないもんはない。その上いろんな種類の灯謎、多様な酒令から、双陸（そうりく）〔以下五種もみな遊戯を指す〕、馬吊（ばちょう）、射鵠（しゃこく）、蹴球（しゅうきゅう）、闘草（とうそう）、投壺（とうこ）にいたるまで百戯の類が載っていて……〔略〕（第二三回）(1)

『少子』が『老子』と関わること、そしてそれが『鏡花縁』を指していること、さらにこの発言が李汝珍の自作についての自意識の吐露であることについては、すでに述べた。それには学問知識から遊戯遊芸まで、さまざまなものが織り込まれているのだという。ではそれらは具体的には、どのようなものであったのだろうか。

本章では、『鏡花縁』の中から、謎々、数理、音韻の三種が織り込まれる箇所を眺めて行くが、書き手とその周囲の人々が、そういった要素を小説に織り込むこと自体をどのように考えていたのかについて、先に見てみることにしよう。筆者はすでに本書の第一章にて、その種の要素を存分に含んだ小説『七嬉』について述べているが、その冒頭には作者の許桂林によって、以下のような〈嬉〉（あそびごと）についての意見が記されているのである。許桂林は〈嬉〉について、『七嬉』冒頭において、次のように述べている。

学業は、勤めることで緻密になり、遊び楽しむことでダメになる。一つですでに大変なのに、どうして七つが許されよう。しかし、文で遊び楽しめば、楽しいものでありながらも学業をダメにすることはなく、それはただ有用の業ではないというだけである。そもそも雨は、時に従い物に応じることで用をなすが、雲が晴れた空に悠々とたなびくことは、無用であって遊びなのである。木は材を取り実を落として用をなすが、花が芳しい香りを漂わせて春の遊楽を彩ることは、無用であって遊びなのである。造物が遊びなしにはいられないなら、文においてはどうだろうか。静寂を破り、笑譚を助けることで、はじめて博弈より優れるのである。むかし吾丘衍はみずから〝好嬉子〟〈嬉を好む者〉と称したが、今の世にあるいはその方がおられるかもしれず、ならばわたしの遊びは、きっとお気に召す方がおられるに違いないのである。（棲雲野客『七嬉』「自序」）[2]

右の引用は、原文で〈嬉〉と記された部分を「遊び」と訳している。冒頭の一文、原文〈業精於勤荒於嬉〉は、韓愈「進学解」からのことばである。「行いは思慮深くすれば完全無欠になり、思いつくままにすれば失敗する〈行成於思毀於随〉」と続く。ここに示されているのは、学業を修める場において、勤めることが奨励されて、遊ぶことは忌避されたという、文人の伝統的態度である。唐代より伝わるこの有名な一節において、遊びとは悪の側にある。しかし許桂林は、有用なものではないと留保しながら、〈文〉という範囲でそれを行う分には、遊びもまた悪ではないと主張する。

有用なものではないとは、どういうことか。許桂林はそれを、雨に対する雲、木に対する花と表現した。雨は時宜に従い適度に降ることで万物を潤し育て、木は木材や果実を生み出すことで建築材となり燃料となり食料となる。そのようにして雨や木が、直接何かの役に立つのに対し、雲はただ悠然とたなびくのみ、花はただ芳しく咲くのみである。それら雲や花は、見るものの気分を伸びやかにし、春に彩りを添えはするが、直接何かの役に立つわけではない。それは有用ではなく無用であり、すなわち遊びなのである。

では、花や雲といった自然が造りあげるもの（＝造物）が遊びを備えるのであれば、人の造りあげる〈文〉における遊びとは、いったいどのようなものと考えられるか。彼はそれが、「静寂を破り」「笑譚を助ける」もの、すなわち人々を楽しませ和ませる談話のタネになってこそ、「博弈」すなわちゲームの類より優れるのだという。そしてそれこそが「遊び」をともなう〈文〉の価値に他ならないと述べている。

そしてこの序文には、許桂林は明言していないものの、一つの論理が隠れているだろう。その論理とは、雲がなければ雨は降らないということ、そして花がなければ木は実をつけないということだ。そう考えた上で、改めて許桂林の自序を眺めたとき、次のことがわかる。つまり、雲や花といった遊びの部分は、ただ楽しみのためだけにあるわけではなく、間接的に雨や木材（や果実）といった「実」を生みだすにあたっての、不可欠な要素だということだ。ここで彼が説いているのは「実」が生まれるための「虚」の重要性に他ならない。『七嬉』に収められた七つの物語は、いずれもが謎々や算学問題、音韻遊戯などに満ち、言うなれば「虚」的な〈文〉なのである。そして彼の論理に従えば、それがあってこそ、天下国家を論じるような「実」的な〈文〉が生まれるというわけなのである。

そして筆者は、おそらくこのような考え方が、李汝珍そして『鏡花縁』を読み解く上で有益なものであるだろうと判断している。『鏡花縁』でもまた、遊戯は高い地位に置かれ、重視され、好意的に記されている。何より〈嬉〉字は、〈女〉字を偏に持ち、女や子ども、ひいては周縁との親和性が高いのである。

灯謎について

小説における謎々、と聞いて、唐代の李公佐「謝小娥伝」(『太平広記』巻四九一)[3]を思い出す人もいるかもしれない。これは謝小娥という娘が、殺害された父と夫の仇を討たんと奔走するさなか、夢のお告げで「車中の猴、東門の草」「禾中を走る一日の夫」なるヒントを得て、「申蘭」「申春」なる名の犯人を探しあてる物語である。これは物語が結末に向かうためのヒントが、謎として提示されている例と言え、つまり「東門の草」から「蘭」字が、「一日の夫」から「春」字が導き出されるというわけなのだ。ただし本章で扱いたいのは、もっと単純な、登場人物同士が謎々をやりとりすること、それ自体である。

そもそも、片方が謎を出し、もう片方がそれを解く、といった流れ自体を言うのなら、それは『鏡花縁』のあらゆるところに認められるものだ。筆者はすでに、第二章で黒歯国や岐舌国の場面を引いて、登場人物が発する謎と、それが解かれるさまについて述べ、それがときに〈圏〉を作ることが『鏡花縁』の特質であることを指摘している。ただし、それらは単なる遊戯というより、相手の力を試したり、会話に起伏をつけたりするためのものであった。

『鏡花縁』にはまた、謎々が、単なる遊戯として提示されるような箇所もあるのであって、その代表として、智佳国の場面(第三一—三二回)を挙げることができる。

智佳国は唐敖らの海外巡りの後半部分、女児国の直前に登場する国である。彼らがここに到着するのは、旧暦の八月一五日。この日はふつう、月がもっとも美しく見える中秋節であるが、この地では観灯会が開かれることになっているとのことで、灯籠を眺める観客たちの前には、数々の紙に貼られた謎々が提示され、興を添えるといった流れになっている。

唐敖と多九公は、林之洋にただついて行くほかはなく、庁堂につくと、壁にはさまざまな色の紙が貼られていて、そこには無数の灯謎が書かれていた。両側からたくさんの人が取り囲んで眺めている。それぞれ儒巾に素服の文人で、その上みな白髪の老翁である。中には若者が一人もいなかったから、そこでようやく少し気が楽になった。主人が彼らを坐らせた。三人が前に進み出て仔細に眺めると、ふと中に一枚「万国咸く寧し、答えは『孟子』六字、褒美は万寿香一束」と書かれたものがあった。多九公がこう言った。「ダンナ、お教えくだされ。『万国咸く寧し』は『天下の民挙く安からん』ではないかな?」老人はこう応えた。「御前さま、正解でございます」(第三二回)[4]

『鏡花縁』に織り込まれる異国は、たとえどんなに荒唐無稽であったとしても、たいてい『山海経』など古典に根拠のあるものばかりなのだが、この智佳国については、その典拠がよくわからない。天文や卜筮、算学などが発達している国とのことで、みな、人より抜きんでようと、常に智力を振り絞っているから、人々はアタマの使い過ぎで、若くして老成しているのだという。そのため四〇となると長寿とされ、引用に見える「みな白髪の老翁」も、その実、まだ三、四〇歳の人々なのであった。

唐敖ら三人は、この地で紙切れに書かれた謎々を次々と解いて行く。この種の謎々をいま「灯謎」と呼ぶ。引用中、多九公が解いた謎々は、「万国咸く寧し」なることばから『孟子』にあることば六字を導き出せ、といったものだ。「万国咸く寧し」の原文〈万国咸寧〉は、『周易』のことばであるから、これはつまり、経典の文句から経典の文句を導き出すわけで、ハイレベルな知識が必要とされているようにも見えるが、科挙のために四書五経を丸暗記していた文人にしてみれば、このアタマの使い方は、今ほど困難なものではなかった。ちなみに「天下の民挙く安からん」は『孟子』「公孫丑下(こうそんちゅう)」のことば。

灯謎は、古くは南宋『武林旧事(ぶりんきゅうじ)』に記事があり(巻二)、当時からあったとされる。[5] 明代には「商謎」「猜謎」などの語が用いられ、「灯謎」の名の定着もこのころと見られる。清代の顧禄(ころく)が記した『清嘉録(せいかろく)』には、蘇州の正月元宵の風俗である灯謎について、以下のような言及がある。

> 好事家は、巧みに隠語(かくしことば)を考え、これを燈籠に拈(ひね)る。燈籠は一面を壁に着け、三面に題を貼って、人々に考えさせるようになっている。これを「打燈謎」という。その謎の語は、皆な経書・史書・詩文・諸子百家・伝奇小説および諺語や、什物・羽鱗・蟲介・花草・蔬薬の名のうちから随意これを出す。当たった者には隃麋(すみ)・陟釐(かみ)・不律(ふで)・端渓(すずり)・巾扇・香嚢・果品(くだもの)・食物などが贈られる。これを「謎贈」という。城中の燈謎のある処には、遠近より人が集まってきて、肩を連ね背を押し、連夜収拾がつかないほどで、夏に入ってやっと止む。(東洋文庫版、中村喬訳[6])

正月一五日のイベントが夏まで尾を引いたわけであるから、その熱は三ヶ月近く収まらなかったことになる。このことからは、清代中期の蘇州における、灯謎の盛り上がりのさまがうかがえるだろう。

ここで、問いを観衆に示して、答えを求めるという形式からは、日本の算額の風習を考え合わせることができるかもしれない。算額とは、算術の問題と解答を木製の額に記したもので、それらは複雑な算術を解くことができたときなどに、神仏への感謝の気持ちとともに、神社仏閣に奉納されたのだという。[7] 中には問題のみを記して群衆に解答を募る類のものもあり、知恵比べの装置として機能することもあったようであるから、この点で灯謎と極めて近いとも言い得るかもしれない。ただし灯謎は、神事と関わることが特になく、その解読者には褒美として文房具や軽食の類が贈られるといった、あくまで遊戯的性質の強いものであった。

清代には、灯謎の一般的な呼称として〈灯虎〉〈文虎〉〈謎虎〉などが用いられるようになる。謎々を表すことばに虎が用いられる理由について、それが手強いもので、灯籠に貼られたとき虎の文様のように見えるからといった意見もある。(8) それに連動して「謎を解く」ことを〈打虎〉〈射虎〉と言ったりもする。許桂林『七嬉』第二篇に「氷天謎虎」なる物語があり、これは新疆で氷山の裂け目に落ちた呉記室なる男が、中で山のような灯謎を目にする話であるが、(9) 次々に謎を解いていく彼に対して、「ほんとに虎退治の名人ですな〈真打虎手也〉」という賛辞が与えられている。

なお、灯謎は意味に幅のあることばでもあり、いま説明してきたような「灯籠謎々」と訳すべきもののほか、広義でもっと広い意味の「謎々」を指すこともある。それらはとくに灯籠などと関わることなく、宴会などの場でただ余興として提示されるものだ。それらは実にさまざまで、時期も場所も問わず、広く親しまれていたものでもあった。

ただしそれらの多くは、今のわれらにとって、大変に難しい。それは先に見たように、問題と答えの多くが、四書五経など、主要な経典から引き出されていることが最大の理由である。この種の経書を使った謎々を、特に「文義謎」と言ったりする。もちろん一方で、身近なモノを答えとする、今のわれらが児戯と見なすようなものもあるにはあって、そういったものは「事物謎」「民間謎語」などと呼ばれている。明清時期の文人の中には、前者の愛好者が数多くいたようで、たとえば張岱(ちょうたい)、徐渭(じょい)、馮夢龍(ふうぼうりゅう)、毛際可(もうさいか)などの面々が知られ、それぞれの残した謎については、いま『中華謎書集成』(人民日報出版社版)巻一に収められている。そして李汝珍や許桂林もまた同様の趣向を持つ文人であった。

清代における灯謎の隆盛は、物語にも影響した。銭南揚『謎史』には、清代の灯謎と小説の関係について、以下のような指摘がある。

清代の小説には、謎を用いて事実に装飾を施そうとするものがあり、『紅楼夢』より先んずるものなく、『鏡花縁』より豊富なものはなく、『品花宝鑑』より洗練されているものはないのである。『紅楼夢』には、古体が多く今体が少ない。『鏡花縁』はみな今体であり、浅薄なものが多くて深遠なものが少ない。『品花宝鑑』は少しずつ完成の域に達しようとしている。その理由を考えるに、おそらく当時がそのような趨勢だったのだろう。だから物語に即して、今の謎の進歩の跡を推し量れば、およその見当がつけられるのである。(銭南揚『謎史』第八章「清代之謎書」)[10]

銭氏は、清代の灯謎が含まれる三つの小説を取り上げ、その特徴を示した後、その流れを、当時の実際の状況を反映したものであるとし、小説から当時の流行のさまが推し量れると述べている。李剣国氏によれば、右引用中の「古体」は物を当てる謎々(すなわち「事物謎」)のことで、「今体」は書物中の一句を答える謎々(すなわち「文義謎」)のこと。[11] 氏はまた『鏡花縁』の謎々の数について六七則といい、『紅楼夢』の二七則と比べて多いことを指摘している。ここで『鏡花縁』の中の謎々の特徴を、『紅楼夢』のそれをにらみながら、簡単に紹介することにしよう。

『紅楼夢』と『鏡花縁』の謎々

『紅楼夢』は、全篇、謎だらけの小説である。冒頭に登場する賈雨村（ジァユーツン）と甄士隠（ジェンシーイン）という人名からして、その裏には〈假語存（ジァユーツン）〉（假語（うそ）が存する）と〈真事隠（ジェンシーイン）〉（真事（まこと）が隠れる）の意味が込められている。しかし、そういったこととは少し別の意味で、彼らがやりとりする謎そのものに暗喩性があることについても、また指摘がなされている。たとえば第二二回、最長老の賈母（かぼ）と、賈政賈環（かせいかかん）親子が謎々遊びをする場面があるが、それぞれが作った謎について、樊慶彦（はんけいげん）氏は以下のように述べている。

> 第二二回において、賈環は、元妃の灯謎を続けて当てられなかった上に、自身が作った「一つはまくら、一つは鬼がわら」という謎が、俗で拙く、おもしろみにも欠けていたので、周囲に笑われてしまうことになる。これは賈環があまり勉強をしておらず、無才無学であることを反映しており、彼がつまりは役たたずの、賈府の不肖の息子であることをも暗喩しているのである。賈母の作った灯謎は「サルが身軽に梢に立つ――果物名」というもので、答えは「茘枝（ライチ）」であった。「老祖宗」である賈母は賈府においては、最高地位に位置する太上家長であり、答えの「茘枝」というのは、「梢に立つ」すなわち「枝に立つ〈立枝〉」の音通「枝を離れる〈離枝〉」であり（茘枝と離枝は音が通じる）、これもまた将来のいわゆる「木がたおれサルが散じる」ことを暗示し、賈府の勢いが衰え人が散じるという結末を予言している。賈政の灯謎は「体は四角く、固い。ことばは話せないが、ことばがあれば必ず応える――日用の物の名」というもので、答えは「硯（すずり）」であった。謎にある「必」は「筆」に音が通じ、「応」というのは〝応験（予感などが的中すること）〟であり、「硬硯」に音が通じる。硯の「四角いこと」「硬いこと」も、賈政の考え方や性格の特徴――すなわち道学者然として、融通がきかず、古い考えの持ち主で、頑固で変わらない様子――と十分合っている。[12]

謎とはそもそも暗喩性を有するもので、遊戯として提示されたとき、それは解かれることが必須となるものなのだが、樊氏は、少し上の視点から、謎解きを試みていると言えるだろう。それはつまり、彼らの作った謎々が、一件何気ない風を装いながら、その実、彼らの性情そのものを暗示しているのだ、といった指摘である。氏によれば、賈環の作った謎のつまらなさは、すなわち彼の性情のつまらなさを反映しており、また賈母という賈府の頂点に立つ者の謎は、賈府全体の行く末を暗示しているという。賈政の謎の答えである硯もまた、彼の「硬く四角四面な」性格を表すものなのであった。これは、『紅楼夢』においては、謎もまた詩のように、さらに言外の情報を読み手に伝えるものとしても機能し得ていることを指摘するものである。

『清代四大才学小説』を著した王瓊玲氏は、『鏡花縁』の灯謎を、『紅楼夢』のそれと比べながら、次のように述べている。

思うに李汝珍が並べたてた灯謎は、種類がとても多く、確かに大衆の趣味と文人の雅やかな興味を兼ね備えてはいる。ただ残念なことに、『鏡花縁』全体の中において、この種の灯謎は、数量は多いが、多くは李氏が自身の博覧強記ぶりと多才多芸ぶりをひけらかしているに過ぎず、『紅楼夢』のように、灯謎を人物の個性および運命に結び付けることはできなかったのであり、だから芸術的側面からいうなら、やはり一歩後れをとってしまうのである。(13)

王氏の評価は、残念ながら芳しいものではない。確かに『紅楼夢』の謎が物品を答えさせることが多く、たとえば第五〇回には、薛宝釵が、老齢の賈母のためにわかりやすい「事物謎」をしようと、わざわざ提案する場面があったりもするのであるが、それに比べて、『鏡花縁』の謎は書物中の一句を答えさせることが多いため、四書五経などを頭に備えていない者たちにとってはちんぷんかんぷんということになるわけなのである。ただし、『鏡花縁』にも、「事物謎」や「字謎」などは含まれているのであり、すべてが小難しい物ばかりとも言い切れないだろう。

また王氏が、『鏡花縁』の謎が人物の個性や運命につなげられなかったと述べることについては、以下のように、『鏡花縁』を擁護する意見も出されている。

> 『鏡花縁』の中の謎は、主要なのは才女たちの聡明さと才智を明らかにすることであるとはいえ、暗に才女の命運を込めてもいるのである。たとえば第八一回、師蘭言が顔紫綃にこう言うのである。「わたしは玉英、紅英、蕙芳、瓊芳、書香、秀英六名の姉さんたちのお顔に、みな好い結末を迎えない相が出ているように思います。玉英姉さんは、たとえ逃げおおせることができたとしても、一生一人でお暮らしになることを免れないでしょう。思いがけず『黄泉』『無根』『生死』などのことばが、彼女ら妯娌、姉妹、姑嫂六人の口から出てきたっていうのが、なんと不思議なことでしょう。」ここでいう「黄泉」は、銭玉英が「酒鬼――『孟子』の一句」という問題を出して、邵紅英が「下で黄泉を飲む」と言い当てたこと(八〇)、「無根」というのは譚蕙芳が「其の涸るるや、立ちて待つべき也――薬の名」という問題を出して、葉瓊芳が「無根水」と答えたこと(八一)、「生死」というのは、林書香が「轍天下を環り、卒に行に老いたり」という問題を出し、由秀英が「其の道を尽くして死する者」と言い当てたことを言う。この三つの謎は、一度に出現したものではないが、師蘭言はそれらを一緒に組み合わせて、この六名の才女の不幸な命運を暗示しているのである。[14]

ここにあるのは、何気なく織り込まれたように見える謎が、出題者と回答者の運命を暗示していることについての指摘である。この六人の才女は、いずれも既婚であるが、夫たちはみな武則天の仕掛ける「酒色財気」の陣の前に倒れてしまう。邵紅英、譚蕙芳、葉瓊芳、林書香の四人は、夫の死を知るや自ら首をはね、由秀英は剣を携えて復讐に向かい討ち死にする。生き残った銭玉英もまた、師蘭言の予言どおりに「一生一人でお暮らしになる」のである。しかも銭玉英と邵紅英は兄弟の嫁同士（妯娌）であり、譚蕙芳と葉瓊芳は姉妹、林書香と由秀英は嫁と小姑（姑嫂）の関係にあるから、それらの問いと答えは、姻戚関係にある人物同士で交わされていたということになる。つまり李汝珍はただ自作に謎を織り込んだのみならず、その置き方にも作為を込めていたのである。

そして、万巻の書をその身に備えていなければ読めないような印象のある『鏡花縁』も、灯謎にまつわる箇所などを見たとき、そうも言い切れないようだ。なぜなら、先に引用した智佳国の場面、その先には、次のような流れもまた見受けられるからである。

唐敖が言った。「九公さん教えてください。以前に途中で見た、目が手のひらに生えているのは、なんという国でしたっけ」多九公が言った。「それは深目国です。」唐敖は聞くと声を張って尋ねた。「ダンナよ、〝分明眼底人千里〟で国名を当てるというやつは、深目では？」老人が言った。「御前さま、正解でございます。」そうしてまた贈り物が送られてきた。周囲で見ていた人々は声を揃えて褒めそやした。「〝千里〟でもって〝深〟を表現するとは、本当にすばらしい思いつきだ。作る方もあっぱれだが、当てる方もあっぱれだ。」林之洋が言った。「九公さん教えてくれ、おれは人がむすめを〝千金〟と呼ぶのを聞くが、となると〝千金〟とはつまり女の子ということになるのかな。」多九公はうんうんとうなずいた。林之洋が言った。「もしそうなら、やつらの壁に貼ってある〝千金之子〟で国名を答えるというのは、女児国ということになるのでは？　ちょっくら聞いてみよう。」なんと林之洋、話し声が非常に大きかったので、その老人にはずっと聞こえていたから、急いでこう答えた。「お兄ちゃん、ご名答だよ。」唐敖が言った。「この〝児〟字で作ったのがなんともおもしろいな。」林之洋が言った。「あの〝永賜難老〟で国名を答えるやつは……」老人が笑って言った。「ここに貼ってある紙は〝永錫難老〟でして〝永賜難老〟ではございません。」林之洋は慌てて訂正した。「間違えた。その〝永錫難老〟というのは、不死国(ふしこく)では？　あと、その蟹が描いてあるやつは、無腸国(むちょうこく)では？」老人は言った。「すばらしい。」そうしてまた贈り物が送られてきた。（第三一回）[15]

答えとなっている深目国や不死国などは、いずれも古代の地理書『山海経』に典拠を持つ海外諸国である。無腸国は蟹の異名が「無腸公子」であることからのもの。それらの国々は、清代の人々にとって、すでに架空のものと言ってよいのだが、登場人物たちは物語前半部で、あらかたそれらの国々を経巡っているのであって、したがって智佳国の段階では、ほぼ読み手に共有されるものとなっている。智佳国の後に上陸する女児国についてもまた、この地とこの地の奇習については、黒歯国の終わりに言及がある（第一九回）ため、智佳国の時点ではすでに、読み手には既知のものとなっている。つまり、この場面の灯謎を楽しむためには、自分が読み進めてきた作品世界を理解してさえいれば、それでいいということになるわけなのであり、林之洋という、知識を持たない男がスラスラと答え上げるあたりにそれは現れている。

この灯謎のくだりはまるで、読み手に対しての、今までの内容を覚えているかどうかの試験のようで、ここで書き手は、経典知識ではないものを読み手に求めているのである。ちなみに四〇代の林之洋がここで「お兄ちゃん〈小哥〉」と呼ばれているのは、第六章で触れたように、彼はこの時点でヒゲがなく、見た目が二〇代のようになっているからである。このあたりの工夫もまた大変に細かい。

許桂林『七嬉』「氷天謎虎」に大量の灯謎が出てくることはすでに述べたが、その末尾に李汝珍が次のようなことばを残している。この記事からは、灯謎を介した李許二人の交流を見ることができる。

松石道人は言った。「わたしと氷天主人とは旧知の仲であり、謎をその昔、窓に貼ったこともございます。わたしはさらに別に、謎をたくさん持っていますので、世にもし呉君と同じ嗜好の方がおられるなら、まさに『鏡花縁』の中でお教えくださいませ。知音は大歓迎でありまして、ただ氷天の謎解き道場と比べて『寒くてぶるぶる震える』ことを免れるのであります。」(『七嬉』第二篇「氷天謎虎」松石道人の評[16])

松石は李汝珍の号であり、氷天主人は許桂林を指す。「知音」なることばが、音韻学者であった彼らにとって、特別の意味があっただろうことは、すでに第二章で述べた。「寒くてぶるぶる震える〈凍得戦兢兢〉」は、『西廂記』の中のことばであり、「氷天謎虎」中にも登場するもので、これは氷の世界に灯謎を提示した許桂林に対する軽口である。

彼らの生きた時代に灯謎が流行っていたことは、すでに顧禄の記事に見たことだが、とりわけ呉地方では『西廂記』をベースとした謎が流行っていたらしいことが、同時代の梁章鉅『浪跡叢談』「巻七・雑謎続聞」に見えている[17]。四書五経は当然として『西廂記』のような戯曲までもが素材となっていたことからは、この戯曲が、単に読まれ楽しまれるのみならず、ときに記憶される対象であったことを示している。なお、『西廂記』に絡んだ謎々は、『鏡花縁』に九則が、「氷天謎虎」に三二則が見え、これは割に多いようであるから、梁の記事を裏付けるものと言える。

灯謎は、今のわれらにとって、その前提知識があまりに違いすぎているため、彼らと同様に楽しむことは、いまや不可能となってしまっている。しかし当時の文人の趣向や傾向を知ることができる素材と言えるのであり、彼らが何をアタマに詰め、どのように出し入れしていたのかといった、そのことばと知識についての素朴な部分を、今に伝えるものと言えるだろう。

数理の楽しみ

先に、智佳国の人々が算学を得意としていることに触れたが、それが実際に読み手に開陳されるのは、智佳国の場面から遠く離れた後半部分の才女たちの宴の場面（第七九、九三回）においてである。その中心にいるのが、智佳国人の米蘭芬（べいらんふん）であるが、彼女は七九回では円卓の直径から周囲の長さを求めたり、大小九つの杯の重さを一つ一つ求めたり、雷の光と音からその距離を求めたりする。中でも「鋪地錦（ほちきん）」なる計算の方法と、籌（ちゅう）なる計算ボード（算木・算板）の開陳は、当時の民間の算学をうかがうことができる点で、大変に味わい深い。したがって、ここで詳しく述べておくことにしよう。

以下に引くのは、米蘭芬が算学に長けた少女であることを知った才女たちが、目の前にある円卓の、その周囲の長さを求めるよう、彼女に迫る場面（図1）である。

〔董青鈿（とうせいでん）は〕ついで目の前の円卓を指差して言った。「お姉さま教えてちょうだい、このテーブルは周囲が何尺かしら。」米蘭芬は卞宝雲（べんほううん）に物差しを求め、ちょいと当てて測ると、三尺二寸であった。すると筆を取り一つ「鋪地錦」を描（か）きだした。描き終わるとこう言った。「このテーブルの周囲は一丈と飛んで四分八ね。」蔣春輝（しょうしゅんき）が見て言った。「聞くところによれば、古法では直径一あたり円周三なんでしょう？」米蘭芬は

図1　テーブルを測る(孫継芳絵)

言った。「古法は正確ではないの。いま直径一あたり円周は三と一四一五九二六五と決まっていて、より精しくなっているのよ。ただ三一四のはじめ三つのみを用いて計算します。」(第七九回)[18]

「舗地錦」はかけ算のための場であり、これを使うことで目に明らかに計算を行うことができるといったものである(図2)。この種の「格子法」と呼ばれる計算法は、起源がインドもしくはアラビアといわれるが、中国では一六世紀末の『算法統宗』が初出という[19]。「因乗図」とも呼ばれる。まず桁数に応じてマス目を描く。二桁かける二桁なら横2縦2のマス目が描かれる。右の場合、二桁(三尺二寸)かける三桁(三と一四)なので、横2縦3のマス目が、計算の場として描かれることになる。特徴的なのは、その後、マスの右上から左下にかけて斜線を引く点だろう。そうして、それぞれの数をかけた答えを、該当するマスの下半分に入れて行く。答えが一桁なら下半分のみで済ませ、二桁なら十の位の数を上半分に入れて行く。すべての数をかけ終えたら、今度は下から、斜線に沿って、数をすべて足して行くのである。表の周囲の左上から右下まで、L字に数字を追うと、それが答えの数値になるというわけだ。むろん今のわれらのやり方に比べれば煩雑なようでもあるが、『鏡花縁』では、これが新しい、スッキリしたやり方として紹介される。

『鏡花縁』ではもう一つ、籌なる計算ボードが提示されるが、これもまた「舗地錦」と同様、抽象的な計算問題を視覚化する試みといえるだろう。計算のための道具自体は、戦国時代から使われていたと考えられているが、ここに登場する籌は、スコットランドの数学者ジョン・ネイピア（一五五〇―一六一七）が『算木術』の中で言及した「ネイピアの骨」の影響が考えられている。[20] 長方形の紙の上辺と下辺に九つの半円が記されたものだ（図3）。二籌なら九九の二の段が、八籌なら八の段の答えが一目瞭然になっている。下辺には一の位の数が、上辺には十の位の数が、半円の中に書かれている。

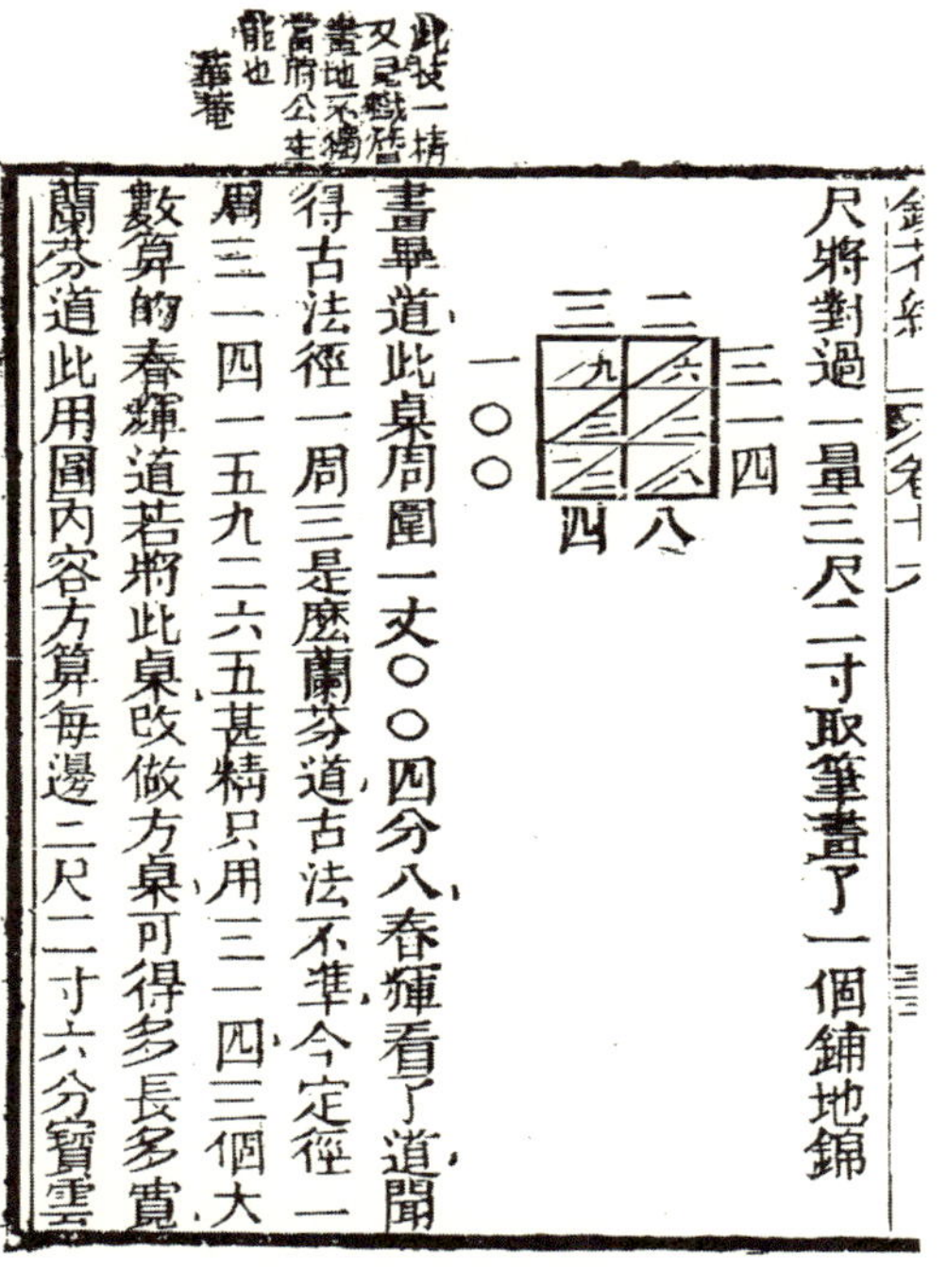

尺將對過一量三尺二寸取筆畫了一個鋪地錦
書畢道此桌周圍一丈〇〇四分八春輝看了道聞
得古法徑一周三是歷蘭芬道古法不準今定徑一
周三一四一五九二六五甚精只用三一四三個大
數算的春輝道若將此桌改做方桌可得多長多寬
蘭芬道此用圓內容方算每邊二尺二寸六分寶雲

図2　舗地錦（木刻本『鏡花縁繡像』より）

さらにこの籌の優れているところは、二桁以上の数にも用いることができる点にある。たとえば二八に一から九までかけたときの数を知りたければ、二の籌と八の籌を上下に並べることで、その解が一目瞭然になるというわけなのである。上の下辺についた半円と、下の上辺についた半円が合わせられて、真円になるといったあたりも、おもしろい。

ここで米蘭芬によって披露される算学知識は、とくに当時の数学の最先端の状況を反映しているというわけでは

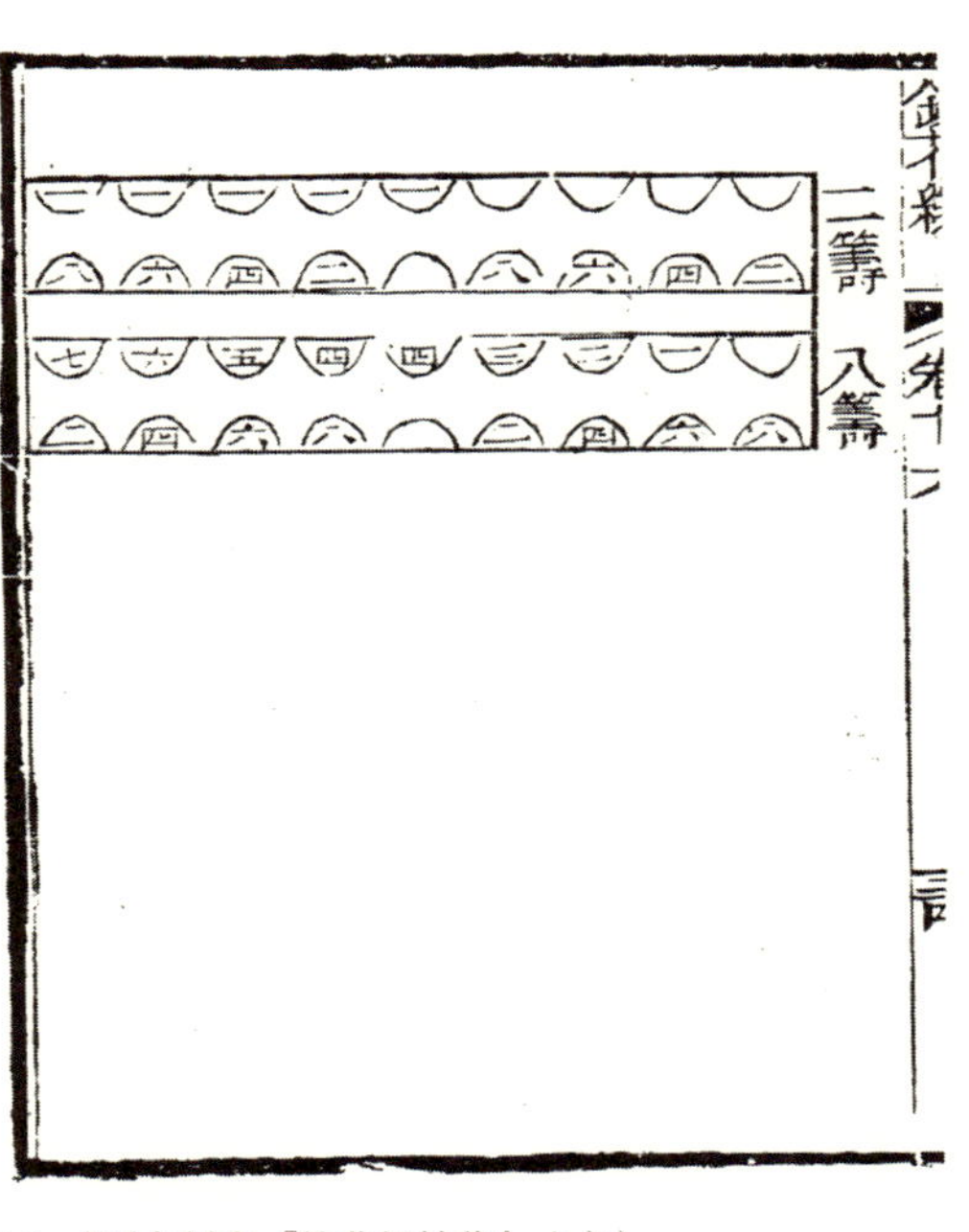

図３　籌（木刻本『鏡花縁繡像』より）

ない。それは、実用的な算法としてはまだ普及していないというだけのものであって、この場面における登場の価値は、その意味から考える必要がある。許桂林に『算牖』（さんゆう）なる書があり、これは『数理精蘊』（すうりせいうん）という初等数学の書から、実用によく用いるものを抽出して、簡便にまとめ上げたものであるが、これにもまた、籌算（巻二）および鋪地錦（巻四）について、紙幅が割かれている。それらは、西方のやり方と比べられて、以下のように評価されている。

桂林が考えるに、唐の瞿曇悉達（くどんしった）が九執の術を翻訳したが、その算法は文字を用いて乗除を行うものであった。『その字はみな一筆書きで成っている。すべての数は十に達すると、前の位に進められる。すべての空いた位には、常に点が一つ置かれる。』これはまさに今の筆算である。思うに西洋人は筆算を用いて長いわけだが、籌算が後から出て、より簡便になった。筆算と鋪地錦は互いに似ているようにうかがわれる。除法については、鋪地錦よりは優れているが籌算には及ばない。乗法についてもなお鋪地錦の明快で簡便であるのには及ばない。籌算は羅雅谷（らがこく）の古いやり方があるが、もともとは縦の籌を使っていて、非常に鋪地錦に似ていた。梅先生〔梅文鼎〕が改良して横の籌を用い、半円のエリアを設け、より精巧かつ簡妙なものとなり、乗法除法いずれも工程を省くことができるようになった。（許桂林『算牖』巻二「省乗法」）[21]

瞿曇悉達は玄宗皇帝に仕えたインド出身の天文学者であり占星学者。インドの暦法「九執術」を中国に伝えた。ゼロ記号「〇」もまた、彼によって伝えられたと言われる。引用は彼の『開元占経（かいげんせんけい）』巻一〇四からのものである。[22]羅雅谷（ジャコモ・ロー、一五九三―一六三八）はイタリア出身の数学者で、徐光啓（じょこうけい）（一五六二―一六三三）や湯若望（とうじゃくぼう）（アダム・シャール、一五九二―一六六六）らとともに、『崇禎暦書（すうていれきしょ）』の編纂に従事した人物。[23]羅雅谷の籌は縦のものであったようだから、先に述べた「ネイピアの骨」と同じようなものかもしれない。梅文鼎（ばいぶんてい）（一六三三―一七二一）は清初の有名な数学者で、西洋からもたらされた縦の籌は彼の書『籌算（ちゅうさん）』（一六七八）の中で横に並べられた。[24]

ここで許桂林が主張するのは、技術の習得により計算が簡便になったという点である。このような「簡単になること」への意識は、『鏡花縁』や『七嬉』の中に学問知識が織り込まれることと関係するから、本章末尾でも再び述べることになるだろう。

灯籠の数を数えること

算学問題については、もう一つ例を見ていきたい。上に灯籠に貼られる謎々の話をしたが、第九三回では、その灯籠自体の数が話題となっている。いま才女たちの眼前には、ある建物があり、その階下と階上に、それぞれ二種の灯籠が懸かっている。つまり四種の灯籠が存在していることになるのだが、以下に引くのは、階下の二種、すなわち、大灯球一つに小灯球二つが連なったものと、大灯球一つに小灯球四つが連なったものについて、米蘭芬が数えあげる場面（図4）からのものである。

卞宝雲は言った。「お姉さま、この四種の灯籠それぞれいくつずつか、数えられますかしら？」米蘭芬は「でもこんな算法、ありませんわ」と言い、ちょっと考えるとこう言った。「建物の上の階の灯球の数が大小いくつずつか、下の階の灯球の数が大小いくらずつか、はっきりわかるのでしたら、数えられそうな気がします。」宝雲が人に調べさせると、上の階は大灯球が三九六、小灯球が一四四〇、下の階は大灯球が三六〇、小灯球が一二〇〇だった。蘭芬は言った。「下の階から考えましょう。小灯球一二〇〇を半分にして六〇〇としてから、大灯球三六〇を引くと、残りは二四〇となり、これが小灯球四つ綴りの灯籠の数です。三六〇から二四〇を引くと、残りは一二〇となり、これが小灯球二つ綴りの灯籠の数です。これは『雉兎同籠（ちとどうろう）』の演算法を用いたのでして、多分合ってると思われます。〔略〕」（第九三回）[25]

図4　灯籠を数える（孫継芳絵）

「雉兎同籠」は日本の「鶴亀算」に当たるものだ。その演算法については、許桂林の編纂した『算牘』に、次のように解説がある。

頭と足の数から、それぞれキジとウサギの数を求める方法について。まず足の数を半分にする。そこから頭の数を引くとウサギの数になる。頭の数からウサギの数を引くとキジの数になる。たとえば、合わせて頭一五足四四あったとき、キジとウサギはそれぞれいくつか。足四四を半分にして二二、そこから一五を引くと余りは七で、それがウサギの数である。七を一五から引くと残りは八で、それがキジの数である。（許桂林『算牖』巻四「雉兎同籠」）[26]

この演算法はすでに［南北朝］『孫子算経（そんしさんけい）』に見える。[27] これは余談ではあるが、該書にはまた、六頭四足の獣と四頭二足の鳥の数を数える問題なども見えて、なかなかに楽しい。このように、算数の文章題が不条理なものになりやすいことは、上に見た『鏡花縁』の灯籠のくだりでも感じ取れることだろう。筆者はむしろ、引用にあった「宝雲が人に調べさせると」のあたりで、数百数千ある灯籠の数を調べにあるいは数えに行かされた下人の苦労こそがしのばれるのである。これは才学のために物語の情理が歪む例と言える。

先に灯謎を、日本の算額と合わせて触れたが、李汝珍および許桂林にとってもまた、別の意味で、灯謎と数理は近いものであったようだ。すでに『鏡花縁』においてその二つが、ともに智佳国に関連づけられていることは述べているが、許桂林『七嬉』「氷天謎虎」でもまた、山のような灯籠謎々の後に、上に記したような、灯籠の数を数える「雉兎同籠」の問題が提示される。つまりは、両作品に灯籠を数える問題が、共通してあるということなのだが、その提示の仕方はまったく異なっている。

主人は言った。「このあたりは氷を天とします。太陽や月の光は届きませんので、灯籠の火を明かりとします。今晩はとくに盛大です。灯籠は大きな球一つに小さな球二つが連なるものと、大きな球一つに小さな球四つが連なるものとがあります。あなたにはそれらの数がわかりますか？」呉は言った。「大きな球と小さな球の総数をお聞きできれば、五連のものと三連のものがそれぞれいくつずつなのか、わかります。」主人はほうと思い、こう告げた。「大きな球は三七二、小さな球は一二三二です。」呉は言った。「五連のものは二四四、三連のものは一二八です。」主人はその敏捷さに感嘆した。（『七嬉』「氷天謎虎[28]」）

先に示した『鏡花縁』の提示の方法は、確かにややこしいのではあるが、計算の途中経過が記されている点で、読み手をまだ念頭に置いている。それに対して「氷天謎虎」のほうは、どうだろう。それはただ答えを記すのみで、途中経過がまったく記されないのである。ここには書き手の側が、読み手との「雉兎同籠」という演算法の共有を、まったく疑っていないことが現れている。

あるいはこれは、その方法を知らない者にとっては、ある種の魔法のように感じられたものかもしれない。『鏡花縁』では、登場人物が〈仙品〉を獲得しそれを体内に取り入れる場面が時おり現れるが、筆者はすでにそのような記述を、本書第三章の〈縁〉に関する議論の中で、書物の外側にいる読み手たちが音韻学などの知識を、自身のうちに取り入れることの暗喩であると述べた。物語内の〈仙品〉は、暗に物語外の「学問知識」をいうものであり、『鏡花縁』という作品には、読み手とそれらの「縁の有無」が執拗に記されているのである。「才学小説」の名が冠される『鏡花縁』ではあるが、書き手とされる李汝珍の側には、とくに次に言及する音韻に関する箇所など、読み手を啓蒙しようとする教育的な配慮も、少なからずあったようであり、あるいは数理の点においても、その傾向を見て取ることができるかもしれない。

音韻学者の小説『鏡花縁』

第一章で述べたように、『鏡花縁』の書き手とされる李汝珍は、もともと大興(今の北京)の出身であり、一七八二年、彼が二〇歳くらいの時に、兄の李汝璜に付いて海州にやってきた人物と伝えられている。書き手のそのような来歴を反映してか、この小説のことばは清代北京語の小説、たとえば『紅楼夢』などのそれとは、様相を異にしている。かつて太田辰夫氏は、『鏡花縁』がどの地域のことばを反映したものであるかについて考察したが、清代北京語との比較を行った後に「作者・李汝珍は、貫籍は大興であっても、海州に来る前、すでに他の地、おそらくは江蘇北部に、幼少のころから移り住んでいたと推測せざるを得ない」と述べた[29]。また張訓(ちょうくん)氏はこの小説に二〇〇箇所以上用いられた海州および近辺の灌雲(かんうん)の方言から、「鬥趣(冗談を言う)」「出室(嫁に行く)」など二〇余りの語を抽出し、解説を施した上で、書き手が織り込んだ海州風味とでもいった味わいについて指摘している[30]。これらの、使用言語の方面からの読み解きは、北方の出身と伝えられる李汝珍が、南方の海州の地の影響を存分に受けた者であることを明確に示している。彼の来歴はまた、彼に言語を客観的に眺める姿勢と、その地域的差異に着目させる視点を与えたことだろう。

李汝珍の音韻学に対する基本的な意見は、『鏡花縁』の黒歯国の少女の発言に込められている。本書ではすでに二回引いている(第二章と第四章)から、繰り返し挙げることはしないが、それによればまず第一に、書物を読むにあたって、最も重要なことは、字母を弁えること、そして音韻の学が「絶学」(継ぐ者の絶えた学問)であり、初学者にとってよい韻書がないこと、とまとめることができる。

むろん、清代において音韻学は、顧炎武(こえんぶ)をはじめ戴震(たいしん)や段玉裁(だんぎょくさい)といった大学者の登場に見えるように、極めて高い水準に到達した学問と言えるのだが、『鏡花縁』においては一貫して「絶学」として扱われる。そのため物語では終始「重要なのに、些末なものとされる学問」といったムードを帯びることになる。そのムードは逆に廃れてしまった学問への「あこがれ」を派生させ、『鏡花縁』においては、その「あこがれ」を成就させる地として、岐舌国が設定されている（第二八―三二回）。岐舌とは舌先が二股になった状態をいい、書き手はそのような舌を持つ岐舌国人を、語学習得に長けた人々であるとする。そしてその『山海経』に由来する古地を音韻学者のユートピアに設定した上で、自身の編み上げた韻図（字母図）を披露するための場として用いるのである。

韻図は今の音節表にあたるものだ。『鏡花縁』の登場人物達が、この図の意味を感覚で身につけてゆく様子が描かれること、習得のかなわない者にとって「圏外」にいる気分が否めないといった事態となることは、第二章で述べたとおりである。ただし、先の算学問題の箇所で触れたように、書き手が小説にそれらを織り込んだ目的の一つには、一般に向けて平易に提示する、ということもあったらしい。本章では以下、音韻に関する遊戯[31]を見ていくが、それらの難解に見える遊戯もまた、李汝珍にとっては、教育と大いに関連していたものであったと思しいのである。

『李氏音鑑』について

まずは、李汝珍の音韻学の成果である『李氏音鑑』について、簡単に述べておこう。『李氏音鑑』六巻は、嘉慶一〇年（一八〇五）に成書し、嘉慶一五年（一八一〇）に版刻された[32]。李明友氏の年譜によれば、もともと一八〇三年の段階で『音学臆説（おんがくおくせつ）』の名で成書していたが、大幅な修正の後に『李氏音鑑』となったといい、氏は『李氏音鑑』の成書年を一八〇六年の冬とする[33]。ちなみに『鏡花縁』の第二稿の成書は、孫佳訊によれば嘉慶二〇年

『鏡花縁』は嘉慶二三年（一八一八）と言われるから、これは、（一八一五）であり、現存する最初の「蘇州原刻本」より一〇年ほど前のことと言える。[34]

『李氏音鑑』は、当時の北京音を基礎とし、下江官話（『李氏音鑑』では「南音」と呼ばれる）の音を取り入れながら作られた。これはすなわち、大興の李汝珍が海州へ行き、「南音」を知る許桂林らとともに音韻学を学んだ経緯と関係する。北京方言音韻体系におけるいわゆる「尖団両音の合一」を示した早期のものとして、その価値が認められ、その編纂については〈注重実用（実用を重視すること）〉〈注重今音（当世の音を重視すること）〉〈敢於変古（古来の枠組みに囚われないこと）〉の三点が意識されたとされる。

その具体的な成果として、声母を三三、韻母を二二に分けているが、[35]李汝珍はとくに声母の弁別に気を配っていたらしい。第二章で提示した韻図は、李汝珍の到達した音理を端的に示したもので（ただし字母を示す代表字は異なる）、声母の分類の際に、頭子音のほか、介音もまた視野に入れたことなどが特徴と言える。なお李汝珍は字母を示す際に、代表となる漢字を用い、音素文字を一切用いていない。

この代表字として用いられる漢字は、同音のあまたある文字の中から恣意的に選ばれたものであり、それらは三三字の「行香子」詞として表現される。ちなみに「行香子」は詞牌名で、詞牌とは詞における字数と平仄の型のこと。

春満堯天　　春の気は空に満ち、世は太平
渓水清漣　　谷川の水は、さらさらと流れる
嫩紅飄粉蝶驚眠　　赤い花びらが風に流され、蝶に眠りを妨げられる
松巒空翠　　山の松、青い空

鷗鳥盤翾　　鷗は空をめぐる
対酒陶然　　酒を前にして陶然として
便博箇酔中仙　　酔っぱらいの仙人となる

（訳は花登正宏氏による）(36)

これは日本の「いろはうた」と同様の趣向の下になるものといえる。ただし、自らの組み立てた音理に従い弁別した字母で新たな文芸を編み上げることへの情熱は、ひとり李汝珍のみならず、すでに明代蘭茂『韻略易通』（一四四二）に認められる(37)。『李氏音鑑』には、蘭茂の二〇文字からなる「字母詩」を皮切りに、多くの作品が並べられている。これらが字音学習者に寄与することは言うまでもないが、李汝珍のそれは、その語順が、そのまま彼の好んだ遊戯の前提となっている。その遊戯は「空谷伝声」（または「撃鼓射字」）と言い、音節を打撃音などによって表現するものである。

空谷伝声（撃鼓射字）について

「空谷伝声」ということばは、もともと『千字文』に由来し、静かな渓谷に音が遠くまで鳴り響いてゆくさまをいう。これは、字音、もっといえば音節をコード化し、そのコードに従って太鼓を叩いたり指を鳴らしたりして、相手と意思疎通する遊戯。「撃鼓射字」の名の方は、そのやり方を直接に表現したものである。字音のコード化とはつまり、字音の要素、例えば中国語なら、声母と韻母と声調の三種があるわけだが、それらを数値化し、組み合わせによって字音を表現するといったもの。実際に即して言うならば、中国語の教科書などの末尾に付録としてついている「中国語基本音節表」の、左端に縦に並ぶ声母と、上段に横にならぶ韻母とに、それぞれ番号を振り、その数を並べることで音節を示す、といったようなものだ。

『鏡花縁』でこの遊戯は、林之洋を中心に行われるのだが、彼はすでに述べたように、先の岐舌国の韻図の登場に際して、音韻学などさっぱりわからないまま、しかしそのからくりをいち早く読み解く者なのであった。一方でその読み解きに苦戦するのは、腹に学問を詰め込んだ多九公なのであって、ここには第四章および第五章でみた〈半〉そして〈女〉の優位が見られる。このような描かれ方からは、『鏡花縁』が音韻を学ぶことについて、知識の蓄積よりむしろ、直感的な要素を重視している点を読み取ることができるだろう。林之洋は韻図の並びにしたがって、次のように手を打ち始めたのだった。

林之洋は言った。「……〔略〕唐敖さんよ、おいらは空谷伝声をたたくぞ。中には典故があるのだが、当たるかしらん」言い終わると、手で一二拍打ち、しばらく休んでまた一つ打った。そして少し休んでまた四つ打った。唐敖と多九公の二人は聞いても呆然としてわからない。婉如が言った。「父さんが打ったのは、おそらく〝放〟字だわ。」林之洋は聞くと、喜びに眉を開き目を微笑ませ、うんうんとうなずいて言った。「将来また黒歯国へ行って、もし国母さまがまた才女を試験することがあったら、おいらは娘を送って行こう。おそらく一番をとって帰ってくることだろう。」唐敖が言った。「婉如さん教えてください。なぜ〝放〟字だとわかったのですか。」婉如は言った。「先に一二叩いたのは、この表の文字の順で一二行目ということで、次に一回叩いたのは、一二行目の一番目の字ということなんです。」唐敖が言った。「一二行目の一字目であるなら、普通は〝方〟字となるはずですが、なぜ〝放〟字なのでしょう」婉如は言った。「〝方〟字といっても、中には〝方、房、倣、放、仏〟、つまり陰陽上去入の五声が含まれています。だから三回目に四回叩いたことで、ようやく去声の〝放〟字が導かれるという訳なんです。」林之洋が言った。「君たち話すのは後にしてくれ。おいらのこの典故は、まだ叩き終わってないんだ。」(『鏡花縁』第三一回)[38]

そう言うと林之洋は、一一、七、四の順で叩いた。彼の打撃は、順に声母、韻母、声調を示している。これは「屁」字を表したものということになり、つまり林之洋は音で「放屁(屁を放つ)」と示していたのだった。字音のコード化という高度な操作の後に生み出されるものが、結果、これ以上ないほど下らないものであるあたりからもまた、彼らの趣向がうかがえるだろう。

音節のコード化ということを考えたとき、なぜ中国では長い間それが主流にならなかったのだろうかという疑問が浮かぶ。たとえば明代、すでに宣教師ニコラ・トリゴー(金尼閣(きんじかく)、一五七七―一六二八)[39]によって『西儒耳目資(せいじゅじもくし)』という韻書が編まれ、そこでは分析された字音がアルファベットで表現され得ていたわけなのだが、後の韻書はそれを発展させることもなく、従来通り反切の方法、つまり漢字二文字を用いて音を表し続けた。そして先に述べたように、『李氏音鑑』もまたその伝統に則り、字母を音素文字で表すということはしなかった。[40]ただし彼はこの「撃鼓射字」という遊戯のために『李氏音鑑』の紙幅を割き、字音が分かれうるものであることを、明確に目に見えるように、そして耳に聞こえるように表している。その意味で、漢字音をアルファベットで表す現代のわれらに、少し近づいていると言えるかもしれない。

彼は一つの字音の声母・韻母・声調の三要素を、図5のように三つの数字で表している。なお、『李氏音鑑』が採用したのは、いまわれらが一般に用いるアラビア数字ではなく、当時商業などに多く用いられた「暗碼(あんま)(蘇州号碼(ごうま)とも)」と呼ばれるもので、[41]たとえば図5の「𨸏」字下の数字は、「一・一・一」を示し、「銃」字下の数字は「一・三・四」を示している。

この「撃鼓射字」は、古くは［宋］趙與時『賓退録』に見え、［明］陶宗儀『南村輟耕録』巻一九「射字法」に詳しく紹介されている。(42) これは日本にも伝わり、江戸の遊びごとを記した博物書である『嬉遊笑覧』では、国学者の山岡浚明（一七二六―一七八〇）を引いて次のように説明している。

今小児の戯に、いろはの四七字を一紙に書、その中の字を、人にしるしをつけさせて、かたはらにて大鼓を打ち、この大鼓の数を、間を隔て是を聞て、その字は何の字なることをしるたはむれあり。是は、西土の撃鼓射字の戯なり。人、其名をしらず。そのさま、目付絵のごとし。(43)

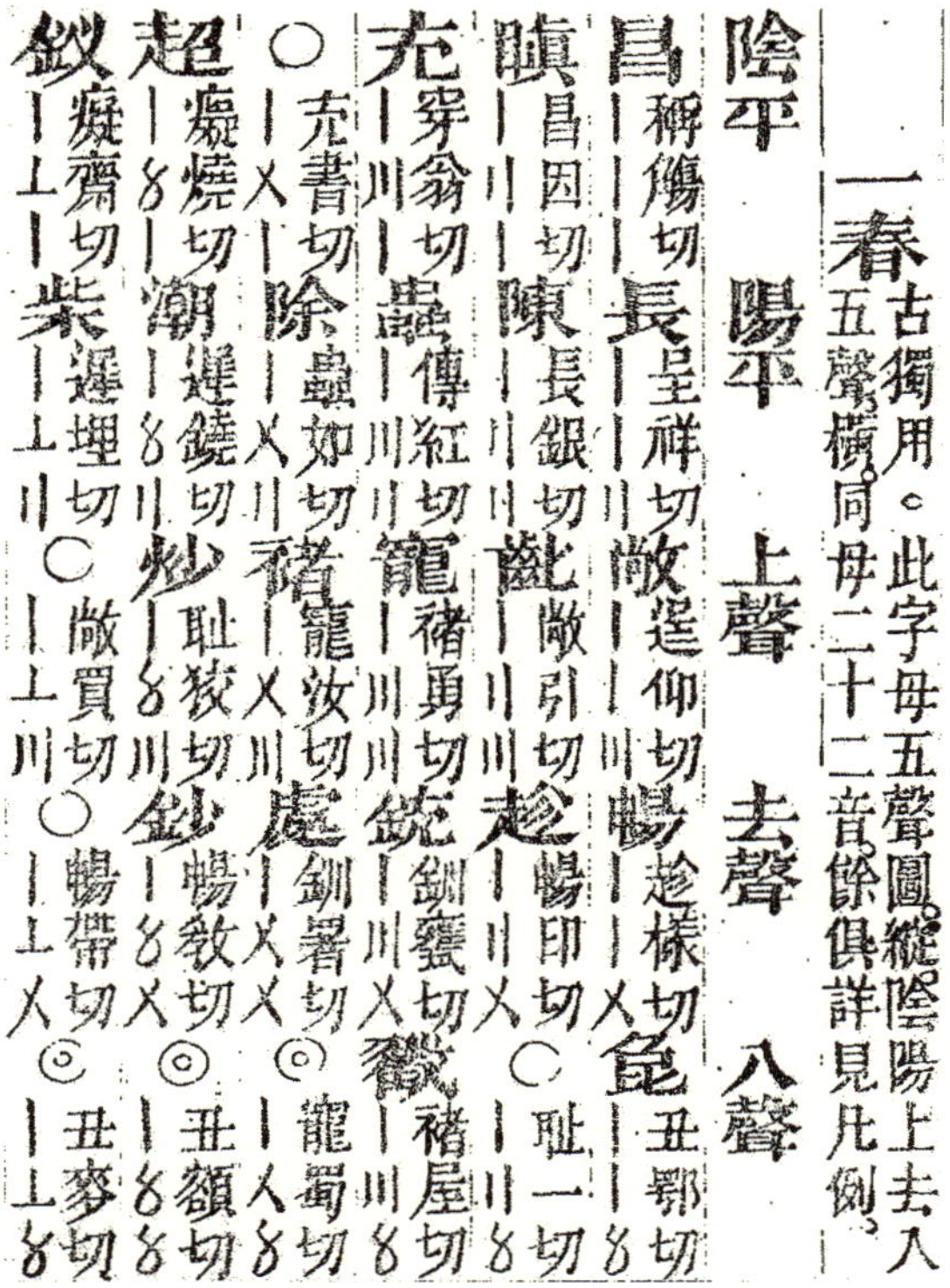
一春 古獨用。此字母五聲圖。縱陰陽上去入五聲 橫同母二十二音餘俱詳見凡例。

陰平	陽平	上聲	去聲	入聲
昌 稱傷切	長 呈祥切	敞 逞仰切	暢 趁様切	龟 丑鄂切
瞋 昌因切	陳 長銀切	𪘏 敞引切	趁 暢印切	○ 耻一切
充 穿翁切	蟲 傳紅切	寵 褚勇切	銃 釧甕切	歜 褚屋切
○ 充書切	除 蟲如切	褚 寵汝切	處 釧署切	◎ 寵蜀切
超 癡燒切	潮 遲饒切	炒 耻狡切	鈔 暢教切	◎ 丑額切
釵 癡齋切	柴 遲埋切	○ 敞買切	○ 暢帶切	◎ 丑麥切

図５『李氏音鑑』巻六「字母五声図」より

「目付絵」は、いくつか描かれた絵の中から一つに目を付けさせて、他の者が言いあてる遊び。なお、許桂林も『七嬉』の中で、「撃鼓射字」に興ずる人々を登場させ、この遊戯を〈手談（手による会話）〉と称し、遊戯が成立する「知音」同士の間で交わされる微笑みを好意的に描いている（第七篇「幻影山得氷天謎虎全本」)[44]。遊戯の基本となる韻図(『七嬉』では伝声譜という)や打撃の順序など、李汝珍のものとルールが違うことからは、当時における、この遊戯の豊かなバリエーションを想像できるかもしれない。

李汝珍がこの遊戯を自身の著作に載せた理由については、次のような表明がある。

この書は、もともと反切のために作ったものだ。この巻に撃鼓射字を付したのは、『賓退録』などの書にこういったくだりがあるからである。「その始まりはわからない。いま天下は太平にして、悠々として事もない。いたずらに一時の嬉笑を得るのみである。」しかしながら、これによって反切を求めれば、事半ばにして功倍し、手のひらを返すようにたやすいのである。これもまた音理を求めるにあたっての近道なのだ。故に反切を論じたのとは別に、その上これに言及するのである。(『李氏音鑑』巻五「前言」[45])

冒頭の引用に関して、「その始まりはわからない」は『賓退録』からのことばであり、「いま天下は」以降は『南村輟耕録』からのことばである。この一節からは、李汝珍は「撃鼓射字」という遊戯が、ただの暇つぶしのための遊戯に止まるのみならず、音理を求めるにあたっての近道、すなわち初等教育に益するものであると、真剣に考えていたらしいことがうかがえる。それは彼によって〈事半功倍(事半ばにして功倍す)〉と表現されたが、このことばは『孟子』「公孫丑上」に由来し、わずかな努力で大きな成果を上げることを表す。このような「いかに簡便で節約的であるか」といった文言はまた、清末にあまた現れる文字改革者たちが自身の構築した文字システムを提示する際に、よく付されるものであったようだ[46]。そしてこの〈事半功倍〉ということばもまた、ひょっとしたら、第四章で行った〈半〉の議論に関わるものかもしれない。

しかし、このように著作に遊戯的要素を入れたことは、『李氏音鑑』への評価を下げる結果をもたらした。一〇〇年ほど後に現れた胡樸安（一八七八―一九四七）は、以下のように『李氏音鑑』を糾弾している。

李氏のこの書は、精密な理屈にきわめて乏しく、敷衍のことばが非常に多く、反切の学においては重要な価値はない。字母で詞句を作るなど、悪習の弊が甚だしい。それは、字母の順序は音理を用いてただすべきであって、詞文にして表すべきではないからだ。撃鼓射字というのは、遊びの道具であるが、李氏は顧慮無く、再三このことに言及している。その書はただ、まだ学んだことのない者の興味を引くことができるだけのもので、音理を研究する者が手に取るようなものではないのである。（胡樸安『文字学研究法』[47]）

「字母で詞句を作る」というのは、先に触れた「行香子」詞への言及であるだろう。すでに述べたとおり、この趣向は実用的であるばかりか、とくに李汝珍独自のものとも言えないわけなのだが、この種の「たわむれ」を音韻学の書に載せたことじたい、胡樸安の気に入らなかったようなのである。現代においてもまた、李汝珍の反切に対する知識の不確かさが指摘されることがある[48]し、胡樸安も「遊ぶ前に、しっかりやれよ」といった気持ちだったのかもしれない。

ちなみに胡適は、李汝珍が辞典類などの解説において「実のところ等韻学の要領をつかんではいない〈実未窺等韻門径〉[49]」と非難されることを取り上げたうえで、李汝珍の編纂意図、すなわち〈注重実用〉〈注重今音〉〈敢於変古〉の三点を挙げながら、『李氏音鑑』が初学の者に益するよう、実用を重んじる意図をもって編まれた書であることを述べ、彼を擁護する態度をとっている[50]。胡適の判断によれば、李汝珍は『李氏音鑑』において、精緻さよりも別のものを提示したかったのだ、ということになるだろう。

『李氏音鑑』が、同時代に実際によく用いられたものであることを伝える好意的な評に、次の梁紹壬(一七九二―?)のものがある。

反切の学は、近ごろでは重視するものがほとんどいない。いなかの教学は、二字を入れ替えて発音して帰字の字音を得るのだが、これはでたらめな話である。双声がわからなければ、反切はできず、字母を弁別できなければ、双声はわからない。字母を弁別するのは難しいことではなく、ただ口で練習して慣れるだけである。大興の李氏の音鑑一書は、非常にはっきりと通じており、これを繰り返し用いれば、きっとおのずと習得できるだろう。(梁紹壬『両般秋雨盦随筆』巻四「反切」)[51]

梁紹壬は、道光の挙人であり、李汝珍の一世代くらい後の文人である。この一節は、字音を知る上で双声(声母が等しい二字の熟語)が重要であることに触れている。のみならず、初学の者が字音を学ぶに際して『李氏音鑑』は適切なものであると、ある後世の一文人によって、考えられていたことを示している。おそらく教育の現場はもっといい加減で、音韻学の先生方の理屈など、用いようのないものだった。李汝珍は、その間をつなぐ者として、いかに提示すれば簡便に飲み込めるようになるかといった心持ちでいたのではないだろうか。

「撃鼓射字」に関しては、清末に、専門書『重訂空谷伝声』[52]が出版されている。その前言には以下のような、文字を知らないものたちに益する、といった方向での推薦のことばが寄せられている。

老若男女、字を識っている者も識らない者も、口でこれを授ければ、たちどころに理解できないことはない。しかし童蒙の時はわりに耳に易く、読書人であればさらに一度見ればすぐ理解できるのである。(『重訂空谷伝声』汪鎏の「序」)[53]

わたくしが願いますのは、郷学の先生方にそれぞれこの書を一つ置いていただきたいということで、子どもたちをこの道へ誘い導き、詩文の音律を整えるために使われたなら、裨益するところは浅くないのであります。(同書、薛時雨の「序」、光緒七年)[54]

著者の汪鎏は全椒(今の安徽省全椒県)の人であり[55]、薛時雨もまた同様。光緒七年は西暦に直せば一八八一年である。これらの記事からは、「撃鼓射字」という、われらにはひどく繁雑で難解なように見える遊戯もまた、清末には児童教育に益するものとして好意的に受けとられ、それで遊ぶことを推奨する大人たちが少なからずいたようだということが確認できる。彼らはその教育的効果について、李汝珍と思いを同じくする者たちであったと言えるだろう[56]。

そしてまた、李汝珍が『鏡花縁』に算学問題を盛りこんだ裏には、こういった意識も、少なからずあったのではなかろうか。ただし知識をたくさん蓄えた彼が、微笑みながら、子どもたちのために腰をかがめて目線を合わせる際の、その方法が、なんだかうまくいっていない、それだけのことのようにも思われるのである。それは実は二〇世紀の中国の児童文化にも通じるものがあるようなのだが、それはまた稿を改めて述べる必要があるだろう。

(1) 李汝珍『鏡花縁』(前掲)上巻、一六三―一六四頁。
(2) 棲雲野客『七嬉』(前掲)上巻、第二葉表―裏。
(3) [宋]李昉『太平広記』(前掲)第一〇冊、四〇三〇―四〇三二頁参照。
(4) 李汝珍『鏡花縁』(前掲)上巻、二二四―二二五頁。
(5) 灯謎については、[清]梁章鉅撰『帰田瑣記』(清代史料筆記叢刊、于亦時点校、中華書局、一九九七)「灯謎」「近人雑謎」(二四〇―二四三頁)、銭南揚『戯文概論・謎史』(中華書局、二〇〇九)所収『謎史』(二四一―三三五頁)、程哲民編著『謎海』(遊芸叢書之一、台湾世界書局、一九七二)参照。
(6) 顧禄『清嘉録――蘇州年中行事記』(中村喬訳注、東洋文庫、平凡社、一九八八)五五頁。
(7) 桜井進『江戸の数学教科書』(集英社インターナショナル、二〇〇九)一四―一八頁。
(8) 蘇才果「虎虎有生気――虎年説「虎」謎」参照。陳振鵬主編『謎話』(上海古籍出版社、二〇〇三)一二〇―一二一頁。ここではさらに、「虎」が、「狐」「糊」「胡」などの文字と同音であることを指摘しておきたい。これらは、周縁のもの、形の定まらないもの、といった、「模糊としたもの」をイメージさせる語であるが、「虎」と謎とが重ねられた理由は、このあたりにも求められるかもしれない。
(9) 拙稿「氷の世界に迷うはなし――『七嬉』「氷天謎虎」試訳ノート」(『饕餮』第一九号、中国人文学会、八四―一一八頁、中国人文学会、二〇一一・九)参照。
(10) 銭南揚『戯文概論・謎史』(中華書局、二〇〇九)二九七頁。
(11) 李剣国・占驍勇『《鏡花縁》叢談――附《鏡花縁》海外考』(前掲)一八六頁。
(12) 樊慶彦「《紅楼夢》中的文字遊戯及其文化意蘊」(『紅楼夢学刊』二〇〇七年第四輯、一四二―一五五頁、二〇〇七)一五〇頁。
(13) 王瓊玲『清代四代才学小説』(前掲)四七三―四七四頁。
(14) 李剣国・占驍勇『《鏡花縁》叢談――附《鏡花縁》海外考』(前掲)一八八頁。「下で黄泉を飲む」は『孟子』「滕文公下」のことば。「其の涸るるや、立ちて待つべき也」は『孟子』「離婁下」のことば。「無根水」は、井戸や川などではなく、雨水や雪などを溶かしてとった水のこと。「轍天下を環り、卒に行に老いたり」は韓愈「進学解」のことば。「其の道を尽くして死する者」は『孟子』「尽心上」のことば。これらのことばは、いずれも不吉なムードに包まれている。

(15) 李汝珍『鏡花縁』(前掲)上巻、二二五頁。
(16) 棲雲野客『七嬉』(前掲)上巻、第二五葉裏―第二六葉表。
(17) [清]梁章鉅『浪跡叢談』(清代史料筆記叢刊、陳鉄民点校、中華書局、一九九七)二二三―二二六頁参照。
(18) 李汝珍『鏡花縁』(前掲)下巻、五八四頁。
(19) ジョセフ・ニーダム『中国の科学と文明』(四)数学(東畑精一・藪内清監修、思索社、一九九一)七二―七四頁。
(20) 同右八二―八四頁。
(21) 許桂林『算牖』(上海図書館蔵、道光一〇年刊)巻二、第六葉裏―第七葉表。
(22) 李迪『中国の数学通史』(大竹茂雄・陸人瑞訳、森北出版、二〇〇二)二二五―二二六頁。
(23) ジョセフ・ニーダム『中国の科学と文明』(五)天の科学(東畑精一・藪内清監修、思索社、一九九一)、三三六頁。
(24) 李迪『中国の数学通史』(前掲)二三二―二三三頁。
(25) 李汝珍『鏡花縁』下巻、七〇〇頁。
(26) 許桂林『算牖』(前掲)巻四、第九葉裏―第一〇葉表。
(27) [唐]李淳風注『孫子算経』は、『叢書集成新編』(新文豊出版、一九八五)第四一冊所収のものを参照。
(28) 棲雲野客『七嬉』上巻、第二三葉裏―第二四葉表。
(29) 『中国語文論集・文学篇』(汲古選書一一、汲古書院、一九九五)四七〇―四八九頁を参照。引用は四八八頁。初出は『東方学』第四八号(一九七四)、五七―六九頁。
(30) 張訓「《鏡花縁》海、灌方言浅釈」(『明清小説研究』総三四期、一九〇―一九五頁、一九九四)参照。
(31) 『鏡花縁』における音韻学については、すでに陳光政「述評鏡花縁中的聲韻学」(『聲韻論叢』第三輯一二五―一四八頁、中華民国聲韻学学会輔仁大学中国文学系所主編、一九九一)、倪永明「《鏡花縁》韻学談」(『鎮江師専学報』社会科学版、二〇〇一年第一期六五―六八頁)などにまとめられている。
(32) 『李氏音鑑』(前掲)所収の李汝璜の序と呉振勃の後序より。参考書として、趙蔭棠『等韻源流』(商務印書館、一九五七)、応裕康『清代韻図之研究』(弘道文化事業、一九七二)、永島栄一郎「近世支那語特に北方語系統に於ける音韻史研究資料に就いて」(『言語研究』七―八、日本言語学会、一九四一)、永島栄一郎「近世支那語特に北方語系統に於ける音韻史研究資料に就いて(続)」(『言語研究』九、日本言語学会、一九四一)、王力『漢語音韻学』(『王力全集』第四巻所収、山東教育出版社、一九八六)、日下恒夫「中国近世北方音韻史の一問題――北京方言声類体系の成立」(『東京都立大学人文学報』第九一号、六七―八四頁、一九七三)などを参照した。

(33) 李明友『李汝珍師友年譜』(前掲)二四七、二八四頁。

(34) 孫佳訊『《鏡花縁》公案弁疑』(前掲)一七―二六頁参照。

(35) 李汝珍の音理について、応裕康、趙蔭棠、永島栄一郎、王力らによる推定音価を参照した。

(36) 花登正宏「漢字の魅力と魔力――「反切」の成立とその応用」(『ことばの世界とその魅力』一六七―二一二頁、東北大学出版会、二〇〇八)参照。引用は二一一頁、注四一。

(37) 李汝珍『李氏音鑑』(前掲)巻五、第五葉表。

(38) 李汝珍『鏡花縁』(前掲)上巻、二二二―二二三頁。

(39) [明]金尼閣『西儒耳目資』(文字改革出版社、一九五七)参照。

(40) ただし、清代にも反切以外の表音法は試みられているのであり、裕恩『音韻逢源』(一八三九以前の成立)では、「音はあっても字のないもの」について、反切と満洲文字という表音文字による音注が施されたという。武田雅哉『蒼頡たちの宴――漢字の神話とユートピア』(筑摩書房、一九九四)一八八―一八九頁参照。

(41) この数字は、『算法統宗』(一五九三)以前の印刷物には見られないものという。ジョセフ・ニーダム『中国の科学と文明』(四)数学(前掲)一六頁注bなど参照。後にまた湖北江陵の田廷俊も『数目代字訣』(一九〇一)の中で、アラビア数字を用いて漢字音を表記する体系を提示している。武田前掲書二〇九―二一〇頁参照。

(42) [明]陶宗儀『南村輟耕録』(元明史料筆記叢刊、中華書局、一九五九初版、一九九七)二二二―二二四頁。

(43) 喜多村筠庭著『嬉遊笑覧』巻之四(長谷川強ら校訂、岩波文庫版第一冊所収、二〇〇二)三九三―三九四頁。なお喜多村は「此法、もと『賓退録』に出。文字一つに、掌を拊つことあまたにて、煩はしき法なり。」といったコメントを付している。

(44) 拙稿「音韻遊戯――『鏡花縁』と『七嬉』を中心に」(『饕餮』第二二号、六〇―八三頁、中国人文学会、二〇一四・九)参照。

(45) 李汝珍『李氏音鑑』(前掲)巻五、第一葉表。

(46) 清末のいわゆる文字改革運動と、あまた現れ出た字音表記のための新システムに関しては、武田前掲書一九一―二四〇頁「バベルへの挑戦」に詳しい。

(47) 胡樸安『文字学研究法』(西南書局、一九七三)二一四—二一八頁参照。引用は二一八頁。
(48) 兪敏「李汝珍《音鑑》裏的入声字」(前掲)参照。
(49) もともとこのことばは、労乃宣『等韻一得』に由来する。王力『漢語音韻学』(前掲)中の参考資料「労乃宣論等韻諸家」(一五七—一五九頁)参照。
(50) 『胡適全集』(前掲)第二巻、七〇四—七〇九頁。
(51) 『両般秋雨盦随筆』は、『清代筆記叢刊』(前掲)巻三所収のものを使用。「反切」は二四五九頁。
(52) [清]汪鋆『重訂空谷伝声』(上海図書館蔵、一八八二)参照。
(53) 同右。
(54) 同右。
(55) 許嘉璐主編『伝統語言学辞典』(河北教育出版社、一九九〇)四三九頁。
(56) 「撃鼓射字」の遊戯は、その後、清末の文字改革運動の流れの中でも取り上げられた。沈韶和は一九〇六年に上海で出版した『新編簡字特別課本』において、自作の音節文字を発表し、その付録に「空谷伝声法」を添えたという。武田前掲書二三四—二三六頁参照。

結びにかえて

本書を締めくくるにあたり、ここで、筆者の現在における結論を記しておきたい。

『鏡花縁』という物語についての、筆者の基本的な読解は、それが〈圏〉という観念が強く意識された物語であるということに集約される。登場人物たちはいたるところで〈圏〉を成すが、書き手は〈圏〉の内外についてもまた意識を向ける。それは小さなものなら、登場人物の間で交わされる経書や音韻、謎々や算学などの会話の話で、大きなものなら、『鏡花縁』という書物全体の話になる。

〈圏〉は、その内部では「わかるもの」たちが微笑みを交わし合い親和するといった状況があり、一方、外部では「わからないもの」たちが笑われたと思って悔しがるといった状況がある。そして読み手がどちらに入るかで、それらはおもしろいものとも、つまらないものとも解釈されるというわけなのだ。ここで最も重要なのは、そのことが、第一六回の毘騫国の場面にきちんと記され、書き手の自覚としてうかがえるということだ。この〈圏〉が岐舌国の音韻遊戯の箇所において、生き生きと描写されていることもまた、音韻学者であった書き手を考える上では、非常に重要であろう。

さらに書き手は、〈圏〉の中にいるのか外にいるのか、すなわち「わかるもの」なのか「わからないもの」なのかを分けるのが、〈縁〉の有無であると考えた上で、物語にそう描出してもいる。『鏡花縁』の物語には、有縁と無縁の対立が各所に描かれ、とくに末尾の「あとがき」の部分に明確に現れているあたりからは、この〈縁〉なる観念が『鏡花縁』という物語の基本的性格と関わり、書き手と読み手の間に共有されていたことがうかがえるのである。

では本書において、その次に話題とした〈半〉とは、いったいなんであったか? それは書き手の成した〈圏〉の中にいる人々が「おもしろい」と思っていたことがらの基調となる要素と言える。〈半〉は、未完の状態を指し、伸縮自在の柔軟さを備え持つが、それこそが〈圏〉内の人々が笑い合うポイントの一つであったようだ。そして、その種の〈半〉を「おもしろい」と思う書き手の傾向こそが、女や子ども、さらにこまごまとした知識を引き寄せ、『鏡花縁』を肉付けしている。「半可通」といったことばが示すような、〈半〉を一等低いものと見なす態度は、『鏡花縁』において逆転し、〈半〉の顕彰は〈女〉ひいては〈小〉の顕彰につながっている。

筆者は第五章の末尾において、『鏡花縁』という作品が李汝珍の成した「璇璣図」であり、読み手に対峙する鏡に他ならないことを指摘した。ならば第六章と第七章は、『鏡花縁』に照らされた筆者自身が映し出された像であると言えるだろう。この二つの章は、林之洋の纏足の場面とそのモチーフの展開、経書や音韻に絡んだ遊戯的要素について取りあげ、分析を施したものだが、これらを興味深いと思うことじたい、筆者自身の内部に由来するものなのである。『鏡花縁』に限らず作品論というものは、評者の内面を映し出さずにはいられないものと言えるが、書き手にそのことじたいが意識されていたように読める点で、『鏡花縁』はなかなかにあなどれない作品なのではないだろうか。

本書が取りこぼした、しかし今後きちんと論ずべきと思われる点についても記しておきたい。それは二つある。

一つには、この物語が海外遊記の体を成しているということである。それは書き手の奔放な批判精神を発揮させるのに都合がいいものであるが、同じ頃に世界では『ガリバー旅行記』(一七二六)や、風来山人(平賀源内)『風流志道軒伝』(一七六三)など、類似のプロットを持つ作品が生みだされている。加えて、李汝珍の過ごした乾隆後期から嘉慶道光にかけては、イギリスの外交官であるマカートニーらが皇帝への謁見を求めてやってきたころでもあり、中国が西洋との、具体的な関係を持ち始める時期でもある。『七嬉』第六篇「鸜鵒地」には、明らかに、明末にもたらされた世界地図が影響している。李汝珍やその周囲にいた人々の世界認識の程度を計ることを含め、類似の文学作品との詳細な比較が必要かもしれない。

もう一つには、この『鏡花縁』という物語が、清末ころから、ビジュアルをともなって語り直されるということである。それまで文字で書かれた小説という形でしか伝わらなかった物語が、人物や場面を描いた挿絵とともに読まれるようになる。民国期には、演劇に改編されたりもしている。新中国建国ののち文革後までは、そう大きな動きはないようだが、一九八〇年代に入ると、児童向けのリライトは枚挙にいとまがなく、テレビドラマや連環画やアニメーションなどの形でも享受されるようになる。テーマパークもまた、いくつか作られた。それらの梗概はすでに簡単にまとめてある(拙稿「花とオジさん――二〇世紀における『鏡花縁』物語の描出と受容」(『連環画研究』第六号、一一一―一三〇頁、連環画研究会、二〇一七・二)ので、ご興味の向きは参照されたい。二〇世紀における受容のさまを詳細に検討することで、『鏡花縁』という作品の新たな側面がまた、浮き彫りになることだろう。

本書の冒頭でも述べたように、『鏡花縁』の物語は、今のわれらの情理や感性から、大きく隔たっている。筋の展開の仕方、伏線の潜ませ具合、虚構へのまなざし。そしてそれらから想像される書き手や読み手といった清代文人たち。この小説を真剣に読み始めた修士課程のころは、回りくどい部分や飛んでる部分ばかりが気になって、書き手のおもしろがっているポイントが、さっぱりわからなかった。恩師のお一人から「少見多怪（シャオジェンドゥオグァイ）」なるあだ名をいただいたのは、そんなころだ。「少見多怪」とは、目にするものが少ないと、多くの疑念が起こる、といった意味であり、つまりは不見識であることを指摘し、戒めることばである。アホな院生だったとはいえ、そのくらいは知っていたから、言われるたびにヤダなあと思っていた。しかし、理由はすべてこちら側にあったのであり、当時のわたしは、『鏡花縁』という物語を、「ヘンな話！」と、ただ騒ぎ立てるばかりだったのである。そしてこのあだ名こそが、わたしにとっての緊箍児（きんこじ）（孫悟空の頭の輪っか）となり、ヤダなあと思うたび、多くの本をめくるよう、うながされていった。いつしか物語にも慣れてゆき、騒ぐことはなくなっていったが、いまとなっては、逆に、「少見多怪」だったからこそ、続けてこられたのではないかとも考えている。

どういうことか？　対象への引っかかりは、じつは、知識がありすぎるとうまくいかない。加えて、偏見もまた重要だ。引っかかりがないと、何でも受け入れて、わかった気になって、どこかの誰かが言った論を当てはめて納得して、それで終わってしまうのである。対象がなんの引っかかりもなく、すんなり腑に落ちてしまったら、長くつきあうことは難しい。人と同じかもしれない。不思議だとか、変だとか、ちょっとした引っかかりがあるからこそ、調べて考える気にもなるのだ。むろん人生は短いから、何でもわかったことにして日々をこなすことだって、誰に咎められることでもないが、わたしにはできなかった。結果、清代文人のアタマの中をのぞこうと、長い時間をかけて『鏡花縁』と向き合うことになってしまった。

当時の人々は、今のわれらと、大いに異なっている。計算の方法や、漢字の字音の表し方からして、違っている。その違いは、何気ないことばの連なりや単語の選択、プロットなどにも潜んでいる。いまだって、国ごとに、地域ごとに、人ごとに、さまざまなのだが、清代文人はその隔たり具合が段違いだ。ただし、彼らにとってはおかしなことなど何もなくて、そのあたりからは、人間のありようの可能性の幅といったものが垣間見えるのである。だから、もしあなたが身の回りのさまざまなことについて「なんか違うな」と、違和感を覚えることがあるのなら、外国の古典を、できるだけ原典に近い形で読んでみるといいかもしれない。それは「わたし」「わたしたち」といった〈圏〉を、少し抜け出すといった経験をもたらすことだろう。初めは混乱するかもしれないが、しばらくしたら、こんな考え方もあるのかと、少し楽になるかもしれない。今の時代、外国文学や古典文学を読む、その真の価値は、そのあたりにこそあるのではないだろうか。

博士課程を終え、就職がうまく決まらず、いろいろなことがどうでもよくなってきたころ、いつ辞めても悔いのないようにしようという気持ちで、今まで書いてきた『鏡花縁』関連の論文を一冊の本にまとめることを思い立った。若いころには〈縁〉だの〈半〉だのと、抽象的で茫漠としたことばかりが気になっていたのに、少し年をとって、纏足とかことば遊びとか、具体的で文化的な側面に強い興味を抱くようになっていた。『鏡花縁』には至るところ、こまごまとした知識とこだわりがひしめいている。本書の第七章は、唯一そういった要素に、真正面から取り組んだものだが、ここにいたってようやく、『鏡花縁』読解の入り口に立つことができたと言うべきなのかもしれない。本書を構成する七つの章は、過去に論文や研究ノートなどの形で発表したものばかりであるが、一つのまとまりとして提示するにあたり、大幅な修正と加筆を施した。当時の発想はなるべくそのままに、しかしそれを説明するための論理や順序は、いま現在のものである。

大学に入学してから、はや二十数年、多くの方にお世話になってきた。ここではとくに、須藤洋一氏（北海道大学名誉教授）、武田雅哉氏（北海道大学教授）、松江崇氏（京都大学准教授）のお三方の名前を挙げたい。

須藤先生には、長年にわたり指導教官になっていただき、昼夜を問わず、学問の自由さと懐の深さを学ぶ機会を与えていただいた。武田先生からは、いまも身近で、学問のおもしろさと厳しさと、達人の流儀とを学ばせていただいている。松江先生には、音韻学をはじめとする「ことば」の問題について、多くの蒙を啓かされた。わたしはこの三名の先生方から多くの刺激を受けながら、博士課程とその後につづく、長いトンネルを歩んできたのである。その間、およそ一六年。途中は、楽しいことばかりではなかったし、将来の不安もあり続けたが、それほど深刻にならずにいられたのは、先生方がいつも鷹揚に構えてくださり、ふらふらしがちなわたしの精神的な重石となってくださっていたからであろう。そしてまた、先生方が守り続けてきた「北大中文研究室」が、わたしの寄る辺となったからであろう。

それは時代の流れとともに、名前や所属をいろいろに変えた。しかしそこには一貫して、成功した者が得意になりすぎないように見守る厳しいまなざしがあった。のみならず、失敗した者を前向きな気持ちにさせるムードも漂っていた。意見を自由に発信することが奨励され、そのための多くの場にも恵まれていた。諸先輩方や後輩の皆さんには、わたしの『鏡花縁』に関するとりとめない話を、幾度も聞いていただき、意見をいただいた。それらすべてが、本書の隅々に息づいている。本書の語り方や方法は「中国文学研究」の王道からは外れたものであるかもしれないが、それでも世の中に、少しなりとも「価値がある」と判断され、受け入れられることがあるのなら、すべてはこの環境のおかげなのである。

近ごろ、文学研究への風当たりは、どんどん強くなっているようだが、それでも北海道大学には今でも、こういった場の存続と、わたしのようなポストドクターの「風よけ」に奔走してくださる先生方が、少なからずおられるようだ。わたしに一〇年間ついていた「専門研究員」という肩書きも、「あなたは博士の学位を取って、でも居場所がないようですけど、まだ居続けていいですよ」といった、大学からの賜物であり、ならば本書を北海道大学出版会から出そうと考えるに至ったのも、自然の成り行きと言えるだろう。それは本質的に、北大という場を抜きに語れないものなのである。

本書は、北海道大学大学院文学研究科の一般図書刊行助成を得ることがかない、文学研究科の「楡文叢書」として刊行されることになった。査読をお引き受けいただいた先生方や、審査の業務に携わられた研究推進委員会および研究推進室の方々には、さまざまなご助言とお力添えをいただいた。編集を担当してくださった北海道大学出版会の佐藤貴博氏は、わたしのような未熟な書き手を、寛容に辛抱強く見守ってくださった。この場を借りて感謝申し上げる。

本書を手に取られた方が、『鏡花縁』の世界に、ひいては中国古典小説の世界に、少しでも興味を持っていただけたら幸いである。

蘇州原刻本の登場から二〇〇年目、二〇一八年一二月の札幌にて

加部勇一郎

付録　『鏡花縁』『七嬉』あらすじ

付録一

『鏡花縁』あらすじ

第一回

三月三日は西王母の誕生日。百花仙子は百草、百果、百穀といった仙子らと連れだち、宴会の開かれる崑崙山へと向かっていた。彼女は途中で女魁星に出くわす。それは、下界の女性の人文が盛んになる兆しであった。宴会の会場には、あまたの仙人や星君らが集い、仙界の料理や酒が振るまわれた。

ほどなくすると、嫦娥が百鳥大仙と百獣大仙に、西王母の前で配下の仙童らに歌舞を披露させるよう促した。彼らは一度は辞退するも、手下に歌舞の披露を命じ、西王母を喜ばせた。次いで嫦娥は百花仙子に、四季の花々を一度に咲かせて、酒興を添えるよう提案した。言われて百花仙子、花々はすべて、その開花の時期が厳密に定められているものだと強く主張し、嫦娥の提案を却下した。

第二回

傍で嫦娥と百花仙子のやり取りを聞いていた風姨が、嫦娥の側に立ち、時宜に違う開花の例をさまざまに出すことで、百花仙子に反論した。旗色の悪くなった百花仙子は、勢いのままに、万が一にでも百花斉放がなされるようなら、人間界にて無辺の責め苦を受けてもいいと断言。このいさかいは、西王母の取りなしにより、いったんは収束するも、これこそがのちに、後の花仙子たちの下凡へとつながることになる。

幾年もたったある冬の日のこと、百花仙子は牡丹と蘭の花仙子に留守をいいつけ、友人の麻姑のもとを尋ねていた。二人は酒を飲みながら碁を一局設ける。

第三回

百花仙子が麻姑と囲碁を打っていたころ、下界ではちょうど唐の御代、武則天が帝位についていた。この女皇帝は、国号を周と改め、身内を重んじ、唐家をないがしろにし、唐の忠臣を怒らせていた。徐敬業と駱賓王は、彼女に退位を迫るべく蜂起するも、武則天の軍勢にけちらされてしまう。彼らは万策尽き果てたと見るや、自分の息子たちに、血書を手渡し後事を託した。駱は息子に隴右の史逸を頼るよう伝え、徐は息子に淮南の文隠と河東の章更に頼るよう伝え、それぞれ再起を図るよう言い含めた。武則天は反乱を収めると、城池の東西南北に四つの要塞を設け、そこを自身の弟たちに守らせることで、守りをより堅固なものとした。

　この世の春をうたう武則天は、ある雪の日、太平公主や上官婉児らと雪を賞でながら酒を飲み、詩吟を唱和している。

第四回

　武則天は雪の中、蠟梅が咲いているのを見つけると、それを自身の御代を祝った証であると解釈した。そして他の花々に、百花斉放の聖旨を出した。

　困ったのは、命を受けた花仙子たち。自身らを統べる百花仙子はどこにいるかわからない上、地上の王の命に背けばどんな目に遭うか分からない。彼女らは、時宜に違う開花の是非をめぐって、もめにもめることとなる。結果、牡丹仙子は百花仙子を探しに向かい、それ以外の花仙子たちはみな、武則天の命に従っていった。

　武則天は花々が咲き乱れることを喜ぶ一方で、牡丹が咲いていないことを不満に思った。彼女はさらなる期限を設けた上で、再び命に背いたときには、この世のすべての牡丹を根絶やしにすることを宣言した。

第五回

　牡丹は早く咲くよう火で炙られている。上官婉児と太平公主は、その焦げた匂いをかぎながら、三六の花を三つに分け、それぞれの良さを議論している。そんな中、ついに牡丹も咲き始めた。

　武則天は、花中の王たる牡丹の開花が遅れたことをなじり、すべての牡丹を長安から洛陽へ移すよう命を出す。雪中に咲いた花の数は、全部で九九種。上官婉児と太平公主は、花々にまつわる伝説や咲き方をとりあげながら、これらの開花が武則天の御代において、文明や文運が隆盛し、女性の才が発展する瑞兆であると述べた。

第六回

　武則天は九九種の花々を題材に、群臣たちに詩作競争をさせた。上官婉児がその才を存分に披露する結果となった。

　麻姑との対局を終えた百花仙子は、洞府の外に出て周囲を見渡し、花々が咲きそろっていることに気づく。彼女は事態を理解し、過去に嫦娥と交わした約束を思い出した。麻姑は百花仙子に、嫦娥に謝るよう勧めたが、百花は首を縦に振らない。そんな中、仙界の神々は、百花仙子を含めた百人の花仙子たちを、そろって俗塵に貶謫するよう決定を降す。こうして彼女らを送別する宴が幾度も開かれる。

第七回

百花仙子は、唐代、唐敖なる名の文人のもとに生まれ変わる。幼名を小山といい、小さいころより聡明で、叔父の唐敏の薫陶を受けて、家の蔵書を片端から暗記するような娘に育った。

唐敖は、一度は殿試で探花に及第するも、過去の徐敬業らとの関係が取り沙汰され、合格が取り消されてしまう。彼は科挙による栄達の道を絶たれ、失意を胸に、あちこち遊び回っていた。

あるとき夢神観なる廟で、孟なる老人に、もし仙人になりたいのなら、海外に出て名花を救うべしと、道を示される。唐敖は予言を胸に、妻の兄で、海外貿易を生業とする林之洋を訪れた。彼はちょうど船出の準備を進めているところだった。

第八回

唐敖は林之洋に同行を求めた。林之洋とその妻は、船上の生活には苦労が多く、いつ帰ってこられるかわからないと説く。しかし唐敖は聞き入れない。彼は植木鉢と銑鉄が必要になると予想し、買い入れ、さっさと船に積みこんでしまった。正月中旬、一行は船出した。

まず到着したのは、東荒第一の山である東口山。上陸した唐敖と林之洋の前に、一匹の怪獣が現れる。二人が怪しんでいると、彼らの船の船頭であり、物知りで知られる多九公が登場、その怪獣が当康なる名であることを告げる。ふと彼らの上に石ころが落ちてきた。見れば、黒い鳥の群れが、石ころを啄んで海に投げ入れていた。

第九回

その黒い鳥は名を精衛といい、かつて海に落ちて死んだ恨みを晴らすべく、石ころで海を埋めようとしているのだった。次いで唐敖、林之洋、多九公の三人は、この東口山にて、木禾や清腸稲、肉芝や祝余、朱草などの、さまざまな〈仙品〉に出会う。唐敖は躡空草を食したことで、空中に立つ能力を身につける。

　ふと見ると、猿のような体の、真っ白な獣が、仲間を抱えて慟哭している。多九公はそれを果然(かぜん)だといい、同類愛の強い動物であると解説した。

第一〇回

　果然は虎に狙われている。唐敖らが息を飲んで見つめていると、突然、どこからか矢が放たれ、虎はもんどり打って倒れてしまう。射手は駱紅蕖(らくこうきょ)といった。彼女は先の反乱の首謀者の一人である駱賓王の娘であり、母親の仇である虎を退治していた。

　駱賓王の父、駱竜(らくりゅう)は、唐敖に、孫娘である駱紅蕖を、唐敖の養女として、連れ帰るよう願い出た。駱紅蕖は、山に残っているもう二匹の虎を倒してから、彼らと同行するという。唐敖は彼女から、巫咸国(ふかんこく)に暮らす薛蘅香(せっこうこう)への手紙を預かる。

　もと来た道を引き返す途中、唐敖、林之洋、多九公の三人は、虎が人の善悪を見きわめる動物であることや、虎に喰われないために善を積む必要があること、最大の悪である不孝について議論した。

第一一回

　一行は君子国(くんしこく)に到着。君子国の人々はみな「譲るを好んで争わない」と言われている。唐敖と多九公の二人は、まちの至るところで、買い手はできるだけ高く買おうとし、売り手はできるだけ安く売ろうとする光景を見ることになる。

　ふと、唐敖と多九公の横を、上品な風情の二人の老人が通った。彼らは兄弟で、名を呉之和(ごしわ)と呉之祥(ごししょう)といった。呉兄弟は、唐朝の風習について尋ねたいことがあるといい、唐敖と多九公は、彼らの家へ招かれ、ともに語り合うこととなる。

第一二回

　呉之和と呉之祥は、代わる代わる質問を投げかける。風水を気にするあまりなかなか親の遺体を埋葬できないのは、かえって親不孝ではないのかとか、なぜ燕の巣のように、ただ値が張るだけで味がしないようなものをありがたがっているのかとか、なぜ女子に纏足を施し、小さい足を美とするのか、など。それらはいずれも、唐朝の悪弊を指摘するものばかりだった。

　話の最中、老僕がやってきて、呉兄弟に、国王の呼び出しがあったと告げた。なんと彼らは君子国の大臣だった。唐敖らはいとまをつげると、船に戻った。

第一三回

一行の船の近くで、突然、叫び声が聞こえた。見れば、大きな漁船に、見目麗しい女が縛られている。漁船の主である老夫婦に事情を質すと、網に人間がかかったので捉えたとのこと。娘の名は廉錦楓（れんきんふう）といい、母の病気を治すために海に潜ってナマコを取っていたのだという。唐敖は漁師夫婦に金を渡し、娘を救いだした。

廉錦楓はもとは唐朝の出であったが、父親の左遷にともない、異郷に住まうはめになったのだった。唐敖が廉家の人々と面会すると、なんと両家は親戚の関係にあることが判明。唐敖は将来、廉家を必ずや唐朝へ連れて帰ることを約束した。

第一四回

唐敖・多九公・林之洋の三人は、大人国（たいじんこく）にいる。大人国人は、足が雲に乗っているが、その雲は、日ごろの行いの善悪により、五彩になったり、黒がかったりするのだという。次に訪れた労民国（ろうみんこく）は、一日中せわしなく体を揺すっている人々が暮らしている。林之洋はそこで、二羽の双頭の鳥を手に入れた。次に訪れた聶耳国（じょうじこく）には、耳が腰まで垂れた人々が住んでいた。

その先の無腸国（むちょうこく）については、多九公が降りる必要がないと主張し、上陸はとりやめとなった。多九公いわく、無腸国の人々は、その名の通りに腸がないため、食事をするときにはまずトイレを探すとのこと。次いで一行の船は、犬封国（けんぽうこく）へと向かった。

第一五回

犬封国の国境には、いい匂いが漂っている。多九公いわく、犬封国人は頭が犬で、飲食のことしか考えていないとのこと。次に訪れた元股国（げんここく）の人々は、大腿部から下が真っ黒だった。みなはここの海辺で、何羅魚（からぎょ）や飛魚（ひぎょ）といった珍しい魚に出逢う。

唐敖はここで、かつての御史大夫であり、自身の師であった尹元（いんげん）と出逢う。彼は武則天退位をもくろむ首謀者と疑われ、海外へ逃げてきたのであった。彼には息子の尹玉（いんぎょく）と娘の尹紅萸（いんこうゆ）がいたが、唐敖のはからいにより、尹玉を水仙村の廉錦楓と、尹紅萸を廉錦楓の弟廉亮（れんりょう）とめあわせることになった。一方、尹元もまた、東口山の駱紅蕖と唐敖の息子唐小峰の縁談をとりもった。

第一六回

一行は毘騫国に降り立ち、盤古の旧案に触れる。その後、多九公は船中にて、無啓国や深目国の、人々の外見や風習について語る。そうこうするうちに船は黒歯国に到着、唐敖と多九公の二人は、見聞を広めるべく上陸した。

黒歯国では女子の学問が奨励されている。唐多の二人は女学塾で、盧紫萱と黎紅薇という二人の少女と問答をする。盧黎二人が、唐多の二人に、「敦」の字音について教えを請うと、異国の少女を内心でバカにしている多九公は、教えを垂れんといった態度で説明した。しかし直後に盧が、多九公の触れなかった二つの音について付け足した。それを聞いた多九公、字音なんぞ瑣末なことだと、盧の学問態度にケチをつける。

第一七回

すると盧紫萱、字音の大切さを滔滔と説き、多九公に反切について教えろと迫る。多九公がよく分からないと逃げると、盧は「呉郡大老倚閭満盈」と言い、黎と顔を見合わせ、笑い合った。両者はその後、『詩経』の音韻から古今の音の変化、『論語』『礼記』など、経典の解釈について議論を交わすが、発言からうかがえる少女たちの見識の高さは、いずれも多九公と同じか、それ以上であった。

追いつめられた多九公、劣勢をくつがえそうと、少女たちの意見に反論を試みるも、なかなかうまくいかない。そこで、外国にはないといわれる『易経』についての知識で、彼女らの鼻をあかそうとした。

第一八回

多九公は少女二人に、『易経』の注釈書について尋ねた。盧紫萱は自分の頭にある九三種の注釈書を並べたてたが、それは多九公の知識をはるかに上回るものであった。焦った多九公、じぶんは一〇〇以上の注釈書を知っているとウソを言い、驚いた娘たちに細かく話すよう迫られてしまう。

そこへ林之洋がやってくる。これ幸いと、多九公はたちあがり、唐敖や林之洋とともに女学塾を後にした。三人は船に戻る途中で、黒歯国について語りあう。林之洋いわく、ここは学識の高さが尊いとみなされるのであり、娘たちも化粧道具より本を買い求めるのだという。

第一九回

多九公は歩きながらふと、女学塾で受け取った扇子を眺めた。扇面には、曹大家の女誡七篇と璇璣図全図が細かな楷書で書いてあり、ここで改めて盧黎二人の少女の学識の高さを知ることになる。辱めを受けた唐多の二人は、二度と同じ轍は踏むまいと誓う。そしてここで、女学塾で多九公が盧紫萱に言われた「呉郡大老倚閭満盈」の意味が判明する。なんとそれは、反切がわからないと答えた多九公に対する「問道於盲(盲人に道を問う)」といったからかいのことばであった。

数日の後、船は靖人国に到着した。多九公いわく、この人々は身長が一尺にも満たず、なんでも逆のことを言うとのこと。小さな城門と狭い道幅に驚く三人。

第二〇回

三人は桑畑で糸を吐く女たちに出逢い、跂踵国や長人国を通り過ぎた。白民国の境界にある麟鳳山に上陸すると、そこで細鳥という、大きな音を出す鳥に出逢った。

しばらく行くと碧梧嶺に到着。西の梧桐の林には、一羽の鳳凰が立っており、脇には多種多様、色とりどりの鳥たちが列をなしている。東の林で向かい立つのは鷫鷞。東西の林からは山鶏や孔雀、百舌や九頭鳥などが飛び出し、戦いを始めた。

第二一回

その後、東西の林からは、駝鳥や鸚勺、禿鶖や跂踵などの怪鳥が続々と登場。突如、麒麟と狻猊が手下の獣を率いて現れ、戦いを始めた。三人は慌てて隠れるも、狻猊に見つかってしまう。唐敖は空中へと逃げ、林之洋と多九公は、左に右にと逃げ惑っている。あわやの瞬間、山頂で銃声が鳴り響き、狻猊はどうと倒れた。

三人の命を助けたのは魏紫桜なる名の娘。彼女の父親である魏思温と唐敖とは、かつて義兄弟の契りを結んでいた。唐敖は魏思温の妻万氏に、昔のよしみで、唐朝へ帰る折には、魏紫桜と兄の魏武を連れて帰ることを約束した。

一行は白民国に到着する。地面も山も、花々もみな白かった。国人の顔つき、服装、持ち物など、どれをとっても風流で、連なる商店にはありとあらゆるものが揃っていた。三人はそこで学館を見つける。

第二二回

唐敖と多九公の二人は、黒歯国で恥をかいたことを思い出し、用心しながら学館へ入る。しかし、白民国の教師が唱えていた経典のことばは、不正確なものばかり。二人は白民国人の学識を疑いながらも、なお警戒を解かずにいたが、結局たんに、彼らの学問水準が低いのだという結論に至る。雑談しながら船に帰る途中で、牛のような姿の獣に遭遇する。この獣は医術を心得ているという。

船がもうすぐ淑士国（しゅくしこく）というころ、海上には酸っぱい臭いがたちこめている。船から陸を眺めると、梅の木がまちを取り囲んで密生している。三人は陸に上がり、城門のところへやってくる。城門に掲げられた対聯の文句からは、この国の学問水準が高いことがうかがえた。

第二三回

淑士国では、商売人までもが、儒者の恰好をしている。家々の門には学問奨励の扁額がかかり、中からは経典を朗読する声が響いている。商売から帰ってきた林之洋、唐敖と多九公の二人に、淑士国人が金を惜しむさまや、自身が学童たちの前で、デマカセの高論をぶってきたはなしを報告した。

喉が渇いた三人は、飲み屋に入った。店の酒保（ボーイ）は儒巾をかぶり、眼鏡をかけ、文語調で話しかけてきた。その儒者のようなさまに、林之洋は怒りを露わにするも、酒保の口調は改まらない。机に並べられた酒の肴は、青梅に塩菜に精進料理。三人が酸味のある酒を飲んでいると、一人の老人が店の中に入ってきた。

第二四回

唐敖らはその老人と食卓を囲むことになる。淑士国では試験に合格しなければ、遊民と呼ばれ、相手にされないため、みな幼い頃から学問にいそしむのだという。開催される試験は、経書や歴史、詞賦や詩文のみならず、音律、刑法、暦算、卜筮などであった。会がお開きとなり、唐敖が勘定を済ませると、老人は、飲み残した酒とツマミを店に取り置くよう命じた。

唐敖らは飲み屋の外で、一人の美女が売りに出されている場景に出くわす。しかし淑士国人はケチなため、いっこうに買い手がつかない。見かねた唐敖が金を出す。

娘の名は司徒斌児(しとぶじ)といい、徐承志(じょじょうし)なる男と婚約していたという。驚いた唐敖、自分がその父親である徐敬業と義兄弟であることを告げた。そして徐承志を探し出した。

第二五回

徐承志は自分の妻である司徒斌児が売りに出された顛末を語る。そして、彼女が唐敖に救われたことを知ると、安心し、淑士国を脱出せんと計画を練る。

結果、唐敖が徐承志を抱えて、高い城壁を越えることになった。作戦は成功し、徐承志と司徒斌児は無事に再会を果たした。

船は両面国(りょうめんこく)に到着。脚を痛めている多九公は、船で寝ている。唐敖と林之洋が、両面国のようすを多九公に伝えた。彼らいわく、両面国人は表の顔の他に、裏にも顔を持っており、そちらの顔は凶悪至極で、普段は浩然(こうねん)巾(きん)で隠しているとのこと。

第二六回

隣の船が両面国の強盗に襲われ、唐敖らはそこで徐麗(じょれい)容(よう)という娘を助けた。彼女の父親である徐敬功(じょけいこう)と唐敖もまた、かつて義兄弟の契りを結んでおり、唐朝で徐敬業が難を受けたため、兄の徐敬功は家族をつれて海外に逃げたのだった。徐麗容はここで、従兄の徐承志と再会することになる。徐兄妹と司徒斌児らは、唐敖らと別の船で帰郷の途についた。

一行はその後、胸に穴のあいた人々の暮らす穿胸国(せんきょうこく)や、顔の黒い猿のような人々の住む厭火国(えんかこく)を訪れる。林之洋は厭火国人に火を吐かれ、口ひげを失い、見た目が若返る。多九公は彼にやけどの薬を処方する。

第二七回

一行は、胸の前の盛り上がった人々が暮らす結胸国(けっきょうこく)や、熱気を周囲に放出する炎火山(えんかざん)、腕の長い人々が暮らす長臂国(ちょうひこく)などを訪れた。翼民国(よくみんこく)の人々は翼を持ち空を飛び、豕喙国(したくこく)の人々は豚のような口をしている。伯慮国(はくりょこく)には唐敖と林之洋が上陸し、船に戻ると多九公にそのようすを報告した。いわく、伯慮国人はみな睡眠を恐れているとのこと。

巫咸国にて、腹を下した唐敖は、多九公と二人、船の中で雑談をしている。この国では桑はあるが絹はなく、主に木綿が用いられているとのこと。多は唐のために、先祖秘伝の薬を調合した。飲んだ唐敖、その効き目に驚き、処方の刊行を勧めた。

第二八回

唐敖は、東口山で駱紅蕖から渡された薛蘅香への手紙を持って、巫咸国に上陸した。唐敖はそこで姚芷馨という名の娘に出逢う。薛蘅香は彼女のもとで機織りをして暮らしているという。姚芷馨は唐敖らを家へ連れて行き、薛蘅香と弟の薛選に逢わせた。次いで唐敖、この姉弟と麟鳳山の魏氏の兄妹とをめあわせることに。おりよく唐朝に帰る船があったので、姚薛の二人は家族を連れて、唐敖の手紙を携えて帰国の途についた。

唐敖らは岐舌国に到着。ここには舌先が二股になった人々が暮らしていた。林之洋はここで、労民国で仕入れた双頭の鳥を売りに出かける。唐多の二人は、この地に伝わるとされる音韻学の秘訣を求めて尋ね歩くも、岐舌国の人々は誰も教えてくれなかった。

第二九回

秘訣が得られず諦めかけていたところ、商売に出かけていた林之洋が戻ってきて、労民国で仕入れた双頭の鳥が、ある役人に高値で売れそうだと喜ぶ。ところが次の日、はなしは一転、なんとその国の王子が落馬し、虫の息となってしまい、その役人も、鳥を買うどころではなくなってしまった。

国は王子の怪我を治す医師を募った。多九公が名乗りを上げ、唐敖と二人、もてなしを受ける。しかしねらいである音韻学のことは、なに一つ手掛かりがつかめない。そんなとき、二人の王妃が病床にあることを耳にする。多九公は治療を請け負うことと引き替えに、ついに音韻学の秘訣(字母図)を手に入れることに成功する。次いで多九公は、王子の薬の処方箋を書きつけ、通訳の枝鐘に手渡した。

第三〇回

枝鐘の娘の蘭音もまた、病に苦しんでいた。彼は、多九公が医薬に詳しいことを知ると、娘のために薬を処方してほしいと願い出た。診察するも、多九公には治療法がわからず、ただ幸い、唐敖に秘方があったため、枝鐘に処方箋を手渡すことができた。懸案だった林之洋の双頭の鳥も、無事に売り払うことができた。

船で岐舌国を出ようというころになって、枝鐘が急いでやってきた。理由を問えば、出してもらった処方に必要な材料が、岐舌国にはないという。唐敖にもストックはなく、かといって代わりの処方も思いつかない。考えあぐねていると、枝鐘が娘の蘭音を唐敖の養女にし、唐朝に連れて帰り、治療してやってほしいと願い出た。

第三一回

唐敖は枝鐘の願いを受け入れる。船出した一行は、船中で、岐舌国で手に入れた字母図を広げる。しかし図にあるのは若干の文字と大量の丸で、さっぱり意味が分からない。みなで幾度も口に出して読むうちに、からくりがわかるようになっていった。次いで、この図を用いて、みなで空谷伝声の遊戯を行った。

船は中秋の智佳国に到着。この国は八月一日を元旦とし、中秋を元宵としている。唐敖らは上陸して、算数に秀でていると噂の米姓の者を探すも、すでに国を出てしまっていた。まちでは灯謎遊びが行われている。彼らはしばらく眺めていたが、林之洋がふと、灯籠に書かれた謎を当てずっぽうに解いていった。

第三二回

林之洋は、次々に謎をあて、賞品を獲得してゆく。しかし謎が『孟子』に絡んだものになると、さっぱりあたらなくなる。端で見ていた多九公、林之洋のデタラメぶりに、かたはらいたくてたまらない。

数日の後、一行は女児国に到着。この国では男が女装し内の仕事をし、女が男装して外の仕事をしている。唐敖と多九公は途中、治水工事の監督を求める立て札を見かける。林之洋はひとり、商売に出かける。彼はもともと色が白い上に、厭火国でヒゲが焼かれて、二〇代のようになっている。そんな林之洋、王家ならば注文もさぞ多かろうと見込んで、カタログを持って国舅（国王の外戚）の屋敷を訪ねていった。

第三三回

林之洋の持っているカタログには、値段が書かれていない。そのため初めは一つ一つ、聞かれた品の値段を答えていたのだったが、そのうちまどろっこしいということになり、ついに林之洋、国王陛下と直接に交渉することになる。

国王はカタログを見つつ、林之洋をじろじろ眺めている。謁見の後には、持てなしの食事が振る舞われ、済むと林之洋、別室へ通された。そしてそこで、屈強な宮女たちに服を脱がされ、香水風呂に入れられ、女の扮装をさせられてしまう。

林之洋はなんと、国王に気に入られ、王妃候補となってしまったのだった。ここで彼は、ピアスと纏足を施されてしまう。あまりの苦痛に、やめてほしいと再三懇願するも、聞き入れてはもらえない。縛られた足はズキズキ痛み、一睡もできない。痛みのあまり、夜半に布を解けば、翌朝、屈強な宮女たちに折檻される始末。

第三四回

纏足に苦しめられる林之洋、幾度も必死の抵抗を試みるも、そのたび宮女たちに阻止される。そうこうしているうち、毎日洗われる体には磨きがかかり、纏足も見事に完成、王妃候補にふさわしい姿とあいなった。

そんなころ、唐多の二人は、林之洋の居所を突き止め、なんとか救い出そうと策を練っている。上呈書をしたため、幾つもの役所にかけあうも、いずれも受け入れてはもらえない。これも運命だったかと、二人は諦めかけていた。

第三五回

唐多の二人は、再び、治水工事の監督を求める立て札のところにいる。唐敖がふと、その立て札をはずし、その仕事を請け負うことを、高らかに宣言する。そして、仕事の開始と、林之洋の釈放とを引き替えにしたのだった。

水害に苦しむ国民は、いち早い工事を求め、王宮に大挙した。国王は武力で対抗するも、みなは諦めようとしない。国王はみなに、唐敖に治水工事を始めさせることを約束し、なんとか事を収めた。

そんな中、王宮では祝宴が催され、国王と林之洋の結婚の儀が執り行われてしまう。唐敖にとっては、完全に裏をかかれた形となるも、国舅とのあいだでは、治水がかなったあかつきには林之洋を釈放するという約束が交わされたのだった。

第三六回

唐敖は水害の原因を、河の流れが塞がっていて河道が浅いことにあると考えた。そして事前に船に積んでおいた銑鉄を使って、河をさらう道具をこしらえ、工事に臨んだ。集められた人員は、男の姿をした女ばかりだったが、テキパキとよく働き、問題はそうそうに解決したのだった。

　かたや女児国に嫁ぐ形となった林之洋、夫である国王に愛情が芽生えるはずもなく、国王の側もしだいにあきらめるようになる。誰も相手にしなくなった林之洋のもとには、女児国の王子がたびたび訪れ、飲食などの世話をする。王子は自身が後継者争いに巻き込まれていて、命の危険にさらされていること、そして国を出たいと思っていることを告げた。そして、林之洋に唐朝へ連れていって欲しいと願い出た。

第三七回

　すでに用なしとなった林之洋、解放されて船に戻ると、唐敖に女児国王子の窮状を伝えた。王子救出の策を練る二人。一度、夜半に王宮に忍びこむも、あえなく失敗し、唐敖は空中へ逃げおおせたが、林之洋は捕まり、ふたたび女装させられてしまう。

　林之洋が夜中に部屋で寝ていると、唐敖が部屋の窓までやってきた。そこで二人は、再度、王子救出の策を練る。朝になって林之洋が、女児国王子に手はずを伝える。幸い、その次の日は、王子の誕生日を祝う宴があった。林之洋と王子は、人々が宴会に興じているすきに、唐敖を迎え入れた。唐敖は林之洋を背に乗せ、王子を懐に抱くと、塀を跳び越え、王宮を出ていった。

第三八回

　一行は女児国を後にした。唐敖は、海外で出逢った娘たちの名がみな花にちなんでいることをいぶかしんでいる。林之洋は、王宮に捕らわれていた頃の苦労を振り返っている。船が軒轅国（けんえんこく）に到着すると、三人は上陸した。

　軒轅国は大国で、王は黄帝の子孫であり、隣国との関係も良く、海外の国々はみなその恩徳を慕っている。一行が上陸した日は、ちょうど軒轅国王の一〇〇〇歳の誕生日。お祝いのために、君子国や女児国、長股国や三身国（さんしんこく）など、海外諸国の王たちがこぞって訪れていた。

第三九回

　各国の王たちは、さまざまな会話を繰り広げている。長い腕を持つ長臂国人が、長い足を持つ長股国人の肩に乗って漁をするというはなし。両面国人と三首国（さんしゅこく）人は、ともに顔が複数あるが、両者は全く異なっているというはなし。短命を嘆く伯慮国王に、長寿を誇る労民国王。

　その後、船は、三苗国（さんびょうこく）や丈夫国（じょうぶこく）などの小国をめぐる。

唐敖の要望により、不死国(ふしこく)へ向かっていると、突如、船は暴風雨に見舞われる。三日ほど風に吹かれ、ふと気づくと一行は、小蓬萊(しょうほうらい)なる山にたどり着いていた。

第四〇回

唐敖と多九公の二人は、小蓬萊で遊んでいる。もう帰ろうというころ、二人の前を霊芝(れいし)を手にした白猿が通り過ぎた。唐敖が白猿を捉まえ、霊芝を奪って多九公に食べさせた。二人は白猿を連れて船に戻った。

翌日、朝から唐敖は山へ行き、夕方になっても帰ってこない。みなで手分けして探し回るも、行方は知れなくなっている。多九公がみなに、唐敖には棄俗の意志があったことを伝える。林之洋はさんざんに迷ったあげく、唐敖を残したまま、帰国の途についた。

半年の後、船は嶺南(れいなん)に到着。おりしも唐朝では、武則天により、女性を顕彰するための一二箇条の恩詔が出されていた。

第四一回

唐敏と唐小山(とうしょうさん)は、武則天が璇璣図(せんきず)に付した序を読んでいる。璇璣図とは、縦横斜めに読まれる空前絶後の回文詩である。それは前秦の蘇蕙(そけい)が、妾にうつつを抜かす夫を、自分に振り向かせんとして作られたものという。そして当代の才女である史幽探(しゆうたん)と哀萃芳(あいすいほう)が、この璇璣図を五色に色分けして読み解いたことが語られ、その読み方についてが記される。

武則天は女子の才を愛する女皇帝であった。彼女は、天下の才女を対象として試験を行い、優劣に応じて匾額(称号)を賜るつもりであった。

第四二回

試験に備えて勉強を始める唐小山。翌年になると、才女試験開催を伝える一二箇条のお触れが出される。試験まであと二年あることを知り、小山はよりいっそう学問に励むことを決意した。

一方で、唐小山や唐敏夫婦、そして妻の林氏は、唐敖が一向に帰ってこないことを気に病んでいる。そんな中、林之洋がやって来た。そして唐敖は試験に受かるまで帰宅しないつもりだとウソをついた。

ほどなくして、林之洋の妻である呂氏が男児を産む。しかし産後に体調を崩し、床に伏せっている。唐小山は母の林氏と、呂氏を見舞いにやってきた。

第四三回

唐小山が林之洋の母である江氏と話をしていると、ふとあの白猿が、江氏のベッドの下から枕を取りだして遊んでいる。不審に思った小山が、さっとベッドの覆いをめくると、そこにはなんと、父親唐敖の持ち物があった。驚き慌てる江氏。唐小山、わっと泣き出し、急いで母親に知らせに行った。

慌てて林之洋が事情を説明すると、小山は今すぐに父親を探しに行きたいという。林之洋が才女試験に間に合わなくなるかもしれないといっても、小山は聞き入れない。こうして唐小山と林之洋一家、多九公、女児国王子の陰若花らは、唐敖探しの旅に出ることになった。

第四四回

唐小山は慣れない船旅に体調を崩しながらも、なんとか過ごしている。半年ほどして、船は東口山に到着。唐小山は父親からの手紙に、この地の駱紅蕖と弟小峰の縁談話があったことを思いだし、林之洋らと連れだって上陸した。しかし紅蕖は、すでに虎退治を終え、この地を離れてしまっていた。

失意を胸に船へ戻ると、多九公が道姑と話をしている。道姑の話をまともに聞こうとしない多九公とは対照的に、唐小山は、道姑のことばに耳を傾け、問答を始める。道姑は唐小山を女菩薩と呼ぶと、持っていた霊芝を与える。林之洋は、唐小山と道姑を引き離そうと、会話に割って入るも、道姑に纏足大仙と呼ばれ、顔を紅らめる。

第四五回

再び船出した一行、水怪に出くわし、唐小山は海中に引きずり込まれてしまう。慌てて水夫らが飛びこむも、行方が知れない。林之洋は姪の無事を祈り、祭壇を設けて神仙に祈る。真夜中、二人の道人が四人の童児を従えて現れ、唐小山を救い出すと、孽龍と悪蚌を捉える。二匹を無腸国のトイレに禁錮することで、一件落着となる。

丈夫国の国境で、一行は果物の成る林を見つける。桃に李に橘に棗と、みなで腹一杯食ったところ、突然、体がふにゃふにゃに。そこに多くの女が現れ、みなはフラフラのまま、妖怪たちの面前に連れて行かれてしまう。彼らは人間を酒に醸そうとしていた。

第四六回

そこに道姑が現れた。道姑は大量の酒を飲み干したかと思うと、一気に吐きだし、妖怪たちを退治する。後に残ったのは、桃に李、橘に棗の種であった。みなも意識を取り戻し、再び船出した。

一行は小蓬萊にたどり着いた。上陸して父親を探そうとする唐小山。林之洋も同行しようとしたが、唐小山は彼がすでに年老いていること、船に多くの人を残して行かねばならないことを考え、陰若花と二人きりで行くことに決めた。林之洋は、途中で腹が減ったときのために、一度食べれば七日飢えないという豆麺（とうめん）と、喉の渇きを癒やす麻の実を持たせた。

第四七回

次の日、唐小山と陰若花の二人は、身支度をして出立した。小山は、曲がりくねった道に出くわすたび、木石に丸や「唐小山」と刻みながら目印とした。八日目に豆麺の効果が消えたので、近くに落ちている松や柏の実を食べて空腹を満たした。

二人は、途中で樵（きこり）に出会う。彼によれば、前の嶺を鏡花嶺といい、その下には荒れた塚があり、そしてその先に水月村があるとのこと。唐小山が、唐なる男を捜していると言うと、樵は一枚の手紙を彼女に手渡した。それは唐敖の本名である唐以亭（とういてい）から預かったもので、唐朝に帰る船に渡すよう頼まれたのだという。手紙は「娘である唐閨臣」に宛てられていた。

第四八回

二人はその後、鏡花塚を過ぎ、水月村にたどり着いた。しかし行く手は大きな谷で、かかる橋もない。仕方なく二人は、対面の崖に倒れるように伸びている松の木をつたって、向こう側へ渡る。松林をただひたすらに進んでゆくと、そこは何とも言えぬ美景が広がっていた。ふと見ると、祥雲や紫霧のあいまにぽっかりと紅いあずまやが建っている。そして、そこから突然、紅い光とともに魁星が現れどこかへ飛んでいってしまった。またあずまやには、幅が数丈、高さが八尺ほどの白玉の碑があり、そこには百名の才女の前身と順位とあだ名が彫りつけられていた。さらに末尾には総論が付されていた。

唐小山はそこに陰若花や林婉如（りんえんじょ）、枝蘭音の名を見つけ、また一一番目に唐閨臣の名があることを認め、先の樵の手紙との符合に驚く。玉碑（ぎょくひ）の文字は、唐閨臣には楷書に見えるが、陰若花には篆書に見える。唐小山は末尾の詩句から、それらを写して持ち帰ることが、自身に求められていることを悟る。

第四九回

唐小山は玉碑の文字を、芭蕉の葉に写すことを決意。ただ、先に父親に会ってからでも遅くはなかろうと、先に捜索を続けることにした。しかし二人が少し歩みを進めたところで、突如轟音が鳴り響き、行く手は大水に遮られてしまう。また道ばたの石壁にも七言四句が現れ、読めば、彼女らの帰国が促されていた。しかたなく、父親は諦めることになった。

唐小山は芭蕉の葉に玉碑の文字を写している。若花にはやはり一文字も読めなかった。唐小山はその理由を、縁の有無にあると言い、若花をいらだたせる。写し終わると、二人はあずまやを離れた。来る途中に、木石に刻みつけていた「唐小山」の三字は、帰り道ではすべて「唐閨臣」に変わっている。険しい道を上り下りしているうちに、若花が足を痛め、一歩も進めない状況となった。そこへ虎がやってきた。

第五〇回

そこへ現れたのは、一匹の怪馬。全身が白く、背中に角が生えている。虎は馬を一目見ると逃げだした。唐小山はこれを、虎豹を好んで喰らう駮馬のたぐいと解釈し、二人はしばらく馬に乗って嶺を越える。馬がどこかへ去ると、二人は再び、歩いて進み、ほどなくして迎えに来ていた林之洋と出会い、二人は無事に船に帰り着いた。唐小山は、この日から唐閨臣と名乗ることになる。船は小蓬萊を離れた。

両面国に到着。林之洋らの船はたくさんの小舟に取り囲まれてしまう。盗賊たちの親分は、かつて徐麗容を襲った大盗だった。唐閨臣、陰若花、林婉如の三人が連れて行かれ、船の食べ物もすべて奪われてしまう。

三人の娘は連れて行かれた先で、大盗の妾にされそうになる。しかし彼には気の強い妻がおり、妾を置くことを許さなかった。そして夫の性根を改めようと、子分に夫を、徹底的に打ち据えさせた。

第五一回

大盗の妻は、夫が息も絶え絶えの様子を見ると、打ち据えさせるのをやめた。そして、三人の娘が船に帰れるよう手はずを整えた。そのとき、前に捕らえていた黒い娘も一緒に帰した。林之洋、娘たちが帰ってきて、ほっと胸をなで下ろす。多九公は黒い娘に見覚えがあった。名を尋ねると、なんと黒歯国の黎紅薇であった。みなは長幼の序に従い、義姉妹の契りを結んだ。

船にあった食料はすべて取られてしまっている。非常用の豆麺もなくなっている。腹を空かせていた一行のもとに、一人の道姑がやってきて、清腸稲を八粒恵んで去って行った。清腸稲は一粒食べれば一年餓えないといわれる穀物である。一行はこれで餓えを凌ぎ、再び船出する。船中、唐閨臣が黎紅薇に、唐朝で才女試験が開かれることを告げた。

第五二回

黎紅薇は自身の学問が高くないことを述べ、同門の盧紫萱に言及する。彼女の父親は、二人の師であったが、すでになくなり、盧紫萱は母親の緇(し)氏と暮らしているという。盧紫萱も才女試験に連れていってはどうかと、一行は黒歯国へ向かう。

黒歯国に到着すると、唐閨臣は陰若花とともに盧紫萱の家へ向かった。前に借りた扇子を返しに来たと言いながら、自身が唐敖の娘であることを明かす。両者は次第に学問の話になり、盧紫萱は『春秋』の筆法や礼に関する書物、その注釈についての質問をした。唐閨臣と陰若花の答えは、盧紫萱を深く感服させるものだった。

第五三回

唐閨臣は盧紫萱に、中国の歴代王朝の国名や年代について尋ねた。盧紫萱はそれらを一つ一つ正確に、都城の置かれた場所や、何代で何年間続いたものかを並べたてた。そこに黎紅薇と林婉如が加わり、唐閨臣が盧紫萱に才女試験のことを伝え、盧紫萱は母緇氏と唐朝へ行くことになった。学問に自信のある緇氏もまた、なんとか受験会場に潜り込んで受験しようと、若作りの方法を考え始める。

林之洋は、彼女らが試験に間に合わないと知っていたが、気落ちさせてはならないと、そのことを言わずに黙っていた。しかし船は順風を受け速度を増し、いつもなら迂回しなければならない門戸山(もんこさん)にも、不思議と中央を通る道が通じたのだった。

第五四回

一行は嶺南に到着。林之洋と唐閨臣は、海外からの客人を家族に紹介する。唐敏は閨臣らの出航の後、印家の家庭教師となり、印巧文や竇耕煙、祝題花らを教えるようになっていた。別ルートで到着した廉亮や廉錦楓、駱紅蕖らも唐家にやってきたが、彼らは門戸山を迂回してきたという。少女たちはそろって試験の申し込みをした。緇氏も受けたいと偽名を使い、駱紅蕖は身分がばれるのを怖れ、姓を洛と改めた。

晩になり、唐閨臣と枝蘭音、駱紅蕖の三人が部屋で閑談している。ふと閨臣が碑記の写しを取り出して、二人に見せた。二人とも読めなかった。するとふと、かの白猿がそれを手にとった。閨臣が白猿に、この書を広めるべく、文人に手渡すことができるかしら？　というと、白猿は写しを手にしたまま、どこかへ行ってしまった。

その直後、外から紅い服に身を包み剣を携えた娘がやってきた。娘は顔紫綃といい、白猿と碑記の放つ霊性から、写しはしかるべき者の手に渡るだろうと言った。

第五五回

次の日、唐閨臣は他の娘たちに、昨晩の白猿のことや紅の服の娘のことを話した。顔紫綃の身が紅一色だったことから、名と容貌の関係について話が及ぶ。名に花の字がある陰若花が、海外から来た娘たちは、よく顔にできものができる病にかかるらしいと心配している。薬剤に詳しい田鳳翾がその治療法を細かく述べる。

話すうちに、子どもの発疹をつかさどる疱疹娘娘にお参りに行こうということになり、唐閨臣と駱紅蕖は、海外出身の娘たちを連れて、近くの尼庵を訪れた。ここの尼僧である末空がふと、娘たちの名前と顔から、唐敖と駱賓王の結義に言い及んだ。娘たちが後裔であるとわかると、女弟子の李良箴を紹介した。彼女はもと皇女であり、そして駱紅蕖の兄である駱承志の許嫁でもあった。いま世を忍んで、宋良箴と名乗っているという。

第五六回

宋良箴の父親は、太宗の子であったが、武則天が帝位についた後、皇帝が貶せられて復位しないことを不満に思い、起兵し害されてしまう。宋良箴は兄李素の教育係だった末空に連れられて、この庵へ落ち延びたのだった。唐閨臣らは宋良箴を説得して、夫の駱承志を探すべく、庵を出て一緒に女試を受けようと誘った。娘たちは県考、郡考を受ける。唐家から受験した一二人は、みなが好成績を収めた。

　翌日は唐敏の五〇歳の誕生日であり、本県のお歴々がお祝いにやってきた。閨臣が娘たちを自室に呼んだ。印巧文や祝題花は、父親が試験官であったから、自然と試験の裏話に花が咲くこととなった。

　淑士国の徐承志は、世を憚り姓を余として、徐麗蓉や司徒斌児とともに、淮南の文隠の元に身を寄せるべく、海を渡っていた。途中、麗蓉の乳母の夫であった宣信と出会う。なんと宣信は、文家から頼まれて徐承志を探しているところだった。

第五七回

　徐承志は宣信から、文隠の五人の息子とその許嫁、二人の娘の話を聞く。そして、五人の息子たちを生んだ章氏の弟である章更の、その一〇人の息子とその許嫁、四人の娘の話を聞いた。両家の嫁や娘たちは、いずれも才女試験を受けるために、まだ結婚式を挙げていないという。

　船は無事に淮南に到着する。徐承志は文隠に会うと、父である徐敬業から渡された血書を見せた。文隠は息子たちにその成就を託す。徐承志は文家の五人の息子たちと、蜂起の時期について相談する。四男の文菘が、いまは決起のときではないと告げると、そこへ駱賓王の息子である駱承志が隴右で蜂起し、武則天が鎮圧の兵を差し向けたとの報せが入る。次男の文蒒と三男の文箕は、徐承志とともに隴右へ向かい、一方、残る文氏の兄弟三人は、父親が御旨を受けたのにともない、倭寇鎮圧のために剣南へ向かった。

第五八回

　徐承志、文蒒、文箕の三人は、家将を連れ、隴右へ向かっている。道中、駱承志の落ち延びた先である隴右節度使の史逸が難にあったと聞き、足取りを速める。徐承志は、強盗が多いといわれる小瀛洲山のあたりで、強盗の種類について述べる。三人は隴右に到着し、史逸と駱承志の行方を追うも、手掛かりはさっぱり摑めない。

　一行はひとまず淮南へ帰ることになり、再び小瀛洲山へやってきた。見れば、強盗を連れた若い将軍が、一人の娘と戦っている。徐承志はその将軍が駱承志であると気づく。一方、戦っていた娘は、史家の息子である史述の義妹・宰玉蟾といった。彼女は姉の銀蟾や、親戚の閔蘭蓀や畢全貞とともに、才女試験のために本籍地へ戻るところだった。

第五九回

史述は史逸の仇を取ろうと意気込むも、徐承志はいまは、人馬を整えるべきだといさめる。数日逗留したのち、徐承志らは淮南へ帰り、文芸や家族に、隴右での出来事を報告した。

妹の徐麗蓉や妻の司徒斌兒は、文家の娘である書香と墨香、そして文家の乳母の娘である崔小鶯とともに、試験に行くことになった。章家の娘四人も合流し、そろって郡考県考に合格すると、みなで長安へ向かった。折よく唐閨臣ら一二名も長安に向かっていたから、途中、総勢二一名の才女たちが出会うことになった。

彼女らは泊まった宿の門のところで、一群の捕り手が宋素(李素)を護送するのに出くわした。聞いた宋良箴、助けを求める。顔紫綃が紅一色に装いを整え、急ぎ確保に向かった。しばらくすると顔紫綃は、紫一色に身を整えた娘とともに帰ってきた。

第六〇回

紫の娘は燕紫瓊といった。宋素は落ち延びた後に、彼女とめあわせられたのだった。顔紫綃は紫瓊とともに、捕り手から宋素を助け出し、ひとまず燕家に連れ帰ったが、しかし燕家も安全とはいえず、協議の結果、小瀛洲山の仲間のところに身を潜めることになった。

燕家が婿を助けてくれたお礼にと、才女たちを宴に招待した。燕家の主人の燕義はもと役人だったが、すでに引退し、いずれ義兵が起こることを待ちながら、力を蓄えていた。ここで、もといた才女二一名に、燕紫瓊とそのいとこの姜麗楼と張鳳雛が加わり、才女二四名が勢ぞろい。みなで話していると、紅一色に身を包んだ少女が現れる。名を易紫菱といい、いとこの熊大郎に頼まれて、反逆人宋素を取り戻しにきたのだという。みなで紫菱の誤解を解くと、彼女もまたともに才女試験に向かうことになる。

翌日、燕家夫人である葉氏は才女たちに花園を見せる。燕紫瓊はみなにお茶を勧める。

第六一回

燕家の主人である燕義は、子どもの頃からの茶の愛好家であった。自ら茶の樹を各地から取り寄せ、植え、育てることはもちろん、茶についての専著『茶誡』を残すほどであった。才女たちは、園内にある緑香亭で、お茶を飲んでいる。その味と香りの馥郁たること、並のものではなく、彼女たちは茶についての談義を始める。その内容は、『詩経』や『爾雅』、『茶経』や『本草綱目』における歴史的な記述に始まり、飲みすぎることの害や、混ぜ物入りの茶があることについて、そして菊花茶など花茶の類の効用、歴史上の茶の愛好家たちにまで及んだ。

夕飯のころになって、四人の娘たちが燕家に宿を借りにやってきた。そこには、薛蘅香の姿があった。

第六二回

四人の娘は、みなで部試に赴くところという。薛蘅香、尹紅萸、魏紫桜、姚芷馨らが才女らに合流し、ここで二九名が勢ぞろい。みなは初めましてと述べたり、久しぶりと述べたりしたのち、互いに生まれ月を確認し合い、年の順に並んで食事をとった。

二九人はそろって長安に到着し、武則天が試験を受けにきた才女たちのために用意した紅文館に泊まることになった。ここにはのちに、文家の嫁六名と章家の嫁一〇名がやってきた。総勢四五名は名乗り合うと、長幼の序にしたがい、席に着き、食事をとった。

食事を済ませ、みなで庭を散歩していると、一人の女子が泣いている。由秀英（ゆうしゅうえい）が、彼女の名は緇といい、本籍を記した文書を忘れたために嘆いているのだと言った。

第六三回

由秀英は娘に同情し、すでに自身の文書を送り届け、代わりに試験を受けるよう勧めていた。しかしその娘は、これも運命と、断ってきたのだった。唐閨臣は二人のやりとりから、試験の合否について、文才はもとより、その人の積んできた福徳のいかんで決まるのだと言い、試験答案をなくしてなお合格した男の話を語りだした。

そんなとき、若花が妙案を思いつく。かつて盧紫萱の母である緇氏が郡試と県試を受けたとき、剣南を原籍にし、名をたまたま「瑶釵（ようさ）」としていたのだったが、それはうまいことに、この泣いている娘の原籍と名前に合っている。ならばこの娘を盧紫萱の母の空いた席に坐らせればよいではないかと。

部試が済むと、礼部尚書の卞浜（べんほう）ら試験官は、史幽探ほか一〇名の才女から、補考の願いを受け取る。急ぎ武則天に上奏すると、その実施が許された。彼女らの出来はいずれもよかったため、追って部試の再試験が許されることになった。

第六四回

礼部尚書の卞浜は他に並ぶ者のない大金持ちだったが、この富は祖父である卞倹（べんけん）が妻と二人で築き上げたものだった。自身は質素な暮らしをしながら、周りで困っている人を助けることも忘れなかった。父の卞継（べんけい）もまた卞倹のやり方を受け継ぎ、万事倹約に努め、家をますます栄えさせた。財産を継いだ卞浜には、かつて息子がいたが、その子を三歳で亡くしてしまう。しかしそのとき、一人の僧が現れて、息子の命を助けようと、遺体を持ち去ってしまった。

彼の七人の娘たちは、いずれも才に秀でていたが、このたびの試験では父親が試験官ということで、受験できずにいた。いとこの孟家の八人の娘たちもまた、同じ境遇にあり、みなでくさくさしていた。父親の部下の蔣家、董家、掌家、呂家の娘たちもまた同様であったから、いっそのことみなで集まって憂さを晴らそうということになった。

第六五回

蔣家からは六人が、董家からは五人が、掌家からは四人が、呂家からは三人がやってきて、卞孟二家の一五人と合わせ、ここで総勢三三名の才女たちが一堂に会することになる。娘たちは周易と六壬の二種の占いを用いて、補考の日付を三月二三日と予測する。

部試の結果、陰若花が部元、唐閨臣が亜元を獲得し、その他の才女たちも、みな超等で合格した。才女たちの試験答案を見た武則天は、婦女の才の高いことに喜んだ反面、郡試で好成績を収めながらも部試を受けなかった者たちがいることをいぶかしむ。卞浜が自分以下、試験を担当した役人の娘たちが、そろって試験を避けたことを伝えると、武則天はその者たち三三名のために、補考の開催を許したのだった。

第六六回

女児国では、王が軒轅国に祝賀に赴いたすきに、クーデターが起こっていた。女児国の国舅が飛車に乗り、唐朝まで、はるばる陰若花を迎えにやってきた。クーデターの主犯はすでに殺されたが、いま新たな君主が待ち望まれているところ、ついては若花に急遽帰国して王位についてほしいという。しかし若花の気持ちは動かず、国舅の願いははねつけられた。

殿試の当日になり、宮殿には大勢の才女が集められ、試験が行われた。試験官たちの討議の結果、唐閨臣が殿元、陰若花が亜元に決まった。結果は二日後の朝に発表され、一人合格するごとに宿屋の外で大砲が一発鳴らされることになった。しかし大砲は、三七発が鳴ったところでピタリと止まってしまう。

第六七回

才女たちはみな、四五人のうち合格者は三七人だけかと、そして落ちた八人はきっとわたしだと、震えおののいている。そこへ合格者名簿を買いに行った多九公が戻ってきて、唐閨臣に手渡した。そこには、一等五〇名、二等四〇名、三等一〇名の名前が書いてあった。

もともと第一位は唐閨臣だったが、武則天が発表の直前になって、その名の好ましくないことや、史幽探と哀萃芳の璇璣図解読の素晴らしさなどにかんがみ、前の一〇名と後の一〇名の順位を入れ替え、それにともない、八名の発表が遅れてしまったのだった。合格者たちは宮殿に集められ、武則天に謁見し、祝いの宴を供される。

翌日はみなで卞家に集まり、卞浜夫婦に拝師の礼を行う。すると再び武則天から呼び出しがかかり、とくに陰若花を召したいという。なんと武則天の元に、女児国王陰奇（いんき）より、若花を帰国させてほしいとの願いが届けられたのだった。

第六八回

陰若花は国王の書状を見て涙が止まらない。そして、ただひたすらに帰国を願わないこと、帰国すれば命の保証がないことを切々と述べた。しかし武則天、彼女を気の毒に思いつつも、すでに女児国王からはたくさんの財宝を受け取ってしまっていたのだった。そこで、帰国の際には、必ずや有能な三名を同行させることを約束して、陰若花を説得した。

若花らは、一〇日のうちに帰国することになった。別れを悲しむ才女たち。そこで盧紫萱が、別れのない会はないと言い、残された日々を宴会三昧にして、楽しく過ごそうと提案する。絵の得意な陽墨香が、若花ら四人のために「長安送別図」を書くことになった。さっそく卞家で宴が開かれることになった。

第六九回

卞家には百名の才女が集まっている。食事の段になり、二五の机に四人ずつ坐ろうというところで、首座はだれか年長はだれかという話になる。すると一番年長の畢全貞が、殿試の序列で坐ればいいと提案する。

序列のことが話題になると、第九九番目だった花再芳（かさいほう）が、部試が始まる前に唐閨臣から殿試の席次を予言され、それが的中したという話を持ち出した。唐閨臣は父親唐敖のこと、彼の海外遊覧と失踪のこと、父親探しで訪れた小蓬萊のこと、そしてそこで目にした玉碑とその写しのことなどを語った。

第七〇回

唐閨臣はみなに、海外諸国の奇怪な風俗を語っている。林之洋が病気の目を洗うために用いる蚕の繭が、小人国では帽子として買われるということ、彼が船旅の間に飲んで貯まった酒の甕が、長人国では鼻煙壺（びえんこ）として買われるということ。ここで才女たちは、嗅ぎタバコの話で盛り上がる。

次いで碑記の話になった。それは白猿に持ち去られてしまったのだったが、唐閨臣は総論の部分だけ、記憶を頼りに紙に書き出し、皆にその内容を伝えた。

第七一回

師蘭言（しらんげん）が、総論に書かれた不吉な文句をきっかけに、個々人の運命とは影が形にしたがうようなもので、その日ごろの行いが大いに関わっているのだと定見を述べ、『左伝』や『書経』など、経典の例を引きながら、修身の大切さを説く。

才女たちはまだ立ったまま、成績順にするか年齢順にするかでもめている。らちが明かないと、蒋春輝（しょうしゅんき）が籤（くじ）引きを提案。無事に席が定まると、酒と数皿のおかずが供された。まだ日が早かったから、酒はそこそこにして、麺が供されることとなり、最後に茶をいただくと、才女たちは庭へ遊覧に出かけた。

第七二回

才女たちは美しい庭をぶらぶらと歩き、しばし古桐台で休憩している。ここで井堯春（せいぎょうしゅん）ら五名が琴の演奏をする。そして一行は、柳の木陰を通り、野菜を育てる畑や、豚や羊が飼われている牧場のそばを歩く。

白荒亭（はくちゅってい）では、燕紫瓊と易紫菱が囲碁を打ち、卞香雲（べんこううん）

と姚芷馨がそれを眺めている。みなは供された点心を食べながら、牡丹を愛でつつ、また亭内にかけられている書画を品評している。卞宝雲は扇子を取り寄せて、書に秀でた林書香や謝文錦らに文字を書くよう求める。その傍らで、陽墨香や祝題花らは、扇子に絵を描いている。

第七三回

孟紫芝が才女たちのグループを回っている。囲碁を眺める姚芷馨は、じぶんの囲碁を早打ちだと言い、卞香雲らがそれではダメだと意見している。琴を弾く才女たちもまた、右手の使い方、左手の力の掛け方について議論を交わしている。

扇面に文字や絵を書いている者と、トイレに行っている者を除くと、才女は残り五〇人。それぞれ馬吊、双陸、将棋、花湖、十湖、投壺、闘草、鞦韆などのグループに分かれ、それらの遊びをしたくない者たちも、詩を吟じたり、謎あてをしたり、釣りをしたりと、みなが思いのままにふるまった。孟紫芝はもしこの場の主人役がうまくできたなら、董青鈿からヒスイの腕輪を貰えることになっているため、各グループに気を配る役目を担っている。

第七四回

孟紫芝は、双陸、花湖、十湖、将棋のグループを回った。彼女はゲームの最中に議論を交わす娘たちを眺めながら、冗談などを挿し挟んで場を盛り上げている。

ふと彼女の耳に蕭と笛の音が聞こえてきた。聞けば、蘇亜蘭と卞緑雲が二人して吹いているという。次いで孟紫芝は、林婉如ら八人の投壺遊びや、田鳳翾ら六人のブランコ遊びをうかがいに行った。

第七五回

孟紫芝はブランコに興じていた六人を連れて、蕭と笛を吹いていたグループを訪れた。蘇亜蘭と卞緑雲が合奏していたが、孟紫芝は全体のことが気にかかり、じっくり聞いていられない。主人役として、姉の卞宝雲に状況の報告を終えると、芍薬軒へ向かった孟芸芝と花再芳のようすをうかがいに行った。

芍薬軒の外では、孟芸芝が花再芳に、大六壬(十干十二支を用いる占い)について、講釈している。孟芸芝によれば、なにより「天地盤」を区別することが重要だとのこと。前から大六壬を学びたいと思っていた孟紫芝は、二人の話を芍薬軒の中から、窓越しに聞いている。

第七六回

孟芸芝の大六壬についての講釈は、次第に細かなものになり、それがあらかた述べ終わるころ、孟紫芝が声をかけた。立ち聞きされていたとはつゆ知らず、突然のことに驚く二人。

孟紫芝は唐閨臣ら五人が釣りをしているところを訪れたのち、百薬圃にやってきた。そこでは陳淑媛ら八人が闘草の遊びをしていた。ただそれは、草花や花木の名を言い合い、ことばで対を作って遊ぶというものであった。孟紫芝は董青鈿との約束が気になっている。青鈿は宋良箴らとともに、そろばんを前にしながら、割り算のやり方について話している。

第七七回

孟紫芝は才女たちのようすを董青鈿に事細かに報告し、彼女からヒスイの腕輪を譲り受けた。孟紫芝が再び百薬圃に戻ると、蒋春輝らが花草果木の名前で対を作って遊んでいる。活発な議論につられて、琴を弾いていた者、笛を吹いていた者、扇子に文字や絵を書いていた者、花湖や十湖の遊戯をしていた者、ブランコをしていた者など、他の才女たちも続々と集まってきた。

第七八回

おりしも女中が、酒席の用意が整ったことを伝える。みなで手を洗い、建物に入り、方卓円卓を合わせて、みなで丸くなって坐った。酒を楽しく飲むための酒令を、誰が出すかという話になり、みなであれこれ言い合っているうちに、孟紫芝が笑話をつづけざまに三つ披露した。

祝題花の発案により、経典から文句を唱え、次のものがさらにその末字から始まる文句を唱える、というゲームを行うことになった。酒を飲むときは各自の酒量に応じることも決められた。さあこれから酒令を行わんというおり、武則天から才女たちに御旨が下された。

第七九回

武則天の命を受け、才女たちは酒令どころではなくなってしまい、あわてて食事を済ませるとそそくさと帰って行った。次の日の朝、御旨に応じたのち、再び卞家に集まると、自作の詩を見せ合った。

みなで園内を散歩していると、弓を射る場所に出た。

張鳳雛と蘇亜蘭、宰玉蟾らが弓に興じ、その秘訣についてを語り合った。別の場所では米蘭芬を中心に、筆算や計算ボードについて語られている。米蘭芬はまた、雷の光と音の間隔から、その落ちた場所を計算している。

第八〇回

そのうちに才女たちは、謎あてを始めた。経典の文句から花の名前や、別の経典の文句を導き出す遊びである。そのうちに文字を一文字、問いとして出し、そこから経典の文句や薬名などを導き出すようになった。用いられる経典は『孟子』や『論語』、『詩経』や『周礼（しゅらい）』などさまざまだったが、一人が問いを出せば別のものがすぐに答えた。

ボール遊びに興じていた娘たちが戻ってきた。聞けばボールを足で蹴った瞬間に、靴まで脱げてしまったという。聞いてみなは大笑い。すかさず孟紫芝、空中に飛んだ靴を問いにして曲牌名を答えさせる謎を出した。

第八一回

才女たちは謎あてをしている。「照妖鏡」とかけて『老子』の一句と解く、とか、酒器の「過山龍」とかけて『爾雅』の一句と解く、とか。『西廂記』に基づく謎あてもはじめられた。「廂」から『西廂記』の中の七文字を答えよ、とか、「亥」から四文字を答えよ、とか。才女たちは次々に答えをあてていった。

酒の準備が整い、才女たちは手を洗うと、前日同様、丸くなって着席した。

第八二回

籤（くじ）を引いて酒令を決めることになった。陰若花が「双声畳韻（そうせいじょういん）」の令を提案した。それは籤に天文、地理、鳥獣、虫魚、果木、花卉（かき）などのジャンル名と、双声か畳韻かを記し、引いたものがそのお題に叶う二字句を答える、というものである。さらにその上で、その二字句に関連する「双声畳韻」の含まれた一節を、書物から引き出すというものであった。みなに酒を飲ませるための方法も考えだされた。加えて、書物から引いた一節に双声と畳韻の両方が含まれている場合、次の者は笑話をするか、小曲を歌うかしなければならなかった。

トップバッターは国瑞徴。引いた籤には「花卉双声」と記されている。彼女はまず「長春」の二字を言い、『列子』から、畳韻の含まれるフレーズを引き出した。

柳瑞春、呂祥蓂（りょしょうめい）、宋良箴らが続いた。

第八三回

　燕紫瓊は、みなが酒を二杯飲むことと引き換えに、講談を語ることになった。彼女が醒木（ひょうしぎ）で机を叩きながら、孔子の弟子の子路（しろ）が山林にて老人に出会い歓待を受ける一段を語ると、みなは拍手喝采。次いで場には「蟢子」「豨薟」「贔屓」などのことばが提出され、みなはそれについて語り合ったり、酒を飲んだり。小曲を歌うことになった掌浦珠（しょうほじゅ）が、義姉妹となったみなとの別れを惜しんで、人を思うことと恨むことが表裏一体であることを歌う。

　孟玉芝が「列女畳韻」の籤を引き、次の人に渡す。しかし前の人が双声畳韻を揃えたために、先に笑話を求められ、笑話を考えているうちに答えるべき「お題」を忘れてしまう。次々と誤答を重ね、罰杯がかさんでゆく。

第八四回

　孟玉芝はあてずっぽうに官職名や体の部位、文具や器物、服飾や飲食、花や果実、虫や鳥など、さまざまなジャンルの双声や畳韻のことばを場に出していった。罰杯が一〇〇となったとき、ようやく「列女畳韻」の語を答えるに至った。彼女が一〇〇の罰杯を飲む段となり、四字で三つの双声もしくは畳韻を出せたら、減らしてもいいというはなしになる。孟玉芝は酒を数杯あおると、みごとに『中庸』から三つの双声を含む四字を場に出した。

　張鳳雛の笑話の後に、卞宝雲が孟玉芝の罰杯のかわりとなる令を提示することになり、彼女の両親の心願について述べる。いわく、彼らは卞家に男児が授かるよう祈願して「覚世真経」を一万枚写経したから、みなに持って行ってもらい、よく敬誦してほしいとのこと。大半は大賛成だったが、中には場に広がる甘いムードに苛立ちを覚える才女たちも。

第八五回

　双声畳韻の遊戯が、引き続き行われた。「列女畳韻」「戯具双声」「財宝双声」「人倫双声」「虫名双声」など、次から次へとお題が出され、才女たちはそれに合う二字句を答えてから、その二字のうちどちらかの文字が含まれた字句を古典籍の中から答えていった。

　才女たちからは時折、ルールに関しての疑問が提出された。例えば「古人」という題は範囲が広すぎるのではないか、とか、重ね語は正答からはずすべきではないか、など。また、唐閨臣から「この遊びは、長すぎる」といった意見が出されたりもした。

第八六回

酒を運んできた玉児（ぎょくじ）が、自身の姓である「王」字についての笑話を披露し、才女たちの笑いを誘う。彼女いわく、兄弟は八人、上から「王主」「王玉」「王三」「王丰」「王五」「王壬」「王毛」「王全」といい、「全」字の上部分について、「人」字ではなく「入」字であることから、八番目のあだ名が「人でなしの王八（うすのろ）」なんだとのこと。

才女たちは双声畳韻の遊戯に戻る。列女や官名、薬名、時令、百穀、服飾、財宝、地理、飲食、音律などについての双声語が、次々に披露された。

第八七回

先に銀漢浮槎（ぎんかんふさ）（天の川を渡る筏（いかだ））の語が出てきたことから、才女たちはみなでこれをお題とし、経典の字句を引いて遊んでいる。「巨屨」の語について議論。

しばらくまた双声畳韻の遊戯を行い、笑話を楽しんでいた。ふと、卞錦雲（べんきんうん）が簫を引き、「天文双声」と高らかに唱えると、松林から冷たい風が吹いてきた。風は清香を帯びている。そこに知らせが入り、殿試四等才女と名乗る二人の女性が、会に加わり真の才能をお持ちの方々と話をしたいと言う。唐閨臣がわたしたちはそうではないから会わないことにしましょう、酒のあとということもあるし、と断ろうとすると、盧紫萱らはそれはいけないという。

第八八回

結局二人を会に加えることになった。やってきた娘はどちらも美人で、年長の青い服を着た者は姓を封（ふう）といい、年少の白い服を着た者は姓を越（えつ）といった。みなとの挨拶が済むと、二人は唐閨臣の「天女散花賦（てんにょさんかふ）」を見せてほしいと言う。唐閨臣は初めは固辞したが、みなに請われて、仕方なく賦を紙に書き出した。

じつはこの白衣女子は、仙界で唐閨臣の前身である百花仙子と因縁のある嫦娥であった。青衣女子のほうは風姨。嫦娥は賦が風と月をけなし、花を重んじるのがおもしろくない。風姨もその威をちらつかせると、才女たちはただ震えるほかなかった。

そこへ紅の光とともに、斗筆を携えた美女が一人やってきて、封と越の二人に僭越だと迫る。両者言い争ううちに、もう一人、指の長い道姑がやってきて、双方の怒りを鎮め、仲直りさせた。

第八九回

斗筆を携えた美女は女魁星であり、指の長い道姑は麻姑であった。麻姑は、才女たちの過去と未来を、五言の韻文二〇〇句で語っていった。

武則天が帝位についたこと、唐敖が小蓬萊で仙人になったこと、唐閨臣らが海外で飢えたこと。ときにはそれぞれの才女一人一人にスポットが当てられた。唐閨臣のこと、駱紅蕖のこと、廉錦楓のこと。

第九〇回

話は才女たちの合格を祝う宴のことに及んだ。ブランコ遊びで董青鈿の靴が脱げたこと、才女の一人が嘔吐したこと。次いで道姑のことばは、次第に凄惨なものとなっていく。それは彼女らの中に、不幸な結末を迎える者が、少なからずいることを暗示していた。自ら首をくくる者、矢に斃(たお)れる者、夫を亡くして寡婦になる者。

道姑が去り、残された才女たちは、気持ちが落ち着かない。惨死しても名を残したいという者や、穏やかに長生きしたいという者、さまざまであったが、ひとまず双声畳声の遊戯を続けて、酒を飲むことになった。

第九一回

才女たちは双声畳声の遊戯をしながら、さまざまな余技を披露する。笑話を求められた秦小春(しんしょうしゅん)が、代わりに自身の姓「秦」字を用いた遊びを提案し、「秦」字が頻出する文句を古典籍から導き出した。次いで、薬に詳しい潘麗春(はんれいしゅん)が、「薬名双声」の籤を引いたことから、酒の毒を解毒する薬草「葛根」について、産地や功能、処方などを語り出す。陶弘景(とうこうけい)の名が出たことを皮切りに、易紫菱が花々の品格について論ずる。薛蘅香は「軍」字から「宣」字を引き出し、孟蘭芝は「平」字から「立」字を引き出す。玉児がみなにせがまれて笑話を三つ披露する。

孟紫芝のかわりに籤を引いた玉児、「天文双声」であったが、青鈿がそれを奪い取りすばやく「虫名双声」と命令する。聞いた紫芝、やけになって「臭虫」と叫び、

『山海経』から三つの双声を場に出した。

第九二回

才女たちは「臭虫」の話に花が咲く。次いで、虫や花に関する畳韻語「芄蘭」「螳螂」や、動物や地理に関する双声語「駒駼」「黄河」が提出される。才女たちは遊戯の途中、登場する不吉なことばに気をもんだり、悲しいことばに胸を痛めたりしている。「真珠」から、珠の種類が語られ、虫名の「果蠃」から、同音の鳥名の「果蠃」や瓜名の「果蠃」についての議論が展開する。

日が落ちて、食事の時間となった。下女が卞宝雲に、小鼈山（しょうべつざん）の楼閣にかけてある灯籠について伝える。みなは灯籠を見に行くことになった。

第九三回

算学に秀でた米蘭芬が灯籠の球の数を数えることになる。灯籠は楼閣の上下二段に、それぞれ二種類がつるされている。上は、大きい球三つに小さい球六つがつらなったものと大きい球三つに小さい球一八がつらなったもの。下は、大きい球一つに小さい球二つがつらなったものと、大きい球一つに小さい球四つが連なったもの。米蘭芬はこれら四種類の灯籠の数について、すべての球の数を大きさごとに調べさせると、「雉兎同籠（ちとどうろう）」の算法を用い、瞬時に算（かぞ）えあげてしまった。

才女たちは双声畳韻の遊戯を再開する。蔣春輝が漢字を何かに見立てる遊びを提案し、みなは「甘」字がカンナだとか「母」字が役人の帽子だとか、「乙」字はヘビだなどと語り合う。最後に陰若花が「合歓」の語を場に出し、見事に酒令を収めた。

第九四回

陰若花が女児国へ帰ることになった。枝蘭音、盧紫萱、黎紅薇の三人もまた、若花を助けるために同行することに。数日にわたり、盛大な送別会が開かれた。女児国の国舅が、飛車で迎えにやってきた。車に乗り込む陰若花らと、飛び立つ車を涙で見送る才女たち。他の才女たちもしばらくすると、めいめい自分の国元へ帰って行った。

嶺南に帰った唐閨臣は、母親の林氏に、父親唐敖を再び探しに行きたいと言い、弟小峰と駱紅蕖の挙式をまって、出立することになった。顔紫綃が同行することになり、二人は林之洋の船で小蓬萊へ行った。到着すると、唐閨臣と顔紫綃は、二人きりで山へ登って行った。

第九五回

その後二人は、二月(ふたつき)のあいだ帰ってこなかった。林之洋は道童から二通の手紙を渡され、嶺南に戻る。林之洋は、それらの手紙を、妹の林氏と顔紫綃の兄である顔崖(がんがい)に渡す。手紙を見た二人は、娘たちが小蓬萊で仙人になったことを知る。

唐閨臣の弟小峰が、才女たちの兄や夫らとともに、蜂起を企てる駱承志に合流すべく、小瀛州へと向かった。山寨に迎え入れられると、駱承志や史述らのほか、卞璧(べんへき)と燕勇(えんゆう)に出会う。卞璧は三歳で連れて行かれた卞家の長男で、燕勇は燕紫瓊の兄であった。みなは卞璧がどのように育てられたかのいきさつを詳しく聞いた。その後、みなは山に暮らし、来たるべき蜂起に向けて武芸を磨いた。しばらくして唐小峰らはいったん山を下りると、家族を連れて戻ってきた。

第九六回

文家から派遣された徐承志が山へやってきて、駱承志や史述らとともに計画を練る。武則天を守る四つの関のうち、手ごわい「巴刀」と「才貝」の関は後回しにし、やさしい「酉水」と「无火」の関から攻めることになった。

文家と章家の公子たちとその妻、娘たちとその夫が合流し、みなは「酉水」関に集った。男たちが設けた大営の後ろには、女たちの女営が置かれた。

関をつかさどる武四思(ぶしし)は、相手の陣営を見るや、酉水陣を敷いた。そして敵に、もしこの陣を破れたら関を明け渡そうと約束する。文苶(ぶんしょう)が一人、陣に向かうと、各地の銘酒がさまざま取り揃えられている酒家に出くわす。酒代は掛けでいいと言われ、文苶はためらいながらも、一〇種の酒に口を付けてしまう。店を出ると、彼はまた別の酒家を見つける。

第九七回

この女の店では掛けがきかず、文苶は携えていた宝剣を酒代にし、並べられた三〇杯の酒を、次から次へと飲みつづけていく。もう三〇杯もう三〇杯とやっているうちに、メニューの百数種をすべて飲んでしまっていた。酒家を出るころには、すっかり酔っ払って眠り込んでしまった。

文蒒と薛選は、様子をうかがいに陣に入り、同じく酒にやられてしまう。文苶の身柄が武四思から大営に送られ、みなは陣の恐怖に恐れおののく。しばらくの後、文苶は死んでしまった。その後も数人が陣に入るも、やはり誰一人戻ってくるものはない。

　後に文芸らは、敵が体に「神禹之位」と記された黄色い紙を胸に貼っていることを知る。これが秘訣かと、三〇〇〇人の精鋭を揃え、みなに一枚ずつ持たせて陣に入る。ただしこの霊符は、関わるものがすべて飲酒を戒め、香を焚いて天に祈りをささげた上でないと、効果が現れないものだった。文芸は万事整え、再び攻め入ると、ついに武四思を討ちとったのだった。

第九八回

　林烈(りんれつ)が「无火」の陣に入って行った。中には頭突きで山をくずす大男やそれを補修せんと石を練る女、睨んで眼底から血を噴出させて虎を追い返す大男などがいる。食べ物屋の通りでは、周代の服装をした男が、髪から髭からカチコチに立てて、誰かとケンカしている。また多くの罪人たちが鎖につながれ、蒸籠(セイロ)のために罪を受けたと嘆いている。林烈は彼らから、くれぐれも「忍」字を念頭に置くよう助言される。しかしかれもまた、蒸籠をきっかけに、人といさかいをし、その身を滅ぼすのだった。

　その後、譚太(たんたい)と葉洋(ようよう)が林烈を追って陣に入るも、音沙汰がない。焦った文芸、また敵兵を捕まえて、攻略法を聞き、敵の陣を打ち払った。林書香と譚蕙芳(たんけいほう)と葉瓊芳(ようけいほう)は夫に殉じた。

　次なる「巴刀」関では、陽衍(ようえん)が陣に入って行った。芳しい風、美しい花々の中に、華麗な建物が居並んでいる。馬を降りて歩いて進んでゆくと、次から次へと現れる美女たち。中に花街があり、そこで出会った一人の美女に、誘われるまま、奥へと進んで行ってしまう。翌日、章(しょう)芹(きん)、文萁、文菘もまた、陽衍を追って陣に入るも、いずれも行方が知れなくなった。ほどなくして大営には、四人の遺体が送られてくる。

　陽墨香と戴瓊英(たいけいえい)は夫の亡骸を抱えて自刎、文菘の二人の妻、由秀英と田舜英は、夫の宝剣をたずさえ、「巴刀」陣前で自身の身と引き換えに武五思(ぶごし)を討つ。文芸が二人の亡骸を確保して大営に戻ってくると、なんと文菘は息を吹き返していた。

第九九回

その後文芸は、小蓬莱から戻ってきた燕紫瓊の仙薬と「柳下恵」の三字を用いて「巴刀」陣を打ち破る。つぎの「才貝」関に敷かれた陣へは、章葒が進んでいった。中は銅臭が立ち込めている。途中一つの、とてつもなく大きな銅銭が縦になってゆく手をふさいでいた。その下にはおびただしい数の、さまざまな職業の人々がおり、彼らは金をなんとか手に入れようと、多種多様の悪事を働いているのだった。章葒は溜め息をつきながら、その場を通り過ぎた。

ふと目の前に別天地が開け、眼前に華麗な高殿が現われる。外だけでなく中の調度品もまた、贅が凝らされている。章葒はすっかり魅了され、その高殿の主人となり、四人の美女とともに贅沢にすごす。彼女らは五男二女を産み、その子どもは長じて孫を産み、孫は長じて曾孫を産んだ。ふと気づけば、章葒が巨大な銭を見たときから、すでに六〇年がたっていた。

帰ってこない章葒を追って、宋素と燕勇が陣に入った。しかしどちらも戻ってこない。燕紫瓊と宰玉蟾も夫を追って、行方が知れなくなった。大営に残った公子八人が八〇〇の精鋭を率いて陣に入るも、やはり行方が知れなくなった。それぞれの妻たちは、碑記の薄命の話を思い出し、また林書香や由秀英など、夫の難に殉じた妻たちの例を見て、恐れおののくばかり。香を焚き神仏に祈ること三日、仙界に思いが届き、青女児や玉女児らが応援にやってきた。

第一〇〇回

紅孩児によれば、この陣は銅毒に効果のあるクルミを用いることで打ち破ることができるという。そこへ百果仙子が花カゴを携えてやってきた。花カゴにはクルミが半分ほどしか入っていなかったが、不思議なことに、おびただしい数の兵士たちにクルミを分け与えても、カゴは空にはならなかった。真夜中、救援にきた仙人たちの力を借りて、敵陣に攻め入る。関をつかさどる武六思は、形勢が危うくなると見るや、どこかへ逃げて行った。こうして文芸は廷臣の張柬之らと合流し、太后に退位を迫り、中宗の復位を実現させた。

かつて唐閨臣のもとにいた白猿が、いま碑記を携えて、名だたる文人のもとをあちこち訪ね歩いている。そのまま清代に到り、老子の末裔に出会うと、碑記をぽいと手渡した。その者は碑記をもとに物語をつづり、半ばを綴り終えたところで友人に見せ、出版の運びとなった。

＊途中で改姓する徐姓と駱姓の者について、煩雑さを避け、表記は元の姓で統一している。

付録二

『七嬉』あらすじ

第一篇「画圏児」

　葉秋樹は詩詞に巧みな文人である。圏点批評にも秀でていたが、文字と丸を書くことが苦手だったため、みなは彼の鑑識眼に敬服しながらも、彼の圏点を嫌がり、葉秋樹自身もそのことを気に病んでいた。

　ある年の八月上弦の晩、葉秋樹が城外にある屋敷の庭で李賀の詩を朗誦していると、ふと、むすめがひとり庭に入ってきて、彼を見て笑っている。年のころなら一七、八。葉秋樹は狐か仙人かと疑いつつ、李賀の詩を指差し、お前は字が読めるかと尋ねた。彼女が字を知らないことがわかると、葉秋樹は、字を知らぬなら狐だろうと、むすめをからかった。むすめは頬を紅く染め、瞬く間に見えなくなった。

　その年の中秋の晩、葉秋樹が朱彝尊の「一半児」詞を朗誦していると、ふと西の部屋からむすめたちの笑い声が聞こえてきた。葉秋樹が好奇心から、様子をうかがいに赴くと、五人のむすめが方卓を囲み、酒を飲んでいる。中に一人、琥珀の腕輪をしたむすめがおり、それがすなわち、以前に屋敷の庭で葉秋樹と会ったむすめだった。五人のむすめは、酒の肴に、「一半児」詞で四季をひとつずつ詠もうということになった。腕輪のむすめは文字を知らないといい、他のむすめが作った詞について、感想を述べる役を担うことになった。（ここで、四人のむすめによって春夏秋冬四つの「一半児」詞が披露され、腕輪のむすめがそれを評する描写が続く。）

　おもむろに腕輪のむすめが筆を取り、紙に一〇〇近くも一重や二重の丸を書き、こういった。「思いを手紙にしたためたいけど、あたしは文字がわからない。しかたないので、丸で書こう。意味がわかるのはただあの人だけ。一重はわたしで二重はあなた。いくら書いて行っても、思いの丈は尽くせない。」残る四人は腕輪のむすめを褒め称えた。うちの一人が、彼女が文字を知らずとも丸がうまいことをいい、「世の中には字を知っていても丸を書けない人が多い」と述べた。

　葉秋樹はそれが、自分への当てこすりであると思い、彼女らを驚かそうと中庭でゆっくりと詩を朗誦した。すると突如、気が天を衝き、九つの光の環となって、庭の木を灯した。葉秋樹があっけに取られて、ぼんやり眺めていると、むすめたちが飛び出してきて、一流の文人だから九連環(きゅうれんかん)になったのだと言った。すると四つの環が、文字を知る四人のむすめたちの頭に落ちてきた。文字を知らない腕輪のむすめだけが無事であった。葉秋樹がふたたび詩を高らかに唱えると、光は気と化し、瞬く間に見えなくなった。

葉秋樹は楷書に巧みな彼女たちを助手として手元に置くことにし、自分の代わりに代筆させた。腕輪のむすめもまた、丸をうまく書くことを買われ、彼の助手となり、以後、彼の代わりに圏点を打つ役目を担うことになった。

第二篇「氷天謎虎(ひょうてんべいこ)」

伊犁(イリ)の南には、真夏でも融けない氷山がある。葉爾羌(ヤルカンド)や西蔵(チベット)へ行くには、この氷山を通らねばならなかった。月の輝く晩にこの氷山の頂に立つと、幾層にも重なる氷の下から、清らかな音楽が聞こえるということだったが、誰も理由はわからなかった。ある中秋の晩、呉記室(記室は文書などを司る役職名)なる者が、葉爾羌から伊犁へ向かう途中、この氷山の山頂で、絶景に見とれていると、突然大きな音がして氷が裂けた。彼は割れ目に落ちてしまった。

ふと気づくと呉は広い庭の中にいた。目の前には高い堂屋(どうおく)があり、窓には灯謎(とうべい)の問題が書かれた紙切れが貼られ、あたりはそれを見る者たちで人垣が出来ていた。(ここで灯謎についての説明が続く。)呉は平素より灯謎が好きだったので、我が身を案ずるのも忘れ、問題を見て回ることにした。窓は左右八面ずつあり、それぞれに八枚の紙が貼られている。問題は全部で一二八条。呉は「四書謎」五面、「周易謎」「尚書謎」「毛詩謎」「春秋謎」「礼記謎」一面ずつ、「西廂記謎」四面、「曲牌名謎・地名謎」「人名謎・物名謎」一面ずつをすばやく見回ると、即座に幾つかの謎を解いてしまった。

すると堂屋の主人が門を開け、呉を中に招き入れた。主人は風流高雅な人柄で、話がうまく、二人は会話を楽しんだ。しばらくして盛大な宴席が張られ、主人は呉に、「鱘鰉魚骨(チョウザメの軟骨)」や「熏糟肉(酒粕につけた肉の薫製)」をふるまい、これらにまつわる故事を求めた。呉は方岳(ほうがく)『秋崖小稿』の「鱘鮓詩」や楊万里(ようばんり)の「呉春卿郎中餉臘豬肉戯作古句」詩を引いて、主人を喜ばせた。

酒も尽きた頃、ふと奥から音曲が聞こえてきた。呉は主人について奥にある灯籠を見に行くことになった。廊下に出ると、あたり一面、氷の球に宝石や房飾りがさまざま飾りつけられた灯籠が、びっしりと懸けられていた。主人は灯籠について、大球一つと小球二つのものと、大球一つと小球四つのものがあるといい、呉にそれぞれの数を答えさせた。呉は主人の難題を軽くこなした。

主人は呉の才が高いことを知ると、憨紅（かんこう）という名のむすめを呼んで、呉に挨拶させた。呉はしばらくの間、憨紅と二人、自身の旧作を詠むなどして遊んでいたが、ニワトリが朝を告げると、主人に促されるまま帰路についた。呉が、「灯虎」を全稿見ていないと告げると、主人は「五年後、君は幻影山（げんえいさん）で全本を見るだろう」と答えた。氷穴を抜けて呉が数十歩東へ歩くと、そこはもう元の道であったが、不思議なことに、二度と主人の屋敷へ戻ることはできなかった。

第三篇「司花女子誦詩（しかじょししょうし）」

楓壺外史（ふうこがいし）なるものが妓楼に遊び、花中八仙図を作り、花中八仙歌を賦した。それは、杜甫（とほ）の飲中八仙歌の韻が用いられていた。すぐさま棲雲野客（せいうんやかく）がこれに合わせて詩を作った。序が付され、そこには牡丹を花中の第一として、花を愛で育てることのすばらしさが述べられていた。（ついで、飲中八仙歌と各句末尾の字を同じくした詩が挟まれる。）

次の日、楓壺外史がさらに続花中八仙歌を携えてやってきたので、棲雲野客はもう一度これに合わせて詩を作った。（飲中八仙歌と各句末尾の字を同じくした詩が挟まれる。）

ふと一人の老人が入ってきて、楓壺と棲雲野客の二人に対して、発想が陳腐だと言い、芭蕉の葉のような緑の紙を取り出すと、花中八仙歌に合わせた詩をこまごまと記した。末尾には逸侯学歩（いっこうがくほ）の四字があり、棲雲野客はすぐさまその詩を読み始めた。（飲中八仙歌と各句末尾の字を同じくした詩が挟まれる。）

棲雲野客が読み終えて、老人を眺めると、その立ち居姿が只者ではない。急いで「申君ではありませんか」と尋ねたが、それがまだ言い終わらぬうちに翁は長嘯（ちょうしょう）しながら出て行った。棲雲野客が後をつけていくと、別の部屋に石ザルがあり、その首の鎖が断ち切られていた。野客は笑って「サルが詩をわかったっていいじゃないか、なぜ隠れることがあろう」と言った。

真夜中になり、野客が琴想山房に戻って、月明かりの下で涼んでいると、ふと二人の女子が揃って入ってきた。二人は牡丹の使いと言い、野客が昔に作った詩の数々を二〇余り朗誦した。それらはどれも、月や花について、美しいようすを丹念に歌ったものばかりだった。彼女たちが帰っていった後、数日の間、その残り香は消えなかった。

第四篇「善鬼不単名鬼」

江東若士は、詩賦に巧みで法律に詳しく、算術に秀でていた。棲雲野客に師事していたが、離れて桐陰で教師の任に着いていた。その学館の主人は若士の才能を高く買い、彼を大金で雇ったが、若士は太っ腹で小さなことにこだわらない性質であったから、一年たたないうちにすっかり使い切ってしまった。棲雲野客はそれを伝え聞くと、若士を心配して「招若士詩」を作った。

　若士は失意のうちに故郷へ帰り、そして数ヶ月後に再び桐陰へ行った。夜、寺で休んでいると、ふと一人の儒巾を被った男が入ってきた。儒巾の男は歙（安徽省歙県）出身の史梧岡だという。史は突然「君の古い友人が、君のために作った『招若士詩』は、もう目にしたかね」と聞いてきた。若士がまだだと言うと、史は「招若士詩」を朗誦して若士に伝えた。詩には、桐陰からの旅人が棲雲野客に、若士の放蕩ぶりについて伝えたこと、棲雲野客がその噂に胸を痛めていることなどが綴られていた。そして、若士が再び勉学に向かうための、励ましのことばが綴られていた。

　若士は詩を聞くと、史に、この詩を作ったのは棲雲野客かと聞いた。史は自分を、実は文を司る役人の下役であり、上から命を受け、面白い文章を探しているところだといった。途中で棲雲野客と「招若士詩」を知ったが、上に報告するためには、確実に相手に手紙が届いている必要があったため、わざわざ若士の元にやってきたという。若士は顛末を聞くと、史に、君は鬼かと聞いた。史は鬼ではなく鬼仙であると答えた。人はみな死後に、生前の心の持ちかたによって、鬼仙、鬼官、鬼俠、鬼隠、鬼鬧、鬼溷になるという。そして若士に、努力すれば百年後に仙人になれるだろうといった。ふと気づくと史は消えていた。

　若士は心中悟り、棲雲野客に手紙を書いた。中には、先の不思議な出来事と謝辞が述べられ、反省のことばの後には味辛図七律八章が付されていた。味辛図とは、美人が辛夷一枝を若士に贈るも、若士は受け取らなかったというものである。手紙を受けた野客は、味辛図詩を作って若士に贈った。以降、若士は勉学に励むようになった。

第五篇「洗炭橋」

海州板浦は彭祖の故郷と伝えられている。彭祖は妻が死ぬたび、次々に新しい妻を娶り、その八〇〇年の生涯に四九人の妻を持った。最後の妻はひどく嫉妬深い性格で、彭祖にこれ以上再婚させてなるものかと願った。そこで彼女は、自分が死ぬと、閻魔に告げ口し、彼を早く冥界へ連れてくるよう懇願した。閻魔は甲乙二人の鬼卒(冥界の従者)を派遣して、彭祖を捉えに行かせた。

彭祖はじぶんに追っ手がかかっていることを知ると、酒屋を用意して出迎えた。二鬼は酒に目がなく、彭祖に勧められるまま、次々に杯を重ね、ほろ酔いの中、冥界にこれほどの美酒があるだろうかと、甕に十斤買って帰ることにした。途中、家についてから酒を分けるときの用に七斤の瓶と三斤の瓶を買った。すると少年に化けた彭祖が現れて、五斤ずつ飲み尽くすことを条件に、三種の容器を工夫して用いて五斤ずつに分け、結果、二鬼を酔いつぶした。彭祖は二鬼を甕に入れると池に投げ入れてしまった。

閻魔は甲乙二鬼が帰ってこないので、新たに丙丁二鬼を派遣した。二人とも子どもであった。彭祖もまた、子供の姿に変身して丙丁二鬼に近づくと、花板掌で遊ぼうと誘いかけた。彭祖が家にカネがあるよと歌うと、二鬼は家へ行きたいという。家では三つの炉が、金銀銅、三種のカネを生み出しており、それらが山積みにされていた。彭祖は二鬼に、かくれんぼで勝ったらカネをあげると約束した。丙丁二鬼は必死になるうち、火に吸い込まれて消えてしまった。

次に戊己二鬼が派遣された。二鬼とも美しい女であった。二人は彭祖について、若く美しい男と聞いていたが、出会う醜い男すべてが、自分を彭祖だと告げた。ふと醜い男が近づいてきて二人に鏡を渡し、本当の彭祖はこの鏡の中にいると言った。二鬼が鏡を覗き込むと、中には子都や子充、宋鮑や徐公など、歴代の美男子たちが次々に映った。現れては消える美男子たちに二鬼の目が眩むと、突然大きな音がして、一人は木に、一人は石に化した。

次に庚辛二鬼が派遣された。二鬼が村に入ると、村人たちは柔らかな物腰で満面の笑みをたたえていた。二鬼は、彭祖の化けた若者と出会い、三人将棋をすることになった。途中、庚辛二鬼が取っ組み合いのけんかを始めたので、若者は笑ってなだめ、相手がいるから喧嘩になるのだと言って、今度は自勝棋(じしょうき)を始めた。しかしやはり若者に力及ばず、負けたバツとして蒸籠(セイロ)で蒸されることになり、二鬼は湯気とともに跡形もなく消え去ってしまった。

八匹の鬼を退治した彭祖が、何の憂いもなく村を散歩していると、川があり、橋の所で二人、小枝ほどの木炭を洗っていた。彼らは閻魔より派遣された壬癸(じんき)二鬼だったが、理由を問えば、炭を洗って白くするのだと言う。真っ黒な炭を洗って白くするという、そのばかばかしさに彭祖が気を緩めた瞬間、二人は袖から鎖を出して彭祖の首にかけた。不意のことで、彭祖も力を発揮できなかった。晩になって村人が様子を見に行った時、彭祖はすでに冷たくなってしまっていた。この橋を洗炭橋という。

第六篇「鸚鵡地(おうむち)」

世界には、五つの大陸——亜細亜(アジア)・欧羅巴(ヨーロッパ)・利未亜(アフリカ)・墨瓦蠟泥(メガラニカ)・亜墨利加(アメリカ)——の他に、鸚鵡地という名の、オウムが群れ成して飛ぶ島があるという。ある若者がいかだで向かうと、その島は火が燃え盛っており、真夜中と言うのに昼のようであった。地面は石ばかりで植物は石の間から生えていた。水を求めてしばらくさまようと、ある村に出た。家屋も門も石で出来ていた。その若者が村人に詳細を尋ねると、ここは四つに分かれたうちの、俗界(ぞくかい)なる場所であるといい、さらに行けば、俗界の者も知らない花界(かかい)なる場所があるという。俗界人は若者を、麻飯なる穀物と鸚鵡臘なる肉でもてなした。若者は花界へ向けて船出した。夜になり天が暗くなると東から満月が現れたが、一つの星も見えなかった。(星についての説明が続く。)

途中若者は、岸に上がり花界へ歩いて向かった。しばらく歩くと、美しい花をつけた林があり、花界三百里を取り巻いている。家があり、中には青年が石に腰掛けて木簡(もっかん)を手にしていた。その青年は、若者を見とめると、どこから来たかと尋ねた。木簡には『遊香界小記』と書かれ、四六駢儷体(しろくべんれいたい)で、双声畳韻(そうせいじょういん)が多く用いられていた。香界(こうかい)なる場所へは、俗気がなく香韻があれば行けるという。青年は若者を襲秀なる穀物でもてなすと、しばし雑談して石室に留めた。

夜半、青年は若者に、香界へ行けると告げた。二人で独鹿なる名の一角の牛に乗った。しばらくすると、笙の音が聞こえてきた。（月についての説明が続く。）独鹿を下りて歩いていくと、えもいわれぬ香りの立ちこめる場所へ出た。二人のむすめが手をとり、声をそろえて歌うと、若者も歌で答え、むすめたちから香界についてのさまざまなことを聞いた。（香界についての説明が続く。）二人の名は芍薬（しゃくやく）と薔薇（しょうび）といった。芍薬が若者に、香界のほかに慧界（けいかい）があると伝え、ともに行こうと誘った。それぞれ青鳳（せいほう）の背に乗って飛ぶと、次第に香気が薄くなっていった。

突然、目の前に大きな雲が現れ、前に進めなくなった。聞けば慧界を取りまく雲だという。二人で青鳳を下り、雲に沿って歩いて進むことになった。途中一塊の雲があり、ガラスのようで、若者が詩を口ずさむと中に入ることができた。香界のむすめが、向こう側から、慧界は文字縁がなければならず、若者にはそれがあるから入れたのだと言った。詩を知らないむすめに若者が教え、むすめがその通りに朗誦すると、彼女も中へ入ることができた。中は百花の香りに溢れ、月が輝いていた。

遥か前方には広い大地が広がり、やわらかな草が生え、色鮮やかで美しい花々が咲き乱れていた。十数里を一棚として、全部で三五棚あり、それぞれが別の香気にあふれていた。一棚あたり男子一六人、女子六四人がいるという。暑くなく寒くなく、常に昼で、腹が減ったら香気を吸い込むだけでよかった。若者は慧界のむすめ兜兜（とうとう）とともに三五棚を回った。ふと、若者はもう一人のむすめに、詞二首を求められた。若者が披露すると、芍薬はこれを気に入り、笑って三、四度吟じた。若者が氷天で憨紅に出会ったことを言うと、芍薬は憨紅の隣人だという。そこで若者は、憨紅のために詞一首を作り、芍薬に届けてもらうことにした。

若者は鸚鵡地から俗界、花界、香界、慧界へ行ったが、いつ戻ってきたかはよくわからない。三五棚の詳細も伝わっておらず、芍薬や花界の青年がそれぞれの地へ戻ったかどうかもわからない。これを聞いて羨んだ者が若者と再びその場所へ行こうとしたが、道を忘れてしまっていた。若者は夢でも見たんじゃないかとからかわれ、こう答えた。『職方外紀（しょくほうがいき）』などにも、ヨーロッパの奇怪な出来事が記してあるではないか、どうしてこれを夢だと疑うのか、と。

第七篇「幻影山得氷天謎虎全本」(内有伝声譜二種)

呉明試は伊犂の任から戻ってのち、ますます珍しいものを求めるようになり、ある日友人の賈於華と共に、東南へ船出した。五日ほどで船は大風に煽られ、とある山へ漂着した。岸に上がって眺めてみたが、船員はだれもこの場所を知らなかった。呉は賈と二人で、この山を探検することにした。

進んでいくと、二人は石に「会万一頃商関」と書かれているのを見て、さてここは税関だろうかと解釈した。しばらくして、五色の竹が垣を成す洞門に着いた。二人が入ると、中では鼓と梆の音がする。葛をまとい竹笠を被った老人が現れ、二人を招き入れた。書屋は壁も窓も、机などの器物も、すべて竹でできていた。傍らには磬一つと羯鼓二つが置かれていた。老人は名を衛撰、字を子編といい、その祖先は呉の時に海を渡ってここへ来たのだと言う。呉と賈が、今の世の中についてその大略を互いに述べると、老人は磬と鼓を幾度か打った。すると二人の童子がやってきて、客に茶を献じた。呉が老人に、伝声が上手だと褒めると、老人は呉を知音であるとして喜んだ。

老人は呉に伝声譜を見せた。その序には、伝声が反切から生まれたこと、ことばを用いずに意思を伝える文士の遊びであること、そしてその具体的な遊戯法などが書かれていた。それは磬と鼓(あるいは鼓と梆)でことばを伝える暗号の一種であり、全部で四つの音のまとまりからなり、はじめの二つは韻母を、次の一つは声母を、最後の一つは声調を示していた。呉は伝声譜を見るなり、先に鳴らされた音の意味を言い当て、自らも同種のものを有していると告げた。呉の方法は、伝える順序や音の数、入声の示し方などに違いがあった。老人はその巧みさを褒めると、二人で「手談(手を用いた談話)」をした。

ふと賈が机の上に目をやると、書物があった。中には「氷天謎虎内篇」と記してあった。別に一冊あり、それは外篇であり、呉が以前に目にしたことのある問題が記されていた。呉が内篇を所望すると、老人はそれを許した。迎えがやって来て、二人は帰ることになった。その途中、呉は、「会万一頃商関」六字が、すなわち「幻影山」三字の反切であることに気づいた。(以下、第二篇の謎語の解答が記される。)

参考文献

テキスト（年代順）

『鏡花縁繡像』（木刻）（道光一二年刊。『続修四庫全書』および『古本小説集成』所収）
『絵図鏡花縁』（石印）（光緒一四年刊。北京市中国書店、一九八五年三月影印）
『足本鏡花縁』（世界書局、一九三五）
『鏡花縁』（張友鶴校注、北京作家出版社、一九五五初版）

翻訳

日本語訳

田森襄訳「鏡花縁」（抄訳）（中国古典文学全集三〇『児女英雄伝下・鏡花縁』三二七—五三二頁、平凡社、一九六一）
藤林広超訳『則天武后外伝　鏡花縁』（講談社、一九八〇）

英語訳

Gladys Yang, tr., *A Journey into Strange Lands*（抄訳）, Chinese Literature no. 1, pp. 76-122, 1958
林太乙英訳『大中華文庫　漢英対照　鏡花縁』Ⅰ・Ⅱ（訳林出版社、二〇〇五）

絵画

［清］孫継芳絵、張玉範・沈乃文主編『清・孫継芳絵鏡花縁』（作家出版社、二〇〇七）

書籍

和書（著者五十音順）

阿英『晩清小説史』（飯塚朗・中野美代子訳、東洋文庫、平凡社、一九七九）

荒川紘『東と西の宇宙論〈東洋編〉』(紀伊國屋書店、二〇〇五)
内山知也『隋唐小説研究』(木耳社、一九七七)
大島正二『中国言語学史』(汲古書院、一九九七)
大島正二『〈辞書〉の発明——中国言語学史入門』(三省堂、一九九七)
太田辰夫『西遊記の研究』(研文出版、一九八四)
太田辰夫『中国語文論集・文学篇』(汲古選書二、汲古書院、一九九五)
大塚秀高『増補中国通俗小説書目』(汲古書院、一九八七)
小川環樹『中国語学研究』(創文社、一九七七)
夏暁虹『纏足をほどいた女たち』(藤井省三監修、清水賢一郎・星野幸代訳、朝日選書、朝日新聞社、一九九八)
金谷治『老子——無知無欲のすすめ』(講談社学術文庫、講談社、一九九七)
喜多村筠庭『嬉遊笑覧』巻之四(長谷川強ら校訂、岩波文庫版第二冊所収、二〇〇二)
木下鉄矢『「清朝考証学」とその時代——清代の思想』(創文社、一九九六)
高洪興『図説　纏足の歴史』(鈴木博訳、原書房、二〇〇九)
ドロシー・コウ『纏足の靴——小さな足の文化史』(小野和子・小野啓子訳、平凡社、二〇〇五。原著は *Every Step a Lotus: Shoes for Bound Feet*, University of California Press, Bata Shoe Museum, 2001)
高峰『科挙と女性』(大学教育出版、二〇〇四)
合山究『明清時代の女性と文学』(汲古書院、二〇〇六)
古田島洋介『「縁」について——中国と日本』(叢刊・日本の文学一三、新典社、一九九〇)
顧禄『清嘉録——蘇州年中行事記』(中村喬訳注、東洋文庫、平凡社、一九八八)
桜井進『江戸の数学教科書』(集英社インターナショナル、二〇〇九)
佐々木睦『漢字の魔力——漢字の国のアリス』(講談社選書メチエ、講談社、二〇一二)
澤田瑞穂『宋明清小説叢考』(研文出版、一九八二)
杉原たく哉『中華図像遊覧』(大修館書店、二〇〇〇)
荘子『荘子内篇』(森三樹三郎訳注、中央公論社、中公文庫、一九七四)

武田雅哉『蒼頡たちの宴——漢字の神話とユートピア』(筑摩書房、一九九四)
武田雅哉『新千年図像晩会』(作品社、二〇〇一)
武田雅哉・林久之『中国科学幻想文学館』(あじあブックス、大修館書店、二〇〇一)
武田雅哉『楊貴妃になりたかった男たち——〈衣服の妖怪〉の文化誌』(講談社選書メチエ、講談社、二〇〇七)
武田雅哉『中国飛翔文学誌——空を飛びたかった綺態な人たちにまつわる十五の夜噺』(人文書院、二〇一七)
寺尾善雄『中国のユーモア』(河出文庫、河出書房新社、一九八二)
東田雅博『纏足の発見——ある英国女性と清末の中国』(あじあブックス、大修館書店、二〇〇四)
中野美代子『中国人の思考様式——小説の世界から』(講談社現代新書、一九七四)
中野美代子『西遊記の秘密——タオと煉丹術のシンボリズム』(福武書店、一九八四)
中野美代子『孫悟空の誕生——サルの民話学と「西遊記」』(福武書店、一九八七)
中野美代子『孫悟空はサルかな?』(日本文芸社、一九九二)
中野美代子『中国の青い鳥——シノロジー雑草譜』(平凡社ライブラリー、一九九四)
ジョセフ・ニーダム『中国の科学と文明』(四)数学(東畑精一ら監修、思索社、一九九一)
ジョセフ・ニーダム『中国の科学と文明』(五)天の科学(東畑精一ら監修、思索社、一九九一)
橋本敬造『中国占星術の世界』(東方選書、東方書店、一九九三)
馮夢龍『平妖伝』(中国古典文学大系、太田辰夫訳、平凡社、一九六七)
ロベルト・ハンス・ファン・フーリク『中国のテナガザル』(中野美代子・高橋宣勝訳、博品社、一九九二。原著は *The Gibbon in China: An Essay in Chinese Animal Lore*, E. J. Brill, 1967)
福井佳夫『六朝の遊戯文学』(汲古書院、二〇〇七)
ベルグソン『笑い』(林達夫訳、岩波文庫、一九三八初版)
方蘭『エロスと貞節の靴——弾詞小説の世界』(遊学叢書、勉誠出版、二〇〇三)
松枝茂夫『松枝茂夫文集』第一巻(研文出版、一九九八)
アルベルト・マングェル『読書の歴史——あるいは読者の歴史』(原田範行訳、柏書房、一九九九)
村上哲見『科挙の話』(講談社学術文庫、講談社、二〇〇〇)

頼惟勤著・水谷誠編『中国古典を読むために――中国語学史講義』（大修館書店、一九九六）
李迪『中国の数学通史』（大竹茂雄・陸人瑞訳、森北出版、二〇〇二）
魯迅『中国小説史略』下巻（今村与志雄訳、ちくま学芸文庫、筑摩書房、一九九七）

中文書／古代から清まで（年代順、年代内はピンイン順）

『列子集釈』（新編諸子集成、楊伯峻撰、中華書局、一九七九）
［秦］呂不韋『呂氏春秋』（『百子全書』所収、一九一九年掃葉山房石印本の影印。浙江人民出版社、一九八四）
［前漢］司馬遷『史記』（［六朝宋］裴駰集解、［唐］司馬貞索隠、［唐］張守節正義、中華書局、一九五九）
［前秦］王嘉『拾遺記』（『四庫筆記小説叢書　山海経（他二六種）』所収、上海古籍出版社、一九九一）
［晋］王弼、［唐］陸徳明釈文『老子道徳経注』（新編諸子集成第三冊所収、世界書局、一九七二）
［六朝］范曄『後漢書』（［唐］李賢等注、中華書局、一九六五）
［六朝］蕭子顕『南斉書』（中華書局、一九七二）
［六朝］劉勰『文心彫龍訳注』（陸侃如・牟世金訳注、斉魯書社、一九八一）
［唐］房玄齢等『晋書』（中華書局、一九七四）
［唐］李淳風注『孫子算経』（『叢書集成新編』所収、新文豊出版、一九八五）
［唐］姚思廉『梁書』（中華書局、一九七三）
［宋］李昉等『太平広記』（中華書局、一九六一）
［宋］普済『五灯会元』（中国仏教典籍選刊、蘇淵雷点校、中華書局、一九八四）
［元］秦簡夫『東堂老』（台湾中華書局版『元曲選』所収、一九六五）
［元］脱脱『宋史』（中華書局、一九七七）
［元］吾丘衍『学古編』（『叢書集成新編』所収、新文豊出版、一九八五）
［明］洪楩『清平山堂話本』（譚正璧校点、上海古籍出版社、一九五七）
［明］馮夢龍『馮夢龍全集』第一巻「新平妖伝」（［明］羅貫中原著、［明］馮夢龍増補、章行校点、江蘇古籍出版社、一九九三）
［明］馮夢龍『馮夢龍全集』第二巻「古今小説」（魏同賢校点、江蘇古籍出版社、一九九三）

［明］馮夢龍『馮夢龍全集』第三巻「警世通言」（魏同賢校点、江蘇古籍出版社、一九九三）
［明］馮夢龍『馮夢龍全集』第一一巻「三教偶拈・広笑府」（魏同賢・馬清江校点、江蘇古籍出版社、一九九三）
［明］金尼閣『西儒耳目資』（文字改革出版社、一九五七）
［明］李時珍編『本草綱目』（一九三〇年に商務印書館より出版された鉛印本の影印、中国書店、一九八八）
［明］凌蒙初『拍案驚奇』（陳邇冬・郭雋傑校注、人民文学出版社、一九九一）
［明］羅貫中『三遂平妖伝』（古本小説集成、上海古籍出版社、一九九二）
［明］羅懋登『三宝太監西洋記通俗演義』（陸樹崙・竺少華校点、上海古籍出版社、一九八五）
［明］毛晋『増補津逮秘書』（中文出版社、一九八〇）
［明］瞿佑等『剪灯新話外二種』（周楞伽校注、上海古籍出版社、一九八一）
［明］陶宗儀『南村輟耕録』（元明史料筆記叢刊、中華書局、一九五九）
［明］呉承恩『西遊記』（人民文学出版社、一九九二）
［明］無名氏『英烈伝』（趙景深・杜浩銘校注、上海古籍出版社、一九八一）
［清］天花才子『後西遊記』（古本小説集成所収、乾隆五八年の金閶書業堂刊本、上海古籍出版社、一九九四）
［清］曹雪芹・高鶚『紅楼夢』（上海古籍出版社、二〇〇三）
［清］褚人穫『堅瓠集』（『清代筆記叢刊』第二冊所収、斉魯書社、二〇〇一）
［清］段玉裁・鮑桂星等撰、薛貞芳主編、何慶善審訂『清代徽人年譜合刊』（黄山書社、二〇〇六）
［清］郭慶藩『荘子集釈』（王孝魚点校、中華書局、一九六一）
［清］金聖歎『金聖歎全集』第四巻（鳳凰出版伝媒集団・鳳凰出版社、二〇〇八）
［清］李汝珍『李氏音鑑』（光緒戊子重修、掃葉山房蔵板、一八八八）
［清］梁紹壬『両般秋雨盦随筆』（『清代筆記叢刊』第三冊所収、斉魯書社、二〇〇一）
［清］梁章鉅『浪跡叢談　續談　三談』（清代史料筆記叢刊、陳鉄民点校、中華書局、一九九七）
［清］陸以湉『冷廬雑識』（『清代筆記叢刊』第三冊所収、斉魯書社、二〇〇一）
［清］彭定求等『全唐詩』（中華書局、一九六〇）
［清］蒲松齢『聊斎志異　会校会注会評本』（張友鶴輯校、上海古籍出版社、一九六二）

[清]棲雲野客(許桂林)『七嬉』(年代不明、首都図書館蔵)
[清]清恬主人『療妬縁』(古本小説集成、上海古籍出版社、一九九〇)
[清]翟顥『通俗編』(『叢書集成新編』所収、新文豊出版、一九八五)
[清]阮元等撰『疇人伝彙編』(彭衛国・王原華点校、広陵書社、二〇〇九)
[清]蘇庵主人『帰蓮夢』(明末清初小説第二函、春風文芸出版社、一九九〇)
[清]蘇庵主人『繡屏縁』(古本小説集成、上海古籍出版社、一九九〇)
[清]天花蔵主人『梁武帝演義』(韓錫鋒・揚華・卜維義校点、春風文芸出版社、一九八七)
[清]許桂林『算牖』(上海図書館蔵、道光庚寅冬刊、一八三〇)
[清]許桂林『宣西通』(『続修四庫全書』所収、上海古籍出版社、一九九五)
[清]許喬林『海州文献録』(道光二五年刊本の影印、文行出版社、一九七八)
[清]許喬林『朐海詩存』(年代不明、上海図書館蔵)
[清]許喬林『弇楡山房詩略』(道光甲辰、海州許氏刊本、一八四四)
[清]厳可均校輯『全上古秦漢三国六朝文』(宏業書局、一九七五)
[清]呉敬梓『儒林外史会校会評本』(李漢秋輯校、上海古籍出版社、一九八四)
[清]永瑢等『四庫全書総目』(中華書局、一九六五)
[清]張廷玉等『明史』(中華書局、一九七四)
[清]趙翼『陔余叢考』(商務印書館、一九五七)
[晩清]陳嘯廬『新鏡花縁』(『中国近代小説大系』所収、百花洲文芸出版社、一九九六)
[晩清]華琴珊『続鏡花縁』(北京図書館稿本鈔本叢刊、書目文献出版社、一九九一)
[晩清]華琴珊『続鏡花縁』(王一工評点、上海古籍出版社、一九九三)
[晩清]汪鋆『重訂空谷伝声』(上海図書館蔵、一八八二)
[晩清]『月月小説』(影印合訂本、龍渓書舎、一九七七)
[晩清]『新小説』(影印合訂本、晩清小説期刊、上海書店、一九八〇)
『筆記小説大観』(江蘇広陵古籍刻印社、一九八四)

周紹良主編『全唐文新編』第一部（吉林文史出版社、一九九九）

中華民国以降（著者ピンイン順）

包天笑『釧影楼回憶録』（山西古籍出版社・山西教育出版社、一九九九）

程国賦『唐代小説嬗変研究』（広東人民出版社、一九九七）

程毅中・石継昌・于炳文編『古体小説鈔』「清代巻」（中華書局、二〇〇一）

高伯瑜等編『中華謎書集成』第一冊（人民日報出版社、一九九一）

胡樸安『文字学研究法』（西南書局、一九七三）

胡適『胡適全集』第二巻（安徽教育出版社、二〇〇三）

黄克武『言不褻不笑――近代中国男性世界中的諧謔、情欲与身体』（聯経出版公司、二〇一六）

黄育馥『京劇・蹺和中国的性別関係』（生活・読書・新知三聯書店、一九九八）

江蘇省社会科学院明清小説研究中心・江蘇省社会科学院文学研究所編『中国通俗小説総目提要』（中国文聯出版公司、一九九〇初版）

蔣瑞藻『小説考證』（古典文学出版社、一九五七）

李剣国・占驍勇『《鏡花縁》叢談――附《鏡花縁》海外考』（南開大学出版社、二〇〇四）

李明友『李汝珍師友年譜』（鳳凰出版伝媒集団　鳳凰出版社、二〇一一）

李葆嘉『当代中国音韻学』（中国文化語音学叢書、広東教育出版社、一九九八）

李時人『李汝珍及其『鏡花縁』』（挿図本中国文学小叢書八六、春風文芸出版社、一九九九）

李蔚『詩歌珍品：璇璣図』（東方出版社、一九九六）

林語堂『林語堂文選』（張明高・范橋編、中国広播電視出版社、一九九〇）

劉葉秋『古典小説論叢』（中華書店、一九五九）

魯迅『中国小説史略』（『魯迅全集』第一三巻所収、人民文学出版社、一九八一）

寧稼雨『中国文言小説総目提要』（斉魯書社、一九九六）

欧陽健『晩清小説史』（浙江古籍出版社、一九九七）

彭雲主編『鏡花縁研究』第一輯（連雲港市『鏡花縁』研究小組、内部資料、一九八三）
彭雲主編『鏡花縁研究』第二輯（連雲港市『鏡花縁』研究小組、内部資料、一九八四）
彭雲主編『鏡花縁研究』第三輯（『鏡花縁』研究会、内部資料、一九八七）
斉裕焜・陳恵琴『鏡与剣――中国諷刺小説史略』（文津学術文庫、文津出版社、一九九五）
銭静方『小説叢考』（古典文学出版社、一九五七）
銭南揚『戯文概論・謎史』（中華書局、二〇〇九）
銭鍾書『管錐編』第四冊（中華書局、一九七九）
商衍鎏『太平天国科挙考試紀略』（中華書局、一九六一）
石昌渝主編『中国古代小説総目　文言巻』（山西教育出版社、二〇〇四）
宋元強『清朝的状元』（吉林文史出版社、一九九二）
孫殿起撰『販書偶記』（上海古籍出版社、一九八二）
孫佳訊『《鏡花縁》公案弁疑』（斉魯書社、一九八四）
唐圭璋『元人小令格律』（上海古籍出版社、一九八一）
王鴻鵬等編著『中国歴代文状元』（解放軍出版社、二〇〇三）
王力『漢語音韻学』（『王力全集』所収、山東教育出版社、一九八六）
王瓊玲『清代四大才学小説』（台湾商務印書館、一九九七）
王旭川『中国小説続書研究』（学林出版社、二〇〇四）
［韓国］呉淳邦『清代諷刺小説研究』（北京大学出版社、一九九五）
夏暁虹『晩清女性与近代中国』（北京大学出版社、二〇〇四）
許厚文・崔月明主編『連雲港芸文志』（連雲港図書館編、瀋陽出版社、二〇〇一）
許嘉璐主編『伝統語言学辞典』（河北教育出版社、一九九〇）
楊乾坤『中国古代文字獄』（陝西人民出版社、一九九九）
楊義『中国古典小説史論』（中国社会科学出版社、一九九五）
姚霊犀『采菲録』（中国婦女纏足資料、天津時代公司、一九三六）

応裕康『清代韻図之研究』（弘道文化事業有限公司、一九七二）
袁珂校注『山海経校注』（増補修訂本。巴蜀書社、一九九三）
詹頌『乾嘉文言小説研究』（国家図書館出版社、二〇〇九）
張慧剣『明清江蘇文人年表』（上海古籍出版社、一九八六）
張俊『清代小説史』（浙江古籍出版社、一九九七）
趙爾巽等『清史稿』（中華書局、一九七七）
趙蔭棠『等韻源流』（商務印書館、一九五七）
周楽詩『清末小説中的女性想像』（復旦大学出版社、二〇一二）
周作人『自己的園地』（止庵校訂、河北教育出版社、二〇〇二）
朱鷹『中国民俗文化　測字』（中国社会出版社、二〇〇五）

英文書

Beverley Jackson, *Splendid Slippers: A Thousand Years of an Erotic Tradition*, Ten Speed Press, 1997
Dorothy Ko, *Cinderella's Sisters: A Revisionist History of Footbinding*, University of California Press, 2005
Martin W. Huang, ed., *Snakes' Legs: Sequels, Continuations, Rewritings, and Chinese Fiction*, University of Hawai'i Press, 2004

論文

日本語のもの（著者五十音順）

有澤晶子「徐渭『四声猿』の一考察」（『文学論藻』第八二号、東洋大学文学部紀要、日本文学文化篇、一〇三―一一五頁、二〇〇八）
遠藤光暁「敦煌文書Ｐ２０１２「守温韻学残巻」について」（遠藤光暁『中国音韻学論集』、白帝社、二〇〇一。初出は『論集』二九号、八七―一〇五頁、青山学院大学、一九八八）
小野和子「『鏡花縁』の世界――清朝考証学者のユートピア像」（『思想』第七号、四〇―五五頁、一九八四）
加部勇一郎「「鏡花」の縁――〈圏〉の中にいるひと」（『饕餮』第一一号、八―三二頁、中国人文学会、二〇〇三・一〇）

加部勇一郎「縁と猿――不思議な文書と白いサル」（『火輪』第一五号、二七―四二頁、火輪発行の会、二〇〇四・三）
加部勇一郎「『鏡花縁』を読む――〈半〉字について」（『饕餮』第一四号、二八―四五頁、中国人文学会、二〇〇六・九）
加部勇一郎「『鏡花縁』を読む――〈半〉字について（2）」（『饕餮』第一五号、六四―八一頁、中国人文学会、二〇〇七・九）
加部勇一郎「半分の物語――『鏡花縁』の本質的理解に向けて」（『中国古典小説研究』第一五号、七三―八八頁、中国古典小説研究会、二〇一〇・六）
加部勇一郎「丸を書くこと――『七嬉』「画圏児」試訳ノート」（『饕餮』第一八号、六四―八一頁、中国人文学会、二〇一〇・九）
加部勇一郎「氷の世界に迷うはなし――『七嬉』「氷天謎虎」試訳ノート」（『饕餮』第一九号、八四―一一八頁、中国人文学会、二〇一一・九）
加部勇一郎「黒を白にすること――『七嬉』「洗炭橋」試訳ノート」（『饕餮』第二〇号、五九―九二頁、中国人文学会、二〇一二・九）
加部勇一郎「縛りたい男――清末の『鏡花縁』続書二種を読む」（『野草』第九四号、一―二〇頁、中国文芸研究会、二〇一四・八）
加部勇一郎「音韻遊戯――『鏡花縁』と『七嬉』を中心に」（『饕餮』第二二号、六〇―八三頁、中国人文学会、二〇一四・九）
加部勇一郎「花とオジさん――二〇世紀における『鏡花縁』物語の描出と受容」（『連環画研究』第六号、一一一―一三〇頁、連環画研究会、二〇一七・二）
日下恒夫「中国近世北方音韻史の一問題――北京方言声類体系の成立」（『東京都立大学人文学報』第九一号、六七―八四頁、一九七三）
慶谷壽信「中国音韻学史上の一問題――顧炎武の二合音について」（『入谷・小川教授退久記念論文集』所収、筑摩書房、一九七四）
駒林麻理子「鏡花縁――その婦人問題と女性たち」（『東海大学紀要』（教養学部）第七号、六一―七九頁、一九七六）
高橋秀元「鏡の花に水の月」（『遊学大全』、六六二―六七三頁、工作舎、一九八〇）
中村雅之「古代反切の口唱法」（古代文字資料館発行『ＫＯＴＯＮＯＨＡ』第一〇号、六八―七二頁、二〇〇三・九）
永島栄一郎「近世支那語特に北方語系統に於ける音韻史研究資料に就いて」（『言語研究』七―八、日本言語学会、一九四一）
永島栄一郎「近世支那語特に北方語系統に於ける音韻史研究資料に就いて（続）」（『言語研究』九、日本言語学会、一九四一）

成行正夫「『白猿伝』の系譜」(『芸文研究』第三三号、六四―七四頁、慶應義塾大学、一九七五)
花登正宏「漢字の魅力と魔力――「反切」の成立とその応用」(『ことばの世界とその魅力』一六七―二一二頁、東北大学出版会、二〇〇八)
ベンジャミン・A・エルマン「再生産装置としての明清期の科挙」(秦玲子訳、『思想』八一〇、一九九一・一二)(*The Journal of Asian Studies*, Vol. 50-1, 1991 に掲載された論文 "Political, Social, and Cultural Reproduction via Civil Service Examinations in Late Imperial China" の抄訳。小島毅氏の解説参照)

中国語のもの(著者ピンイン順)

陳光政著「述評鏡花縁中的聲韻学」(『聲韻論叢』第三輯、一二五―一四八頁、中華民国聲韻学学会輔仁大学中国文学系所主編、一九九一)
陳国球「論詩論史上一個常見的象喩――"鏡花水月"」(羅宗強編『古代文学理論研究』六一一―六二二頁、陳平原主編二〇世紀中国学術文存、湖北教育出版社、二〇〇二)
陳暁芸「元明清戯曲小説的夢創作分析」(『明清小説研究』総二五期、一―一〇頁、一九九二)
陳望道「《鏡花縁》和婦女問題」(『陳望道文集』第一巻、四八四―四九六頁、上海人民出版社、一九七九・一〇)
陳文新「《鏡花縁》与儒道文化」(『明清小説研究』総七期、一九七―二〇九頁、一九八八)
陳文新「《鏡花縁》――中国第一部長編博物体小説」(『明清小説研究』総五一期、一二六―一三七頁、一九九九)
陳盈如「論嘉慶本《李氏音鑑》及相関之版本問題」(『聲韻論叢』第五輯、二一五―二四五頁、中華民国聲韻学学会国立中正大学中国文学系所主編、一九九六)
敦玉林「《鏡花縁》中的"定数"観念及其叙事方法」(『明清小説研究』総六九期、二〇五―二一二頁、二〇〇三)
樊慶彦「《紅楼夢》中的文字遊戯及其文化意蘊」(『紅楼夢学刊』二〇〇七年第四輯、一四二―一五五頁、二〇〇七)
管仁福・李卿「紅楼鏡花終虚幻、難忘世間女児情――《紅楼夢》《鏡花縁》比照解読」(『紅楼夢学刊』二〇〇三年第三輯、一七一―一七九頁)
黄克武「《鏡花縁》之幽黙――清中葉中国幽黙文学之分析」(『漢学研究』第九期第一号、三五三―三九九頁、一九九一)
柯大詡「《紅楼夢》与《鏡花縁》」(『紅楼夢学刊』第一五輯第一号、一六八―一七二頁、一九八三)

李燦朝「《鏡花縁》才女群像新論」(『南華大学学報』(社会科学版)第二巻第一期、四七―五一頁、二〇〇一・三)
李長之「《鏡花縁》試論」(『新建設』、五二―五八頁、一九五五・一一)
李豊楙「罪罰与解救――《鏡花縁》的謫仙結構研究」(『中国文哲研究集刊』一九九五年第七巻、一〇七―一五六頁)
李明友「淮楚気息与斉莒風概――《鏡花縁》成書時代背景研究」(『明清小説研究』総五四期、九〇―一〇二頁、一九九九)
李奇林「論《鏡花縁》的武則天形像」(『明清小説研究』総一七―一八期、二七九―二九〇頁、一九九〇)
李奇林「並非〝狗尾〟、〝蛇足〟――寓言小説《新鏡花縁》」(『明清小説研究』総二七期、二〇四―二一八頁、一九九三)
李奇林「両部《新鏡花縁》之優劣比較」(『江蘇教育学院学報(社会科学版)』一九九五年第三期、五四―五七頁)
李時人「李汝珍〝河南県丞〟之任初考」(『明清小説研究』総六期、二三七―二四二頁、一九八七)
李時人「出入〝乾嘉〟――李汝珍及其《鏡花縁》創作」(『国学研究』一九九七年第四巻、三七三―三九三頁)
凌石「《鏡花縁》理想境界浅議」(『明清小説研究』総六期、二二三―二二八頁、一九八七)
劉海琴「《四庫全書総目提要》経部「小学」類小序注析」(『古籍整理研究学刊』二〇〇三年第五期、五九―六五頁、二〇〇三)
劉明華「水中月、鏡中花――《鏡花縁》的社会理想」(『西南師範大学学報』(哲学社会科学)一九九五年第四号、八八―九一頁)
毛忠賢「《鏡花縁》対《紅楼夢》女性問題的反思」(『文史知識』第一期、五六―五九頁、中華書局、一九八九)
毛忠賢「《鏡花縁》対《紅楼夢》的継承与突破――兼論明清小説中女性形象的演変」(『人文雑誌』第六四期第二号、一一六―一二六頁、一九九〇)
倪永明「《鏡花縁》韻学談」(『鎮江師専学報』社会科学版、二〇〇一年第一期、六五―六八頁)
欧陽光「《鏡花縁》簡論」(『中山大学学報』(社会科学版)一九九五年第四期、九九―一〇六頁)
邵士権「論《鏡花縁》対中国古典小説美学標準的新拓展」(『人文雑誌』第七一期第三号、一一九―一二四頁、一九九一)
沈伯俊・胡邦煒「論《鏡花縁》的科挙制度的批判」(『西南師範学院学報』(哲学社会科学)第三五期第一号、二九―三五頁、一九八五)
侍守愚・姚夢芹「《紅楼夢》与《鏡花縁》対〝纏足〟問題的態度」(『明清小説研究』総三四期、一八三―一八九頁、一九九四)
司馬師「異郷残夢帰何処?　却伴春鵑帯血啼――《帰蓮夢》是怎様写白蓮教起義的?」([清]蘇庵主人『帰蓮夢』所収、明末清初小説第二函、春風文芸出版社、一九九〇)
蘇才果「虎虎有生気――虎年説「虎」謎」(陳振鵬主編『謎話』一二〇―一二一頁、上海古籍出版社、二〇〇三)

孫佳訊「《鏡花縁公案弁疑》補説」(『明清小説研究』総六期、二二九—二三六頁、一九八七)
孫玫璐「従《鏡花縁》看李汝珍的女子教育理想」(『華東師範大学学報』(教育科学巻)第五五期第一号、九〇—九五頁、一九九七)
唐妍「従《鏡花縁》到《続鏡花縁》看女性群体想像的変易」(『明清小説研究』総一一四期、一五三—一六一頁、二〇一四)
王捷「《鏡花縁》《格列仏游記》比較簡論」(『徐州師範学院学報』哲学社会科学、第四〇期第四号、四四—四九頁、一九八四)
王麗娜「《鏡花縁》的外文翻訳及研究論著」(『中華文史論叢』第三一期第四号、二二三—二三一頁、一九八四)
王琴玲・黄勤「従副文本解読林太乙《鏡花縁》英訳本」(『中国翻訳』二〇一五年第二期、八一—八五頁、二〇一五)
王瓊玲「妄読新篇愧昔賢——《続鏡花縁》研究」(『明清小説研究』総六二期、一二九—一四六頁、二〇〇一)
王同書・夏穎「《鏡花縁》的現代意識」(『明清小説研究』総八九期、一八九—一九七頁、二〇〇八)
王宜庭「男所不欲　勿施于女」(『中華女子学院学報』総第二七期、四二—四五頁、六〇頁、一九九七)
汪龍鱗「二〇世紀《鏡花縁》研究述評」(『東北師大学報』総第一八六期、六〇—六五頁、二〇〇〇)
魏文哲「《新鏡花縁》——反女権主義文本」(『明清小説研究』総七二期、一六二—一六九頁、二〇〇四)
呉淑玲「女性意識的高揚《鏡花縁》女性解放思想之探討」(『三峡大学学報』人文社会科学版、第二五巻第六期、四一—四四頁、五五頁、二〇〇三・一一)
夏興仁「《鏡花縁》的時代精神和地方特色」(『明清小説研究』総三四期、一七七—一八二頁、一九九四)
許利英「《鏡花縁》的詈罵語言芸術」(『修辞学習』一九九六年第二期、二六—二七頁)
許利英「論《鏡花縁》的幽默」(『中国文化論叢』一九八八年第七巻、六二—七四頁)
兪敏「李汝珍《音鑑》裏的入声字」(『北京師範大学学報』社会科学、第五八期第四号、三〇—四〇頁、一九八三)
余克超・張伝藻「鄭振鐸与《鏡花縁》研究」(『明清小説研究』総六期、二四三—二四九頁、一九八七)
詹頌「乾嘉文言小説作者的交游与其小説写作」(『首都師範大学学報』社会科学版、二〇〇三年第四期、九二—九七頁)
張可「我対張友鶴先生校注本《鏡花縁》両条詞注的商榷意見」(『明清小説研究』総五四期、一二七—一三〇頁、一九九九)
張蕊青「為女性謀解放的〝先鋒〟小説——《鏡花縁》」(『明清小説研究』総五二期、一三八—一四四頁、一九九九)
張蕊青「乾嘉揚州学派与《鏡花縁》」(『北京大学学報』(哲学社会科学巻)第五期第三六巻、一〇三—一〇七頁、一九九九)
張蕊青「才学小説炫学方式及其文化根源」(『蘇州大学学報』哲学社会科学版、二〇〇二年第四期、六七—六九頁)
張蕊青「才学小説成因的文化心理分析」(『求策』二〇〇三年第六期、二一四—二一七頁)

張蕊青「清代朴学与才学小説的学術化」(『学海』二〇〇五年第六期、七三—七六頁)
張訓「《鏡花縁》海、灌方言浅釈」(『明清小説研究』総三四期、一九〇—一九五頁、一九九四)
鄭栄豪「《鏡花縁》的結構」(『明清小説研究』総五五期、一六七—一七九頁、二〇〇〇)
鄭振鐸「巴黎国家図書館中之中国小説与戯曲」(『鄭振鐸全集』第五巻、四一五—四五二頁、花山文芸出版社、一九九八。一九二七年八月一五日稿)
鍾明奇「詠承与超越——論《鏡花縁》」(『明清小説研究』総二二期、一八九—二〇二頁、一七三頁、一九九一)
朱宇炎「《鏡花縁》中的道教世界」(『上海道教』第二一期第四号、三一—三二頁、一九九四)

使用したウェブサイト

漢籍電子文献　http://www.sinica.edu.tw/ftms-bin/ftmsw3

人名・書名索引

（小説内人物を含む）

あ行

か行

さ行

た行

な行

わ行

アルファベット

事項索引

あ行

か行

さ行

た行

な行

は行

ま行

や行

ら行

加部勇一郎（かべ　ゆういちろう）
生　年　1973年
現　在　北海道大学大学院文学研究科専門研究員
専　門　中国文学
著　書　『中国文化　55のキーワード』（武田雅哉・田村容子との共編著，ミネルヴァ書房，2016），武田雅哉編『ゆれるおっぱい，ふくらむおっぱい――乳房の図像と記憶』（共著，岩波書店，2018），中国モダニズム研究会編『中華生活文化誌（ドラゴン解剖学　竜の生態の巻）』（分担執筆，関西学院大学出版会，2018）
論　文　「新中国の三毛――『三毛翻身記』（1951）を読む」（『連環画研究』第7号，連環画研究会，2018）

清代小説『鏡花縁』を読む
―― 一九世紀の音韻学者が紡いだ諧謔と遊戯の物語

2019年3月31日　第1刷発行

著　　者　加部勇一郎
発 行 者　櫻 井 義 秀

発 行 所　北海道大学出版会
札幌市北区北9条西8丁目　北海道大学構内（〒060-0809）
Tel. 011（747）2308・Fax. 011（736）8605・http://www.hup.gr.jp/

アイワード／石田製本

ISBN978-4-8329-6849-3